ANNE OF AVONLEA

By
L. M. MONTGOMERY
Author of "Anne of Green Gables"

With frontispiece and cover in colour by
GEORGE GIBBS

"Flowers spring to blossom where she walks
  The careful ways of duty,
Our hard, stiff lines of life with her
  Are flowing curves of beauty." — *Whittier.*

BOSTON ❦ L. C. PAGE &
COMPANY ❦ MDCCCCIX

그녀가 책임감을 지고 조심스레 걷는 걸음마다
꽃이 활짝 피어나네
그녀와 함께 걷는 우리네 고단한 인생길에
아름다움이 굽이굽이 흐르네

_휘티어

에이번리의 앤
Anne of Avonlea

루시 모드 몽고메리 지음
박혜원 옮김

Copyright, 1909
by FREDERICK A. STOKES COMPANY

All rights reserved

감사하게도 나에게 늘 응원과 용기를 주셨던
그리운 해티 고든 스미스 선생님을 추억하며

1장   **성난 이웃** — 9
2장   **성급한 매매와 뒤늦은 후회** — 25
3장   **해리슨 씨네 집에서** — 35
4장   **다른 생각** — 48
5장   **선생님다운 선생님** — 57
6장   **별별 사람들** — 69
7장   **의무감** — 87
8장   **마릴라가 쌍둥이를 데려오다** — 97
9장   **마을회관 페인트칠 소동** — 113
10장   **사고뭉치 데이비** — 124
11장   **이상과 현실** — 142
12장   **재앙의 날** — 158
13장   **특별한 소풍** — 170
14장   **위험을 피하다** — 188
15장   **방학의 시작** — 207
16장   **버리는 것들의 본질** — 220

17장 **사고의 장** _ 231
18장 **토리 길에서의 모험** _ 248
19장 **행복한 하루** _ 264
20장 **흔히 있는 일** _ 282
21장 **아름다운 라벤더** _ 295
22장 **이런저런 일들** _ 316
23장 **라벤더의 사랑 이야기** _ 324
24장 **우리 마을 예언가** _ 335
25장 **에이번리의 스캔들** _ 350
26장 **길모퉁이에서** _ 370
27장 **돌집에서 보낸 오후** _ 388
28장 **마법의 성으로 돌아온 왕자님** _ 408
29장 **시와 산문** _ 425
30장 **돌집에서 열린 결혼식** _ 436

작품 해설 _ 449
루시 모드 몽고메리 연보 _ 454

1장

성난 이웃

8월의 어느 무르익은 오후, 프린스에드워드 섬의 한 농가 문 앞 널찍한 붉은색 돌계단에 키가 크고 날씬한 여자아이가 앉아 있었다. '열여섯 살 하고도 반절은 더 먹은' 여자아이는 진지해 보이는 잿빛 눈동자에 친구들이 적갈색이라고 말하는 머리칼을 하고 있었는데, 베르길리우스의 그 많은 시구들을 해석해내겠다는 각오가 단단했다.

하지만 추수를 기다리는 산비탈 위로 푸른 실안개가 어리고, 산들바람이 꼬마요정처럼 포플러나무 사이에서 속살거리며, 벚나무 과수원 한 모퉁이로 어린 전나무 숲을 그림자 삼아 붉고 여린 양귀비가 한들거리는 8월의 오후는 옛말에 매달리기보다 꿈길을 헤매기에 더 알맞은 때였다. 베르길리우스의 시집이 툭 떨어진 것도 모르고 앤은 깍지 낀 손에 턱을 괸 채 J. A.

해리슨 씨네 집 위로 뭉게뭉게 피어오른 하얀 구름 산을 바라보았다. 머릿속은 선생님이 되어 미래 정치가의 앞날을 열어젖히고 어린 학생들의 마음에 원대한 포부를 불어넣어주며 훌륭한 가르침을 전하리라는 달콤한 상상에 푹 빠져들어 있었다.

현실을 똑바로 마주하자면…… 앤은 좀처럼 인정하지 않는 사실이지만…… 그렇게 장래가 촉망되는 인재가 에이번리 학교에 있는 것 같지는 않았다. 하지만 선생님이 학생들을 제대로 지도만 해준다면 앞으로 어떻게 될지는 아무도 모르는 일이었다. 앤에게는 교사로서 올바른 방향을 잡고 나아가기만 한다면 이룰 수 있을 어떤 장밋빛 이상 같은 것이 있었다. 앤은 40년 뒤에 벌어질 기분 좋은 장면을 상상 중이었다. 한 저명인사와 함께였는데…… 무엇으로 저명한 사람인지는 딱 꼬집어 정하지 않았지만 대학 총장이나 캐나다 총리 정도면 근사할 것 같았다. 그 사람이 주름진 앤의 손에 고개 숙여 정중히 인사하면서, 자신의 야망에 처음 불을 지핀 사람은 앤 선생님이며 자신이 거둔 성공은 모두 그 옛날 에이번리 학교에서 선생님이 베풀어주신 가르침 덕분이라고 인사를 했다. 이 즐거운 상상은 더없이 불쾌한 방해꾼이 나타나며 산산이 깨져버렸다.

얌전한 저지종 젖소 한 마리가 오솔길을 따라 종종걸음을 치며 내려오고 5초 뒤에 해리슨 씨가 나타났다…… '나타났다'라기보다는 마당에 난입했다는 표현이 더 어울렸지만.

해리슨 씨는 문을 열 사이도 없이 울타리를 뛰어 넘어서는 깜짝 놀란 앤 앞에 성을 내며 들이닥쳤다. 앤은 일어서서 당황한 얼굴로 그를 쳐다보았다. 해리슨 씨는 얼마 전 새로 이사와 농가 오른편에 살게 된 이웃이었는데, 직접 인사를 나눈 적은 없지만 전에 한두 번 본 적은 있었다.

앤이 퀸스에서 돌아오기 전이었던 4월 초에 로버트 벨 씨가 커스버트네 집 서쪽에 이웃했던 농장을 팔고 샬럿타운으로 이사를 갔다. 그 농장을 사들인 사람은 J. A. 해리슨이고, 뉴브런즈윅 출신이라는 사실밖에 달리 알려진 게 없었다. 하지만 에이번리에 온 지 한 달도 되지 않아 그를 두고 별난 사람이라는 말이 돌았다. 레이철 린드 부인은 그를 '괴짜'라고 불렀다. 아는 사람은 알겠지만 레이철 린드 부인은 입바른 소리를 곧잘 하는 사람이었다. 확실히 해리슨 씨는 다른 사람들과는 달랐는데…… 모두가 알다시피 남들과 다르다는 점이 바로 괴짜들의 특성이다.

우선 해리슨 씨는 직접 살림을 도맡아 하면서 자신이 사는 집에 여자처럼 어리석은 존재는 들이고 싶지 않다고 공공연히 떠들어댔다. 에이번리의 여자들은 분풀이라도 하듯이 해리슨 씨의 살림 솜씨와 요리 솜씨에 관해 고약한 이야기들을 떠들어댔다. 해리슨 씨는 화이트샌즈에서 온 어린 존 헨리 카터를 고용하여 일꾼으로 데리고 있었는데, 존 헨리 카터가 바로 이러

한 이야기들의 시작점이었다. 한 예로 해리슨 씨 집에는 정해진 식사시간이 없다고 했다. 해리슨 씨는 배가 고파지면 조금씩 요기나 하고 마는데, 그럴 때 마침 자기도 옆에 있으면 한 입 얻어먹을 수 있지만 그게 아니면 해리슨 씨가 다시 배고파질 때까지 기다려야 한다는 거였다. 존 헨리는 일요일마다 집에 가서 든든하게 배를 채우고, 월요일 아침 돌아오는 길에 어머니가 바구니에 '먹을 것'을 챙겨주지 않으면 자신은 굶어 죽을 게 뻔하다고 서럽게 말했다.

설거지로 말할 것 같으면, 해리슨 씨는 비 오는 일요일이 아니면 그릇을 닦는 시늉도 하지 않았다. 비가 오면 커다란 통에 빗물을 받아 그릇들을 한꺼번에 씻은 뒤에 물기가 마르도록 내버려둔다고 했다.

게다가 해리슨 씨는 '인색했다.' 성금을 모아 앨런 목사님에게 봉급을 주자는 부탁을 받자 해리슨 씨는 일단 목사님의 설교가 얼마 정도의 값어치가 있는지부터 두고 보겠다고 대답했다…… 물건을 보지도 않고 무턱대고 사는 짓은 하지 않는다는 거였다. 레이철 린드 부인이 선교 활동 기금을 모금하고 그 김에 그의 집 안도 둘러볼 겸 그를 찾아간 적이 있었는데, 그때 해리슨 씨는 에이번리에는 자기가 아는 어느 곳보다 쑥덕거리기 좋아하는 이교도 노파들이 많다며 그 사람들을 기독교 신자로 개종시키는 데 린드 부인이 앞장선다면 기꺼이 선교 헌금을 내겠다고 대답했다. 레이철 린드 부인은 그 집을 나와, 로버트 벨 부인이 땅에 묻혀 아무것도 모르기에 망정이지 그토록 자랑스럽게 여기던 자기 집이 어떤 꼴인지 봤으면 가슴이 찢어졌을 거라고 말했다.

레이철 린드 부인은 마릴라 커스버트에게 분통을 터뜨렸다.

"아니, 벨 부인이 하루가 멀다 하고 부엌 바닥을 박박 문질러 닦았잖아요. 마릴라도 오늘 그 꼴을 봤어야 하는 건데! 치맛자락을 들지 않고서는 걸음을 뗄 수도 없었다니까."

해리슨 씨는 진저라고 부르는 앵무새까지 키웠다. 지금까지 앵무새를 키워본 사람이 아무도 없어서인지 에이번리 사람들은 그조차도 그다지 점잖지 못한 일로 여겼다. 그런데 그 앵무새가 또 가관이었다! 존 헨리 카터가 한 말을 곧이곧대로 듣자면, 그렇게 불경한 새가 또 없었다. 별의별 욕설을 다 한다는 것이었다. 카터 부인도 존 헨리에게 다른 일자리만 구해줄 수 있다면 당장 그곳에서 아들을 데리고 나왔을 것이다. 뿐만 아니라 어느 날 존 헨리가 새장 옆에서 몸을 굽히자 진저가 존 헨리의 목 바로 뒤쪽을 물어뜯은 일도 있었다. 카터 부인은 박복한 아들이 집에 오는 일요일이면 온 동네 사람들에게 그 흉터를 보여주었다.

이 온갖 생각들이 앤의 머릿속을 스쳐지나가는 사이, 해리슨 씨는 입을 꾹 다물고 화가 역력한 얼굴로 앤 앞에 와 서 있었다. 해리슨 씨는 날아갈 듯이 기분 좋은 얼굴을 하고 있을 때라도 잘생겼다고 하긴 힘든 사람이었다. 키가 땅딸막하고 뚱뚱한데다 머리도 대머리였다. 가뜩이나 그런데 동그란 얼굴은 화가 치밀어 붉으락푸르락하고 파란 눈은 툭 불거져 거의 튀어나올 지경이다보니, 앤은 이렇게 못생긴 사람은 처음 본다는 생각마저 들었다.

해리슨 씨는 갑자기 말문이 터진 듯 씩씩거렸다.

"이번엔 못 참아, 단 하루도 더는 안 봐준다고. 내 말 들려, 아가씨? 허참, 이번이 세 번째야, 아가씨…… 세 번째! 참는 데도 한계가 있어, 아가씨. 지난번에 아가씨 숙모한테 두 번 다시 이런 일 없게 조심해달라고 그렇게 일러두었는데…… 또 이걸 내버려두다니…… 또 이런 짓을 하다니…… 무슨 의도로 이러는 건지, 알고 싶군. 그걸 따지러 왔어."

"무슨 일로 이러시는 건지 설명을 해주시겠어요?"

앤은 최대한 위엄 있는 태도로 말했다. 앤은 요즘 학교에 나갈 때를 대비하여 위엄이 몸에 배도록 연습을 거듭하고 있었지만, 화가 난 J. A. 해리슨에게는 별 소용이 없어보였다.

"무슨 일이냐고? 허참, 보통 일이 아니지. 무슨 일이냐면, 아가씨, 아가씨 숙모네 소가 또 내 귀리밭에 들어왔어. 30분도 안 됐어. 벌써 세 번째라니까. 지난 화요일에도 그러더니 어제 또 들어오고. 내가 여기 와서 아가씨 숙모한테 이런 일 없게 주의해달라고까지 했어. 그런데 또 내버려뒀잖아. 숙모 어디 갔어? 잠깐이면 돼. 아가씨 숙모를 만나서 한마디 해야겠어. 이 J. A. 해리슨이 따끔하게 얘기 좀 해야겠다고."

"마릴라 커스버트 씨를 말하는 거라면, 그분은 제 숙모가 아니시고요. 지금은 많이 편찮으신 친척분이 계셔서 병문안으로 이스트그래프턴에 가셨어요."

앤이 한마디 한마디에 위엄을 더해가며 대답했다.

"제 소가 귀리밭에 들어간 건 정말 죄송해요…… 커스버트 아주머니가 아니라 제 소예요…… 3년 전에 송아지일 때 매슈 아저씨가 벨 아저씨에게서 사서 저한테 주셨거든요."

"죄송하다니! 죄송하다는 말로 해결될 일이 아니야. 차라리 내 귀리밭에 가서 저 짐승이 해놓은 꼴을 직접 봐…… 한가운데에서부터 바깥쪽까지 다 밟아 뭉개놨다니까."

앤은 단호한 말투로 다시 사과했다.

"정말 죄송합니다. 하지만 아저씨가 울타리를 잘 고쳐두셨다면 돌리도 마음대로 들어가진 못했을 거예요. 아저씨네 울타리로 그 귀리밭하고 우리 목장이 나뉘잖아요. 지난번에 봤는데 좀 허술하더라고요."

역공이 들어오자 해리슨 씨는 더 펄펄 뛰며 역정을 냈다.

"우리 울타리는 멀쩡해. 교도소 철조망인들 저렇게 무지막지한 소를 당해낼까. 빨강 머리 애송이 아가씨, 내 말 잘 들어. 저 소가 아가씨 거면 남의 밭에 들어가지 못하게 잘 지켜. 한가롭게 앉아서 통속 소설이나 읽지 말고…….”

해리슨 씨는 앤의 발 옆에 떨어져 있던 애꿎은 황갈색 베르길리우스 시집을 못마땅한 눈으로 휙 쳐다봤다.

그 순간 앤은 얼굴까지 확 빨갛게 달아올랐다. 예나 지금이나 빨강 머리는 앤의 약점이었다.

“빨강 머리라도 있는 게 낫죠…… 머리카락이 귓가에 몇 가닥만 남아 있는 것보다는요.”

앤이 발끈했다.

그 말은 곧바로 반응을 불러일으켰다. 해리슨 씨는 대머리 문제에 매우 민감했다. 화가 치밀어 또다시 말문이 막힌 해리슨 씨는 앤을 말없이 노려볼 뿐이었다. 냉정을 되찾은 앤은 여세를 몰아 말을 이어갔다.

“아저씨 심정은 이해가 가요, 해리슨 씨. 제겐 상상력이라는 게 있으니까요. 귀리밭에 소가 들어가 있는 걸 보고 얼마나 화가 나셨을까요. 아저씨가 제게 하셨던 말은 마음에 담아두지 않을게요. 그리고 다시는 돌리가 아저씨 귀리밭에 멋대로 들어가지 못하도록 할게요. 약속해요. 제 명예를 걸고 맹세해요.”

“그럼, 신경 써서 단속해야지.”

해리슨 씨는 약간 누그러진 목소리로 중얼중얼 말했지만 화가 풀리지 않은 듯 발을 쿵쾅거리며 돌아섰고, 혼자서 씩씩거리는 소리도 희미하게 멀어질 때까지 계속 이어졌다.

마음이 어수선해진 앤은 마당을 가로질러 가서 얌전히 서 있는 사고뭉치 소를 축사에 가두었다.

"울타리를 부수지 않는 이상 빠져나오진 못하겠지. 이제 좀 얌전해 보이네. 귀리를 하도 먹어서 물렸나봐. 지난주에 시어러 씨가 사겠다고 했을 때 팔걸 그랬어. 가축 경매 때 한 번에 보내는 게 나을 것 같았는데. 해리슨 아저씨가 괴짜라는 건 맞는 말 같아. 저 아저씨하고 통하는 게 없다는 건 확실해."

앤은 언제든 마음이 통하는 친구를 알아볼 준비가 되어 있었다.

마릴라 커스버트가 마당으로 마차를 몰고 들어오자, 집에서 나오던 앤은 얼른 차를 준비했다. 두 사람은 차를 놓고 마주 앉아 방금 있었던 일을 의논했다.

마릴라가 말했다.

"경매가 얼른 끝나면 좋겠구나. 가축이 너무 많으니 버거워. 돌볼 사람이라고는 미덥지 못한 마틴뿐이고. 숙모 장례식에 간다고 하루 휴가를 달라더니, 분명히 어젯밤까지 돌아오겠다고 해놓고 아직도 안 왔지 뭐냐. 대체 숙모가 몇인지, 원. 우리 집에 와서 일하면서 1년 동안 숙모 장례만 이번까지 네 번째야. 얼른 수확을 끝내고 배리 씨한테 농장을 넘기면 더 바랄 게 없겠어. 돌리는 마틴이 올 때까지 축사에 가둬놔야 될 게다. 목장에 풀어놔야 하는데 그러려면 울타리를 먼저 손봐야 하니까. 레이철 말마따나 세상에 골치 아픈 일뿐이구나. 가여운 메리 키스는 오늘내일하는데 그 두 아이는 또 앞으로 어찌 될지. 브리티시컬럼비아에 사는 오라비가 한 명 있어서 아이들 문제로 편지를 보냈는데, 그쪽에선 아직 감감무소식이란다."

"아이들은 어때요? 몇 살인데요?"

"여섯 살이야…… 둘이 쌍둥이고."

앤이 간절한 목소리로 말했다.

"아아, 해먼드 아주머니가 쌍둥이를 여러 명 키우셔서 그 뒤로는 줄곧 쌍둥이한테 관심이 더 가더라고요. 아이들은 예쁜가요?"

"어이구, 알게 뭐냐…… 어찌나 더럽던지. 데이비가 밖에서 흙장난을 하고 있던 걸 도라가 데리러 나갔는데, 글쎄 데이비가 밀어서 진흙탕 속으로 꼬꾸라뜨렸지 뭐냐. 도라가 우니 울 일도 아니라며 저도 들어가서 뒹굴고. 메리 말로는 도라는 정말 착한데 데이비는 여간 장난이 심한 게 아니래. 여태 제대로 돌봐준 사람도 없긴 했지. 애들 아버지는 아이들이 아직 아기일 때 죽고, 메리는 그 뒤로 거의 계속 병치레를 했으니까."

앤이 진지하게 말했다.

"보살핌을 받지 못하는 아이들을 보면 늘 안타까워요. 저도 아주머니가 받아주시기 전까진 아무도 돌봐주는 사람이 없었잖아요. 아이들 삼촌이 아이들을 맡아주면 좋겠어요. 키스 아주머니는 아주머니하고 관계가 어떻게 되세요?"

"메리 말이냐? 관계랄 건 없어. 메리 남편하고 친척이지⋯⋯ 그 남편이 나하고 팔촌지간이란다. 저기 린드 부인이 들어오는구나. 데리 소식을 들으러 올 줄 알았다."

앤이 부탁했다.

"해리슨 아저씨네 귀리밭 일은 말하지 말아주세요."

마릴라는 그러마고 했지만, 그 약속은 하나마나였다. 레이철 린드 부인은 앉기가 무섭게 입을 열었다.

"오늘 카모디에 다녀오면서 보니 해리슨 씨가 귀리밭에서 이 집 소를 쫓아다니던데. 보통 화가 난 것 같지 않더군요. 여기 와서 한바탕하지 않던가요?"

앤과 마릴라는 슬그머니 미소를 주고받았다. 에이번리에서 레이철 린드 부인을 피해갈 수 있는 일은 별로 없었다. 그날 아침만 해도 앤은 이렇게 얘기했다.

"한밤중에 방문을 걸어 잠그고 블라인드까지 내린 다음 재채기를 한다 해도, 린드 아주머니라면 다음 날에 감기는 좀 어떠냐고 물어보실걸요!"

마릴라가 대답했다.

"그랬을 거예요. 나도 집에 없었어요. 앤에게 퍼붓고 갔답니다."

"그 아저씨는 아주 무례한 사람 같아요."

앤이 분한 듯이 붉은 머리를 홱 젖히며 말했다.

레이철 린드 부인이 근엄하게 말했다.

"여태 들은 중에 제일 옳은 소리구나. 나는 로버트 벨이 뉴브런즈윅 사람한테 땅을 팔 때부터 문제가 생길 줄 알았다. 에이번리가 어떻게 되려고 외지인들이 몰려드는지. 머지않아 내 집 침대에서 자면서도 불안에 떨어야 할 게야."

"아니, 외지인이 몰려오다니요?"

마릴라가 물었다.

"아직 못 들었어요? 그 왜, 피터 슬론네 옛 집에 도넬이라는 가족이 세를 들었어요. 피터가 제분소 일을 맡기려고 고용했대요. 동부 사람들이라던데 그것 말고는 아무도 아는 게 없어요. 그리고 저 의지박약인 티모시 코튼네 사람들도 화이트샌즈에서 이사를 온다는데, 사람들한테 짐만 될 거예요. 소비할 줄이나 알죠…… 도둑질 아니면요…… 그 아내는 게을러터진 사람이라 손도 까딱하지 않아요. 설거지도 앉아서 한다니까요. 조지 파이 부인은 고아가 된 남편의 조카를 데려왔어요. 앤서니 파이인가, 그 아이가 학교에 가서 네 학생이 될 테니, 앤, 골치 좀 아프게 됐다. 외지에서 온 아이가 또 있단다. 폴 어빙이라고, 미국에서 할머니하고 살려고 온다지. 그 애 아버지 알죠, 마릴라…… 스티븐 어빙 말이에요. 그이가 그래프턴에 살 때 라벤더 루이스를 차버렸죠?"

"그 사람이 찬 건 아닐 거예요. 둘이 다퉜으니까…… 양쪽 다 잘못이 있었겠죠."

"글쎄요. 어쨌든 스티븐 어빙하고 라벤더가 결혼을 하지 않은 뒤로 라벤더가 좀 이상해져서, 들리는 말로는…… 작은 돌집을 메아리 오두막이라고 부르면서 혼자 사는 모양이에요. 스티븐은 미국에 가서 삼촌하고 사업을 하다가 양키 여자랑 결혼했고요. 그러고 나서 집에는 다시는 안 왔고, 스티븐 어머니가 아들을 만나러 한 번인가 두 번인가 건너갔다 왔죠. 아이는 열 살이라던데, 모범적인 학생이 될지 어떨지는 모르겠어요. 양키란 속을 알 수 없으니까."

레이첼 린드 부인은 불운하게도 프린스에드워드 섬이 아닌 다른 곳에서 나거나 자란 사람들은 전부 무시했다. '나사렛에서 무슨 선한 것이 날 수 있겠느냐'는 식이었다. 물론 선한 사람일 수도 있지만, 일단 의심을 해보는 편이 안전하다는 것이었다. 특히 '양키'들에게 편견이 심했다. 부인의 남편이 보스턴에서 일을 할 때 고용주에게 10달러를 떼어먹힌 적이 있었는데, 천사든 왕이든 어떤 능력자가 나서도 레이첼 린드 부인에게 미국 전체가 그 일을 책임질 필요는 없다는 걸 설득하지 못했을 것이다.

마릴라가 무미건조하게 말했다.

"학생 한 명 새로 온다고 에이번리 학교가 어떻게 되겠어요. 아이가 제 아버지를 닮았으면 착한 아이일 테지요. 스티븐 어빙은 이 동네에서 제일 착한 아이였어요. 아이가 자존심이 세다고 하는 사람들도 있긴 했지만요. 어빙 부인은 손자하고 같이 살게 돼서 무척 기쁘겠어요. 남편이 죽은 뒤로 혼자서 굉장히 적적해했잖아요."

"아, 아이는 착할지 몰라도 에이번리에서 나고 자란 아이들하고는 다를 테죠."

레이철 린드 부인은 이 문제에 다른 결론은 없다는 투로 말했다. 레이철 린드 부인은 사람이든 장소든 물건이든 한번 내놓은 의견을 굽히는 법이 없었다.

"네가 마을 개선회를 시작한다던데 이건 무슨 얘기니, 앤?"

앤이 얼굴을 붉히며 대답했다.

"지난번 토론 클럽에서 몇몇 아이들하고 얘기만 나눴던 거예요. 아이들도 괜찮다고 생각했고…… 앨런 목사님하고 사모님도 좋은 생각이라고 하셨고요. 요즘은 마을마다 그런 모임이 있는 곳이 많아요."

"글쎄다. 그런 일을 벌이는 건 고생길로 들어서는 거야. 끼어들지 않는 게 나은 줄 알아라, 앤. 사람들은 뭘 개선하라고 하면 싫어하거든."

"아, 우리가 개선하려는 건 사람들이 아니에요. 에이번리 마을을 바꾸고 싶은 거죠. 마을을 가꿀 수 있는 방법들은 정말 많거든요. 예를 들어서, 레비 볼터 씨를 설득해서 윗농장에 있는 그 고릿적 집을 헐 수 있다면, 그것도 개선 아니겠어요?"

레이철 린드 부인이 고개를 끄덕였다.

"그건 그렇지. 그 폐가가 몇 년이나 흉물스럽게 마을에 남아 있었어. 너희 개선회가 잘 구슬려서 레비 볼터가 제 손에 떨어지는 것도 없이 마을을 위해 뭐라도 하게 된다면, 나도 거기 가서 내 눈으로 그 과정을 지켜보고 싶고말고. 힘 빠지게 할 마음은 없다, 앤. 네 생각도 새겨볼 만한 게 있을 테지. 물론 내 보기엔 시답잖은 양키들 잡지를 뒤적이다 떠오른 발상 같다만. 어쨌든 학교에 나가게 되면 너도 여력이 없을 테니, 친구로서 조언을 좀 하마. 굳이 뭘 개선하겠다고 애쓰지 마라. 그래도 벌써 마음을 정했으면 넌 그 일을 밀어붙이겠지. 넌 예전부터 어떻게든 버티고 해내는 아이였으니까."

앤이 입을 굳게 다물고 있는 것을 보면, 레이철 린드 부인이 영 틀린 말을 한 건 아닌 듯했다. 앤의 마음은 온통 개선회를 만드는 일에 쏠려 있었다. 길버트 블라이드는 화이트샌즈에서 아이들을 가르치지만 매주 금요일 밤이면 집에 돌아와 월요일 아침까지 머물렀는데, 길버트도 개선회에 열성적이었다. 마을 사람들도 대부분은 가끔씩 모여 '재미있는' 시간도 보낼 수 있는 일이기에 기꺼이 참여했다. '개선'이란 게 뭘 하자는 것인지, 머릿속에 구체적인 그림을 가지고 있는 사람은 앤과 길버트뿐이었다. 둘은 계속해서 이야기를 나누고 계획을 짜면서 마음속으로 이상적인 에이번리를 그려나갔다.

레이철 린드 부인이 가져온 소식은 그게 다가 아니었다.

"카모디 학교에는 프리실라 그랜트가 가기로 했다던데. 퀸스에 갈 때 같이 갔던 아이 아니니, 앤?"

"네, 맞아요. 프리실라가 카모디 학교에 가게 되었군요! 정말 잘됐어요!"

앤이 소리쳤다. 잿빛 눈이 밝게 빛나며 저녁 하늘의 별들처럼 반짝였다. 그 모습을 지켜보던 레이철 린드 부인은 앤 셜리가 정말 예쁜 소녀인지 아닌지 속 시원하게 결론을 낼 날이 있을까 새삼스레 생각했다.

2장

성급한 매매와 뒤늦은 후회

다음 날 오후에 앤은 마차에 다이애나 배리를 태우고 카모디까지 장보기 원정을 나갔다. 다이애나 역시 개선회에 들어오기로 굳게 약속한 터라, 두 소녀는 카모디에 다녀오는 길 내내 개선회 이야기만 했다.

"활동을 시작하면 제일 먼저 저 마을회관부터 칠해야 해."

에이번리 마을회관을 지나면서 다이애나가 말했다. 허름한 마을회관은 나무가 우거진 우묵한 땅에 자리 잡고 있었는데, 가문비나무들이 사방을 에워싸고 있어 건물도 잘 보이지 않았다.

"보기만 해도 부끄러울 정도야. 저것부터 무슨 수를 써야 해. 레비 볼터 씨한테 집을 헐게 하기 전이라도 말이야. 아버지 말씀으로는 우린 절대 못할 거래. 레비 볼터 씨처럼 이기적인 사람이 그런 데 시간을 낭비하겠느냐셔."

앤이 희망을 갖고 말했다.

"남자애들이 나무판자들을 뜯어내서 불쏘시개로 쓰도록 쪼개주면 아마 레비 볼터 씨는 허락해줄 거야. 우린 나름대로 최선을 다하면서 처음에는 더디더라도 진행이 되는 데 만족해야 해. 모든 걸 한번에 개선하려고 하면 안 되니까. 우선 여론부터 잘 만들어야지."

다이애나는 여론을 만든다는 게 무슨 뜻인지 잘 몰랐지만 좋은 생각 같았고, 그런 목적을 가진 모임에 속하게 됐다는 게 자랑스러웠다.

"어젯밤에 우리가 할 수 있는 일들을 생각해봤어, 앤. 저기 카모디하고 뉴브리지하고 화이트샌즈가 이어지는 세 길이 만나는 삼각 교차로 알지? 거기 어린 가문비나무들이 우거져 있는데, 그 나무들을 다 베어내고 자작나무 두세 그루만 남겨두면 어떨까?"

앤이 유쾌하게 맞장구를 쳤다.

"멋지겠다. 자작나무 아래 간단히 앉을 의자도 가져다두자. 그리고 봄이 오면 교차로 한가운데 화단을 만들어서 제라늄을 심는 거야."

"그래. 하이람 슬론 할머니네 소가 길가로 나오지 못하게 막을 방법만 찾으면 돼. 안 그럼 소가 우리 제라늄을 다 먹어치워버릴 테니까."

다이애나가 웃음을 터뜨렸다.

"여론을 잘 만들어야 한다는 네 말을 이제 알 것 같아, 앤. 저기 볼터 씨네 집이 보인다. 저런 흉가 본 적 있니? 게다가 길가에 딱 붙어 있기까지 하고. 창문도 다 깨져버린 폐가라니, 볼 때마다 눈알이 없는 유령 같은 게 떠올라."

앤이 꿈결을 헤매듯 말했다.

"난 낡고 버려진 집을 보면 너무 슬퍼. 지난날을 생각하면서 즐거웠던 때를 그리며 우는 것 같거든. 마릴라 아주머니가 그러시는데 아주 옛날에 저 집에 대가족도 살고, 정말 예쁜 곳이었대. 아름다운 정원에는 장미 덩굴이 만발하고. 어린아이들도 많고 웃음소리며 노랫소리가 끊이질 않았대. 그런데 지금은 텅 비어서 바람만 오가는 곳이 되었잖아. 얼마나 슬프고 외로울까! 어쩌면 달빛이 비추는 밤마다 모두 돌아올지 몰라…… 먼 옛날 어린아이들의 유령이랑 장미와 노래의 유령들도 말이야…… 그럼 잠시나마 저 낡은 집도 즐거웠던 한창때를 다시 한 번 꿈꿀 수 있겠지."

다이애나는 고개를 절레절레 흔들었다.

"난 절대 어떤 장소에 대해서도 그런 상상을 하지 않아, 앤. 기억나니? 예전에 유령의 숲에 유령들이 나온다고 상상했다가 우리 엄마랑 마릴라 아주머니께 엄청 혼났었잖아. 아직도 난 날이 저물면 그 숲을 마음 놓고 지나갈 수가 없어. 볼터 씨네 저 폐가를 놓고도 그런 상상을 하게 되면 난 저 앞을 지날 때도 겁이 날 거야. 그리고 그 아이들은 죽지 않았거든. 다들 어른이 돼서 잘 살고 있어…… 그중 한 명은 정육점을 하고 있고. 꽃이랑 노래도 영혼이 있을 리 없고."

앤은 한숨이 나오려는 걸 삼켰다. 앤은 다이애나를 무척이나 사랑했고 오래전부터 둘은 한결같이 둘도 없는 친구 사이였다. 하지만 상상의 세계를 거닐 때는 혼자일 수밖에 없다는 걸 이미 오래전에 깨달았다. 그곳으로 가는 길에는 마법이 걸려 있어서 아무리 친한 친구라도 함께 갈 수가 없었다.

두 소녀가 카모디에서 볼일을 보는 동안 천둥을 동반한 비가 내렸다. 하지만 비는 곧 그쳤고, 오솔길을 따라 집으로 돌아올 땐 나뭇가지마다 매달린 빗방울이 반짝거리고 녹음이 우거진 골짜기에서 젖은 고사리의 향긋한 내음이 풍겨와 더 즐거웠다. 그런데 초록 지붕 집으로 이어지는 오솔길에 접어드는 순간 앤은 눈앞에 펼쳐진 아름다운 풍경을 망가뜨리고 있는 뭔가를 발견했다.

길 오른쪽으로 넓게 펼쳐진 해리슨 씨네 귀리밭에 푸른 잿빛으로 다 익은 귀리들이 무성히 자라나 있었다. 그리고 그 한가운데 똑바로 버티고 서서 윤기 반지르르한 옆구리를 귀리밭에 파묻고는 태연히 눈을 껌벅이는 저지 소가 보였다!

앤은 입을 앙 다문 채 고삐를 놓고 벌떡 일어났다. 귀리밭의 포식자에게는 좋지 않은 징조였다. 입을 꾹 다문 앤이 재빨리 마차에서 뛰어내려 울타리를 휙 젖히고 귀리밭에 들어갈 때까지도 다이애나는 무슨 일로 그러는지 영문을 몰랐다.

"앤, 돌아와."

다이애나가 그제야 정신을 차리고 소리쳤다.

"귀리가 젖어 있어서 옷이 엉망이 된단 말이야…… 내 말이 들리지 않나봐! 혼자서는 저 소를 끌고 나오지도 못할 텐데. 나도 가서 도와야겠다."

앤은 제정신이 아닌 듯 귀리를 헤치며 나아가고 있었다. 다이애나는 마차에서 훌쩍 뛰어내려 말을 기둥에 단단히 묶어놓고, 예쁜 체크무늬 면 원피스의 치맛자락을 어깨까지 들어올리고서는 울타리를 타고 넘어 얼이 빠진 친구를 쫓아가기 시작했다. 다이애나는 빠르게 달렸다. 흠뻑 젖은 치마가 몸에 달라붙어 거치적거리는 앤을 금방 따라잡았다. 두 사람이 지나온 자리를 해리슨 씨가 봤다면 통곡을 하고도 남았을 것이다.

다이애나가 숨을 몰아쉬며 말했다.

"앤, 제발 거기 서. 난 숨을 못 쉬겠어. 너도 흠뻑 젖었잖아."

앤도 가쁘게 숨을 쉬며 말했다.

"해리슨 아저씨가…… 보기 전에…… 저 소를…… 끌어내야 해. 물에…… 빠져…… 죽는 한이…… 있어도…… 저 녀석은…… 끌어내야…… 한다고."

하지만 소는 이 달콤한 목초지에서 나가야 할 이유를 찾지 못하는 듯했다. 숨이 차오른 두 소녀가 가까이 다가가자마자 소가 방향을 틀더니 정반대쪽 구석으로 냅다 도망치기 시작했다.

앤이 소리쳤다.

"앞을 막아. 뛰어, 다이애나. 어서."

다이애나는 힘껏 달렸다. 말썽꾸러기 소가 귀리밭을 이리저리 도망쳐 다니는 꼴은 뭐에 홀리기라도 한 것 같았다. 다이애나의 눈에는 정말 그래 보였다. 10분을 꼬박 쫓아다닌 끝에야 둘은 소의 앞을 가로막고, 초록 지붕 집 오솔길로 들어가는 구석 틈새로 소를 몰아 나올 수 있었다.

밭을 벗어나는 그 순간에 앤이 천사처럼 굴 기분이 아니었다는 건 확실했다. 카모디에서 온 시어러 씨가 길가에 마차를 세우고 아들과 둘이 만면에 웃음을 띤 채 지켜보고 있었다는 사실을 알고서도 앤은 화가 조금도 누그러지지 않았다.

시어러 씨가 빙그레 웃으며 말했다.

"지난주에 내가 사겠다고 할 때 그 소를 팔지 그랬니, 앤."

머리는 엉망이고 얼굴은 빨갛게 상기된 소의 주인이 말했다.

"지금 팔게요. 아저씨만 괜찮으시다면요. 지금 당장 데려가셔도 돼요."

"좋아. 지난번에 부른 대로 20달러를 쳐주마. 여기 짐이 바로 소를 몰고 카모디까지 가면 되니까. 오늘 저녁에 다른 짐들하고 같이 시내로 싣고 가야겠다. 브라이턴의 리드 씨가 저지종 소를 찾고 있거든."

 5분 뒤 짐 시어러는 저지종 소를 몰고 그곳을 떠났고, 충동적으로 소를 팔아버린 앤은 20달러를 들고 초록 지붕 집 오솔길로 마차를 달렸다.

 "마릴라 아주머니가 뭐라고 하실까?"

 다이애나가 물었다.

 "아, 아주머니는 상관 안 하실 거야. 돌리는 내 소고, 경매에 내놔도 20달러 이상 받지 못할 테니까. 하지만 어쩌지. 해리슨 아저씨가 귀리밭을 보면 우리 소가 또 거기 들어갔던 걸 알게 될 텐데, 난 절대 그럴 일 없을 거라고 내 명예를 걸고 약속했거든! 소를 두고 명예를 걸면 안 된다는 건 이번 일로 확실히 알게 됐어. 축사 담장을 뛰어넘고 부수는 소라면 절대 믿어선 안 되는 거야."

 레이철 린드 부인을 방문했던 마릴라는 돌아오면서 이미 돌리를 팔고 다른 곳으로 데려간 사실을 전부 다 알고 있었다. 레이철 린드 부인이 앤과 시어러 씨가 이야기하는 모습을 창가에서 지켜보고 무슨 일인지 짐작을 했던 것이다.

 "앤, 너무 성급하게 행동하긴 했지만 소를 판 건 잘했다. 그런데 축사에서 어떻게 나왔는지 모르겠구나. 나무판자 몇 장을 부순 모양이지."

"가서 보면 되는데 그 생각을 못했네요. 지금 가볼게요. 마틴은 아직도 소식이 없네요. 숙모가 몇 분 더 돌아가셨나봐요. 피터 슬론 아저씨가 말한 팔순 노인에 대한 이야기 같아요. 저번 날 저녁에 슬론 아주머니가 신문을 읽다가 아저씨한테 그랬대요. 신문에서 팔순 노인이 또 사망했다는 글을 봤는데, 팔순이 뭐냐고요. 슬론 아저씨가 대답하기를, 잘은 모르겠지만 아픈 사람을 가리키는 말일 거라고, 그 사람들 소식은 죽는다는 얘기 말고는 못 들어보지 않았냐고 했대요. 마틴의 숙모들도 그렇잖아요."

마릴라가 넌더리를 내며 말했다.

"마틴도 다른 프랑스인들하고 하나 다를 게 없어. 프랑스인은 단 하루라도 믿는 게 아닌데."

마릴라가 앤이 카모디에서 사온 물건들을 훑어보고 있을 때 마당 쪽에서 날카로운 비명 소리가 들렸다. 곧바로 앤이 두 손을 꼭 마주잡은 채 부엌으로 황급히 달려 들어왔다.

"앤 셜리, 또 무슨 일이니?"

"아, 아주머니, 어떻게 하죠? 최악이에요. 모두 다 제 잘못이에요. 아, 함부로 일을 저지르기 전에 신중히 생각하는 법을 제가 언제쯤이면 배울 수 있을까요? 린드 아주머니도 항상 제게 언젠가 크게 사고 한 번 칠 거라고 하셨는데, 오늘 그러고 말았어요!"

"앤, 알아듣게 얘기해라! 뭣 때문에 그러는 거니?"

"해리슨 아저씨네 저지종 소를 팔았어요…… 아저씨가 벨 아저씨한테서 샀던 소를…… 시어러 씨한테 팔아버렸어요! 돌리가 지금 축사 안에 있고요."

"앤 셜리, 지금 꿈이라도 꾸니?"

"저도 꿈이라면 좋겠어요. 꿈을 꾼 건 아닌데, 악몽 같기는 해요. 해리슨 아저씨네 소는 지금쯤 샬럿타운에 있을 텐데. 오, 아주머니, 이젠 곤경에 빠지는 일은 없을 줄 알았어요. 그런데 제 평생 최악의 곤경에 처하게 됐어요. 어떻게 해야 할까요?"

"어떻게 하냐고? 방법이 없지. 해리슨 씨한테 가서 사실대로 말하는 수밖에. 소 판 값을 받는 게 싫다고 하면 대신 우리 소를 줘도 되고. 저 녀석도 해리슨 씨네 소만큼 좋은 소야."

앤이 우는 소리를 했다.

"분명 노발대발 화를 내면서 마뜩찮아 할 거예요."

"아마 그럴 테지. 성미가 욱하는 사람 같으니. 네가 못 가겠으면 내가 해리슨 씨를 만나 설명을 하마."

앤이 외쳤다.

"아니에요. 그러면 비겁한 사람이 되는 거잖아요. 전부 제 잘못인데 아주머니께 대신 벌을 받아달라고 하는 건 말도 안 돼요. 제가 갈게요. 지금 당장요. 너무 창피해서 얼른 끝내는 게 나을 것 같아요."

가엾은 앤은 모자와 20달러를 챙겨 들고 밖으로 나가다가 열린 문틈으로 식료품 창고 안을 흘긋 들여다보았다. 창고 안 탁자 위에는 그날 아침에 직접 구운 견과 케이크가 놓여 있었다…… 분홍색 설탕옷을 입히고 호두로 장식해서 특별히 맛있게 만든 케이크였다. 원래는 금요일 저녁, 에이번리의 젊은이들이 초록 지붕 집에 모여 마을 개선회를 조직하기로 한 날 내놓으려고 만든 것이었다. 하지만 화를 내도 할 말이 없는 해리슨 씨가 먼저였다. 저 케이크면 누구든 화가 누그러질 것 같았다. 손수 음식을 해먹어야 하는 남자라면 더욱 그럴 터였다. 앤은 얼른 케이크를 상자에 집어넣었다. 화해의 선물로 해리슨 씨에게 가져다줄 생각이었다.

"나한테 한 마디라도 할 기회를 줘야 가능한 이야기지만."

앤은 쓸쓸한 생각으로, 오솔길 울타리를 넘어 지름길로 들어가 꿈결 같은 8월 저녁노을에 황금빛으로 물든 들판을 가로지르기 시작했다.

"사형장에 끌려가는 사람들 기분을 이제야 알 것 같아."

3장

해리슨 씨네 집에서

 옛날식으로 처마가 낮고 하얗게 회칠을 한 해리슨 씨네 집은 울창한 가문비나무 숲을 등지고 서 있었다. 해리슨 씨는 덩굴 그늘이 드리워진 베란다에 셔츠 바람으로 앉아 저녁 담배를 즐기고 있었다. 해리슨 씨는 누군가 그쪽으로 올라오고 있다는 걸 알아채자마자 벌떡 일어나, 쏜살같이 집으로 뛰어들어가 문을 닫아버렸다. 놀라서 그렇기도 했지만, 전날 홧김에 성질을 부렸던 게 부끄럽기도 했기 때문이었다. 하지만 그 모습을 본 앤은 그나마 남아 있던 용기마저 모두 잃어버리고 말았다.
 "지금도 저렇게 언짢아하는데 내가 한 짓을 듣고 나면 어떻게 나올까."
 앤은 참담한 심정으로 똑똑 문을 두드렸다.
 하지만 문을 연 해리슨 씨는 얼굴에 수줍은 미소를 걸친 채 약간 긴장한 듯도 했지만 순하고 친절한 목소리로 앤에게 들어오라고 말했다. 파이프 담배를 한쪽에 내려놓고 겉옷을 걸친 해리슨 씨는 먼지가 뽀얗게 쌓인 의자를 앤에게 무척이나 정중하게 권했다. 그렇게 기분 좋게 끝날 수도 있었던 손님맞이에 끼어든 건 새장에 앉아 장난기 가득한 금빛 눈으로 빤히 지켜보던 앵무새였다. 진저는 앤이 자리에 앉자마자 소리를 질러댔다.
"허 참, 저 빨강 머리 애송이가 여긴 왜 왔지?"
해리슨 씨와 앤은 둘 다 얼굴이 빨갛게 달아올랐다.
"저 앵무새는 신경 쓰지 마라."
해리슨 씨가 진저를 향해 눈을 부라렸다.
"저 녀석은…… 저 녀석은 맨날 허튼소리만 해댄단다. 선원 동생한테서 데려왔거든. 뱃사람들은 말을 험하게 할 때도 많은데, 앵무새란 게 워낙 흉내를 잘 내는 새거든."
"그렇겠네요."
불쌍한 앤은 이곳에 온 용무를 떠올리며 화를 가라앉혔다. 이 상황에서 해리슨 씨에게 면박을 줄 수도 없는 노릇이었다. 남의 소를 확인도 해보지 않고, 주인의 동의도 없이 몰래 팔아치운 사람은 그 주인의 앵무새가 연거푸 무례한 말을 해도 개의치 말아야 한다. 그렇지만 "빨강 머리 애송이"라니, 이번 일만 아니면 그냥 웃고 넘기기 힘든 말이었다.
"사실대로 꼭 말씀을 드려야 할 일이 있어서 왔어요, 해리슨 아저씨."

앤이 각오를 단단히 하며 말했다.

"그게…… 그러니까…… 소에 대한 거예요."

해리슨 씨가 불안해하는 기색으로 소리쳤다.

"허참, 또 우리 귀리밭에 들어간 거냐? 아니다. 괜찮다…… 그랬어도 괜찮아. 그런다고 밭이 어떻게 되는 것도…… 아니고, 어제는…… 어제는 내가 너무 경솔하긴 했어. 소가 밭에 들어갔대도 신경 쓰지 마라."

앤이 한숨을 내쉬었다.

"아, 그런 일이면 차라리 낫겠어요. 그렇지만 이건 열 배나 더 심한 일이에요. 그러니까……"

"허참, 그 소가 우리 밀밭에 들어간 거냐?"

"아니요…… 아니에요…… 밀밭에는 안 들어갔어요. 그런데……"

"그럼 양배추로군! 박람회에 출품하려고 키운 양배추들인데, 그 밭에 들어갔다는 거지?"

"양배추도 아니에요, 해리슨 아저씨. 전부 다 말씀드릴게요…… 그러려고 온 거니까요. 그런데 중간에 말을 끊진 말아 주세요. 그럼 제가 불안해지거든요. 제가 말씀을 다 드릴 때까지 들어만 주세요. 다 듣고 나면 하실 말씀이 많으실 거예요."

앤은 그렇게 말을 맺었지만, 사실 마지막 말은 입 밖으로 나오지 못했다.

"더 이상 말하지 않으마."

해리슨 씨는 자기 말대로 정말로 입을 꾹 다물었다. 하지만 그런 약속 따위에 아랑곳하지 않는 진저가 간간이 "빨강 머리 애송이"라고 소리를 질러대자 앤은 속이 부글부글 끓었다.

"제 소를 어제 저희 축사에 가뒀어요. 그런데 오늘 아침 카모디에 갔다가 돌아오는 길에 보니 소가 아저씨네 귀리밭에 들어가 있더라고요. 다이애나하고 제가 소를 잡아서 끌어냈는데, 얼마나 힘들었는지 상상도 못하실 거예요. 옷은 흠뻑 젖은데다, 몸은 지치고 짜증도 나고. 그러고 있는데 마침 시어러 씨가 와서 소를 사겠다고 하는 거예요. 저는 그 자리에서 20달러를 받고 소를 팔았어요. 제가 잘못한 거죠. 참았다가 마릴라 아주머니와 상의를 했어야 했는데. 전 깊이 생각하지 않고 행동을 먼저 하는 버릇이 있어요. 저를 아는 사람들은 누구나 그렇게 말할 거예요. 시어러 씨는 곧바로 소를 데리고 오후 기차를 타러 가셨어요."

"빨강 머리 애송이."

진저가 완전히 무시하는 말투로 소리쳤다.

해리슨 씨가 자리에서 일어나더니 앵무새만 빼고 모든 새를 전부 벌벌 떨게 만들 표정을 짓고는 진저의 새장을 옆방에 옮겨놓고 문을 닫았다. 진저는 소리를 꽥꽥 질러대며 욕설을 지껄였다. 다른 때라면 평소 하던 대로 계속 떠들어댔겠지만, 진저는 혼자인 걸 깨닫고는 고까운 듯 입을 다물었다.

해리슨 씨가 자리에 돌아와 앉으며 말했다.

"자, 얘기를 계속해봐라. 선원 동생이 저 녀석에게 예의라곤 요만큼도 가르쳐놓질 않았어."

"제가 집에 가서 차를 마신 다음 축사로 갔는데, 해리슨 아저씨……."

앤은 몸을 앞으로 기울이며 예전에 어린아이였을 때의 버릇처럼 두 손을 꼭 맞잡고, 커다란 눈으로 당황해하는 해리슨 씨의 얼굴을 간절하게 바라보았다…….

"제 소가 축사에 그대로 갇혀 있는 거예요. 제가 시어러 씨한테 판 소는 아저씨네 소였어요."

"허참."

해리슨 씨가 예상치 못했던 결말에 깜짝 놀라 얼이 빠진 듯 소리쳤다.

"어떻게 그렇게 말도 안 되는 일이!"

앤이 울먹거리며 말했다.

"오, 그렇게 말도 안 되는 건 아니에요. 전 종종 혼자서 곤란한 일을 벌이기도 하고 다른 사람을 곤혹스럽게 만들기도 하거든요. 전 그런 일로 유명해요. 이젠 그럴 나이는 지났다고 하실 수도 있는데……. 오는 3월이면 열일곱 살이 되거든요……. 그런데 전 아직도 그대로인 것 같아요. 해리슨 아저씨, 제가 용서를 바란다면 너무 뻔뻔스러운 걸까요? 아저씨 소를 다시 데려오기엔 너무 늦었을 거예요. 하지만 소를 팔고 받은 돈은 여기 있어요……. 아니면, 원하신다면 제 소를 가지셔도 돼요. 그 소도 아주 좋은 소거든요. 너무 죄송해서 뭐라고 말씀을 드려야 할지 모르겠어요."

해리슨 씨가 시원스레 입을 열었다.

"쯧쯧. 이제 그만 됐어. 중요한 일도 아니고……. 정말 아무 일도 아니야. 생길 사고는 어떻게든 생기고 말거든. 나도 지나치게 성급하게 굴 때가 있어, 아가씨…… 너무 급해서 탈이라니까. 생각나는 대로 막 떠들어버리니 그걸 본 사람들은 나를 그런 사람이라 생각하겠지. 그 소가 내 양배추밭에 들어갔대도…… 뭐 상관없어. 진짜 들어간 것도 아니고, 그러니까 괜찮아. 나는 네 소를 데려오는 게 낫겠구나. 네가 소를 팔고 싶어하니 말이야."

"아, 감사합니다, 해리슨 아저씨. 화를 내지 않으셔서 정말 기뻐요. 화를 내실까봐 걱정했거든요."

"그리고 나를 찾아와서 사실대로 말하는 것도 무서워 죽을 일이었겠지. 내가 어제 그 난리를 쳤으니 말이다. 하지만 그런 건 신경 쓰지 마라. 내가 돌려 말할 줄 모르는 노인네라 그래…… 뻔한 일인데도 곧이곧대로만 말하려고 하고."

"린드 아주머니도 그래요."

앤이 자기도 모르게 불쑥 말했다.

해리슨 씨가 짜증을 내며 말했다.

"누구? 린드 부인 말이냐? 내가 그 수다쟁이 노인네하고 똑같다고? 아니다……. 전혀 안 똑같아. 그 상자에 가져온 건 뭐지?"

"케이크예요."

앤이 경쾌하게 대답했다. 해리슨 씨가 뜻밖에도 다정다감한 태도를 보이자 마음이 놓인 앤은 기분이 깃털처럼 가볍게 날아올랐다.

"아저씨께 드리려고 가져왔어요……. 케이크는 자주 안 드실 것 같아서요."

"그래, 맞는 말이야. 난 케이크를 아주 좋아하는데 말이야. 정말 고맙다. 보기엔 먹음직하구나. 맛도 좋겠지."

앤이 자신 있게 대답했다.

"그럼요. 예전에는 케이크를 잘 못 만든 적도 있긴 했어요. 그건 앨런 사모님이 잘 아시죠. 하지만 이 케이크는 괜찮아요. 개선회 모임 때 먹으려고 했던 건데, 그건 다시 만들면 되니까요."

"그럼, 내가 먹는 걸 아가씨가 도와줘야겠는걸. 내가 물을 올릴 테니 같이 차를 마시자꾸나. 어때?"

앤이 미심쩍어하는 말투로 물었다.

"차는 제가 끓일까요?"

해리슨 씨는 빙긋 웃었다.

"내 차 끓이는 실력을 별로 믿지 못하겠다는 거지. 틀렸어……. 아가씨가 다른 데서 마셔본 차들에 견주어도 손색없을 차 한 잔쯤은 끓일 수 있어. 하지만 아가씨가 하도록 해. 다행히 지난 일요일에 비가 와서 깨끗한 그릇이 많이 있단다."

앤은 발딱 일어나 차를 끓이러 갔다. 찻주전자를 몇 번이고 물에 헹궈내고 나서야 차를 우렸다. 그런 다음 스토브를 닦고 식탁을 차리려고 식료품 창고에서 접시들을 가져왔다. 식료품 창고의 상태를 보고는 질겁했지만 아무 말도 하지 않았다. 해리슨 씨는 앤에게 빵과 버터, 복숭아 통조림이 있는 위치를 알려주었다. 앤은 정원에서 만들어 온 꽃다발로 식탁을 장식했지만, 식탁보에 묻은 얼룩은 못 본 체했다. 금방 차가 준비되자, 앤은 어느새 해리슨 씨네 식탁에서 해리슨 씨와 마주앉아 그의 잔에 차를 따라주고, 자신의 학교와 친구와 계획들에 대해 거리낌 없이 떠들어대고 있었다. 앤 자신도 믿기 힘들 정도였다.

해리슨 씨는 가엾은 새가 외로울 거라며 진저를 도로 데리고 나왔다. 앤은 세상의 모든 것들을 용서할 수 있을 것만 같은 기분으로 진저에게 호두를 내밀었다. 하지만 마음이 상할 대로 상해버린 진저는 앤의 친선 제안을 거부해버렸다. 진저가 횃대에 까칠하게 앉아 깃털을 잔뜩 부풀리고 있는 모습은 나중에는 초록색과 황금색 무늬가 섞인 공처럼 보였다.

"왜 이 새를 진저라고 부르는 거예요?"

앤이 물었다. 알맞은 이름을 붙이는 걸 좋아하는 앤에게 진저라는 이름은, 저토록 화려한 깃털과는 전혀 어울리지 않아 보였다.

"선원 동생이 붙인 이름이야. 저 녀석 성미를 보고 지었겠지. 그래도 난 저 녀석이 무척 좋아……. 내가 얼마나 좋아하는지 알면 깜짝 놀랄걸. 물론 흠도 있지. 저 새 때문에 적잖이 대가도 치렀고. 새가 욕을 해댄다고 싫어하는 사람들도 있지만 그 버릇은 못 고치더라고. 나도 고치려고 해봤고……. 다른 사람들도 노력을 했지. 어떤 사람들은 앵무새에 편견을 갖고 있어. 바보 같지 않아? 난 앵무새가 좋아. 진저는 내 가족이나 마찬가지야. 어떤 상황에서라도 진저를 포기하는 일은 없을 거야……. 그 어떤 경우라도 말이야, 아가씨."

마치 앤이 진저를 포기하라고 설득하려는 속셈을 숨기고 있기라도 하다는 듯, 해리슨 씨는 앤을 보며 마지막 말을 버럭 질러댔다. 하지만 앤은 괴상하고 신경질적이고 산만한 이 남자가 좋아지기 시작한 터였다. 다과 자리를 마치기도 전에 두 사람은 꽤나 사이좋은 친구가 되어 있었다. 해리슨 씨는 개선회에 대한 이야기를 듣고는 괜찮다고 생각했다.

"맞아. 잘해보렴. 이 동네는 개선할 것들이 많지……. 사람들도 그렇고."

"아, 그건 잘 모르겠네요."

앤이 발끈했다. 자기 스스로나 특정한 친구 몇몇이 그런 말을 했다면, 에이번리와 마을 사람들에게 몇 가지 사소한 결함이 있고 쉽게 고쳐질 거라 인정했을 것이다. 하지만 해리슨 씨처럼 실제로 외지에서 온 사람들에게서 그런 말을 듣고 싶지는 않았다.

"저는 에이번리가 아름다운 곳이라고 생각해요. 여기 사는 사람들도 정말 좋은 사람들이고요."

"욱한 모양이야."

해리슨 씨가 발끈 달아오른 앤의 뺨과 성난 눈빛을 바라보며 꼬집어 말했다.

"성격도 머리색을 따라가나봐. 에이번리는 꽤 괜찮은 곳이야. 그렇지 않았다면 나도 여기 살지 않았을 거고. 하지만 부족한 부분이 있다는 건 너도 인정할걸?"

에이번리의 충신답게 앤이 말했다.

"전 그래서 더 좋은걸요. 장소든 사람이든 부족한 점이 없으면 싫더라고요. 사람이 너무 완벽하면 정말 재미없을 것 같아요. 밀턴 화이트 아주머니가 그러시는데, 지금까지 한 번도 완벽한 사람을 만난 적은 없었지만 이야기는 많이 들어보셨대요……. 아저씨의 전 부인이 그런 사람이었다고요. 완벽한 아내와 결혼했던 남자하고 재혼을 하면 너무 불편할 것 같지 않나요?"

"완벽한 여자하고 결혼하는 게 더 불편하겠지."

해리슨 씨가 난데없이 흥분한 목소리로 잘라 말했다.

차를 다 마시고 나서 앤은 설거지를 하겠다고 고집을 부렸고, 해리슨 씨는 집에 있는 그릇들로 아직 몇 주는 더 살 수 있다며 버텼다. 바닥도 쓸어주고 싶은 마음이 간절했지만, 빗자루는 보이지 않았고 빗자루가 아예 없다고 할까봐 묻지도 못했다.

앤이 돌아가려 할 때 해리슨 씨가 말했다.

"가끔 얘기나 나누러 놀러 오렴. 집도 가까운데 이웃끼리 친하게 지내야지. 너희들이 한다는 그 모임에도 관심이 가고. 재미있을 것 같아. 누구하고 먼저 붙어볼 셈이야?"

"우리가 바꾸려는 건 사람이 아니에요……. 마을을 개선하는 거라고요."

앤이 위엄을 갖춘 목소리로 말했다. 해리슨 씨가 이 계획을 비웃고 있는 게 아닌가 수상쩍었기 때문이다.

앤이 그곳을 나선 뒤, 해리슨 씨는 창밖으로 앤을 지켜보았다……. 홀가분하고 경쾌한 걸음으로 저녁노을에 물든 들판을 가로질러 가는, 나긋한 소녀의 모습이었다.

해리슨 씨가 혼잣말처럼 말했다.

"나는 괴팍하고 화도 잘 내는 쓸쓸한 늙은이지만, 저 아이 덕분에 다시 젊은 시절로 돌아간 기분이었어……. 가끔씩 또 이런 유쾌한 기분을 느껴보고 싶군."

"빨강 머리 애송이."

진저가 조롱하듯이 깍깍댔다.

해리슨 씨는 앵무새에게 주먹을 흔들어 보이며 투덜댔다.

"고약한 녀석. 선원 동생이 널 데려왔을 때 모가지를 비틀어 버렸어야 했나 하는 생각까지 드는구나. 다시는 나를 난처하게 만드는 짓 안 할 거지?"

앤은 집으로 즐겁게 달려가 마릴라에게 모험담을 늘어놓았다. 마릴라는 앤이 너무 한참 동안 돌아오지 않아 걱정스런 마음에 막 찾아 나서려던 참이었다.

앤이 행복해하며 말을 맺었다.

"어쨌든 참 멋진 세상이죠, 아주머니? 얼마 전에 린드 아주머니는 세상이 그리 좋은 곳이 아니라고 불평을 하셨거든요. 좋은 걸 기대하면 어김없이 실망할 일이 생긴다고요……. 어쩌면 정말 그럴지도 모르죠. 하지만 그렇기 때문에 좋은 점도 있어요. 나쁜 일도 걱정했던 것만큼 나쁘지 않을 수 있잖아요……. 대부분은 생각보다 훨씬 더 좋은 일이 생기는 것 같아요. 오늘 저녁에 해리슨 아저씨 댁에 갈 때도 너무 걱정을 했는데, 아저씨는 정말 친절한 분이셨고 저한테는 기분 좋은 시간을 만들어 주셨어요. 아저씨하고 전 진짜 좋은 친구가 될 것 같아요. 서로를 넓은 마음으로 대한다면요. 모든 게 가장 좋은 방향으로 흘렀어요. 하지만 그래도, 아주머니, 앞으로는 절대로 주인이 누구인지 확인도 하지 않고 소를 팔지는 않을 거예요. 그리고 전 앵무새가 진짜 싫어요!"

4장

다른 생각

 어느 날 저녁 해질 무렵, 제인 앤드루스와 길버트 블라이드, 앤 셜리는 살랑살랑 흔들리는 가문비나무 가지 그늘 아래 울타리 앞을 서성이고 있었다. 자작나무 길이 큰 길과 만나는 곳이었다. 제인이 놀러와 앤과 오후를 함께 보내다가 집에 돌아가는 길에 울타리 앞에서 길버트를 만났고, 셋은 운명의 내일에 대해 이야기를 나누었다. 내일이 바로 9월 1일, 학교가 시작되는 날이었다. 제인은 뉴브리지로, 길버트는 화이트샌즈로 가기로 되어 있었다.

 앤이 한숨을 쉬며 말했다.

 "너희는 나보다 나아. 너희가 가르치는 아이들은 너희들을 모르잖아. 나는 예전에 학교에 같이 다녔던 아이들을 가르쳐야 하는데, 린드 아주머니 말씀이 첫날부터 아이들을 단단히 잡지 않으면 아이들이 존경심을 보이지 않을 거래. 아, 책임감이 너무 무거워!"

"우린 다 잘해낼 거야."

제인은 편해 보이는 얼굴로 말했다. 제인은 좋은 영향을 주고 싶다는 포부 같은 것으로 마음을 끓이지 않았다. 제인이 바라는 건 월급을 제대로 받고, 이사회를 만족시키고 장학사들이 주는 표창장을 받는 정도였다. 제인의 포부는 딱 거기까지였다.

"가장 중요한 건 질서를 잡는 거니까, 선생님은 아이들을 혼낼 수밖에 없어. 나는 학생들이 내 말을 안 들으면 벌을 줄 거야."

"어떤 벌?"

"당연히 호되게 매를 맞는 거지."

앤이 깜짝 놀라 소리쳤다.

"세상에, 제인, 설마. 그런 건 안 돼."

제인은 단호했다.

"정말이야. 난 그렇게 할 수 있고, 또 그렇게 할 거야. 아이들이 맞을 짓을 하면."

앤도 못지않게 단호하게 말했다.

"난 아이들에게 매는 절대 못 들 거야. 그건 정말 아니라고 생각해. 스테이시 선생님은 한 번도 회초리를 들지 않고도 아이들을 잘 이끄셨어. 필립스 선생님은 매번 매질을 했지만 교실은 엉망이었고. 매질은 안 돼. 내가 매를 들어야만 뭔가를 할 수 있다면 학교를 떠나는 게 나아. 더 나은 방법들도 있잖아. 난 아이들이 나를 좋아하게끔 만들 거야. 그럼 아이들도 내가 하는 말을 잘 따를 거야."

제인이 현실적으로 말했다.

"하지만 아이들이 따르지 않으면?"

"그래도 아이들에게 매를 들진 않을 거야. 그건 아무런 도움이 안 돼. 오, 제인, 학생들을 때리지 마. 아이들이 무슨 잘못을 하든 말이야."

제인이 물었다.

"넌 어떻게 생각해, 길버트? 가끔은 매가 꼭 필요한 아이들도 있지 않니?"

"아이를…… 어떤 아이건 때리는 건 잔인하고 야만적인 일이라고 생각하지 않니?"

앤이 잔뜩 진지해진 얼굴로 물었다.

"글쎄."

길버트는 자신의 진짜 생각과 앤에게 동조해주고 싶은 마음 사이에서 갈팡질팡하며 천천히 입을 열었다.

"둘 다 일리가 있어. 나도 아이들을 때리는 게 그렇게 옳다고 생각하지는 않아. 내 생각에는, 앤이 말한 것처럼 원칙적으로 아이들을 다루는 더 나은 방법들도 있고, 체벌은 마지막 방법이어야 돼. 또 한편으론 제인 말처럼 가끔씩 다른 방법으로는 말을 듣지 않는 아이들도 있고, 그러니까 한 마디로 매를 맞아야만 잘못을 고치는 아이들도 있잖아. 아무튼 체벌은 최후의 수단이어야 한다는 게 내 원칙이야."

길버트는 두 사람의 기분을 다 맞춰주려고 애썼지만, 그런 노력이 흔히 그러하듯 한 사람에게도 만족을 주지 못했다. 제인은 머리를 홱 치켜들었다.

"난 아이들이 버릇없이 굴면 때릴 거야. 아이들이 잘못을 깨우치게 하는 데 그보다 쉽고 빠른 방법이 어디 있다고."

앤은 실망한 듯 길버트를 힐끔 쳐다보고는 단호한 목소리로 입장을 고수했다.

"나는 절대 단 한 아이도 때리지 않을 거야. 그건 옳은 방법도 아니고, 꼭 필요한 일도 아니야."

"네가 남자아이한테 뭔가를 시켰는데 그 애가 버릇없이 말대꾸를 하면 어떻게 할 건데?"

"방과 후에 남게 해서 다정하지만 단호하게 설명해줄 거야. 누구나 찾아보면 장점은 있어. 그걸 찾아서 키워주는 건 선생의 임무야. 퀸스 학교에서 학교운영을 배울 때 교수님도 그렇게 말씀하셨잖아. 아이들을 때리는 방법으로 장점을 찾아낼 수 있을 거라 생각하니? 아이들을 옳은 쪽으로 인도하는 건 읽기, 쓰기, 더하기를 가르치는 것보다도 훨씬 더 중요한 일이라고 레니 교수님도 말씀하셨잖아."

"하지만 장학사들이 보는 건 읽기, 쓰기하고 셈법뿐이잖아. 아이들이 그 기준에 미치지 못하면 너도 좋은 평가를 못 받아."

제인이 반박했다.

앤도 의견을 굽히지 않고 단호하게 말했다.

"나는 아이들에게 사랑받고 시간이 흐른 뒤에는 진정한 도움을 준 선생님으로 기억되는 게, 장학사들의 표창을 받는 것보다 더 좋아."

길버트가 물었다.

"아이들이 나쁜 행동을 할 때 아무 벌도 주지 않을 거야?"

"그래, 벌을 줘야 할 때도 있겠지. 그러긴 정말 싫겠지만 말이야. 하지만 쉬는 시간에 자리에 앉아 있게 한다든가, 일어나서 서 있게 한다든가, 아니면 글쓰기 같은 과제를 준다든가 하면 돼."

제인이 장난스럽게 물었다.

"여학생을 남학생 옆자리에 앉히는 벌을 주진 않겠지?"

길버트와 앤은 서로를 쳐다보고는 바보처럼 벙긋 웃었다. 옛날에 앤도 길버트 옆자리에 앉는 벌을 받은 적이 있었는데, 그 때문에 괴롭고 슬펐던 기억이 있었기 때문이다.

세 사람이 헤어질 때 제인이 달관한 사람처럼 말했다.

"뭐, 시간이 지나면 어떤 게 최선의 방법인지 알게 되겠지."

앤은 나무들이 바스락거리며 그늘을 드리우고, 고사리 냄새가 향긋한 자작나무 길을 따라 초록 지붕 집을 향해 걸어갔다. 제비꽃 골짜기를 지나 전나무 아래 어둠과 빛이 어우러진 버드나무 연못을 건너고 연인의 오솔길을 따라갔다…… 오래전 앤과 다이애나가 그렇게 이름 붙인 곳이었다. 앤은 천천히 걸으며 숲과 들판과 별빛이 반짝이는 여름 저녁의 아름다움을 만끽했다. 그리고 내일이면 짊어지게 될 새로운 임무에 대해 진지하게 생각했다. 초록 지붕 집 마당에 들어서자, 열려 있던 부엌 창으로 레이철 린드 부인의 단호하고 유난스러운 목소리가 흘러나왔다.

앤은 얼굴을 찡그렸다.

"린드 아주머니가 내일 일로 내게 조언을 해주러 오셨나봐. 그럼 들어가지 않는 게 낫겠어. 아주머니의 조언은 후추 같아서…… 조금만 들으면 참 좋은데 너무 매워서 얼얼할 정도로 하신단 말이야. 해리슨 아저씨네로 가서 수다나 떨다 와야겠다."

아찔했던 저지 소 사건이 있었던 날 이후로 해리슨 씨를 찾아가 이야기를 나눈 것은 이번이 처음이 아니었다. 벌써 몇 번이나 해리슨 씨를 찾아가서 두 사람은 아주 가까운 친구가 되어 있었다. 물론 해리슨 씨가 말을 거침없이 할 때도 있었는데, 해리슨 씨 본인은 그런 자기 성격을 자랑스럽게 생각해서 오히려 일부러 더 노골적으로 말하기도 했다. 진저는 여전히 앤을 수상쩍어하며 어김없이 "빨강 머리 애송이"라고 빈정댔다. 해리슨 씨는 그 버릇을 고치려고 앤이 앤을 볼 때마다 반갑게 벌떡 일어나서 "세상에, 저 예쁜 아가씨가 또 오네" 같은 칭찬의 말들을 외쳤지만 소용이 없었다. 진저는 그의 계략을 꿰뚫어 보고 콧방귀를 뀌듯 무시했다. 앤은 자신이 없는 곳에서 해리슨 씨가 얼마나 앤의 칭찬을 해댔는지 전혀 알지 못했다. 해리슨 씨는 앤 앞에서는 그런 듣기 좋은 말들을 절대 하지 않았다.

"저런, 내일 쓸 회초리를 구하려 숲에 다녀오는구나."

앤이 베란다 계단을 올라가자 해리슨 씨가 앤을 맞이하며 말했다.

"아니에요."

앤이 억울해하며 말했다. 앤은 매사에 진지하게 받아들이는 성격 때문에 골려 먹는 재미가 있었다.

"저는 절대 제가 다니는 학교에 회초리를 가져다놓지 않을 거예요, 해리슨 아저씨. 물론 지시봉은 있어야겠지만, 그건 뭔가를 가리킬 때만 쓸 거라고요."

"그럼 가죽끈을 쓸 셈인 게지? 글쎄다. 난 잘 모르겠지만 그게 맞겠지. 회초리가 더 따끔하긴 해도 아린 맛은 가죽끈이 오래 가는 게 사실이야."

"전 그런 거 안 써요. 학생들을 때리지 않을 거라고요."

"맙소사. 그럼 아이들을 어떻게 잡으려는 거냐?"

해리슨 씨가 정말 깜짝 놀라서 물었다.

"저는 아이들을 애정으로 다스릴 거예요, 아저씨."

"그건 안 될걸. 전혀 안 먹힐 거야, 앤. '매를 아끼면 아이를 망치는' 법이거든. 난 학교에 다닐 때 하루도 거르지 않고 날마다 선생님한테 매를 맞았지. 나쁜 짓을 안 한 날도 무슨 작당모의를 한다며 때렸다니까."

"아저씨가 학생일 때하고는 많이 달라졌어요."

"하지만 사람의 본성이란 바뀌지 않아. 내 말 허투루 듣지 마라. 여차하면 매를 들어야지, 그렇지 않으면 어린놈들은 다룰 수가 없어. 그건 불가능해."

"우선 제 방법대로 노력해볼게요."

앤은 의지가 상당히 강한데다 자기 생각을 좀처럼 굽힐 줄 몰랐다.

해리슨 씨는 늘 하던 말투로 말했다.

"진짜 고집이 세다니까. 그래, 뭐, 두고 보자. 언젠가 네가 성이 나면…… 머리 색깔이 너 같은 사람들은 쉽게 욱하곤 하니까…… 지금 생각 같은 건 까맣게 잊고 아이들을 마구 때리게 될 거다. 너는 교사가 되기엔 너무 어려…… 너무 어리고 철이 없지."

결국 앤은 그날 밤 비관적인 기분으로 잠자리에 들었다. 그렇게 잠을 설치는 바람에 핼쑥한 낯빛으로 나타난 앤은 세상을 다 잃은 얼굴로 아침 식탁 앞에 앉았다. 마릴라는 앤을 염려해 몹시 뜨거운 생강차를 만들어주며 마시라고 재촉했다. 앤은 억지로 차를 조금씩 홀짝였지만, 생강차로 뭐가 더 나아질 거란 생각은 들지 않았다. 마법의 성분이 있어서 나이나 경험을 키워준다면, 앤은 한 주전자라도 눈 하나 꿈쩍 않고 마셨을 것이다.

"아주머니, 제가 실패하면 어쩌죠?"

앤의 말에 마릴라가 대답했다.

"하루아침에 모든 걸 다 실패해버리기도 어려운 일이야. 시간은 많아. 문제는 말이다, 앤, 아이들한테 한 번에 전부를 가르치고 아이들의 잘못을 당장에 고쳐줄 수 있다고 생각하면서, 그걸 못하면 실패했다고 여기는 거란다."

5장

선생님다운 선생님

 그날 아침 학교에 가는 길에 앤은…… 평생에 처음으로 자작나무 길의 아름다운 풍경과 소리들이 눈에도 귀에도 들어오지 않았다…… 학교는 쥐 죽은 듯이 고요했다. 전임 선생님이 아이들에게 새 선생님이 오실 때 자리에 얌전히 앉아 있어야 한다고 일러둔 덕이었다. 앤이 교실에 들어서자 '아침처럼 빛나는 얼굴들'과 호기심이 반짝이는 눈동자들이 단정히 줄 맞추어 앉아 앤을 맞아주었다. 앤은 모자를 벗고 학생들을 마주 보며, 겁에 질린 바보가 된 듯한 기분을 들키지 않기를, 그리고 얼마나 떨고 있는지 아이들이 알지 못하기를 바랐다.

 전날 앤은 자정까지 잠들지 못하고 앉아서, 첫 수업을 시작하면서 학생들에게 건넬 인사말을 짰다. 앤은 준비한 인사말을 공들여 고치고 수정하고 외웠다. 아주 훌륭히 완성된 인사말에는 특히 서로 돕고 부지런히 지식을 쌓아야 한다는 멋진 내용도 들어 있었다. 문제는 지금 이 순간 단 한 마디도 머릿속에 떠오르지 않는다는 것이었다.

1년 같기만 한 십여 초가 흐른 뒤에…… 앤은 잔뜩 움츠러든 목소리로 "성경책을 꺼내세요"라고 말하고는 아이들이 책상 뚜껑을 여닫느라 달그락거리는 사이 가쁜 숨을 몰아쉬며 쓰러지듯 자기 의자에 앉았다. 아이들이 성경 구절을 읽는 동안 앤은 불안한 마음을 다잡고, 어른의 세계로 행진하는 어린 순례자들을 살펴보았다.

물론 대부분은 앤이 너무나도 잘 아는 얼굴들이었다. 앤의 동급생들은 지난해에 졸업을 했지만, 나머지는 모두 앤과 학교를 다녔던 학생들이었다. 새로운 얼굴은 신입생들과 에이번리 학교로 새로 전학을 온 열 명뿐이었다. 앤은 이미 가능성을 잘 알고 있는 다른 아이들보다 새로 온 열 명의 아이들에게 내심 더 관심이 생겼다. 알고 보면 다른 아이들과 다를 바 없이 평범한 학생들일지 모르지만, 그래도 그중 뛰어난 천재가 있을지 모를 일이었다. 생각만으로도 가슴이 설레었다.

구석 책상에 혼자 앉아 있는 학생은 앤서니 파이였다. 앤서니는 어둡고 시무룩한 얼굴을 하고, 적대감이 깃든 검은 눈동자로 앤을 노려보고 있었다. 앤은 그 얼굴을 보자마자 앤서니가 자기를 좋아하게 만들어 파이 집안사람들을 어리둥절하게 만들어줘야겠다고 마음을 먹었다.

맞은편 구석에는 낯선 남학생이 아티 슬론 옆자리에 앉아 있었다…… 명랑해 보이는 어린아이였는데, 코는 들창코에 주근깨가 나 있었고, 커다란 연푸른빛 눈에 속눈썹도 연한 색이었다. 아마도…… 도넬 씨 댁의 아이 같았다. 아이의 누나는 통로 건너 메리 벨과 앉아 있는 여자아이일 터였다. 얼굴이 닮았기 때문이다. 앤은 아이 엄마가 어떤 사람이기에 아이를 저렇게 입혀 학교에 보냈을까 궁금했다. 아이는 면 레이스가 잔뜩 달린 빛바랜 분홍색 원피스에 실크 스타킹을 신고 때 묻은 흰 실내화를 신고 있었다. 연갈색 머리는 부자연스럽게 돌돌 말아 머리통보다 큰 화려한 분홍색 리본 매듭을 달아놓은 모양새였다. 표정을 보아하니 본인은 퍽 만족스러운 모양이었다.

하얀 낯빛에 비단결처럼 부드럽게 물결치는 엷은 황갈색 머리를 어깨까지 늘어뜨린 아이는 아네타 벨일 거라고 앤은 짐작했다. 아네타의 부모님은 원래 뉴브리지 학군에 살았는데, 북쪽으로 45미터 남짓 올라온 곳으로 집을 옮기면서 에이번리 학군에 들어오게 되었다. 한 책상에 오밀조밀 모여 앉은 창백한 얼굴의 세 여자아이는 코튼 가의 딸들이 분명했다. 긴 갈색 곱슬머리에 눈이 녹갈색인 예쁘장한 얼굴을 하고, 애교 띤 얼굴로 성경책 너머 잭 길리스를 쳐다보는 꼬마는 프릴리 로저슨이었다. 최근 프릴리의 아버지가 재혼을 하면서 그래프턴에서 할머니와 함께 살던 프릴리를 집으로 데려온 것이었다. 손발이 몇 개는 되는 듯 뭔가 어쩔 줄 몰라 하는 뒷자리의 키 큰 여자아이는 전혀 짐작이 안 갔지만, 나중에 알고 보니 바버라 쇼라는 아이였고, 에이번리의 숙모와 함께 살고 있었다. 또 바버라가 통로를 지나면서 자기 발이나 다른 아이들 발에 걸려 넘어지지 않는 건 무척 흔치 않은 경우라 에이번리 학생들이 그 특별한 사실을 현관 벽에 적어 기념한다는 것도 알게 됐다.

그러다 앞줄에 앉아 자신을 쳐다보고 있는 한 소년과 눈이 마주친 앤은 왠지 모를 전율을 느꼈다. 마치 찾고 있던 천재를 발견한 기분이었다. 이 아이가 바로 폴 어빙이었다. 에이번리의 아이들과는 다를 거라던 레이철 린드 부인의 예언이 이번만은 적중했다는 걸 앤은 깨달았다. 다른 아이들과 어딘지 다를 뿐 아니라, 짙푸른 눈으로 자신을 골똘히 바라보는 시선을 보며 앤은 폴이 자신과 영혼이 닮은 아이라는 것을 알 수 있었다.

폴은 열 살이라고 들었지만 잘해야 여덟 살 정도로밖에 보이지 않았다. 그동안 보았던 어떤 어린아이보다도 예쁘장한 작은 얼굴은…… 섬세하고 우아했고, 밤색 곱슬머리는 마치 후광처럼 얼굴을 감쌌다. 불룩 내밀지 않아도 도톰한 입은 귀여웠고, 빨간 입술은 부드럽게 휘어지며 양 끝에 걸린 보조개로 이어졌다. 진지하고 엄숙하고 생각이 깊어 보이는 표정은, 아이가 겉보기보다 훨씬 성숙하다는 인상을 주었다. 하지만 그런 표정은 앤이 가만히 미소를 지어주자 곧바로 되돌아온 미소와 함께 사라졌다. 아이 몸속에 순간 불이라도 켜진 듯, 머리부터 발끝까지 존재 자체가 빛인 양 환하게 주변을 밝히는 미소였다. 무엇보다도 그것은 아무런 노력이나 의도도 없이, 내면에 감추어진 곱고 아름답고 귀한 성품이 자연스럽게 비추어 나온 미소였다. 짧은 미소를 주고받았을 뿐이지만, 앤과 폴은 말 한마디 나누지 않고도 영원히 변치 않을 친한 친구가 되었다.

하루가 꿈처럼 흘러갔다. 나중에 되돌아보아도 앤은 그날 하루가 선명하게 떠오르지 않았다. 자신이 아닌 다른 누군가가 아이들을 가르친 느낌이었다. 아이들이 하는 말을 듣고 셈을 가르치고 글씨를 쓰는 일들이 기계적인 동작처럼 지나갔다. 아이들은 얌전히 행동했고, 말썽을 일으킨 학생은 두 명뿐이었다. 몰리 앤드루스는 길들인 귀뚜라미 한 쌍을 교실 통로에서 경주시키다가 들켰다. 앤은 몰리를 한 시간 동안 교단에 세워 두고…… 귀뚜라미도 압수했는데, 몰리는 이 부분을 더 못 참아 했다. 앤은 귀뚜라미들을 상자에 담아두었다가 집에 가는 길에 제비꽃 골짜기에서 놓아주었는데, 몰리는 나중까지도 앤이 귀뚜라미를 집으로 데려가 혼자 가지고 논다고 믿었다.

문제를 일으킨 또 다른 아이는 앤서니 파이였다. 앤서니는 석판용 물병에 있던 물을 한 방울도 남김없이 오렐리아 클레이의 목덜미에 부어버렸다. 앤은 쉬는 시간에 앤서니를 불러 신사가 되려면 어떻게 행동해야 하는지 일러주며, 절대로 숙녀의 목덜미에 물을 부어서는 안 된다고 꾸짖었다. 앤은 제자들이 모두 신사가 되길 바란다고 말했다. 앤의 짧은 훈계는 상냥하고 감동적인 것이었지만, 안타깝게도 앤서니는 아무런 감동도 받지 않았다. 앤서니는 예의 그 뚱한 표정으로 말없이 앤의 말을 듣고는 비웃기라도 하듯 휘파람을 불며 나가버렸다. 앤은 한숨을 쉬고는, 하루아침에 로마를 세울 수 없듯이 파이의 애정을 얻는 일도 하루아침에 이루어지는 게 아니라고 생각하며 힘을 냈다. 사실 파이 집안사람들 몇몇은 그렇게 얻을 애정이라는 게 있기는 할까 의심도 들었지만, 앤은 앤서니는 예외이기를 바랐다. 그 뚱한 얼굴 뒤로 착한 내면을 가진 아이가 보이는 것도 같았다.

수업을 마치고 아이들이 학교를 나선 뒤, 앤은 녹초가 되어 의자에 털썩 쓰러지듯 앉았다. 머리가 지끈거리고 좌절감이 이만저만 드는 게 아니었다. 그리 엄청난 일이 일어난 것도 아니니 좌절감을 느낄 이유는 없었다. 하지만 앤은 몹시 지친데다 아이들을 가르치는 일을 좋아하게 되진 않을 것 같다는 생각마저 들었다. 좋아하지도 않는 일을 매일같이…… 40년 동안이나 계속한다면 정말이지 끔찍할 것 같았다. 그냥 이 자리에서 한

바탕 울어버릴지, 아니면 초록 지붕 집의 하얀 방에서 마음 놓고 울지 앤은 망설였다. 그리고 마음을 정할 새도 없이 구두가 또각거리고 치맛자락이 바닥을 스치는 소리가 현관 쪽에서 들려오더니, 어느새 앤 앞에 어떤 여자가 나타났다. 옷차림을 보니 얼마 전 해리슨 씨가 샬럿타운 상점에서 요란하게 치장한 여자를 보았다며 흉을 보던 기억이 떠올랐다.

"유행하는 대로 입었는데 꿈에 나올까 무섭더라고."

여자는 담청색 여름 실크 드레스를 입고 있었다. 부풀릴 수 있는 곳은 다 부풀리고, 주름을 잡을 수 있는 곳은 다 주름을 잡은 드레스였다. 머리에는 커다란 흰색 시폰 모자를 쓰고 있었는데, 모자에는 길고 너덜너덜한 타조 깃털 세 개가 달려 있었다. 크고 까만 물방울무늬가 한가득 박힌 분홍색 실크 베일이 모자 테에서 어깨 길이만큼 늘어진 채 뒤쪽에서 두 가닥의 바람 띠처럼 펄럭거렸다. 작은 체구에 더 달 데도 없이 주렁주렁 장신구를 매달고, 향수 냄새마저도 강하게 코를 자극했다.

허깨비처럼 갑자기 나타난 이 여자가 말했다.

"나는 도네엘 부인이에요…… H. B. 도네엘이지요. 오늘 클래리스 앨마이러가 점심을 먹으러 집에 왔을 때 한 이야기 때문에 선생님을 만나러 왔어요. 심히 거슬려서요."

"죄송합니다."

앤이 머뭇머뭇 사과하며, 그날 오전 도넬 집안 아이들이 연관된 무슨 사고라도 있었는지 기억을 더듬어보았지만 떠오르는 일이 없었다.

"클래리스 앨마이러 말로는, 선생님이 우리 이름을 돈넬이라고 발음하셨다고 하더군요. 자, 셜리 선생님, 우리 이름을 부를 때 정확한 발음은 도네엘이에요…… 마지막 음절에 강세를 두어서요. 앞으로 이 점을 명심해주셨으면 해요."

"알겠습니다."

앤이 터져 나오려는 웃음을 간신히 참으며 대답했다.

"저도 겪어보아서 이름의 철자를 틀리는 게 얼마나 불쾌한 일인지 알아요. 발음을 잘못하면 더 기분이 나쁠 것 같아요."

"나쁘고말고요. 또 클래리스 앨마이러가 그러던데 제 아들 이름을 제이콥이라고 부르셨다고요."

앤이 대답했다.

"아이가 자기 이름을 제이콥이라고 말하던걸요."

"그럴 줄 알았어요."

H. B. 도넬 부인이 세상이 말세라 아이들이 감사할 줄도 모른다는 투로 말했다.

"그 애 취향이 그렇게 서민적이라니까요, 셜리 선생님. 그 아이가 태어났을 때 나는 세인트클레어라고 부르고 싶었어요……. 정말 귀족스럽지 않은가요? 그런데 남편이 삼촌 이름을 따서 제이콥으로 해야 한다고 고집을 부렸죠. 난 양보했어요. 제이콥 삼촌은 부자에다 노총각이었거든요. 그런데 어떻게 된 줄 아세요, 선생님? 아무것도 모르는 우리 아이가 다섯 살이 되었을 때, 노총각 제이콥 삼촌이 결혼을 해버렸고 지금은 아들이 셋이나 있어요. 그렇게 배은망덕한 경우를 본 적이 있나요? 청첩장을 받은 순간…… 뻔뻔스럽게도 우리한테 청첩장을 보냈더라니까요, 선생님…… 그날 내가 그랬죠. 더 이상 나한테 제이콥이란 이름은 없다고요. 그날 이후로 나는 우리 아들을 세인트클레어라고 부른답니다. 세인트클레어라고 불러야 한다고 생각해요. 아이 아빠는 지금도 한사코 그 애를 제이콥이라고 불러요. 아이마저도 정말 이해가 안 되지만 그 천박한 이름을 좋아해요. 하지만 그 애는 세인트클레어고, 앞으로도 세인트클레어라고 불려야 해요. 꼭 기억해주실 거죠, 선생님? 고마워요. 클래리스 앨마이러한테는 그냥 오해가 있어서 그런 거고, 가서 말하면 바로잡힐 일이라고 말해두었어요. 도네엘은…… 뒤쪽을 강한 소리로 발음해야 하고, 그리고 세인트클레어예요…… 제이콥은 안 돼요. 꼭 명심해줘요. 고마워요."

H. B. 도넬 부인이 휑하니 가버린 뒤 앤은 학교 문을 잠그고 집으로 향했다. 집으로 가는 길에 언덕 발치 자작나무 길가에서 폴 어빙을 만났다. 폴은 앤에게 작고 앙증맞은 야생란 한 다

발을 내밀었다. 에이번리 아이들이 '쌀 나리'라고 부르는 꽃이었다.

폴이 수줍게 말했다.

"받으세요, 선생님. 라이트 아저씨네 들판에서 찾은 거예요. 그래서 선생님께 드리려고 다시 왔어요. 선생님은 이런 꽃을 좋아하실 분 같아서요. 그리고……."

폴은 크고 예쁜 눈을 들었다…….

"전 선생님이 좋아요."

"어머나, 고마워라."

앤이 향기로운 꽃다발을 받아들며 말했다. 폴의 말을 듣는 순간 마법의 주문이라도 들은 듯 좌절과 피로가 말끔히 사라지고 희망이 앤의 마음속에서 춤추는 분수처럼 퐁퐁 샘솟았다. 앤은 자작나무 길을 가벼운 발걸음으로 걸었다. 꽃다발의 향기가 축복처럼 따라왔다.

"그래, 오늘 어땠니?"

마릴라가 궁금해하며 물었다.

"한 달쯤 있다가 다시 물어주시면, 그땐 대답할 수 있을지도 몰라요. 지금은 대답 못 하겠어요……. 저도 모르겠거든요……. 이제 막 시작했잖아요. 지금은 누가 온통 머릿속을 휘저어놓은 것처럼 뒤죽박죽이에요. 오늘 확실히 해냈다고 할 수 있는 건 클리피 라이트한테 A가 A라고 가르친 것밖에 없어요. 여태 그걸 몰랐더라고요. 이렇게 첫걸음을 뗀 아이가 나중에 셰익스피어가 될 수도 있고 《실낙원》을 쓸 수도 있다니 굉장하지 않아요?"

나중에는 레이철 린드 부인이 찾아와 더 격려가 되는 소식을 전해주었다. 마음씨 좋은 부인은 문 앞으로 지나가는 학생들을 불러세워 새로 오신 선생님은 어떻더냐고 물어보았다고 말했다.

"하나같이 네가 정말 좋다고 하더구나, 앤. 앤서니 파이만 빼고 말이다. 사실 그 애는 아니라더라. 네가 별로라고, 다른 여선생들하고 똑같대. 누가 파이네 핏줄 아니랄까봐. 하지만 신경 쓸 거 없다."

앤이 조용히 대답했다.

"신경 안 쓸 거예요. 그리고 앤서니 파이도 저를 좋아하게 만들 거예요. 인내심을 갖고 다정하게 대해주면 분명 앤서니도 마음을 열 거예요."

"글쎄다. 파이네 애들 속은 알 수가 없으니."

레이철 린드 부인이 조심스레 말했다.

"그 애들은 꿈처럼 반대로 갈 때가 더 많잖니. 그 도넬인가 하는 여자도 말이다, 나한테선 절대 도네엘 하는 소리는 못 들을 게다. 그 이름은 원래 앞소리에 힘을 줘서 읽는 거야. 그 여자는 제정신이 아니야. 그 집에 퀴나라는 퍼그 강아지가 있는데 다른 식구들하고 같이 식탁에 앉아서 도자기 접시에다 밥을 먹는다지. 나라면 천벌을 받을까 두려워서 못 그럴 거야. 토머스가 도넬은 지각 있고 성실한 사람이긴 한데, 아내 고르는 실력은 별로였다고 하더구나."

6장

별별 사람들

 9월의 어느 날, 프린스에드워드 섬 모래 언덕 위로 상쾌한 바닷바람이 불어왔다. 숲과 들판 사이로 구불구불 길게 이어진 붉은 길은 울창한 가문비나무 군락을 동그랗게 감아 돌아 그늘 밑에 가볍고 부드러운 양치식물들을 품은 어린 단풍나무 조림지를 지나치며 우묵하게 꺼진 함지로 경사를 그렸다. 숲에서 흘러나온 시냇물이 반짝거리며 다시 숲속으로 사라지면, 길은 이제 길게 줄지어 선 노란 미역취와 푸른 과꽃 사이로 내리쬐는 햇빛을 즐겼다. 여름 언덕을 신나게 누비는 수많은 귀뚜라미의 노랫소리에 공기마저 들뜬 것 같았다. 이 길을 통통한 갈색 말이 느릿느릿 걸어가고 있었다. 뒤에 앉은 두 소녀는 단순하지만 값을 매길 수 없이 소중한 젊음과 생명의 기쁨이 온몸에 넘쳐흘렀다.

"와, 오늘 날씨는 마치 에덴동산에 온 것 같아. 그렇지 않니, 다이애나?"

앤은 행복에 겨워 한숨을 내쉬었다.

"공기가 마법을 부리고 있나봐. 보랏빛으로 익은 저 골짜기를 봐, 다이애나. 아, 죽어가는 전나무 냄새 좀 맡아봐! 저기 양지바른 골에서 올라오는 냄새야. 이벤 라이트 씨가 저기서 울타리에 쓸 나무들을 베고 있던데. 이런 날 살아 있다는 건 더없는 행복이야. 그렇지만 죽어가는 전나무 냄새를 맡을 수 있는 곳이야말로 진정한 천국이지. 3분의 2는 워즈워스가 한 말이고, 3분의 1은 앤 셜리의 말씀이야. 천국에는 죽어가는 전나무가 없겠지? 하지만 숲을 지나면서 죽은 전나무 냄새를 맡을 수 없다면 천국도 그렇게 완벽하진 않을 것 같아. 천국에선 죽음 같은 게 없어도 향을 맡을 수 있을지 몰라. 그래, 그럴 거야. 저 기분 좋은 향기는 전나무의 영혼일 거야…… 물론 천국에선 그저 영혼일 뿐이겠지."

상상력이라곤 없는 다이애나가 말했다.

"나무에는 영혼이 없어. 그래도 죽은 전나무 냄새가 달콤한 건 맞아. 쿠션을 하나 만들어서 속을 전나무 잎으로 가득 채울래. 너도 하나 만들어, 앤."

"그럴 생각이야…… 낮잠 잘 때 베야지. 그럼 난 꿈에서 드라이어드나 숲의 요정이 되어 있을 거야. 하지만 그냥 지금은 이렇게 맑고 아름다운 날 마차를 타고 학교에 가는 에이번리의 선생님 앤 셜리인 게 더 좋아."

다이애나가 한숨을 쉬었다.

"오늘이 아름다운 날인 건 맞지만 이제부터 우리가 해야 할 일은 전혀 아름답지 않아. 도대체 왜 이 길을 맡겠다고 한 거야, 앤? 에이번리의 괴짜란 괴짜들은 거의 다 여기 살아. 아마 우린 구걸하는 거지 취급을 받을 거야. 이 길은 정말 최악이라고."

"그래서 여기로 정한 거야. 물론 우리가 부탁하면 길버트하고 프레드가 이쪽을 맡아줬을 거야. 그렇지만, 다이애나, 난 마을 개선회에 책임감을 느껴. 내가 맨 처음 제안한 일이잖아. 그래서 그런지 제일 하기 싫은 일은 내가 해야 할 것 같아. 너한테는 미안해. 하지만 괴짜를 만나면 넌 한마디도 하지 않아도 돼. 말은 내가 다 할게…… 린드 아주머니도 내가 잘할 수 있을 거라고 하셨어. 린드 아주머니는 개선회 활동을 찬성해야 할지 어떨지 모르시겠대. 앨런 목사님하고 사모님이 지지하는 걸 생각하면 좋게 생각이 되다가도, 마을 개선회라는 게 미국에서 처음 시작됐다는 사실을 떠올리면 마음에 안 드시는 거지. 그래서 아주머니는 지금 어느 쪽도 아니야. 우리가 성공을 해야만 린드 아주머니도 우리 활동이 옳다고 봐주실 거야. 프리실라가 다음번 우리 개선회 모임 때 문서를 만들어 올 건데, 좋은 글이 나올 것 같아. 프리실라의 이모가 멋진 글을 쓰는 작가잖

아. 가족이니까 재능도 닮았겠지. 샬럿 E. 모건 부인이 프리실라의 이모란 걸 처음 알았을 때 얼마나 설레었는지. 아마 평생 못 잊을 거야. 《에지우드의 나날들》이랑 《장미꽃 봉오리 정원》을 쓴 작가가 내 친구의 이모라니, 정말 멋진 것 같아."

"모건 부인은 어디에 살아?"

"토론토에. 프리실라가 그러는데 내년 여름에 섬에 와서 머무실 거고, 그때 가능하다면 우리를 만날 수 있게 해준댔어. 너무 좋아서 믿기지가 않아. 잠들기 전에 누워서 상상하면 기분이 좋아져."

에이번리 마을개선회가 결성되었다. 길버트 블라이드가 회장을 맡았고 프레드 라이트는 부회장, 앤 셜리는 총무, 그리고 다이애나 배리는 재정을 담당하게 됐다. 어느새 '개선회원'으로 불리게 된 이들은 회원들의 집을 돌아가며 격주에 한 번씩 모임을 갖기로 했다. 사실 시기적으로 너무 늦어져서 여러 개선 사항들에 손을 댈 수는 없었지만, 다음 여름의 활동을 계획하며 의견을 모으고, 토론하고, 보고서를 읽고, 쓰고, 앤이 말한 대로 전반적인 여론도 다듬을 생각이었다.

물론 마뜩찮게 여기는 시선도 있었지만…… 개선회원들이 더 속상했던 건…… 비웃는 사람도 적지 않다는 사실이었다. 엘리샤 라이트 씨는 개선회보다 연애 클럽이라는 이름이 더 어울린다고 했다. 하이럼 슬론 부인은 개선회원들이 길가를 전부 갈아엎고 제라늄을 심겠다고 하는 소리를 들었다고 말했다. 레비 볼터 씨는 동네 사람들에게 개선회원들이 집집마다 싹 허물고 개선회에서 하라는 대로 다시 짓게 할 거라며 경고했다. 제임스 스펜서 씨는 교회 언덕을 좀 제발 깎아내 달라는 전언을 보냈다. 이벤 라이트는 앤에게 조시아 슬론 할아버지가 구레나룻을 다듬게끔 개선회원들이 설득해주면 좋겠다고 말했다. 로렌스 벨 씨는 개선회가 바란다면 헛간에 회칠은 하겠지만 외양간 창에 레이스 커튼을 다는 것까지는 절대 안 된다고 못 박았다. 메이저 스펜서 씨는 개선회원들 가운데 카모디 치즈 공장으로 우유를 실어나르는 클리프턴 슬론에게, 이듬해 여름에는 정말로 우유 짜는 단을 손수 칠하고 자수 장식을 덮어놓아야 하느냐고 물었다.

그럼에도, 아니 어쩌면 그것이 인간의 본성이기에 그래서 더욱 개선회는 그해 가을에 착수할 수 있는 일들에 열심히 매달렸다. 배리 씨네 거실에서 열린 두 번째 모임에서 올리버 슬론은 마을회관의 지붕을 다시 올리고 페인트를 칠하기 위해 모금 운동을 하자고 제안했다. 줄리아 벨은 동의를 하면서도, 숙녀답지 못한 행동을 하는 것처럼 불편해했다. 길버트가 그 안건을 표결에 부치자 만장일치로 통과가 되었고, 앤은 진지하게 회의록을 작성했다. 다음 할 일은 위원회를 구성하는 것이었다. 거티 파이는 줄리아 벨이 월계관을 차지하지 못하도록, 용감하게도 위원회의 위원장으로 제인 앤드루스를 추천했다. 이 의견 역시 동의를 얻어 통과됐고, 제인은 그 보답으로 거티를 위원으로 지명했다. 길버트와 앤, 다이애나, 그리고 프레드 라이트도 위원이 되었다. 위원회는 별도 회의를 열어 각자의 구역을 나누었다. 앤과 다이애나는 뉴브리지 길을, 길버트와 프레드는 화이트 샌즈 길을, 그리고 제인과 거티는 카모디 길을 맡게 됐다.

길버트는 앤과 함께 유령의 숲을 지나 집으로 돌아가는 길에 이렇게 설명했다.

"파이네 가족은 전부 그 길에 사는데, 자기 식구가 가서 권하지 않으면 기부를 한 푼도 하지 않을 거야."

앤과 다이애나는 그다음 토요일에 길을 나섰다. 둘은 마차를 타고 뉴브리지 길 끝까지 갔다가 돌아오는 방향으로 모금 운동을 했는데, 제일 먼저 들른 곳은 '앤드루스 자매'가 사는 집이었다.

다이애나가 말했다.

"캐서린 아주머니 혼자 있으면 얼마라도 하실 거야. 엘리자 아주머니가 있으면 빈손으로 나오게 될 거고."

과연 그 말대로…… 엘리자가 있었다. 낯빛도 평소보다 더 어두워 보였다. 엘리자는 인생이란 눈물이 흐르는 계곡이고, 소리 내어 웃는 건 물론 미소를 짓는 것조차 비난받아 마땅한 기운 낭비라고 생각하는 사람 같았다. 앤드루스 자매는 쉰 살이

다 되도록 결혼을 하지 않았는데 이 생의 여정이 끝나는 날까지도 그 부분은 달라지지 않을 것 같았다. 캐서린은 아직 결혼에 대한 꿈을 완전히 버린 게 아니지만, 날 때부터 부정적이었던 엘리자는 애초에 그런 꿈을 꾼 적도 없었다고들 했다. 자매는 마크 앤드루스의 너도밤나무 숲이 쑥 들어간 양지바른 모퉁이의 아담한 갈색 집에서 살았다. 엘리자는 이 집이 여름이면 지독하게 덥다고 불평했지만, 캐서린은 겨울엔 아늑하고 따뜻하다고 입버릇처럼 말하곤 했다.

엘리자는 조각보를 꿰매고 있었다. 조각보가 필요해서가 아니라 그저 캐서린이 코바늘로 뜨는 점잖지 못한 레이스가 꼴 보기 싫어서였다. 앤과 다이애나가 찾아온 이유를 설명하자 엘리자는 얼굴을 찡그리고 캐서린은 미소를 지은 채로 귀를 기울였다. 캐서린은 엘리자와 눈이 마주칠 때마다 죄라도 지은 사람처럼 표정을 굳혔지만 이내 다시 미소를 머금었다.

엘리자베스가 험상궂게 말했다.

"돈이 남아돌면 불에 태워서 불구경을 할망정, 마을회관 따위에는 일 센트도 못 내. 이 마을에 아무런 득도 안 되는 곳이야…… 집에서 잠이나 자야 할 시간에 젊은 애들이 거기 가서 시시덕거리기밖에 더 해?"

캐서린이 변호하듯 말했다.

"맙소사, 엘리자 언니, 젊은 애들이 좀 놀기도 해야지."

"나는 필요 없다고 본다. 우린 젊었을 때 마을회관이니 어디 니 싸돌아다니지 않았어, 캐서린 앤드루스. 어쩌다 세상이 점점 이 모양인지."

캐서린이 흔들림 없이 말했다.

"내 생각엔 점점 좋아지는 것 같은데."

"무슨!"

엘리자는 극도로 경멸하는 목소리로 쏘아붙였다.

"네 생각은 중요하지 않아, 캐서린 앤드루스. 사실이 그런 거니까."

"글쎄, 나는 항상 좋은 쪽을 보고 싶어, 언니."

"좋은 점 따위는 없어."

"오, 있어요."

그런 궤변을 잠자코 듣기 힘들었던 앤이 외쳤다.

"좋은 점은 아주 많아요, 엘리자 아주머니. 세상은 정말 아름다운 곳이잖아요."

엘리자가 톡 쏘아붙였다.

"네가 나만큼 살고 나면 그런 한갓진 소리가 안 나올 거다. 그렇게 열심히 뭘 고치겠다고 나서지도 않을걸. 어머니는 좀 어떠시니, 다이애나? 원, 요즘 영 안 좋았어. 기력이 바닥난 사람 같아. 그리고 마릴라는 언제쯤 눈이 완전히 먼다니, 앤?"

앤이 자신 없는 목소리로 말했다.

"의사 선생님은 아주머니가 아주 조심하면 더 나빠지지 않을 것 같대요."

엘리자가 고개를 흔들었다.

"의사들이야 환자 기운 내라고 늘 그렇게 말하지. 내가 마릴라라면 기대는 하지 않을 거야. 최악의 상황을 대비하는 게 최선이거든."

"하지만 최선인 상황도 대비해둬야 하지 않을까요? 상황이 나빠질 수도 있지만 그만큼 좋아질 수도 있는 거잖아요."

엘리자가 툭툭거렸다.

"내가 겪어본 바로는 그렇지 않아. 너는 16년을 살았지만 나는 57년을 살았어. 이제 가려고? 글쎄, 너희가 만든 그 모임 덕에 에이번리가 더 굴러떨어지지만 않아도 좋겠지만, 큰 기대는 없어."

앤과 다이애나는 미련 없이 그 집을 나와 가능한 빨리 살찐 조랑말을 달렸다. 너도밤나무 숲 아래로 모퉁이를 도는데 통통한 실루엣이 앤드루스 씨네 목장을 달려오면서 두 사람에게 힘껏 손을 흔드는 게 보였다. 캐서린 앤드루스였다. 캐서린은 숨이 차서 말도 제대로 잇지 못하면서 앤의 손에 25센트짜리 동전 두 개를 쥐여주었다.

캐서린이 숨을 헐떡이며 말했다.

"마을회관을 칠하는데 보태라고 주는 거야. 1달러는 내고 싶지만 계란 판 돈을 더 손댔다가는 언니한테 들키고 말 거야. 나도 너희 모임에 관심이 많아. 너희가 좋은 일을 많이 할 거란 것도 믿고. 나는 낙천주의자란다. 엘리자 언니하고 같이 살려면 그래야 하니까. 내가 나온 걸 언니가 눈치 채기 전에 얼른 돌아가야 해…… 지금 닭 모이를 주는 줄 알거든. 모금이 잘되길 바랄게. 언니가 한 말 때문에 너무 의기소침해 하지 마. 분명 세상은 점점 더 나아지고 있어…… 확실히."

다음은 대니얼 블레어의 집이었다.

"여긴 블레어 아주머니가 집에 있느냐 없느냐에 달렸어."

마차 바퀴 자국이 깊이 팬 길을 덜컹덜컹 달리며 다이애나가 말했다.

"아주머니가 계시면 우린 1센트도 못 받을 거야. 다들 블레어 아저씨는 아주머니 허락 없이는 머리도 못 깎는다고 하더라. 그리고 아주머니는 좋게 말하면 정말 철저한 사람이야. 인심 쓰는 것보다 옳고 그른 게 먼저라고 하는 분이야. 하지만 린드 아주머니 말씀으론 옳고 그른 걸 너무 따져서 인심 쓰는 건 본 적이 없으시대."

그날 저녁 앤은 블레어 씨네 집에서 있었던 일을 마릴라에게 들려주었다.

"우린 말을 묶어놓고 주방문을 두드렸어요. 아무도 나오진 않았지만 문이 열려 있어서 식료품 창고 안에 누가 있다는 건 알 수 있었어요. 끔찍한 소리들이 계속 들렸거든요. 뭐라고 하는지는 알아듣지 못했지만 다이애나가 자기 귀엔 욕하는 소리로 들린다고 하더라고요. 블레어 아저씨가 내는 소리라고는 믿어지지 않았어요. 아저씨는 늘 조용하고 온화하시잖아요. 하지만 적어도 아저씨한테는 그렇게 화가 날 만한 이유가 있었어요. 아저씨가 문으로 나오시는데, 얼굴은 비트처럼 빨갛고 땀을 줄줄 흘리시는데, 블레어 아주머니의 커다란 체크무늬 앞치마를 두르고 계신 거예요. '이 빌어먹을 것이 풀리질 않아. 끈을 너무 꽉 묶어놔서 풀 수가 없으니 너희가 이해 좀 해라'라고 하셔서, 우리는 정말 괜찮다고 말씀드리고 들어가서 앉았어요. 아저씨도 앉으시고요. 앞치마를 등 뒤로 돌려서 둘둘 말아 올리셨는데, 그래도 어쩌나 창피해하시던지 제가 오히려 죄송하더라고요. 다이애나도 우리가 때를 잘못 맞춰 찾아온 것 같다고 했고요. 아저씨는 아니라고, 전혀 상관없다고 애써 웃으면서 말씀하셨어요…… 아저씨는 늘 정중하시잖아요…… 조금 바쁘시다고…… 케이크를 구우려고 준비 중이었다면서 이렇게 말씀하셨어요. '오늘 몬트리올에 사는 처제가 온다는 전보를 받고 아내가 기차역으로 마중 나가면서, 나한테 차하고 같이 먹을 케이크를 구우라고 했단다. 케이크 만드는 법을 적어놓고 설명까지 다 해주고 갔지만, 벌써 반은 다 까먹었어. 향신료는 취향에 따라 넣으라는데, 이게 무슨 소리지? 그걸 어떻게 알아? 그리고 내 취향이 다른 사람 취향하고 다르면 어떻게 하고? 작은 레이어 케이크에 바닐라를 넣으려면 티스푼으로 한 숟가락이면 되는 거니?'

아저씨가 그렇게 안되어 보일 수가 없었어요. 아저씨가 할 수 있는 일이 아닌 것 같더라고요. 공처가라는 말을 들어는 봤는데 아저씨가 그렇구나 싶었어요. 아저씨한테 마을회관에 기부를 하면 내가 대신 케이크 반죽을 해주겠다는 말이 목구멍까지 올라왔는데, 문득 곤경에 처하신 분한테 약삭빠르게 흥정을 거는 건 이웃 간에 너무 매정하다는 생각이 드는 거예요. 그래서 아무 조건 없이 케이크 반죽을 해드리겠다고 말씀드렸죠. 아저씨는 뛸 듯이 기뻐하셨어요. 결혼하기 전에는 빵을 직접 만들어 먹기도 했지만 케이크는 전혀 만들 줄 몰라서 걱정하셨대요. 그래도 아내를 실망시키고 싶지 않으셨다면서요. 아저씨가 제게도 앞치마를 주셔서, 다이애나가 달걀을 풀고 전 케이크 반죽을 만들었어요. 블레어 아저씨는 이리저리 뛰며 재료들을 가져다주셨고요. 어느새 앞치마 따위는 다 잊으셨는지, 뛰어다니는데 앞치마가 뒤에서 펄럭대니까 다이애나는 그 모습이 웃겨 죽겠다고 하고요. 아저씨가 케이크를 굽는 건 할 수 있다고…… 많이 해봤다고 하시면서…… 우리 명부를 보자고 하시더니 4달러를 기부하셨어요. 그러니까 보상을 받은 거잖아요. 하지만 아저씨가 한 푼도 주지 않으셨다 해도, 우리가 아저씨를 도와드린 건 참된 그리스도인으로서 해야 할 일이었다고 생각해요."

다음으로 찾아간 곳은 시어도어 화이트의 집이었다. 앤과 다이애나 모두 그 집은 처음이었고, 시어도어 부인과는 살짝 얼굴만 아는 정도였다. 부인은 친절한 성격도 아니었다. 뒷문으로 가야 하나? 현관 쪽으로 가야 하나? 둘이 소곤소곤 상의를 하고 있는데, 시어도어 부인이 신문지를 한아름 안고 현관을 나왔다. 부인은 현관 바닥과 계단에 한 장 한 장 신문을 깔면서 어리둥절해 있는 두 손님의 발 앞까지 내려왔다.

부인은 걱정스러운 목소리로 말했다.

"잔디에 발을 잘 턴 다음 이 신문지를 밟고 들어올래? 방금 온 집 안을 청소해서 다시 더럽혀질까봐 그래. 어제 비가 오는 바람에 길이 진흙탕이잖니."

"절대 웃지 마."

신문지를 밟고 걸어가면서 앤이 귓속말로 주의를 주었다.

"그리고 제발, 다이애나, 아주머니가 뭐라고 하시든 날 쳐다보지 마. 나 표정 관리하기가 너무 힘들어."

신문지는 복도를 지나 얼룩 하나 없는 반듯한 응접실까지 펼쳐져 있었다. 앤과 다이애나는 조심조심 제일 가까이에 있는 의자에 앉은 다음 자신들이 찾아온 용건을 설명했다. 화이트 부인은 정중히 듣다가 단 두 번 말을 끊었는데, 한 번은 겁 없는 파리 한 마리를 쫓아낼 때였고, 또 한 번은 앤에 치마에 묻어 와 카펫에 떨어진 조그마한 잔디 한 줄기를 집을 때였다. 앤은 뭔가 커다란 잘못을 저지른 느낌이었지만, 부인은 2달러를 기부해주었다. 다이애나 말마따나 '우리가 다시 올까봐 그런 것'이었다. 앤과 다이애나가 그 집을 나오자, 부인은 두 사람이 묶어둔 말을 풀기도 전에 신문지를 거두어들였고, 마차를 몰고 마당을 벗어날 즈음에 복도에서 부지런히 빗자루질을 하고 있었다.

"시어도어 화이트 아주머니가 세상에서 제일 깔끔한 사람이란 말은 늘 들었지만, 오늘 보니 정말 그런 것 같아."

다이애나는 마당을 벗어나자마자 참았던 웃음을 터뜨렸다.

앤이 진지하게 말했다.

"아주머니한테 아이들이 없어서 다행이야. 안 그랬다면 말도 못할 만큼 힘들었을 거야."

스펜서 씨 집에서는 이사벨라 스펜서 부인이 에이번리 사람들에 대해 심술궂은 말들을 늘어놓는 통에 기분이 우울해졌다. 토머스 볼터 씨는 20년 전 마을회관을 지을 당시 자신이 추천했던 부지에 짓지 않았다며 기부를 거절했다. 에스더 벨 부인은 지극히 건강한 모습이었지만, 30분 동안이나 자신이 아픈 곳들을 구구절절 늘어놓더니 슬픈 얼굴로 50센트를 건넸다. 내년에 마을회관을 새 단장할 즈음에는 자신이 없을 거라며⋯⋯

아마 무덤 속에 있을 거라는 것이었다.

하지만 가장 푸대접을 받은 곳은 사이먼 플레처의 집이었다. 마차를 타고 그 집 마당으로 들어설 때는 현관 창을 통해 밖을 내다보는 두 사람의 얼굴이 보였다. 하지만 문을 두드리고 아무리 기다려도 문을 열어주는 사람이 없었다. 두 소녀는 마음이 상해 분해하며 사이먼 플레처의 집을 빠져나왔다. 앤마저도 힘이 빠지는 기분이라고 시인할 정도였다. 하지만 그 뒤로 상황은 다시 바뀌기 시작했다. 슬론네 집을 비롯해 몇 군데 돌기 시작하자 다들 흔쾌히 기부금을 내주었고, 그때부터는 한 번씩 무시당할 때도 있었지만 끝까지 대체로 순조롭게 모금이 진행됐다. 마지막으로 들른 곳은 연못 다리 옆에 있는 로버트 딕슨네 집이었다. 그곳만 마치면 집에 갈 수 있었지만, 두 사람은 성격이 예민하기로 유명한 딕슨 부인의 심기를 건드리지 않으려고, 내어주는 차를 마시며 그 집에 머물렀다.

그러는 사이에 제임스 화이트 부인이 그 집을 찾아왔다.

"지금 로렌조네 집에 다녀오는 길이에요. 이 순간 에이번리에서 가장 가슴 뿌듯한 사람은 그 사람일 거예요. 무슨 일이냐고요? 그 집에 아들이 태어났어요…… 딸만 내리 일곱을 낳고 얻은 아들이니 경사가 따로 없죠."

앤은 이야기에 귀를 쫑긋 세우고 있다가 그 집을 나서며 말했다.

"곧장 로렌조 화이트 아저씨네로 가야겠어."

다이애나가 앤을 붙잡았다.

"그렇지만 거기는 화이트샌즈 길이라서 여기서는 꽤 멀어. 길버트하고 프레드가 가기로 한 집이기도 하고."

앤이 단호하게 말했다.

"그 애들이 가려면 다음주 토요일이나 되어야 할 텐데, 그럼 너무 늦어. 갓난아기가 태어나서 들뜬 분위기가 사라질 거라고. 로렌조 화이트 씨는 엄청난 구두쇠지만 지금이라면 어디에든 기부를 할 거란 말이야. 이 황금 같은 기회를 놓쳐서는 안 돼, 다이애나."

앤의 예상은 적중했다. 로렌조 화이트 씨는 마당에서 두 사람을 맞으며 부활절 태양처럼 환하게 웃었다. 앤이 기부를 청하자 화이트 씨는 흔쾌히 받아들였다.

"그럼, 그럼. 돈을 제일 많이 낸 사람보다 1달러를 더 내마."

"그럼 5달러인데요…… 대니얼 블레어 아저씨가 4달러는 주셨거든요."

앤은 조마조마한 마음으로 말했다. 하지만 그는 눈도 꿈쩍하지 않았다.

"5달러라…… 자, 당장 주마. 이제 집으로 들어가자. 안에 꼭 봐야 할 게 있단다…… 아직 본 사람도 몇 명 안 돼. 어서 들어와서 너희가 보기엔 어떤지도 말해봐."

"아기가 예쁘지 않으면 뭐라고 해야 해?"

신이 나서 집으로 들어가는 로렌조 씨를 뒤따르며 다이애나가 전전긍긍 조그맣게 소곤거렸다.

앤이 걱정 없다는 듯이 대답했다.

"아, 다른 좋은 말들이 얼마든지 있을 거야. 아기들은 다 그렇거든."

아기는 정말 예뻤고, 갓 태어난 포동포동한 아기 앞에서 진심으로 즐거워하는 소녀들을 보는 화이트 씨도 5달러가 아깝지 않았다. 하지만 로렌조 화이트 씨가 어디엔가 기부를 한 것은 그것이 처음이자 마지막이었다.

피곤하긴 했지만, 그날 밤 앤은 마을을 위해 한 번 더 힘을 내기로 하고 들판을 지나 해리슨 씨를 찾아갔다. 해리슨 씨는 여느 때와 같이 베란다에 나와 진저 옆에서 파이프 담배를 피우고 있었다. 엄밀히 말하자면 해리슨 씨가 사는 곳은 카모디 길이었지만, 제인과 거티는 진위를 확인할 수 없는 소문 말고는 해리슨 씨를 전혀 몰랐기 때문에 안절부절못하며 앤에게 그 집을 대신 맡아달라고 사정했던 것이다.

하지만 해리슨 씨는 1센트도 기부하지 않겠다고 딱 잘라 거절했다. 앤이 온갖 말로 설득해도 소용이 없었다.

앤이 답답하다는 듯 말했다.

"그렇지만 저는 아저씨가 우리 모임을 찬성하시는 줄 알았어요."

"그래…… 하지…… 하지만 주머니를 열 만큼은 아니란다, 앤."

"오늘 같은 일들을 몇 번만 더 겪는다면 나도 엘리자 앤드루스 아주머니 같은 비관론자가 될 것 같아."

잠자리에 들기 전 앤은 동쪽 다락방에서 거울에 비친 자신을 들여다보며 중얼거렸다.

7장

의무감

 10월의 포근한 저녁, 앤은 의자에 등을 기대고 앉아 한숨을 내쉬었다. 앤이 앉은 탁자에는 교과서와 시험지들이 널려 있었지만, 무언가를 빼곡하게 적어놓은 바로 앞의 종이들은 수업이나 학교 일과는 관계없는 것이었다.
 "무슨 일이야?"
 때마침 열려 있는 주방문으로 들어온 길버트가 한숨 소리를 듣고는 물었다.
 앤은 얼굴을 붉히며 자신이 쓴 글을 보지 못하도록 아이들의 작문 과제물 아래로 밀쳐 넣었다.
 "별일 아냐. 해밀턴 교수님이 조언해주신 대로 그냥 생각들을 조금 정리해보고 있었어. 그런데 영 마음에 차질 않아. 흰 종이에 까만 잉크로 옮겨 적는 순간 글이 지루하고 바보 같아 보여. 생각이란 그림자 같아…… 붙잡아둘 수가 없잖아. 제멋대로 날뛰어서 다루기가 힘들어. 하지만 계속 노력하면 언젠가 비결을 터득하겠지. 짬을 내기가 쉽지 않은데, 학교 시험지랑 작문 과제를 손봐주고 나면 내 생각을 정리하고 싶은 기분은 들지 않을 때도 많아."

"넌 학교에서 아주 잘하고 있어, 앤. 아이들도 모두 너를 좋아하고."

길버트가 돌계단에 앉으며 말했다.

"아니, 전부는 아니야. 앤서니 파이는 나를 좋아하지 않고, 앞으로도 그럴 거야. 그것보다 중요한 건 그 앤 나를 존경하지 않는다는 거야…… 그래, 그 애는 그래. 앤서니는 그냥 나를 무시하고, 솔직히 말하면 그것 때문에 너무 걱정이야. 그 애가 엄청 나쁜 애는 아니야…… 그냥 악동이랄까. 다른 아이들보다 더 말썽을 부리지도 않아. 말을 안 듣는 것도 아니야. 말은 듣는데 대들 가치도 없으니 참아준다는 식으로 나오니까…… 다른 아이들한테도 좋지 않고. 별별 방법을 다 동원해서 아이의 마음을 열어보려고 했지만, 이젠 그게 불가능할 것 같아 겁이 나기 시작해. 나는 앤서니와 잘 지내고 싶어. 그 애도 어리고 귀여운 아이잖아. 아무리 파이 집안사람이라도 말이야. 그 애가 나를 그렇게 싫어하지만 않으면 잘 지낼 수도 있을 텐데."

"그건 아마 그냥 그 애가 집에서 듣는 말이 있어서 그럴 거야."

"그래서만은 아니야. 앤서니는 어리지만 독립심이 강하고 자기 일은 자기가 알아서 판단하는 아이야. 내가 오기 전에는 늘 남자 선생님한테서만 배웠고, 그 애 말로 여자 선생님은 쓸모가 없대. 글쎄, 인내심을 가지고 다정하게 대해주면서 지켜봐야지. 나는 어려움이 있으면 극복하는 걸 좋아하고, 가르치는 일도 정말 흥미로워. 폴 어빙이 있어서 다른 아이들한테 느끼는 부족함이 다 채워지는 것 같아. 그 애는 정말 완벽해, 길버트. 천재이기도 하고. 분명 그 애는 언젠가 세상에 널리 이름을 알릴 거야."

앤이 확신에 차서 말을 맺었다.

길버트가 말했다.

"나도 가르치는 게 좋아. 우선 배울 게 많거든. 정말이지, 앤, 나는 몇 년 동안 학교에 다닐 때보다 몇 주 동안 화이트샌즈에서 아이들을 가르치면서 더 많은 걸 배웠어. 우리 모두 꽤 잘해내고 있는 것 같아. 뉴브리지 사람들은 제인을 좋아한다더라. 화이트샌즈 사람들도 이 변변찮은 종복을 웬만큼 마음에 들어 하는 것 같아…… 앤드루 스펜서 씨는 제외지만. 지난 밤 집에 오는 길에 피터 블루웨트 아주머니를 만났는데, 나한테 알려주는 게 도리일 것 같다며 말해주시더라고. 스펜서 씨는 내 교육 방식을 탐탁지 않게 여긴다고."

앤이 자신이 겪었던 일을 생각하며 물었다.

"사람들이 '알려주는 게 도리' 같다면서 어떤 말을 꺼내면, 그게 유쾌한 말은 아니라는 거 알고 있었니? 왜 사람들은 기분 좋은 소리를 전해주는 건 도리라고 생각하지 않을까? 어제 H. B. 도넬 부인이 또 학교로 찾아와서는 나한테 알려주는 게 도리라고 생각한다면서 하면 앤드루스 아주머니가 내가 아이들에게 동화책 읽어주는 걸 싫어하신다는 거야. 로저슨 아저씨는 프릴리의 산수 실력이 빨리 늘지 않는 것 같다고 하신대. 석판 너머로 남자애들을 훔쳐보는 시간만 줄여도 지금보다 나을 텐데. 잭 길리스가 프릴리의 산수 문제를 대신 풀어주고 있는 게 확실한 것 같은데, 아직 현장을 잡지는 못했어."

"도넬 부인의 전도유망한 아드님은 그 귀족스러운 이름을 받아들이겠대?"

앤이 웃음을 터뜨렸다.

"응. 하지만 정말 힘든 과제였어. 무엇보다 내가 '세인트클레어'라고 부르면 아이가 들은 체도 하지 않아서 꼭 두세 번씩 불러야 했어. 그러다가 다른 애들이 그 애를 쿡쿡 찔러대면 그제야 억울한 얼굴로 쳐다보는 거야. 마치 내가 존이나 찰리라고 부르기라도 한 것처럼, 그게 자기라는 걸 어떻게 알겠느냐는 표정으로 말이야. 그래서 하루는 수업이 끝난 저녁에 아이를 남게 해서 다정하게 이야기했지. 어머니께서 너를 세인트클레어라고 불러달라고 하시는데, 선생님은 어머니의 바람을 거스를 수가 없다고. 전부 다 설명을 해주니까 이해를 하더라……
사리분별이 굉장히 밝은 아이야…… 그러더니 나는 자기를 세인트클레어라고 불러도 좋지만, 다른 애들이 그 이름을 부르면 누구든 '흠씬 두들겨 패주겠다'고 했어. 그 충격적인 말을 듣고는 당연히 다시 나무라야 했고. 그때부터 나는 세인트클레어라고 부르고, 아이들은 제이콥이라고 부르면서 모든 게 원만해졌어. 그 애가 나한테 귀띔을 해줬는데 자기는 목수가 될 거래. 도넬 부인은 나더러 그 애를 대학 교수로 만들어놓으라고 하지만."

대학 이야기가 나오자 길버트는 화제를 돌렸다. 두 사람은 서로의 바람과 계획에 대해 한동안 진지하고 솔직하게, 부푼 마음으로 대화를 나누었다. 미래는 아직 밟아보지 못한, 놀라운 가능성으로 가득한 미지의 길이었다.

길버트는 마침내 의사가 되기로 마음을 정한 터라 의욕이 넘치는 목소리로 말했다.

"정말 멋진 직업이야. 사람은 평생에 걸쳐 무언가에 맞서 싸워야 하잖아…… 누가 그랬지? 인간은 투쟁하는 동물이라고. 나는 질병과 고통, 무지에 맞서 싸울 거야…… 이것들은 전부 서로 연결되어 있거든. 나는 정직하고 생산적인 일을 하면서 이 세상에서 내 몫을 하고 싶어, 앤…… 역사가 시작된 이래 훌륭한 사람들이 축적해온 인류의 지식에 조금이라도 보탬이 되고 싶어. 나보다 앞서 살았던 사람들이 우리를 위해 정말 많은 것들을 이루어놓았잖아. 나도 후대를 위해 무언가를 하는 것으로 보답을 하고 싶어. 한 인간이 인류에게 해야 할 도리를 다하는 방법은 그것밖에 없다는 생각이 들어."

앤이 꿈을 꾸듯 말했다.

"나는 생을 더 아름답게 만들고 싶어. 난 이 세상에 지식을 더 많이 전달해야 한다고 생각하진 않아…… 물론 그게 더없이 고귀한 꿈이란 건 알아…… 하지만 난 사람들이 나로 인해 더 즐겁게 지낼 수 있다면 좋겠어…… 내가 없었다면 존재하지 않았을 작은 기쁨을 누리고 행복한 생각들을 떠올릴 수 있다면 좋겠어."

"그 꿈이라면 넌 매일 이루고 있는 것 같은데."

길버트가 감탄하며 말했다.

길버트의 말이 옳았다. 앤은 태어나는 순간부터 빛과 같았던 아이였다. 앤이 누군가를 만나 한 줄기 빛을 비추듯 미소 짓고 말 한 마디를 건네면, 그 사람은 잠시나마 희망을 찾고 사랑을 느끼며 삶을 긍정하게 되었다.

마침내 길버트가 아쉬운 얼굴로 일어났다.

"자, 나는 이제 맥퍼슨네 집으로 얼른 가봐야겠어. 주말이라 무디 스퍼전이 퀸스에서 오는데, 보이드 교수님이 나한테 빌려준 책을 오늘 가져다주기로 했거든."

"나도 마릴라 아주머니가 드실 차를 준비해야 해. 저녁에 키스 아주머니를 만나러 가신다고 했는데, 금방 돌아오실 거야."

앤이 차 준비를 끝내자 마릴라가 돌아왔다. 불은 탁탁 소리를 내며 기분 좋게 타올랐다. 서리가 내려앉은 듯 하얗게 색이 빠진 고사리와 홍옥처럼 빨갛게 물든 단풍잎 화병이 식탁에 놓여 있었다. 차려둔 햄과 토스트에서 먹음직스러운 냄새가 풍겼다. 하지만 마릴라는 의자에 털썩 주저앉으며 땅이 꺼지도록 한숨을 쉬었다.

앤이 걱정스레 물었다.

"눈 때문에 힘들어서 그러세요? 두통이 온 건가요?"

"아니야. 그저 피곤하고…… 걱정이 돼서 그런다. 메리하고 아이들 때문에…… 메리는 병세가 더 나빠졌어…… 오래 못 갈 거야. 쌍둥이도 어찌될지 모르겠구나."

"아이들 삼촌한테서는 연락이 없었어요?"

"답신이 오긴 왔다는구나. 지금 벌목장에서 일하면서 '한뎃잠 자는 신세나 마찬가지'라는데 무슨 말인지, 원. 아무튼 봄까지는 아이들을 데려가기가 힘들다는 말 같아. 봄 즈음에 결혼을 해서 집을 구하면 애들을 데려갈 수 있겠지만, 겨울까지는 이웃들한테 맡기라고 했단다. 메리는 이웃에 그런 부탁은 못 하겠다고 그러고. 메리가 이스트그래프턴 사람들하고 별로 잘 지내지 못했던 게 사실이지. 요점만 말하면, 앤, 메리는 내가 아이들을 맡아주었으면 하는 눈치야. 말은 안 했지만 분명히 그래 보였어."

"세상에! 그럼 당연히 그렇게 하실 거죠, 아주머니?"

앤이 두 손을 마주잡고 한껏 흥분하여 말했다.

마릴라는 다소 모질게 대답했다.

"결정한 건 아니다. 너처럼 무턱대고 일부터 벌릴 수야 없지. 앤, 팔촌지간이라도 따지고 보면 남이나 마찬가지야. 여섯 살 난 애 둘을 돌봐야 한다는 건 책임이 막중한 일이기도 하고. 그것도 쌍둥이라니."

마릴라는 쌍둥이를 맡으면 아이 한 명을 돌볼 때보다 딱 두 배 더 힘들 거라고 생각했다.

앤이 말했다.

"쌍둥이는 정말 재미있어요…… 적어도 한 쌍일 때는요. 쌍둥이가 두세 쌍이 되면 지긋지긋해지긴 하죠. 아이들이 있으면 제가 학교에 가 있는 동안 아주머니도 재미있고 좋으실 거예요."

"재미있을 일이 뭐가 있겠니…… 걱정하고 속 썩을 일이나 있겠지. 네가 여기 처음 왔을 때 정도의 나이만 되어도 그리 위험 부담이 크진 않을 거야. 도라는 별로 걱정이 안 돼…… 착하고 얌전하거든. 그런데 데이비는 개구쟁이야."

아이들을 좋아하는 앤은 진심으로 키스 부인의 쌍둥이들을 데려오고 싶었다. 아무도 돌봐주는 사람이 없던 어린 시절의 기억이 아직도 생생했다. 마릴라가 의무라고 믿는 일에는 발 벗고 나서는 성격이라는 걸 잘 아는 앤은, 능숙하게 대화를 끌어나갔다.

"데이비가 버릇없는 아이라면 그럴수록 교육을 잘 받아야 하지 않을까요? 우리가 아이들을 맡지 않으면 누가 데려갈지, 아이들이 어떤 환경에 처하게 될지 모르는 거잖아요. 키스 아주머니네 옆집에 사는 스프럿 부부가 아이들을 키운다고 생각해 보세요. 린드 아주머니도 헨리 스프럿 씨처럼 막되먹은 사람은 본 적이 없다고 하시고, 그 집 아이들이 하는 말은 한 마디도 믿을 수 없다고 하시잖아요. 쌍둥이들한테 그런 걸 배우게 하는 건 너무하지 않아요? 위긴스 씨네는 또 어떻고요? 린드 아주머니가 그러시는데 위긴스 씨는 집에 팔 만한 물건들은 다 팔아치우고, 아이들도 탈지유를 먹여 키웠대요. 팔촌이라도 친척인데, 아이들이 굶주리는 건 싫으시잖아요. 아주머니, 제 생각에 아이들을 데려오는 건 우리의 의무 같아요."

마릴라가 근심스러운 얼굴로 고개를 끄덕였다.

"그렇겠구나. 메리한테 내가 아이들을 맡겠다고 말해야겠어. 그렇게 신난 얼굴 할 거 없다, 앤. 너도 할 일이 그만큼 많아질 거야. 내 눈으로는 바느질 한 땀 하기도 어려우니 네가 그 애들 옷을 짓고 수선도 해줘야 해. 그런데 넌 바느질도 싫어하잖니."

앤이 차분히 말했다.

"싫어하죠. 하지만 아주머니가 의무감으로 기꺼이 아이들을 데려오신다면 저도 의무로 알고 아이들을 위해 바느질을 할 거예요. 좋아하지 않는 일이라도 해야 할 땐 해야죠…… 적당한 선에서는요."

8장

마릴라가 쌍둥이를 데려오다

레이철 린드 부인은 부엌 창가에 앉아 누비이불을 뜨고 있었다. 몇 년 전 매슈 커스버트가 '입양할 고아'를 데리고 언덕 너머로 마차를 몰고 내려오던 날 저녁에도 꼭 그렇게 앉아 있었다. 물론 그때는 봄철이었지만 지금은 늦가을이었다. 숲은 헐벗은 나무들로 앙상했고, 들판은 마른 갈빛이었다. 해가 넘어가며 에이번리 서쪽의 어두운 숲 뒤로 온통 자줏빛과 황금빛 장관이 펼쳐지고 있을 때, 느긋한 갈색 말 한 마리가 끄는 사륜마차가 언덕을 내려왔다. 레이철 린드 부인은 그 광경을 눈이 빠져라 들여다보았다.

"마릴라가 장례식에 다녀오네요."

레이철 린드 부인이 부엌 긴 의자에 누워 있던 남편에게 말했다. 요즘 들어 토머스 린드는 평소보다 그렇게 누워 있는 시간이 늘어났지만, 집 밖에서 일어나는 일들에 관심이 곤두서 있는 린드 부인은 남편이 그렇다는 걸 아직 눈치 채지 못했다.

"쌍둥이도 데려오고 있어요…… 맞네, 데이비가 마차 흙받기에 기대서 조랑말 꼬리를 붙잡고 있어서 마릴라가 자리에 앉혔어요. 도라는 자리에 기특할 정도로 반듯하게 앉아 있고요. 저 애는 언제 봐도 빳빳하게 풀을 먹여 금방 다려놓은 것 같다니까요. 저런, 가여운 마릴라가 올 겨울엔 손 쉴 틈 없이 바쁘겠어요. 그래도 그런 상황에선 저 애들을 데려올 수밖에 다른 도리가 없었을 거예요. 앤도 도와줄 테니까. 앤은 처음부터 좋아 죽으려고 해요. 하긴 앤은 정말이지 아이들 다루는 솜씨가 보통이 아니거든요. 어쩜, 가여운 매슈가 앤을 데려와 마릴라가 그 아이를 키운다고 해서 다들 비웃었을 때가 엊그제 같은데, 이제 쌍둥이까지. 언제 또 무슨 일로 깜짝 놀라게 될지, 죽는 순간까지 방심을 못하겠다니까요."

뚱뚱한 조랑말이 린드 부인의 집 앞 우묵땅에 놓인 다리를 건너, 초록 지붕 집을 향하는 길로 천천히 달렸다. 마릴라는 다소 굳은 얼굴이었다. 이스트그래프턴을 출발해서 15킬로미터 남짓 되는 거리를 오는 동안 데이비 키스는 무엇에 홀리기라도 한 듯이 잠시도 가만있지 못했다. 마릴라가 아무리 주의를 줘도 데이비는 도무지 얌전히 앉아 있질 않았다. 그 때문에 마릴라는 데이비가 마차 뒤로 떨어져 목이 부러질까, 흙받기 위로 굴러 떨어져 조랑말 발굽에 밟힐까, 내내 안절부절못했다. 마릴라는 결국 집에 가서 호되게 맞을 줄 알라고 으름장을 놓았다. 그 말을 들은 데이비는 고삐 따위는 무시하고 마릴라의 무릎 위로 올라가 토실토실한 두 팔로 아기 곰처럼 마릴라의 목을 끌어안았다.

"정말은 안 그럴 거잖아요."

데이비가 마릴라의 주름진 볼에 찰싹 살갑게 손을 가져다 붙이며 말했다.

"아줌마는 어린이가 얌전히 있지 못한다고 때릴 것처럼은 안 보여요. 아줌마도 나만큼 어릴 땐 가만히 있기가 너무 힘들지 않았어요?"

"아니, 나는 가만히 있으라고 하면 늘 가만히 있었단다."

마릴라는 엄하게 말하려고 애썼지만, 데이비의 갑작스러운 포옹에 마음이 살살 녹아내렸다.

"음. 그건 아줌마가 여자아이였으니까 그랬겠죠."

데이비는 마릴라를 한 번 더 껴안고 꼼지락거리며 자기 자리로 돌아갔다.

"아줌마도 옛날엔 어린아이였을 거예요. 그렇게 생각하니까 너무 이상해. 도라는 얌전히 잘 앉아 있지만…… 그건 너무 재미없어요. 여자애들은 느림보 같아. 도라, 내가 재밌는 거 해줄까?"

데이비가 말한 '재밌는 거'란 도라의 곱슬머리를 홱 잡아당기는 것이었다. 도라는 꺅 비명을 지르고는 울음을 터뜨렸다.

 마릴라가 억장이 무너지는 심정으로 아이를 꾸짖었다.

 "어쩜 그렇게 말썽을 피우니? 오늘은 불쌍한 네 엄마 장례식 날 아니냐."

 데이비가 비밀을 털어놓듯 말했다.

 "그렇지만 엄마는 죽는 걸 좋아했어요. 난 알아요. 엄마가 나한테 그랬거든요. 아픈 게 지긋지긋하다고요. 엄마가 죽기 전날 밤에 엄마랑 오랫동안 이야기를 나눴어요. 아줌마가 나하고 도라를 겨울 동안 맡아주실 거라고, 나보고 착하게 굴어야 한다고 하셨어요. 나도 착하게 굴 건데요, 가만히 있으면 착해지고 막 뛰어다니면 착할 수 없나요? 그리고 엄마는 나한테 늘 도라한테 잘해주고 도라 편을 들어줘야 한다고 말씀하셨어요. 난 그렇게 할 거예요."

 "잘해준다면서 머리카락을 잡아당겼니?"

 "음, 다른 사람은 못 잡아당기게 할 거예요."

 데이비가 두 주먹을 불끈 쥐며 인상을 썼다.

 "그러기만 했단 봐라. 난 아프게 안 잡아당겼어요…… 도라가 운 건 단지 여자애라서 그래요. 나는 남자라서 다행이지만 쌍둥이인 건 별로예요. 지미 스프럿은 여동생이 대들면 그냥 '내가 오빠니까 당연히 아는 게 더 많지'라고 하면 되는데, 나는 도라한테 그렇게 말할 수가 없잖아요. 자기가 더 누나라고 생각하는데요. 나도 잠깐 말 한 번만 몰아볼게요. 나도 남자잖아요."

마릴라는 초록 지붕 집 마당으로 들어서며 감사했다. 그곳에서는 가을 밤 바람이 갈색 나뭇잎들과 함께 춤을 추고 있었다. 문 앞으로 마중을 나온 앤은 아이들을 안아 마차에서 내려주었다. 도라는 얌전히 환영의 입맞춤을 받았지만, 데이브는 앤이 입을 맞추자 자기도 앤을 꽉 끌어안으며 발랄하게 말했다.

"나는 데이비 키스예요."

저녁 식사 자리에서 도라는 꼬마숙녀처럼 행동했지만 데이비는 태도에 아쉬운 점이 많았다.

마릴라가 꾸짖자 데이비가 대답했다.

"너무 배가 고파서 얌전히 먹을 시간이 없어요. 도라는 배가 저의 반도 안 고플 거예요. 여기 오면서 내가 얼마나 운동을 많이 했는지 보세요. 저 케이크는 진짜 맛있고 자두도 있어요. 우린 집에서 케이크를 먹어본 지가 진짜진짜 오래됐거든요. 엄마는 아파서 못 만들고, 스프럿 아줌마는 우리한테 빵을 만들어 주는 거만 해도 힘들대요. 그리고 위긴스 아줌마는 케이크에 절대 자두를 넣지 않는단 말이에요. 절대로요! 한 조각 더 먹어도 돼요?"

마릴라라면 안 된다고 했겠지만 앤은 케이크를 큼지막하게 한 조각 더 잘라주었다. 하지만 케이크를 주면서 "고맙습니다" 하고 인사해야 한다는 걸 다시 한 번 알려주었다. 데이비는 앤을 보며 씩 웃어 보이기만 하고 케이크를 덥석 입에 넣었다. 케이크 한 조각을 다 먹은 데이비가 말했다.

"한 조각만 더 주면 고맙다고 말할게요."

"안 된다. 많이 먹었어."

마릴라의 그 말투는 앤이 익히 아는 것이었다. 데이비도 곧 끝내는 법을 배우게 될 터였다.

데이비는 앤에게 눈을 찡긋 하고는 식탁 위로 몸을 숙여 이제 한 입 조심스레 베어 먹었을 뿐인 도라의 첫 번째 케이크를 날름 낚아채더니, 입을 한껏 벌리고 꾸역꾸역 쑤셔 넣었다. 도라가 바르르 입술을 떨었고 마릴라는 경악한 듯 할 말을 찾지 못했다. 앤은 최대한 선생님 같은 분위기를 자아내며 큰소리로 꾸짖었다.

"이런, 데이비, 신사는 그런 짓을 하지 않아."

데이브는 케이크를 다 삼키자마자 말했다.

"알아요. 그렇지만 난 신사가 아니에요."

앤이 깜짝 놀라 물었다.

"하지만 신사가 되고 싶지 않니?"

"당연히 되고 싶죠. 하지만 나는 어른이 아니라서 신사가 될 수 없잖아요."

"아니야. 될 수 있어."

앤은 지금이야말로 좋은 씨앗을 뿌릴 기회라고 생각하며 얼른 대답을 이어갔다.

"어린아이일 때부터 조금씩 신사가 되면 되는 거야. 그리고 신사는 절대로 숙녀의 것을 빼앗지 않아…… 고맙다는 인사를 깜박 잊지도 않고…… 다른 사람의 머리카락을 잡아당기지도 않지."

데이비가 솔직하게 말했다.

"신사는 별로 재미없는 거네요. 나는 어른이 될 때까지 기다렸다가 신사가 될래요."

마릴라가 두 손 들었다는 얼굴로 도라에게 케이크를 한 조각 더 잘라 주었다. 당장은 데이비를 당해낼 수가 없을 것 같았다. 장례식장에 다녀온데다 마차를 탄 거리도 만만치 않아서 그렇지 않아도 하루가 고단했다. 그 순간만큼은 마릴라도 엘리자 앤드루스만큼 앞날을 비관했다.

쌍둥이는 딱히 닮은 곳은 없었지만, 둘 다 머리가 옅은 금발이었다. 도라의 긴 곱슬머리는 매끄럽게 윤기가 흐르고 단정했다. 데이비는 짧고 곱슬곱슬한 머리카락이 온통 헝클어져 있었다. 도라의 녹갈색 눈동자는 순하고 온화해 보이는 데 비해, 요정처럼 장난기를 가득 안은 데이비의 눈동자는 한시도 가만있지 않았다. 도라는 코가 곧았고, 데이비는 누가 보아도 들창코였다. 도라는 입매를 고상한 모양으로 다물고 있었고, 데이비는 웃음기를 가득 머금고 있었다. 게다가 보조개가 한쪽 뺨에만 있어서 웃을 때면 얼굴이 한쪽으로 처지는 것처럼 보이면서 재미있고 사랑스럽게 느껴졌다. 데이비의 작은 얼굴은 구석구석 웃음과 장난기가 가득했다.

"애들은 재워야겠다."

마릴라는 아이들에게서 벗어나려면 그 방법이 가장 수월하겠다고 생각했다.

"도라는 나하고 같이 자고, 너는 데이비를 왼쪽 다락방에 데려다주거라. 혼자 자도 무섭지 않지, 데이비?"

"네, 하지만 아직 자러 가려면 멀었어요."

데이비가 태평스레 대답했다.

"오, 아니야. 잘 시간이야."

마릴라는 참고 또 참아 그렇게만 말했지만, 그 말투에는 데이비도 꼼짝 못하게 만드는 무언가가 있었다. 데이비는 고분고분 앤을 따라 2층으로 올라갔다.

데이비는 비밀을 털어놓듯 말했다.

"내가 어른이 되면 제일 먼저 밤부터 새워볼 거예요. 기분이 어떤지 알고 싶거든요."

몇 년이 지난 뒤에도 마릴라는 쌍둥이가 초록 지붕 집에 왔던 첫 1주일을 생각할 때마다 진저리를 쳤다. 그 1주일이 지나고 나서도 딱히 상황이 나아진 건 아니었지만, 그런 일을 처음 겪은 기억 때문에 그런 듯했다. 데이비는 눈만 뜨면 장난을 치거나 장난 칠 궁리를 했다. 그러다가 처음으로 큰 사고를 친 건 초록 지붕 집에 오고 이틀 뒤였다. 그날은 9월처럼 포근한 날씨에 실안개가 낀, 화창한 일요일 아침이었다. 교회에 갈 준비를 하며 마릴라가 도리를 챙기는 동안 앤도 데이비의 옷을 입혔다. 처음에 데이비는 얼굴을 씻지 않겠다고 고집을 부리며 버텼다.

"마릴라 아줌마가 어제 씻겨줬단 말이야…… 그리고 위긴스 아줌마도 장례식 하던 날 딱딱한 비누로 박박 닦아주고. 그럼 1주일 동안 안 씻어도 되잖아. 너무 깨끗한 게 왜 좋은 건데. 난 더러운 게 훨씬 편해."

앤이 데이비의 마음을 훤히 들여다보며 말했다.

"폴 어빙은 매일매일 스스로 세수를 하는걸."

데이비는 초록 지붕 집에 온 지 이제 이틀이 조금 지났을 뿐이지만, 벌써 앤을 절대적으로 따르며 폴 어빙을 미워했다. 초록 지붕 집에 온 다음 날부터 앤이 입이 마르도록 폴을 칭찬하는 소리를 들었던 것이다. 폴 어빙이 매일 세수를 한다면 그것으로 끝난 문제였다. 데이비 키스도, 하다 죽는 한이 있더라도 세수를 해야 했다. 같은 사정으로 데이비는 소소한 몸단장까지 순순히 마쳤다. 모든 준비를 마친 데이비는 정말 잘생긴 꼬마

신사처럼 보였다. 앤은 엄마라도 된 듯 자랑스러운 마음으로 데이비를 커스버트 가족 신도석으로 데려갔다.

　데이비도 처음에는 잘 앉아 있었다. 교회에 온 꼬마들을 힐끔힐끔 살펴보며 누가 폴 어빙일까 궁금해하느라 여념이 없었던 것이다. 찬송가를 부르고 성경을 읽는 시간까지는 아무 탈 없이 지나갔다. 일이 터진 건 앨런 목사가 기도를 하고 있을 때였다.

　로레타 화이트는 데이브 앞자리에 앉아 있었는데, 연한 금발을 두 가닥으로 땋은 머리 모양과 고개를 숙인 자세 덕에 헐렁하게 달린 레이스 주름 장식 밖으로 드러난 하얀 목덜미가 데이비에게는 참기 힘든 유혹이었다. 로레타는 뚱뚱하고 얌전하게 생긴 여덟 살짜리 여자아이로, 생후 6개월 때 어머니에게 안겨 처음으로 교회에 왔던 그날부터 한 번도 나무랄 만한 행동을 한 적이 없는 아이였다. 데이비는 주머니에 손을 넣어…… 애벌레 한 마리를 꺼냈다. 털이 보송보송하니 꿈틀꿈틀 움직이는 애벌레였다. 마릴라가 그 장면을 보고 데이비를 와락 붙잡았지만, 데이비가 좀 더 빨랐다. 데이비는 애벌레를 로레타의 목덜미에 떨어뜨렸다.

　앨런 목사의 기도가 한창이던 그 순간 날카로운 비명이 터져 나왔다. 목사는 깜짝 놀라 기도를 멈추고 눈을 떴다. 신도들도 일제히 고개를 들었다. 로레타 화이트가 앉은 자리에서 팔딱팔

딱 뛰어오르며 원피스 등 부분을 미친 듯이 잡아당겼다.

"악…… 엄마…… 엄마…… 악…… 빼줘요…… 으악…… 이것 좀 빼주세요…… 아악…… 저 나쁜 애가 제 목에 넣었어요…… 으악…… 엄마…… 자꾸 내려가요…… 악…… 악…… 아악……."

화이트 부인은 딱딱하게 굳은 얼굴로 자리에서 일어나 발작하듯 몸부림치는 로레타를 교회 밖으로 데리고 나갔다. 비명 소리가 밖으로 사라지자 앨런 목사는 다시 기도를 올리기 시작했다. 하지만 그날 예배는 망쳤다는 게 모두의 생각이었다. 난생 처음 마릴라는 성경 글귀가 눈에 들어오지 않았고, 앤도 부끄러운 마음에 새빨개진 얼굴로 앉아 있었다.

집에 돌아온 마릴라는 데이비를 침실로 데려가 그날 하루 종일 밖에 나오지 못하게 했다. 점심도 간단히 빵과 우유 말고는 주지 않을 셈이었다. 앤은 마릴라가 허락한 식사를 들고 올라가, 뉘우치는 기색 없이 신나게 먹는 데이비 옆에 슬픈 얼굴로 앉았다. 데이비도 슬픔에 잠긴 앤의 눈빛은 마음에 걸리는 모양이었다.

데이비가 반성하는 목소리로 말했다.

"폴 어빙은 교회에서 여자아이 목에 애벌레를 던지지 않겠지?"

앤이 우울한 목소리로 대답했다.

"안 하고말고."

데이비가 인정했다.

"음, 그럼 나도 조금 잘못한 것 같아. 그렇지만 정말 큰 애벌레였단 말이야…… 교회에 들어가다가 계단에서 주운 건데. 그걸 그냥 놔두는 건 아까운 것 같았어. 그리고 사실 아까 그 여자애가 소리칠 때 재미있지 않았어?"

화요일 오후에 교회 봉사회 모임이 초록 지붕 집에서 열렸다. 앤은 혼자 손님을 치르기 힘든 마릴라를 돕기 위해 학교에서 서둘러 집으로 돌아왔다. 풀을 잘 먹인 하얀 원피스에 검은 띠를 두른 도라는 단정하고 예의바른 모습으로 봉사회 회원들과 함께 응접실에 앉아 있었다. 도라는 누가 말을 걸 때만 얌전히 대답하고 조용히 자리를 지키면서 어느 모로 보나 모범생처럼 처신했다. 데이비는 진흙 범벅이 된 모습으로 헛간 앞 마당에서 신나게 흙장난을 하고 있었다.

마릴라가 몹시 피곤해하며 말했다.

"내가 해도 된다고 했다. 그럼 더 심한 장난을 안 치겠거니 해서. 저래봤자 더러워지기밖에 더 하겠니. 데이비는 차를 다 마신 다음에 불러야지. 도라는 우리하고 같이 마셔도 괜찮지만, 봉사회 회원들이 다 모인 자리에 데이비를 부르는 건 엄두가 나질 않는구나."

앤이 봉사회 회원들에게 차 준비가 되었다고 알리러 갔을 때

도라는 응접실에 없었다. 재스퍼 벨 부인 말로는 데이비가 현관 앞에서 도라를 불렀다고 했다. 앤과 마릴라는 식료품 창고에서 급히 의논을 한 끝에 두 아이 모두 나중에 차를 마시는 게 좋겠다고 결정했다.

한창 차를 마시고 있을 즈음 식당으로 딱하고 처량한 몰골을 한 웬 아이가 들어왔다. 마릴라와 앤은 소스라치게 놀라 쳐다봤다. 봉사회 회원들도 놀라기는 마찬가지였다. 저 아이가 도라라고? 아이는 옷과 머리가 흠뻑 젖어 물을 뚝뚝 흘리며 누군지 알아보기도 힘든 모습으로 엉엉 울고 있었다. 마릴라가 새로 산 동그라미 무늬 깔개에도 물이 흥건했다.

"도라, 어떻게 된 거니?"

앤은 자기가 잘못한 사람처럼, 사고 같은 건 절대 일어나지 않는 집안이라는 제스퍼 벨 부인을 힐끔 쳐다보았다.

도라는 엉엉 울면서 말했다.

"데이비가 나한테 돼지우리 울타리를 걸으랬어. 난 하기 싫었는데 나한테 겁쟁이라고 놀렸어. 돼지우리 안으로 떨어져서 옷이 다 더러워지고 돼지들이 나한테 막 달려들었어. 옷이 너무 더러워져서 데이비가 양수기 밑에 서면 자기가 씻겨준다고 했는데, 그렇게 했더니 데이비가 물을 끼얹었어. 그런데 옷은 하나도 안 깨끗해지고 예쁜 허리띠랑 구두도 다 엉망이 됐어."

모임이 끝날 때까지 앤이 혼자 손님들을 대접하는 동안 마릴라는 도라를 데리고 2층에 올라가 전에 입던 옷으로 갈아입혔다. 데이비는 저녁도 먹지 못하고 방에 갇혔다. 석양이 질 무렵 앤은 데이비의 방으로 가서 진지하게 이야기를 나누었다…… 앤은 이 방법을 매우 신뢰했는데, 결과를 놓고 보면 아주 근거 없는 신뢰는 아니었다. 앤은 데이비의 행동에 몹시 기분이 상했다고 말했다.

데이비도 잘못을 인정했다.

"지금은 나도 잘못한 것 같아. 그런데 난 꼭 잘못을 저지르고 나서야 잘못했다는 생각이 들어서 큰일이야. 도라가 흙장난을 같이 해주지 않았단 말이야. 옷이 엉망이 된다고 그러잖아. 그래서 너무 화가 났어. 폴 어빙은 떨어질 줄 알면서도 여동생한테 돼지우리 울타리 위를 걸어보라고 안 하겠지?"

"그럼, 폴 어빙은 그런 생각은 꿈에서도 하지 않을 거야. 폴은 어리지만 진짜 신사거든."

데이비는 눈을 질끈 감고서 잠시 곰곰이 생각에 잠긴 듯 보였다. 그러더니 앤에게 달라붙으며 앤의 목을 끌어안고는 그 어깨에 발그레해진 얼굴을 파묻었다.

"앤 누나, 내가 폴처럼 착한 아이가 아니어도 나를 조금은 좋아해?"

"그럼, 좋아하지."

앤이 진심으로 대답했다. 왜 그런지 데이비는 좋아하지 않을 수 없는 아이였다.

"그렇지만 말썽을 너무 심하게 부리지 않으면 더 좋아할 거야."

데이비가 웅얼웅얼 말을 이었다.

"오늘…… 장난 친 거 하나 더 있는데. 지금은 잘못했다고 생각하는데, 말하기가 너무 겁나. 누나 화 많이 안 낼 거지? 마릴라 아줌마한테도 말하지 않을 거지?"

"모르겠어, 데이비. 어쩌면 아주머니께 말씀을 드려야 할 수도 있지. 그래도 네가 두 번 다시 그런 장난을 치지 않겠다고 약속하면, 무슨 장난인지는 모르겠지만 나도 아주머니께 말씀드리지 않겠다고 약속할게."

"안 해. 절대로 안 할 거야. 어쨌든 올해는 그런 걸 또 찾을 수도 없을 거야. 이건 지하실 계단에서 발견한 거거든."

"데이비, 도대체 뭘 한 거니?"

"마릴라 아줌마 침대에 두꺼비를 집어넣었어. 누나가 꺼내고 싶으면 가서 꺼내도 돼. 그런데 누나, 안 꺼내는 게 더 재미있지 않을까?"

"데이비 키스!"

목에 감긴 데이비의 팔을 풀고 복도를 지나 마릴라의 방으로 쏜살같이 달려갔다. 침대가 약간 불룩했다. 불안한 마음에 서둘러 이불을 홱 젖히자 정말 베개 밑에 두꺼비 한 마리가 눈을 껌벅이며 앉아 있었다.

"저 징그러운 걸 밖으로 어떻게 밖으로 내가지?"

앤이 신음을 흘리며 몸서리를 쳤다. 그러다가 부삽이 떠올라, 마릴라가 식료품 창고에서 바쁘게 일하는 사이에 살금살금 움직여 부삽을 가져왔다. 두꺼비를 아래층으로 옮기는 일은 만만치 않았다. 두꺼비는 세 번이나 삽에서 뛰어 내려앉았고, 한 번은 앤도 복도에서 두꺼비를 놓쳤다고 생각했다. 두꺼비를 체리 과수원에 놓아주고 나서야 앤은 안도의 한숨을 길게 내쉬었다.

"아주머니가 아셨다면 평생 침대에 누울 때마다 불안에 떠셨을 거야. 꼬마 죄수가 늦지 않게 반성을 해서 정말 다행이야. 다이애나가 창가에서 신호를 보내고 있잖아. 다행이야…… 정말 기분전환이 필요했는데. 학교에서는 앤서니 파이, 집에서는 데이비 키스, 정말이지 내 신경이 남아나질 않겠네."

9장

마을회관 페인트칠 소동

"그 골치 아픈 레이철 린드 할멈이 오늘 또 여기 와서는 제의실에 깔 양탄자를 사게 기부금을 내라며 달달 볶아댔지 뭐냐. 그런 할멈은 딱 질색이야. 설교에서 성경 구절에다 해설이며 아주 어떻게 하라는 것까지 딱딱 정리해서 벽돌 던지듯 퍼붓는다니까."

해리슨 씨가 화가 잔뜩 나서 말했다.

베란다 끝에 걸터앉은 앤은 어스름 땅거미가 지는 11월 저녁, 새로 쟁기질을 마친 밭 위로 불어오는 부드러운 서풍을 만끽했다. 정원 아래 굽은 전나무들 사이에서 옛 노래 가락을 뽑아내는 바람 피리를 들으며, 앤은 몽롱한 얼굴로 뒤를 돌아보더니 이렇게 설명했다.

"문제는 아저씨하고 린드 아주머니가 서로를 이해하지 못한다는 거예요. 서로 싫어하는 사람들을 보면 늘 그게 문제더라고요. 저도 처음에는 린드 아주머니를 좋아하지 않았어요. 하지만 아주머니를 이해하게 되니까 금방 좋아지더라고요."

해리슨 씨가 투덜거리며 말했다.

"린드 부인도 알고 보니 좋더란 사람들도 있겠지. 하지만 나는 먹어보면 좋아할 거란 말을 듣고도 바나나를 안 먹었어. 그리고 이해해보라니까 하는 말인데, 그 할멈이 누가 뭐래도 참견쟁이라는 건 잘 알고 있어. 본인한테도 그렇게 말해줬고."

앤이 너무하다는 얼굴로 말했다.

"세상에, 아주머니가 얼마나 기분이 상하셨겠어요. 어떻게 그런 말씀을 하실 수 있으세요? 나도 옛날에 린드 아주머니께 못된 말을 한 적이 있었지만, 그땐 너무 화가 나서 참지 못하고 그런 거였어요. 어떻게 일부러 그런 말을 할 수 있어요?"

"그게 사실이고, 난 누구한테든 있는 그대로를 말해야 한다고 생각하거든."

앤이 반박했다.

"하지만 모든 사실을 다 말씀하시는 건 아니잖아요. 사실들 중에 부정적인 부분들만 말씀하시죠. 보세요. 아저씨는 나한테 머리가 빨간색이라는 말은 수십 번도 더 했지만, 내 코가 예쁘다는 말은 한 번도 한 적이 없잖아요."

해리슨 씨가 빙긋 웃었다.

"그건 말하지 않아도 네가 알고 있을 테지."

"내가 빨강 머리라는 것도 알고 있거든요…… 물론 어릴 때보다 훨씬 더 색이 짙어졌지만…… 그럼 그 이야기도 하실 필요가 없는 거죠."

"그래, 그래. 그게 너한테 그렇게 거슬린다면 다시는 말을 꺼내지 않도록 하마. 네가 이해해라. 하고 싶은 말을 다 해버리는 버릇 때문에 그런 거니 다른 사람들도 신경 쓸 거 없어."

"어떻게 신경을 안 써요? 그리고 그게 아저씨 버릇이라고 해도 괜찮은 게 아니에요. 다른 사람들을 바늘로 찌르고는 '실례합니다. 신경 쓰지 마세요…… 이건 그냥 내 버릇이에요'라고 말하는 사람이 있다면 어떨 것 같아요? 미친 사람이라고 생각하지 않겠어요? 린드 아주머니도 일도 그래요. 아주머니가 정말 참견쟁이라고 쳐요. 하지만 마음씨 다정하고 늘 어려운 사람들을 돕는 분이란 얘기도 아주머니께 하셨나요? 티모시 코튼이 아주머니의 낙농장에서 버터를 한 그릇 훔쳐가서 자기 아내한테는 사 왔다고 했을 때도 아주머니는 아무 말씀도 안 하셨어요. 나중에 코튼 부인이 버터에서 순무 냄새가 난다고 린드 아주머니께 따지는데도 아주머니는 잘못 만들어서 미안하다고만 하셨어요."

해리슨 씨가 마지못해 인정했다.

"린드 부인에게도 좋은 점이 있겠지. 사람들이 대부분 그렇지. 나한테도 좋은 면이 있으니까. 넌 설마, 하고 생각할지 모르지만. 어쨌든 나는 그 양탄자를 사는 데는 한 푼도 기부하지 않을 거야. 여기 사람들은 걸핏하면 돈을 내놓으래. 마을회관 페인트칠 문제는 어떻게 되어가니?"

"아주 잘되고 있어요. 지난 금요일 밤에 마을 개선회 모임이 있었는데, 기부금이 넉넉히 걷혀서 마을회관에 페인트칠도 하고 지붕도 새로 이을 수 있겠더라고요. 대부분의 분들이 정말 흔쾌히 기부금을 내주셨어요, 해리슨 아저씨."

앤은 마음씨 고운 아가씨였지만, 필요할 때는 모른 척 뼈 있는 말도 던질 줄 알았다.

"무슨 색으로 칠할 거니?"

"아주 예쁜 초록색으로 결정했어요. 지붕은 당연히 진한 빨간색이고요. 로저 파이 아저씨가 오늘 시내에서 페인트를 가져오실 거예요."

"칠은 누가 하지?"

"카모디의 조슈아 파이 아저씨요. 지붕 작업은 거의 다 했어요. 조슈아 파이 아저씨하고 계약할 수밖에 없었어요. 파이 집안사람들이…… 전부 네 집이잖아요…… 조슈아 파이 아저씨한테 일을 맡기지 않으면 한 푼도 내지 않겠다고 했거든요. 파이 집안에서 기부한 금액이 12달러인데, 포기하기에는 너무 큰 돈이잖아요. 파이 사람들의 요구를 들어주면 안 된다고 하는 사람들도 있었지만요. 린드 아주머니는 그 사람들이 뭐든 그렇게 쥐고 흔들려 한다고 그러시더라고요."

"중요한 건 조슈아라는 사람이 맡은 일을 제대로 해내느냐겠지. 일만 잘 한다면 그 사람 이름이 파이건 푸딩이건 무슨 상관이겠니."

"일은 잘한다고들 해요. 그런데 굉장히 별나다고도 하더라고요. 말을 거의 하지 않는대요."

해리슨 씨가 빈정거리는 투로 말했다.

"그 정도면 별나고도 남지. 적어도 에이번리 사람들한테는 말이다. 나도 에이번리에 오기 전까지는 결코 말 많은 사람이 아니었단다. 여기 와서는 나를 방어하기 위해서라도 말을 안 할 수가 없었지. 그렇지 않으면 린드 부인이 나를 벙어리라고 단정하고선 나한테 수화를 가르친다고 기부금을 받으러 다녔을 거야. 벌써 가려는 건 아니지, 앤?"

"가야 해요. 오늘 저녁에 도라의 옷을 꿰매야 하거든요. 데이비도 지금쯤이면 뭔가 새로운 장난을 쳐서 마릴라 아주머니 속을 썩이고 있을지 모르고요. 오늘 아침엔 데이비가 일어나자마자 그러더라고요. '어둠은 어디로 가는 거야, 앤 누나? 궁금해.' 제가 세상 반대편으로 갔다고 말해줬는데, 아침을 다 먹고 나서는 그게 아니라는 거예요. 어둠이 우물 속으로 들어갔대요. 아주머니가 그러시는데 데이비가 어둠을 잡겠다고 우물에 매달려서 손을 뻗는 걸 오늘 네 번이나 끌어내리셨대요."

해리슨 씨가 말했다.

"개구쟁이 녀석. 어제 우리 집에 와서 진저 꽁지 깃털을 여섯 개나 뽑아버렸어. 내가 헛간에 가 있는 새 말이야. 그 뒤로 저 불쌍한 앵무새는 계속 의기소침해져 있어. 그 애들 때문에 너도 그렇고 커스버트 부인도 힘들겠어."

"소중한 것을 지키려면 어느 정도 힘도 들죠."

앤은 내심 데이비가 다음에 어떤 장난을 치더라도 한 번은 용서해주기로 결심했다. 진저에게 앤의 복수를 해준 셈이었으니까.

그날 밤, 로저 파이 씨가 마을회관에 칠할 페인트를 가져오고, 다음 날은 말수 없고 성격도 퉁명스러운 조슈아 파이가 칠 작업을 시작했다. 작업을 방해하는 사람은 없었다. 마을회관이 위치한 장소는 '아랫길'이라는 곳이었다. 늦가을이 되면 이 길은 늘 질퍽질퍽해서 사람들은 카모디로 갈 때 더 돌아가도 '윗길'로 다녔다. 마을회관은 빽빽하게 에워싼 전나무 숲 때문에 가까이 가지 않는 한 눈에 띄지도 않았다. 조슈아 파이는 사람들과 어울리지 못하는 성격에 본인에게 딱 맞는 그곳에서 홀로 페인트칠을 해나갔다.

금요일 오후에 작업을 마친 조슈아 파이 씨는 카모디의 집으로 돌아갔다. 그가 돌아가자마자 린드 부인은 새 단장을 한 마을회관이 어떻게 변했을지 궁금한 마음에, 아랫길로 마차를 몰고 가서 용감하게도 진흙탕을 헤치며 나아갔다. 가문비나무 군락을 돌아 나가자 마을회관이 보였다.

눈앞에 펼쳐진 광경에 레이철 린드 부인은 충격을 받은 듯했다. 린드 부인은 고삐를 떨어뜨리고 두 손을 번쩍 들며 "오, 주여!"라고 외쳤다. 그리고 자기 눈을 의심하듯 회관을 빤히 쳐다보다가, 급기야 정신이 나간 사람처럼 웃음을 터뜨렸다.

"뭔가 착오가 있었던 게로군…… 틀림없어. 파이네 사람들이 일을 망쳐놓을 줄 알았어."

레이철 린드 부인은 집으로 돌아가는 길에 몇 차례나 마차를 세우고 마주친 사람들에게 마을회관에 대해 이야기했다. 소문은 들불처럼 번졌다. 집에서 꼼꼼히 교과서를 검토하고 있던 길버트 블라이드는 해질 무렵 아버지가 고용한 일꾼에게서 그 소식을 듣고 헐레벌떡 초록 지붕 집으로 달려갔다. 도중에 프레드 라이트도 만났다. 초록 지붕 집에 다다르자 그곳 마당에 가지만 앙상하게 남은 커다란 버드나무 아래 다이애나 배리와 제인 앤드루스, 앤 셜리가 그야말로 암담한 얼굴을 하고 서 있었다.

길버트가 소리치다시피 물었다.

"사실이 아니지, 앤?"

앤이 비극의 여주인공 같은 얼굴로 대답했다.

"사실이야. 린드 아주머니가 카모디에 다녀오시는 길에 들러서 알려주셨어. 아, 너무 끔찍해! 뭘 개선하려고 해봐야 소용없잖아."

"뭐가 끔찍한데?"

마릴라에게 전해줄 상자를 들고 이제 막 도착한 올리버 슬론이 물었다.

제인이 씩씩거리며 대답했다.

"못 들었어? 간단히 말하면 이거야…… 조슈아 파이가 마을 회관을 초록색이 아니라 파란색 페인트로 칠했대…… 짐마차나 손수레에나 칠하는 진하고 선명한 파란색으로. 린드 아주머니가 그러는데 건물에 그렇게 칠해놓으니 흉물스럽기가 짝이 없대. 지붕이 빨간색이라 더 꼴사납다나. 그 말을 들었을 땐 누가 스치기만 해도 난 쓰러졌을 거야. 우리가 얼마나 고생을 했는데, 가슴이 미어져."

다이애나가 울먹이며 소리쳤다.

"도대체 어떻게 그런 실수를 할 수 있지?"

이 터무니없는 참사를 향한 비난의 화살은 결국 파이네에게 모두 돌아갔다. 개선회에서 사용하기로 했던 페인트는 모턴 해리스 페인트였다. 모턴 해리스 페인트는 천연 염료를 색상 견본표대로 나누어 담아 놓아, 사는 사람이 견본표를 보고 거기에 적힌 숫자를 주문하면 되었다. 사려던 색은 147번 페인트였다. 개선회원들은 로저 파이 씨가 심부름을 보낸 아들 존 앤드루에게서 그날 시내에 나가 페인트를 사올 거란 말을 전해 듣고 147번 페인트를 부탁했다. 존 앤드루는 제대로 전달했다는 말만 되풀이했지만 로저 파이 씨는 존 앤드루가 157번이라고 전했다고 주장했다. 이 문제는 결국 진위가 밝혀지지 않았다.

그날 밤 에이번리의 개선회원이 사는 집집마다 허탈하고 우울한 기운이 번졌다. 초록 지붕 집에 감도는 침울한 분위기 때문에 데이비마저 숨을 죽일 정도였다. 앤은 진정이 안 되어 눈물만 흘렸다.

앤이 흐느껴 울며 말했다.

"열일곱 살이 다 되었지만 울 수밖에 없어요, 아주머니. 너무 속상해요. 이건 우리 모임도 끝이라는 징조예요. 우린 웃음거리만 되고 끝날 거예요."

하지만 인생은, 마치 꿈처럼 생각과는 정반대로 흘러가기도 한다. 에이번리 마을 사람들은 웃지 않았다. 웃기에는 너무 화가 났던 것이다. 마을회관을 새로 칠하라고 돈을 보냈더니, 결국 그런 실수로 뒤통수를 맞은 기분이었다. 사람들의 분노는 파이네로 모아졌다. 로저 파이와 존 앤드루가 일을 완전히 망쳐놨고, 조슈아 파이는 페인트 통을 열어 두 눈으로 색깔을 확인하고도 뭔가 잘못되었단 생각을 못한 걸 보면 바보가 틀림없다고 화를 냈다. 그렇게 비난을 받으면서도 조슈아 파이는 에이번리 사람들의 색깔 취향은 저 알 바 아니고, 자기의 의견이 뭔지도 중요치 않다고 응수했다. 자기를 고용한 목적은 마을회관에 페인트칠을 하라는 거였지 페인트 색깔에 대해 왈가왈부하라는 게 아니지 않았냐며, 받기로 한 돈은 받아야겠다는 것이었다.

개선회원들은 치안 판사인 피터 슬론과 상의한 끝에 씁쓸한 마음으로 조슈아 파이에게 돈을 지불했다.

피터 슬론이 말했다.

"돈은 지불해야지. 조슈아 파이에게 책임을 물을 순 없어. 자기가 무슨 색을 칠해야 한다는 말은 들어본 적도 없고, 그저 페인트 통을 주면서 칠을 하라고 한 게 다였다고 주장하고 있으니까. 그래도 망신스러운 일이긴 하지. 마을회관이 흉측해진 건 사실이야."

운이 없었던 개선회원들은 에이번리 마을 사람들이 개선회에 가졌던 편견이 더 굳어질 거라고 생각했다. 하지만 오히려 사람들은 개선회를 연민하는 쪽으로 바뀌었다. 사람들은 의욕과 열정을 가지고 자신들의 목표를 위해 그토록 열심히 노력했던 모임이 나쁘게 이용당했다고 생각했다. 레이철 린드 부인은 포기하지 말고, 세상에는 맡은 일을 똑 부러지게 잘해내는 사람들도 있다는 걸 파이네 사람들한테 보여주라고 말했다. 메이저 스펜서 씨는 자비를 들여 자기 농장 앞의 도로를 따라 남아 있는 나무 등걸들을 싹 정리하고 잔디 씨앗을 심겠다는 말을 전해왔다. 어느 날 하이럼 슬론 부인은 웬일인지 학교에 들러 앤을 현관으로 불러내더니, '개선회'가 봄에 교차로 제라늄 꽃밭을 만들고 싶다면 자기네 소는 걱정하지 말라며, 꽃을 뜯어 먹으려고 길가를 어슬렁거리는 자기네 소는 울타리 안에 잘 가두어 두겠다고 말했다. 해리슨조차 속으로는 큭큭 웃었을지 몰라도 겉으로는 한껏 다독여주었다.

"걱정 마라, 앤. 페인트라는 게 해마다 흉물스레 빛이 바래는데, 저 파란색은 애초에 더 흉물스러워질 것도 없으니 빛이 바랠수록 점점 보기 좋아질 거야. 게다가 지붕은 멀쩡하게 고쳤고 색도 잘 칠했고. 이젠 사람들이 마을회관 안에 앉아 있어도 비가 새지 않을 거야. 어쨌거나 너흰 대단한 일을 한 거야."

"하지만 에이번리의 파란 마을회관은 이 부근 마을 사람들한테 두고두고 이야깃거리가 되겠죠."

앤이 씁쓸하게 말했다.

사실 그렇게 되긴 했다.

10장

사고뭉치 데이비

 11월의 어느 날 오후, 학교를 마치고 자작나무 길을 걸어 집으로 돌아가던 길에 앤은 새삼 인생이란 정말 경이로운 것이라는 생각이 들었다. 그날은 즐거운 하루였다. 앤의 작은 왕국에서 모든 일이 순조로웠다. 세인트클레어 도넬은 이름 문제로 누구하고도 싸움을 벌이지 않았다. 프릴리 로저슨은 이앓이를 하느라 뺨이 통통 부어서 근처에 앉은 남학생들에게 한눈을 팔 틈이 없었다. 바버라 쇼는 그릇에 든 물을 바닥에 엎지른 것 말고는…… 다른 사고를 치지 않았고…… 앤서니 파이는 아예 학교에 나오지 않았다.

 "정말 멋진 11월이었어!"

 앤은 혼잣말을 하는 어린아이 같은 버릇을 그대로 가지고 있었다. 11월은 원래 유쾌할 게 없는 달인데…… 한 해가 문득 저

물어간다는 걸 깨닫고는 어쩔 도리가 없어 눈물을 흘리며 속을 끓이는 느낌이었거든. 올해는 우아하게 저물고 있어…… 마치 머리가 희끗거리고 주름이 져도 매력적일 수 있다는 걸 잘 아는 기품 있는 노부인 같아. 낮은 아름답고 저녁은 멋져. 지난 2주일은 정말이지 평온했어. 데이비조차 품행이 많이 좋아졌고. 그 애는 정말 많이 발전한 것 같아. 오늘따라 숲이 참 조용하네…… 한가로운 바람 소리 말고는 아무 소리도 들리지 않아! 나무 꼭대기에서 가르랑거리는 바람 소리가 꼭 멀리 바닷가에서 들려오는 파도소리 같아. 숲도 아름답고! 아름다운 나무들아! 너희들 하나하나 다 사랑하는 내 친구야."

앤은 걸음을 멈추고 가느다란 어린 자작나무를 향해 팔을 벌리며 미색의 줄기에 입을 맞추었다. 오솔길을 돌아 걸어오던 다이애나가 앤을 보고는 소리 내어 웃었다.

"앤 셜리, 너 다 큰 척하고 있었구나. 혼자 있을 땐 옛날하고 똑같은 어린아이가 되나봐."

앤이 발랄하게 말했다.

"원래 어릴 적 버릇은 한 번에 고치기 어려운 법이야. 14년 동안 어린아이였다가 어른이 된 건 이제 3년도 채 안 됐잖아. 이 숲에 오면 난 언제든 아이가 될 거야. 학교에서 집에 돌아가는 이 길이 내가 유일하게 꿈을 꿀 수 있는 시간인걸…… 잠들기 전에도 30분 남짓 시간은 있지만. 아이들을 가르치고 공부하고 아주머니를 도와 쌍둥이를 돌보느라 너무 바빠서 상상할 시간은 낼 수가 없어. 밤마다 동쪽 다락방에서 자려고 누운 다음 아주 잠깐 동안 내가 얼마나 멋진 모험을 하는지 너는 모를 거야. 항상 내가 아주 눈부시고 당당하고 멋진 무언가가 된 상상을 해…… 위대한 프리마돈나라든가, 적십자의 간호사라든가, 여왕 같은 거 말이야. 어젯밤엔 여왕이었어. 내가 여왕이라고 상상하면 기분이 정말 좋아. 아무런 불편 없이 뭐든 즐길 수도 있고 그만두고 싶을 때 그만둘 수도 있고, 현실에선 그럴 수 없잖아. 하지만 여기 숲에 있을 때 좋아하는 상상은 따로 있어…… 오래된 소나무 안에 사는 나무 요정 드라이어드가 되거나, 나뭇잎 주름 아래 숨어 사는 갈색 요정이 되는 거야. 내가 입을 맞추다 너한테 들킨 저 하얀 자작나무는 내 여동생이야. 우리가 다른 점은 저 애는 나무고 나는 사람이라는 것뿐이지만, 그건 진짜 다른 점이라곤 할 수 없어. 어딜 가던 길이었어, 다이애나?"

"딕슨 씨네 가던 참이야. 앨버타가 새 원피스를 재단하는 걸 도와주기로 했거든. 저녁에 그리로 올래. 앤? 집에 갈 때 같이 가자."

"그럴까…… 프레드 라이트도 시내에 나가고 없는데."

앤이 아무것도 모른다는 얼굴로 말했다.

다이애나는 얼굴을 붉히며 고개를 돌리고는 걸어갔다. 하지만 기분이 나빠 보이지는 않았다.

앤은 그날 저녁 딕슨 씨네 갈 작정이었지만, 가지 못했다. 초록 지붕 집에 도착했을 때 앤을 기다리고 있던 상황에 다른 생각은 하얗게 지워져버렸기 때문이다. 마릴라는 마당에 나와 있었다…… 눈빛은 제정신이 아니었다.

"앤, 도라가 없어졌어!"

"도라가요! 없어지다니요!"

앤이 데이비를 쳐다보았다. 대문에 매달려 흔들흔들 하던 데이비의 눈빛은 뭔가 잔뜩 신이 난 기색이었다.

"데이비, 도라가 어디 갔는지 아니?"

데이비는 똑 잡아뗐다.

"몰라. 저녁 먹을 때부터 못 봤어. 맹세해."

마릴라가 말했다.

"내가 한 시부터 집을 비웠어. 토머스 린드가 갑자기 병이 나서 레이철이 급히 와달라고 사람을 보냈거든. 내가 집을 나설 때 도라는 부엌에서 인형을 가지고 노는 중이었고 데이비는 헛간 뒤에서 흙장난을 하고 있었어. 그러고는 30분 전에야 돌아왔는데…… 도라가 아무데도 없는 거야. 데이비는 내가 나간 뒤로 도라를 못 봤다고 하고."

데이비가 진지한 얼굴로 맹세했다.

"진짜 못 봤어요."

앤이 말했다.

"근처 어딘가에 있을 거예요. 혼자서 멀리 돌아다니는 아이가 아니에요…… 도라는 겁이 많잖아요. 아마 어느 방에 들어갔다가 잠이 들었겠죠."

마릴라는 고개를 저었다.

"집 안은 구석구석 샅샅이 찾아봤어. 딴채에 있는지는 모르겠구나."

앤과 마릴라는 집 주변을 구석구석 살폈다. 집 여기저기와 마당, 딴채까지 샅샅이 뒤졌다. 앤은 과수원들과 유령의 숲을 돌아다니며 도라를 불렀다. 마릴라는 촛불을 가지고 지하실을 뒤졌다. 데이비는 두 사람을 번갈아가며 따라다니며 도라가 갈 만한 곳을 생각해 알려주었다. 결국 두 사람은 다시 마당으로 돌아왔다.

마릴라가 신음하듯 말했다.

"정말 알 수 없는 노릇이네."

앤도 괴로워하며 말했다.

"도대체 어디로 간 거지?"

데이비가 명랑한 목소리로 말했다.

"우물에 떨어졌을지도 몰라."

앤과 마릴라가 두려움에 떨며 서로를 마주보았다. 도라를 찾는 내내 그런 생각이 들지 않았던 건 아니지만, 둘 다 차마 입

밖에 내진 못했던 것이었다.

마릴라가 다 죽어가는 소리로 말했다.

"도라가…… 도라가 혹시."

앤은 눈앞이 아찔하고 속이 울렁거렸지만 우물가로 가서 속을 들여다보았다. 두레박은 우물 안쪽 선반에 놓여 있었다. 저 아래 잔잔한 수면이 희미하게 반짝였다. 커스버트네 우물은 에이번리에서 가장 깊었다. 만일 도라가…… 하지만 앤은 그런 생각을 할 엄두조차 나지 않았다. 앤은 몸서리를 치며 뒤로 물러났다.

마릴라가 두 손을 꽉 움켜쥐었다.

"해리슨 씨 좀 모셔 와라."

"해리슨 아저씨랑 존 헨리는 지금 없어요…… 오늘 시내에 나갔거든요. 배리 아저씨를 모셔 올게요."

배리 씨가 앤과 함께 밧줄 타래를 들고 돌아왔다. 밧줄에는 갈고리 모양 장비가 달려 있었는데, 일을 할 때 땅을 캐는 갈퀴로 쓰던 것이었다. 마릴라와 앤이 옆에 서서 공포와 두려움에 덜덜 떠는 동안 배리 씨는 우물 바닥을 훑었다. 데이비는 말을 타듯 대문에 올라타 재미있어 죽겠다는 얼굴로 세 사람을 지켜보았다.

마침내 배리 씨가 고개를 저으며 안도의 기색을 내비쳤다.

"저 아래는 없어요. 아이가 어디로 간 건지 도무지 알 수가 없군요. 얘, 꼬마야, 네 동생이 어디로 갔는지 정말 모르겠니?"

데이비가 기분이 상한 듯 말했다.

"모른다고 열 번도 더 말씀드렸잖아요. 부랑자가 와서 잡아갔는지도 모르죠."

"말도 안 되는 소리."

우물에 빠졌을지도 모른다는 두려움에서 벗어난 마릴라가 매섭게 말했다.

"앤, 도라가 해리슨 씨네 가려고 나갔다가 길을 잃은 건 아닐까? 저번에 네가 데려갔다 온 뒤로 계속 그 앵무새 이야기를 했었잖니."

"도라가 그렇게 멀리까지 혼자서 갔을 것 같지는 않지만, 제가 가서 보고 올게요."

바로 그때 누군가 데이비를 쳐다보았더라면, 데이비의 표정이 확 바뀐 걸 알았을 것이다. 데이비는 조용히 대문에서 내려와 통통한 다리로 있는 힘껏 달려 헛간으로 도망쳤다.

서둘러 들판을 가로질러 해리슨 씨네 집으로 향하면서도 앤은 마음에 별 기대가 생기지 않았다. 집은 문이 잠기고 창의 햇빛 가리개로 내려진 채였다. 그 부근에 인기척은 전혀 없었다. 앤은 베란다에 서서 목청껏 도라를 불렀다.

뒤쪽 부엌에서 진저가 소리를 질러대며 갑자기 험상궂은 욕설을 퍼부었다. 그런데 진저가 욕을 하는 사이사이로 애처로운 울음소리가 들렸다. 해리슨 씨가 연장을 보관하는 마당 헛간에서 들리는 소리였다. 앤은 얼른 문 앞으로 달려가 빗장을 벗겼다. 자그마한 체구에 얼굴은 눈물로 얼룩진 아이가 뒤집어놓은 못 통 위에 처량하게 앉아 있었다.

"아, 도라, 도라, 우리가 얼마나 놀랐는지 아니? 왜 여기 있는 거야?"

도라가 엉엉 울며 말했다.

"데이비하고 같이 진저를 보러 왔는데, 진저가 안 보였어. 데이비가 문을 발로 차서 진저가 욕을 했어. 그러고는 데이비가 나를 여기로 데려오더니 달려 나가서 문을 닫았어. 난 밖으로 나갈 수가 없었어. 계속 울었어. 무섭고, 그리고 또 너무 배도 고프고 추워. 언니가 영영 안 올 줄 알았어."

"데이비가?"

앤은 더 말을 잇지 못했다. 도라를 데리고 집으로 돌아오는 내내 마음이 무거웠다. 탈 없이 무사히 아이를 찾았다는 기쁨보다 데이비의 행동 때문에 마음이 괴로웠다. 도라를 가둔 이상한 행동은 쉽게 용서를 할 수도 있었다. 하지만 데이비는 거짓말을 했다…… 눈 하나 깜짝하지 않고 새빨간 거짓말을 한 것이다. 생각하고 싶지 않은 사실이었다. 앤은 그 일을 눈감아 줄 수 없었다. 실망감이 너무 커서 앤은 그 자리에 주저앉아 울고 싶었다. 앤은 데이비를 무척 사랑하게 되었다…… 얼마나 사랑하는지, 지금 이 순간 전까지는 미처 알지 못했다…… 그래서 데이비가 일부러 거짓말을 했다는 사실에 견딜 수 없이 마음이 아팠다.

마릴라는 말없이 앤의 이야기를 듣기만 했다. 데이비에게는 좋은 징조가 아니었다. 배리 씨는 웃음을 터뜨리고는 데이비를 혼쭐을 내주라고 충고했다. 배리 씨가 돌아가고 나서 앤은 몸을 떨며 흐느껴 우는 도라를 보듬고 달래어 저녁을 먹인 뒤 재웠다. 그러고는 부엌으로 돌아가는데, 마릴라가 굳은 얼굴로 거미줄을 뒤집어 쓴 데이비를 데리고, 아니 끌고 들어왔다. 컴컴한 마구간 구석에 숨어 있는 걸 마릴라가 찾아 끌고 온 것이었다.

마릴라는 깔개를 깔아둔 바닥 한가운데로 데이비를 홱 밀치고는 동쪽 창가로 가 앉았다. 앤은 서쪽 창가에 축 처진 채 앉아 있었다. 범인은 두 사람 사이에 서 있었다. 마릴라에게 등을 내보인 뒷모습은 겁먹고 주눅 들어 보였다. 하지만 앤 쪽을 향한 얼굴은 약간 부끄러워하는 것 같긴 해도 자기편을 만난 듯 눈빛이 희미하게 반짝였다. 마치 자신이 잘못을 저질러서 벌을 받게 될 거란 걸 알지만, 나중에는 앤과 이 일을 두고 같이 웃을 수 있을 거라 생각하는 것 같았다.

하지만 앤의 잿빛 눈동자는 데이비에게 아무런 미소도 보여주지 않았다. 단순히 장난을 친 문제였다면 앤도 웃을 수 있었을지 모른다. 하지만 이건 그냥 장난을 넘어…… 흉하고 떳떳 치 못한 행동이었다.

앤이 슬픔에 잠겨 물었다.

"어떻게 그런 행동을 할 수 있니, 데이비?"

데이비가 어색한 듯 꼼지락거렸다.

"그냥 재미로 그랬어. 너무 오랫동안 아무 일도 없고 조용했 잖아. 그래서 사람들을 놀래키면 재미있을 줄 알았어. 진짜 재 미있었잖아."

겁도 나고 후회도 되었지만 데이비는 자기가 한 일을 생각하 며 싱글싱글 웃었다.

앤이 어느 때보다 더 우울한 목소리로 말했다.

"하지만 넌 거짓말을 했어, 데이비."

데이비는 어리둥절한 얼굴이었다.

"거짓말이 뭐야? 뻥 말이야?"

"사실과 다르게 지어내서 이야기하는 걸 말하는 거야."

데이비가 솔직하게 말했다.

"맞아. 내가 그랬어. 안 그랬으면 누나랑 아줌마랑 안 놀랬을 거 아냐. 말을 지어낼 수밖에 없었어."

앤은 놀라고 두려운 마음에 울컥하는 기분이었다. 뉘우치지 않는 데이비의 태도에 참고 있던 눈물이 터졌다. 앤의 두 눈에 서 굵은 눈물이 흘러내렸다.

앤은 떨리는 목소리로 말했다.

"아, 데이비, 어쩌면 그럴 수 있니? 그게 얼마나 큰 잘못인지 모르겠니?"

데이비는 겁에 질렸다. 누나가 울다니…… 내가 앤 누나를 울렸어! 데이비의 작고 여린 마음에 이제야 후회가 물밀듯이 밀려왔다. 데이비는 앤에게 달려가 그 무릎 위로 와락 뛰어들며 두 팔로 앤의 목을 끌어안고 울음을 터뜨렸다.

"뻥 치는 게 잘못이란 걸 몰랐어. 그게 나쁜 짓인 줄 내가 어떻게 알아? 스프럿 아저씨네 애들은 매일매일 뻥을 치고는 뻥이 아니라고 맹세까지 하는데. 폴 어빙은 절대 뻥은 치지 않겠지? 난 폴 만큼 착해지려고 진짜 열심히 노력했는데, 이젠 누나도 다시는 나를 사랑하지 않겠지. 그렇지만 나한테 뻥 치는 게 나쁜 짓이라고 미리 말을 해주지. 누나 울게 해서 정말 미안해. 앞으로는 절대 뻥 치지 않을게."

데이비는 앤의 어깨에 얼굴을 파묻고 펑펑 울었다. 앤은 갑작스레 데이비를 이해하게 된 기쁨에, 데이비를 꼭 끌어안고 숱 많은 곱슬머리 너머로 마릴라를 쳐다봤다.

"이 아이는 거짓말이 나쁜 건 줄 몰랐어요, 아주머니. 이번에는 이 행동을 우리가 용서해줘야 할 것 같아요. 데이비가 다시는 사실이 아닌 말은 하지 않겠다고 약속을 한다면요."

데이비가 훌쩍훌쩍 울며 맹세라도 하듯이 말했다.

"절대 안 할 거야. 이젠 그게 나쁘다는 걸 아니까. 만약 내가 또 뺑을 치다가 들키면 그땐 나를……"

데이비는 적절한 벌을 생각해내느라 뜸을 들이다 말했다.

"산 채로 가죽을 벗겨도 돼, 앤 누나."

앤이 학교 선생님답게 말했다.

"'뺑'이 아니고, 데이비…… '거짓말'이라고 하는 거야."

"왜?"

데이비가 편하게 앉으며 눈물로 얼룩진 얼굴을 들어 궁금한 듯이 물었다.

"왜 뺑은 나쁜 말이고 거짓말은 좋은 말이야? 둘 다 똑같은 말인데."

"그건 나쁜 말이야. 어린아이가 그런 말을 쓰는 건 잘못이야."

데이비가 한숨을 푹 쉬며 말했다.

"하면 안 되는 일이 너무 많아. 그렇게 많은 줄은 정말 몰랐어. 뺑 치는…… 아니, 거짓말을 하면 안 된다니 아까워. 얼마나 편한데. 하지만 잘못이라니 이제부터 다시는 안 할게. 그럼 거짓말을 한 건 무슨 벌을 줄 거야?"

앤은 애원하는 눈으로 마릴라를 쳐다봤다.

마릴라가 말했다.

"나도 어린애한테 너무 심하게 굴긴 싫다. 그 애한테 거짓말이 나쁜 짓이라는 걸 아무도 알려주지 않았던 모양이구나. 스프럿네 아이들도 데이비가 어울려 놀기에 좋은 애들은 아니었던 것 같고. 불쌍한 메리는 너무 아파서 아이들을 제대로 가르칠 상황이 못 되었는데, 여섯 살짜리가 그런 문제를 저절로 터득할 리도 만무하고. 이 아이가 옳고 그른 일을 아무것도 모른다고 생각하고, 처음부터 다 가르쳐야겠어. 하지만 도라를 가둔 일은 벌을 받아야 해. 내가 생각나는 건 방으로 올려보내 저녁을 굶기는 것밖에 없는데, 그 방법은 이미 많이 써먹었어. 앤, 네게 다른 좋은 생각이 있니? 네가 만날 말하는 그 상상력으로 하나 생각해봐라."

앤이 데이비를 껴안으며 말했다.

"하지만 벌은 너무 무서워요. 전 기분 좋은 것들만 상상하고 싶거든요. 세상엔 이미 유쾌하지 못한 일들이 너무 많아서 그걸 상상까지 해가며 더 생각할 필요는 없는 것 같아요."

결국 데이비는 다른 때처럼 방으로 가서 다음 날 정오까지 갇혀 있어야 했다. 생각도 많이 한 모양이었다. 앤이 자기 방으로 들어가고 잠시 뒤에 데이비가 나직이 부르는 소리가 들렸다. 그 방으로 건너가보니, 데이비는 무릎에다 팔꿈치를 받치고 두 손으로 턱을 괸 자세로 침대에 앉아 있었다.

데이비가 진지하게 말했다.

"앤 누나. 누구든 뻥을 치⋯⋯ 아니, 거짓말을 하는 건 나쁜 거지?"
"그렇고 말고."
"어른이라도?"
"그래."
데이비가 단호하게 말했다.
"그럼 마릴라 아줌마는 나빠. 아줌마도 거짓말을 하니까. 나보다 더 나빠. 나는 거짓말이 나쁘다는 걸 몰랐지만 아줌마는 알잖아."
"데이비 키스, 마릴라 아주머니는 살면서 단 한 번도 거짓말을 한 적이 없으셔."
앤이 화난 얼굴로 말했다.
"했어. 저번 화요일에 나한테 밤마다 기도를 하지 않으면 무서운 일이 일어날 거라고 했단 말이야. 난 무슨 일이 생기나 보려고 1주일도 넘게 기도를 안 했는데…… 아무 일도 안 생겼잖아."
데이비가 속은 게 분하다는 듯이 결론을 내렸다.
앤은 웃음이 터져 나오려는 걸 간신히 참았다. 지금 웃으면 안 된다는 생각도 들었고, 마릴라의 체면도 지켜주어야 했다.
앤이 진지하게 말했다.
"봐, 데이비 키스. 바로 오늘 무서운 일이 일어났잖아."
데이비는 의문스러워하는 표정을 짓더니 아무것도 아니라는 듯 말했다.

"방에 갇혀서 저녁을 못 먹은 걸 말하는 거야? 그렇지만 그건 안 무서운 걸. 물론 싫긴 하지만, 여기 살면서 하도 갇힌 적이 많아서 이젠 익숙해. 그리고 내가 저녁을 안 먹는다고 그걸 아끼는 것도 아니잖아. 그럴 때마다 아침을 두 배로 먹으니까."

"네가 방에 갇힌 걸 말하는 게 아니야. 내가 말한 나쁜 일은 네가 오늘 거짓말을 했다는 사실이야. 그리고 데이비."

앤이 침대 발판 위로 몸을 숙이며 죄인에게 손가락을 흔들어 보였다…….

"아이가 거짓말을 한 게 세상에서 제일 무서운 일이야…… 그것만큼 나쁜 일도 없어. 그러니까 마릴라 아주머니가 너한테 거짓말을 한 게 아니지?"

"그래도 난 나쁜 일이 재미있는 건 줄 알았어."

데이비가 속상해하는 말투로 투덜거렸다.

"마릴라 아주머니는 네 생각을 비난하려는 게 아니야. 나쁜 일이라고 항상 재미있는 게 아니란다. 그보다 흉하고 바보 같은 때가 더 많아."

"그렇지만 마릴라 아줌마하고 누나가 우물을 들여다보는 모습은 엄청 재미있었어." 데이비가 무릎을 끌어안으며 말했다.

앤은 계단을 내려올 때까지 진지한 표정을 풀지 않았지만 거실에 들어서자 긴 의자에 주저앉으며 옆구리가 아프도록 웃어댔다.

마릴라가 조금 엄한 목소리로 말했다.

"뭐가 그렇게 웃긴지 말 좀 해보려무나. 오늘은 웃을 일도 별로 없었는데."

"아주머니도 들으면 웃으실 거예요."

앤이 장담했다. 그리고 마릴라도 웃음을 터뜨렸다. 앤을 데려온 뒤로 마릴라의 교육 방식이 얼마나 발전했는지 보여주는 장면이었다. 하지만 마릴라는 곧 한숨을 쉬었다.

"데이비한테 그렇게 말하지 말걸 그랬어. 하긴 목사님도 예전에 어떤 아이에게 그렇게 말하는 걸 들은 적이 있지. 그때 그 애 때문에 화가 무척 났거든. 그날, 네가 카모디의 콘서트에 갔던 날 밤에 내가 데이비를 재우고 있었어. 데이비가 하느님이 자기를 눈여겨볼 만큼 크기 전까지는 기도를 드려도 소용이 없을 것 같다고 하지 않겠니. 앤, 난 저 아이를 어떻게 해야 할지 모르겠어. 저보다 더한 아이는 본 적이 없어. 자꾸 기운이 빠진다."

"어머, 그런 말씀 마세요, 아주머니. 제가 이 집에 처음 왔을 때도 정말 사고뭉치였잖아요."

"앤, 너는 절대 나쁜 아이가 아니었어…… 절대로. 이제는 알겠구나. 진짜 못된 걸 보고 나니 이제 알겠어. 넌 늘 말썽을 피웠지. 그건 맞아. 하지만 언제나 좋은 의도로 벌인 일들이었어.

데이비가 못된 짓을 벌이는 건 순전히 그게 좋아서 그런 거야."

"오, 아니에요. 전 데이비도 나쁜 의도로 그러는 건 아니라고 생각해요. 그냥 장난을 치는 거예요. 그리고 여기가 데이비한테는 좀 심심하잖아요. 같이 놀 남자애들도 없고, 데이비도 마음을 쏟을 것이 있어야 하니까요. 도라는 너무 반듯하고 얌전해서 남자애들하고 놀이가 안 돼요. 전 데이비를 학교에 보내는 것도 좋겠다는 생각이 들어요, 아주머니."

마릴라가 단호하게 말했다.

"안 된다. 우리 아버지는 늘 말씀하셨어. 아이들이 일곱 살이 되기 전엔 절대 학교라는 담장 안에 가두어두어선 안 된다고 말이야. 앨런 목사님도 똑같이 말씀하셔. 쌍둥이한테 집에서 조금씩 가르칠 수는 있지만, 학교에 가는 건 일곱 살은 되어야 해."

앤이 밝은 목소리로 말했다.

"그럼 집에서 데이비를 잘 가르쳐야겠어요. 부족한 게 많지만 데이비는 정말 귀여운 꼬마예요. 그 애는 사랑할 수밖에 없다니까요, 아주머니. 이런 말 하면 안 되지만, 솔직히 말하면 저는 데이비가 도라보다 더 좋아요. 도라가 아무리 착해도요."

마릴라도 속을 털어놓았다.

"이유는 모르겠다만 나도 그래. 도라는 억울할 일이지. 그 애는 말썽이라곤 전혀 피우지 않으니까. 그보다 착한 아이는 없을 거야. 집에 있어도 있는 줄 모를 정도니."

"도라는 너무 착해요. 옆에서 누가 알려주지 않아도 알아서 잘 하고. 타고 나기를 다 커서 난 것 같아요. 그래서 우리 손길도 필요 없고요. 그래서 드는 생각인데……."

앤은 매우 중요한 진실을 떠올리며 말을 맺었다.

"사람은 누구나 자기를 필요로 하는 사람을 더 사랑하는 것 같아요. 데이비한테는 우리가 절실히 필요하죠."

마릴라도 고개를 끄덕였다.

"그 애한테는 뭔가가 필요하긴 하지. 레이철 린드는 그게 회초리라고 할 테지만."

11장

이상과 현실

앤은 퀸스 학교에 같이 다녔던 친구에게 편지를 썼다.

"가르친다는 건 정말 재미있는 일이야. 제인은 지루하고 단조로운 일 같다고 하지만 나는 그런 줄 모르겠어. 거의 매일 재미있는 일들이 일어나고, 아이들도 정말 재미있는 소리들을 하거든. 제인은 아이들이 우스운 소리를 할 때마다 벌을 준다는데, 아마 그래서 가르치는 게 단조롭게 여겨지나봐. 오늘 낮에는 어린 지미 앤드루스가 '얼룩덜룩'이란 말을 맞춤법에 맞게 쓰려고 했는데 잘 안 됐어. 그러다가 끝내 이렇게 말하는 거야. '쓰는 법은 모르지만 무슨 뜻인지는 알아요.'

그래서 내가 무슨 뜻이냐고 물었어.

'세인트클레어 도넬 얼굴이에요, 선생님.'

세인트클레어는 정말 얼굴에 주근깨가 많긴 하지만, 나는 아이들이 그런 말을 입에 올리지는 않도록 조심시키려고 하거든…… 나도 어릴 때 주근깨가 많았던 기억이 생생해. 그런데 세인트클레어는 신경도 쓰지 않는 것 같아. 세인트클레어가 집에 가는 길에 지미를 두들겨 패긴 했는데, 그건 지미가 '세인트클레어'라고 불러서 그런 거고. 나도 싸웠단 이야기는 들었는데 정식으로 들은 게 아니라서 아는 체는 하지 않으려고 해.

어제는 로티 라이트에게 덧셈을 가르치는 중이었어. 내가 '한 손에 사탕 세 개가 있고 다른 손에 두 개가 있다면, 다 합쳐서 사탕을 몇 개 먹을 수 있을까?' 하고 물었더니 로티가 '한 입 가득이요'래. 또 자연 시간에는 아이들에게 두꺼비를 죽이면 안 되는 이유를 말해보라고 했더니, 벤지 슬론이 진지한 얼굴로 '그럼 다음 날 비가 오니까요'라고 하는 거야.

웃음을 참느라고 혼났어, 스텔라. 아무리 재미있어도 웃는 건 집에 갈 때까지 미뤄둬야 해. 그런데 마릴라 아주머니는 웃을 이유도 없는데 동쪽 다락방에서 자지러지게 웃는 소리가 새어 나오면 불안해지신대. 그래프턴에 사는 어떤 남자가 그런 식으로 웃기 시작하더니 결국 미쳤다고 하시면서 말이야.

너 토머스 베케트*가 뱀으로 시성된 거 알고 있었니? 로즈 벨

---

* 토머스 베케트(Thomas a Becket)는 12세기에 영국 캔터베리 대주교를 지낸 인물로, 1170년에 살해당한 뒤 교황청에 의해 성인으로 시성되었다. 여기서는 로즈 벨이 성인(Saint)과 뱀(Snake)을 혼동한 것이다.

이 그러더라…… 그리고 윌리엄 틴들*이 신약성서를 썼대. 클로드 화이트는 '빙하'가 글쎄 유리창을 끼우는 사람**이래!

 아이들을 가르치면서 가장 어려우면서도 재미있는 부분이 그 애들의 진짜 생각을 말하게 하는 일 같아. 지난주에 폭풍우가 치던 날 점심시간에 나는 아이들과 둘러앉아서 나를 친구라고 생각하고 말해보라고 했어. 너희가 제일 바라는 게 뭐냐고. 몇몇은 지극히 평범하게 대답했어…… 인형이나 조랑말, 스케이트 같은 것들을 가지고 싶다고 말이야. 어떤 아이들은 정말 특이했어. 헤스터 볼터는 주일에 교회 갈 때 입는 원피스를 매일 입고 거실에서 밥을 먹고 싶대. 해너 벨은 힘들게 노력하지 않고 착한 아이가 되는 것이라고 했고. 열 살 먹은 마조리 화이트는 과부가 되고 싶다는 거야. 이유를 물으니 심각한 얼굴로, 결혼을 하지 않으면 사람들이 노처녀라고 부르고 결혼을 하면 남편이 아내를 자기 멋대로 하려 하지만, 과부가 되면 그럴 위험이 없다는 거야. 제일 특이한 건 샐리 벨의 대답이었어. 샐리는 '신혼여행'을 갖고 싶대. 내가 그게 뭔지 아느냐고 물었더니, 끝내주게 멋있는 자전거 아니냐며, 몬트리올에 사촌이 결혼하

---

* 윌리엄 틴들(William Tyndale)은 16세기 영국의 신학자로 신약 성서를 영어로 번역한 사람이다.
** 빙하(glacier)를 유리(glass)에 사람을 뜻하는 접미사 er가 붙은 것으로 착각한 것이다.

고 신혼여행을 떠났는데, 그 뒤로 늘 최신형 자전거가 있다는 거야!

하루는 아이들에게 여태까지 말썽부린 일들 중에 제일 심한 게 뭐였는지 말해보라고 했어. 고학년 아이들은 대답을 하지 않았지만 3학년 아이들은 거리낌 없이 말을 하더라고. 엘리자 벨은 숙모가 말아놓은 양털 뭉치에 불을 붙였대. 일부러 그런 거냐고 물으니 완전히 다 일부러는 아니고, 불이 붙나 보려고 끝에만 살짝 불을 붙였는데 순식간에 다 타버렸다는 거야. 에머슨 길리스는 헌금함에 넣어야 할 돈 10세트로 몽땅 사탕을 사먹은 적이 있대. 아네타 벨은 묘지에서 자란 블루베리를 조금 따먹은 게 제일 나쁜 짓이었대. 윌리 화이트는 교회 갈 때 입는 바지를 입고 양 축사 지붕에서 여러 번 미끄럼을 탔다나. 그런데 그것 때문에 여름 내내 기운 바지를 입고 주일학교에 다녀야 했으니 벌을 받은 거래.

아이들이 쓴 글을 네가 직접 보면 좋겠어…… 그래서 최근에 쓴 글 몇 편을 베껴 써서 보내. 지난주에 4학년 아이들한테 내게 편지를 써오라고 했거든. 아무거나 쓰고 싶은 내용을 쓰라고. 아이들이 다녀온 곳에 대해 써도 좋고, 재미있는 일을 보거나 사람을 만난 내용을 써도 좋다고 했어. 진짜 편지지에 써서 봉투를 봉한 다음에 내 앞으로 부치라고, 그리고 다른 사람 도움 없이 해보라고 했지. 지난 금요일 아침에 보니 내 책상에 편지가 수북이 쌓여 있는 거야. 그리고 그날 저녁에 가르치는 일이란 힘든 만큼 기쁨도 크다는 걸 새삼 깨달았어. 아이들의 글이 많은 걸 보상해주었거든. 이건 네드 클레이가 쓴 편지인데, 맞춤법과 문법 같은 건 고치지 않고 그대로 옮겨 쓴 거야.

'프린스에드워드 섬
초록 지붕 집
셜리 선생님께

새.

선생님, 저는 새에 대한 글을 쓸 거예요. 새는 정말 쓸모 있는 동물이에요. 우리 고양이는 새를 잡아요. 고양이 이름은 윌리엄인데, 아빠는 톰이라고 불러요. 윌리엄은 몸에 줄무니가 있고(oll stripes), 한쪽 귀는 작년 겨울에 얼어버렸어요. 그래도 우리 고양이는 예쁘게 생겼어요. 우리 삼춘(unkle)도 고양이를 키웠어요. 고양이가 어느 날 삼촌 집에 들어왔다가 나갈려고(woudent) 하지 않았거든요. 삼춘이 그러는데 이 고양이는 건망증이 너무 심하대요. 삼촌은 고양이가 흔들으자(rocking chare)에 누워서 자도 내버려두고, 숙모 말로는 삼춘이 아이들보다 고양이를 더 생각한대요. 그건 옳지 않아요.

우린 고양이한테 친절하게 대하고 신선한 우유도 줘야 하지만 아이들보다 더 잘 대해주면 안 되는 거예요. 지금은 여까지밖에(oll I can think) 생각이 안 나서, 이만 쓸게요.

워드워드 블레이크 클레이 드림.'

세인트클레어 도넬은 평소처럼 요점만 적었어. 세인트클레어는 절대 쓸데없는 말을 하지 않거든. 이런 주제를 고르고 추신을 덧붙인 것도 아이에게 악의가 있어서라고 생각하지 않아. 그냥 요령도 없고 상상력도 부족해서 그런 거지.

'셜리 선생님께.

선생님은 우리가 본 이상한 것에 대해 글을 쓰라고 하셨어요. 저는 에이번리 마을회관에 대해 쓸 거예요. 마을회관에는 문이 두 개 있는데, 하나는 안에 있고 하나는 밖에 있어요. 창문은 여섯 개가 있고 굴뚝은 한 개고요. 끝이 두 개고 옆면도 두 개예요. 색깔은 파란색이에요. 그래서 이상해 보여요. 마을회관은 카모디 아랫길에 있어요. 에이번리에서 세 번째로 중요한 건물이에요. 다른 두 개는 교회하고 대장간이에요. 마을회관에선 토론클럽하고 강연이 열리고 콘서트도 해요.

제이콥 도넬 드림.

추신 : 마을회관은 아주 선명한 파란색이에요.'

아네타 벨은 편지를 꽤 길게 써서 좀 놀랐어. 아네타는 글쓰기에 소질이 없어서 보통은 세인트클레어의 편지만큼이나 글을 짧게 쓰거든. 아네타는 얌전한 모범생이지만, 독창성은 그다지 없는 아이야. 이런 편지를 썼더라고.

'사랑하는 선생님께,

제가 선생님을 얼마나 사랑하는지 말씀드리려고 이 편지를 씁니다. 저는 온 마음을 다해 선생님을 사랑하고 있습니다…… 나의 모든 사랑을 바쳐 영원히 선생님을 위해 살고 싶습니다. 그럴 수 있다면 그것은 나의 고귀한 특권일 것입니다. 제가 학교에서 그토록 열심히 착한 아이가 되려고 노력하고 공부도 열씸히(learn my lessuns) 하는 이유는 그 때문입니다.

선생님은 정말 아름답습니다. 목소리는 음악 같고 눈은 이슬을 머금은 팬지 꽃 같아요. 선생님은 키가 크고 위엄 있는 여왕님 같아요. 머리카락은 물결이 치는 금빛 같지요. 앤서니 파이는 빨간색이라고 하지만, 앤서니 말은 신경 쓰지 않으셔도 돼요.

선생님을 알게 된 지는 이제 몇 달밖에 안 됐지만 선생님을 몰랐던 시간들이 있었다는 게 믿어지지 않습니다…… 선생님은 저의 삶을 축복하고 성스럽게 하게 위해 제 곁에 오셨습니다. 저는 올 한 해를 제 삶의 그 어느 때보다 경이로운 시기로 기억할 것입니다. 선생님을 알게 된 해니까요. 또 올해는 우리 가족이 뉴브리지에서 에이번리로 이사 온 해이기도 합니다. 선생님에 대한 저의 사랑은 저를 풍요롭게 했고, 온갖 해악에서 지켜주었습니다. 나의 사랑하는 선생님, 모든 게 선생님 덕분입니다.

지난번에 머리에 꽃을 꽂은 검은 원피스의 선생님을 보았을 때, 그 모습이 얼마나 사랑스러웠는지 잊지 못할 것입니다. 저에게 선생님은 영원히 그와 같은 모습일 겁니다. 우리가 나이 들어 백발이 된다 해도요. 사랑하는 선생님, 선생님은 언제나 제게는 젊고 아름다운 모습일 거예요. 저는 항상 선생님 생각뿐입니다…… 아침에도, 한낮에도, 그리고 해질녘에도. 선생님이 웃을 때나 한숨을 지을 때나 똑같이 사랑합니다…… 선생님이 오만해 보일 때조차도요. 선생님이 화를 내는 모습은 한 번도 못 봤어요. 비록 앤서니 파이는 선생님이 늘 화난 것처럼 보인다고 말하지만, 선생님이 앤서니 파이에게 화난 얼굴을 한다 해도 당연하다고 생각합니다. 앤서니 파이는 그럴 만하니까요. 선생님이 어떤 원피스를 입든 저는 선생님을 사랑합니다…… 어떤 옷을 입어도 선생님은 매번 더 사랑스러워지는 것 같습니다.

사랑하는 선생님, 안녕히 주무세요. 해가 지고 별이 빛나고 있습니다…… 선생님의 눈동자만큼 밝고 아름다운 별들입니다. 내 사랑, 선생님의 손과 뺨에 입맞춤을 보냅니다. 신께서 선생님을 굽어 살피시어 모든 악에서 지켜주시길.

선생님을 사랑하는 재자,
아네타 벨.'

이 기이한 편지를 읽고 나는 이만저만 놀란 게 아니었어. 아네타가 이런 글을 쓴다는 건 그 애가 하늘을 나는 것만큼 있을 수 없는 일이거든. 다음 날 학교에 가서 쉬는 시간에 아네타를 데리고 시냇가까지 산책을 나갔어. 그리고 편지에 대해 사실대로 말해달라고 했지. 아네타는 울면서 다 고백을 하더라고. 편지란 걸 한 번도 써본 적이 없어서, 어떻게 써야 할지, 무슨 말을 해야 할지 모르겠더래. 그런데 어머니의 책상 윗서랍에 옛 연인이 써서 보낸 연애편지들이 한 뭉치 있었던 거지.

아빠가 쓴 편지는 아니었다며 아네타는 엉엉 울었어.

'목사가 되려고 공부하던 사람이었어요. 그래서 그렇게 아름다운 편지들을 쓸 수 있었나봐요. 하지만 엄마는 결국 그 사람하고 결혼하지 않았어요. 엄마는 그 사람이 하는 말들을 반도 이해할 수 없었대요. 그래도 전 그 편지들이 너무 아름다워서, 선생님께 드리는 편지에 조금씩 베껴 쓰면 될 것 같았어요. '당신' 대신에 '선생님'이라 바꾸고 제가 생각난 걸 집어넣기도 하고, 단어만 몇 개 바꾸기도 했어요. '분위기'라는 말은 '원피스'로 바꿨고요. '분위기'가 무슨 말인지 몰랐지만 입는 것 같았거든요. 선생님이 알아보실 줄은 몰랐어요. 전부 제가 쓴 게 아니라는 걸 어떻게 아셨는지 모르겠어요. 선생님은 머리가 엄청 좋으신가봐요.'

나는 아네타에게 다른 사람의 편지를 베껴 쓰고 자기가 쓴 것처럼 구는 건 아주 잘못된 행동이라고 말해줬어. 하지만 아네타가 들킨 것만 속상해하는 것 같아서 걱정이야.

아네타는 흐느껴 울면서 말했어.

'그리고 전 정말로 선생님을 사랑해요. 전부 다 사실이었어요. 목사님이 편지에 먼저 쓴 것뿐이에요. 정말 제 온 마음을 다해 선생님을 사랑해요.'

그런 상황에서는 아이를 꾸짖기도 참 난감하더라.

다음은 바버라 쇼의 편지야. 잉크 얼룩까지 똑같이 옮기진 못했어.

'선생님께.

선생님이 어디 다녀온 이야기를 써도 된다고 하셨잖아요. 저는 어딜 가본 게 딱 한 번밖에 없어요. 지난겨울에 메리 숙모네 집에 간 거요. 메리 숙모는 아주 특별한 분이고 대단한 가정주부세요. 가서 첫날밤에 우린 차를 마셨어요. 제가 찻주전자를 쳐서 깨뜨렸어요. 결혼할 때부터 가지고 있던 찻주전자인데 숙모가 말하길 그걸 깬 사람은 제가 처음이랬어요. 자리에서 일어날 땐 제가 숙모 치맛자락을 밟아서 주름이 다 뜯어졌어요. 다음 날 아침에 일어나서는 물주전자를 양동이에 부딪혀서 둘 다 깨졌고, 아침을 먹을 땐 찻잔을 넘어뜨려서 식탁보가 젖었어요. 점심에는 메리 숙모가 설거지하는 걸 돕다가 도자기 접시를 떨어뜨려 박살을 냈고요. 저녁엔 계단에서 굴러서 발목을 삐는 바람에 1주일 동안 누워만 있어야 했어요. 메리 숙모가 조지프 삼촌한테 하는 소리를 들었는데, 다리를 삔 게 다행이라며, 그렇지 않았으면 제가 그 집에 있는 몽땅 박살냈을 거랬어요. 다리가 다 나았을 땐 집에 돌아와야 할 시간이었어요. 전 남의 집에 가는 게 별로예요. 학교에 가는 게 더 좋아요. 특히 에이번리에 오고 나서부터는요.

안녕히 계세요.
바버라 쇼.'

윌리 화이트는 이런 편지를 썼어.

'존경하는 선생님.

저는 저의 용감한 이모에 대해 들려드리고 싶어요. 이모는 온타리오에 사시는데, 어느 날 헛간에 가는데 마당에 웬 개가 있더래요. 이모는 처음 보는 개라 막대기로 후려치면서 헛간으로 몰아 가둬버렸어요. 그러다 금방 어떤 남자가 산산속의(inaginary) 사자(질문: 윌리는 동물쇼를 하는 사자를 말한 걸까?)가 서커스에서 도망쳤다며 찾으러 왔어요. 알고 보니 그 개가 사자였고, 제 용감한 이모는 사자를 막대기로 모라(druv) 헛간에 가두었던 거예요. 이모가 자바먹키지 않은 게(not et up) 신기하지만 이모는 정말 용감했어요. 에머슨 길리스는 이모가 사자를 개인 줄 알았던 거면 그냥 개를 몰아낸 거니 용감한 게 아니래요. 하지만 에머슨은 질투가 나서 그런 거예요. 에머슨은 삼촌들만 있고 용감한 이모는 없거든요.'

이제 마지막으로 아껴두었던 가장 멋진 편지가 남았어. 넌 내가 폴을 천재라고 생각한다고 비웃지만, 폴이 쓴 편지를 보면 그 아이가 보통 아이들과 얼마나 다른 아이인지 너도 알게 될 거야. 폴은 멀리 떨어진 바닷가 근처에서 할머니하고 같이 살아서 같이 놀 친구가 없어…… 진짜 친구 말이야. 학교 경영을 가르치던 교수님이 학생들을 '편애'하면 절대 안 된다고 말씀하셨던 거 너도 알겠지만, 폴 어빙이 제일 예쁜 건 나도 어쩔 수가 없어. 그렇다고 해서 나쁠 것도 없다고 생각하고. 린드 아주머니조차 당신이 양키를 그렇게 귀여워하게 될 줄은 몰랐다셔. 다른 남학생들도 폴을 좋아해. 공상을 하거나 상상하길 좋아하지만 그렇다고 나약하거나 여자애들 같지도 않거든. 폴은 남자답고 어떤 시합을 해도 지지 않아. 얼마 전에는 세인트클레어 도넬이 영국 국기가 미국 성조기보다 훨씬 더 훌륭한 깃발이라고 했다가 폴하고 싸웠는데, 결국 무승부로 끝났어. 이후로는 서로의 애국심을 존중하기로 합의도 했고. 세인트클레어가 그러더라. 자기는 주먹이 센데, 폴은 주먹이 빠르다고.

폴의 편지를 보여줄게.

'사랑하는 선생님.

선생님이 편지에 제가 아는 재미있는 사람들에 대해 써도 된다고 하셨잖아요. 제가 아는 제일 재미있는 사람들은 바위 사람들이라서, 선생님께 그 사람들 이야기를 해드리려고 해요. 이 사람들 이야기는 할머니하고 아버지 말고는 아무한테도 한 적이 없지만 선생님께는 알려드리고 싶어요. 선생님은 이해를 잘 해주시는 분이니까요. 이해를 잘 못하는 사람들도 굉장히 많은데, 그런 사람들한테는 이야기를 해줘도 소용이 없어요.

나의 바위 사람들은 바닷가에 살아요. 저는 겨울이 오기 전까지는 거의 매일 저녁 그 사람들을 만나러 가요. 지금은 봄이 올 때까지 못 가고 있지만, 그 사람들은 거기에 살아요. 그런 사람들은 절대 변하지 않거든요…… 그게 참 멋진 점이에요. 노라는 그중에 저하고 제일 먼저 알게 된 사람이라서, 저도 노라를 제일 사랑해요. 노라는 앤드루스 만에 사는데, 머리도 까맣고 눈도 까매요. 그리고 인어랑 물의 정령들에 대해 모르는 게 없어요. 선생님도 노라가 해주는 이야기를 들어보셔야 하는데. 그리고 쌍둥이 선원도 있어요. 쌍둥이 선원은 어디 한 군데에 사는 게 아니라 늘 바다 위를 돌아다니지만, 해안가로 자주 들어와서 저하고 이야기를 나눠요. 두 사람은 아주 유쾌한 뱃사람들이에요. 세상의 모든 걸 다 구경했고요…… 세상에 있는 것보다 더 많은 걸 보았어요. 한번은 쌍둥이 동생한테 무슨 일이 있었는지 아세요? 동생이 항해를 하다가 달길 위로 들어갔대요. 달길이라는 게 보름달이 바다 위에 뜰 때 수면에 길게 생기는 그림자잖아요. 쌍둥이 동생이 달길을 따라 항해를 하다가 달에 다다랐는데, 달에 작은 황금색 문이 있어서 그 문을 열고 들어갔대요. 그곳에서 멋진 모험을 했지만 그 이야기를 다 하려면 편지가 너무 길어질 것 같아요.

또 바위 사람들 중에는 동굴에 사는 황금 부인도 있어요. 어느 날 바닷가 아래쪽에서 커다란 동굴을 발견하고 들어가봤는데, 얼마쯤 들어가니까 황금 부인이 있었어요. 황금 부인은 황금색 머리가 발끝까지 내려오고, 드레스는 마치 살아 있는 황금처럼 반짝반짝 빛이 나요. 황금 부인한테는 황금 하프가 있는데 하루 종일 그걸 연주해요…… 해변을 따라 내려가면서 잘 들어보면 그 연주 소리가 들리는데 사람들은 대부분 그 소리가 바위를 스치는 바람 소리라고만 여겨요. 노라한테는 황금 부인 이야기를 하지 않았어요. 노라가 상처를 받을까봐요. 노라는 내가 쌍둥이 선원하고 오래 얘기만 해도 기분 상해하거든요.

쌍둥이 선원을 만나는 곳은 언제나 줄무늬 바위예요. 쌍둥이 선원 동생은 성격이 좋지만, 쌍둥이 선원 형은 가끔 너무 사나워 보일 때도 있어요. 쌍둥이 형은 수상쩍은 점도 있어요. 그 형 선원은 본인이 하려고만 하면 해적도 될 수 있을 거예요. 정말 알 수 없는 부분이 있는 사람이에요. 한번은 형 선원이 욕을 하기에, 제가 또 욕을 할 거면 나와 이야기하러 해변에 올 필요 없다고 말했어요. 저는 욕하는 사람하고는 절대 친구를 하지 않겠다고 할머니랑 약속을 했거든요. 형 선원은 잔뜩 겁을 먹은 것 같았어요. 자기를 용서해주면 저녁노을이 있는 곳으로 나를 데려다주겠다고 하더라고요. 그래서 다음 날 저녁에 줄무늬 바위에 앉아 있는데, 쌍둥이 형이 마법의 배를 타고 바다를 넘어와서 전 그 배를 탔어요. 배는 마치 조개껍데기 속처럼 온통 진줏빛과 무지갯빛으로 빛났고, 돛은 꼭 달빛 같았어요. 우리는 곧장 노을이 있는 곳으로 항해했어요. 생각해보세요, 선생님. 제가 노을 속에 있었던 거예요. 거기가 어떤 곳인지 아세요? 저녁노을은 온통 꽃밭이었어요. 우리는 거대한 꽃밭 속을 항해했는데, 구름이 바로 꽃이 핀 화단이었어요. 우린 커다란 항구로 들어갔어요. 거기는 온통 황금빛이었고, 배에서 내리자 바로 눈앞에 드넓은 초원이 펼쳐졌는데, 장미꽃만 한 미나리아재비들이 한가득 피어 있었어요. 전 그곳에서 아주 오랫동안 머물렀어요. 한 1년은 지난 것 같았는데, 쌍둥이 형 말로는 고작 몇 분이 지난 거였대요. 저녁노을 나라에선 시간이 이곳보다 훨씬 더 느리게 흐르잖아요.

                            선생님의 사랑하는 제자 폴 어빙.
추신: 물론 이 이야기는 진짜가 아니에요, 선생님.

12장

재앙의 날

쑥석거리는 치통 때문에 한숨도 자지 못하고 끙끙 앓던 전날 밤부터 재앙의 날이 시작되었다. 날이 흐려 매섭게 추운 겨울날 아침에 눈을 뜬 앤은 인생이 시시하고 시들하고 무익하다는 생각이 들었다.

학교에 갈 때도 천사 같은 기분은 아니었다. 뺨이 퉁퉁 붓고 얼굴이 아팠다. 난로에 불이 붙지 않아 교실은 춥고 연기가 자욱했다. 아이들은 난로 주변에 모여 앉아 달달 떨고 있었다. 앤은 전에 없이 날카로운 목소리로 아이들을 자기 자리로 돌려보냈다. 앤서니 파이는 언제나처럼 건방지게 거들먹거리며 자기 자리로 돌아갔고, 짝꿍에게 무언가를 소곤거리다가 앤을 흘긋 보며 히죽 웃었다.

그날 아침따라 앤에게 연필 사각거리는 소리들이 유난히 크게 들려왔다. 바버라 쇼는 산수 계산을 들고 앞으로 걸어 나오다 석탄 통에 발이 걸려 넘어졌고, 교실은 난장판이 됐다. 석탄이 여기저기 굴러다녔고, 바버라의 석판은 산산조각이 났다. 바버라가 몸을 일으키자 석탄 가루를 뒤집어 쓴 얼굴을 본 남자아이들이 왁자한 웃음을 터뜨렸다.

2학년 읽기 수업 중이던 앤은 책 읽는 것을 듣다가 돌아서서 싸늘하게 말했다.

"정말이지, 바버라, 뭐에 걸려 넘어지지 않고는 다닐 수가 없다면 그냥 자리에 앉아 있어. 네 나이 여자아이가 그렇게 칠칠치 못하게 구는 것도 부끄러운 일이야."

불쌍한 바버라는 눈물과 석탄 가루가 뒤범벅된 기괴한 얼굴로 비틀비틀 자기 자리로 돌아갔다. 너무나 사랑하는, 마음 따뜻한 선생님이 자기한테 그런 말투나 태도를 보인 적이 없었던지라 바버라는 마음이 찢어졌다. 앤도 양심의 가책을 느꼈지만 그럴수록 마음만 더 불편해졌다. 2학년 읽기 수업을 듣던 학생들에게도 시련 같은 산수 시간이 이어졌다. 앤이 뚝뚝 부러지는 태도로 셈을 계산하고 있을 때 세인트클레어 도넬이 숨을 헐떡이며 교실로 들어왔다.

앤이 차갑게 지적했다.

"30분 지각이구나, 세인트클레어. 왜 늦었니?"

"선생님, 엄마가 점심에 먹을 푸딩 만드는 걸 도와드려야 했어요. 손님이 오기로 했는데, 클래리스 알미라는 아프거든요."

세인트클레어는 더없이 공손한 목소리로 대답했지만 다른 친구들이 웃음을 터뜨리며 앤을 자극했다.

앤이 말했다.

"자리에 앉아서 벌로 산수책 84쪽에 있는 여섯 문제를 풀어."

세인트클레어는 그 말투에 몹시 놀란 얼굴이었지만 고분고분 자리로 가서 석판을 꺼냈다. 그러더니 슬며시 작은 꾸러미 하나를 통로 건너에 앉은 조 슬론에게 건넸다. 그 모습을 본 앤은 그만 성급한 결론을 내리고 말았다.

최근 하이럼 슬론 부인이 궁한 살림에 수입을 보탤 요량으로 견과 케이크를 만들어 팔고 있었다. 그 케이크는 특히 남자아이들한테 인기가 많아, 요 몇 주 동안 앤이 이만저만 골머리를 앓은 게 아니었다. 아이들이 등굣길에 용돈으로 하이럼 부인의 케이크를 사들고 와서 수업을 하는 동안 친구들과 나누어 먹었다. 앤은 학교에 또 케이크를 가져오면 압수하겠다고 일러두었다. 그런데 지금 세인트클레어 도넬이 하이럼 부인이 쓰는 파란색 하얀색 줄무늬 포장지로 싼 케이크 상자를 앤이 보는 앞에서 태연히 돌린 것이었다.

앤이 조용히 말했다.

"조지프, 그 꾸러미 이리로 가져와."

조는 찔끔 놀라며 당황한 얼굴로 앞으로 나갔다. 뚱뚱한 장난꾸러기 조는 놀라면 늘 얼굴이 발갛게 달아오르고 말을 더듬었다. 그 순간 가엾은 조는 그야말로 큰 잘못을 저지른 아이 같았다.

앤이 말했다.

"난로에 넣어."

조는 멍한 얼굴로 입을 열었다.

"제…… 제발, 서, 서…… 선생님."

"시키는 대로 해, 조지프. 말대꾸 하지 말고."

"하…… 하…… 하지만 서…… 서…… 선생님…… 이…… 이…… 이건……."

조가 절박한 듯 가쁘게 말했다.

앤이 물었다.

"조지프, 내 말 들을 거니, 안 들을 거니?"

조 슬론보다 더 배짱 좋고 침착한 남학생이라도 앤의 말투와 위험한 불길이 이는 눈빛에 주눅이 들었을 것이다. 아이들이 한 번도 본 적 없던 새로운 앤의 모습이었다. 조는 고민스러운 눈빛으로 세인트클레어를 흘끔거리면서 난로로 걸어가, 커다랗고 네모난 뚜껑을 열고는 파란색 하얀색 줄무늬 포장지로 싼 꾸러미를 안으로 던졌다. 눈앞에서 그 광경을 보고 벌떡 일어난 세인트클레어가 한 마디 끼어들 새도 없었다. 조 슬론은 재빨리 뒤로 몸을 뺐다.

몇 분 동안 에이번리 학교 학생들은 지진이 일어난 건지 화산이 폭발한 건지 영문을 모른 채 공포에 빠져들었다. 하이럼 부인의 견과 케이크가 들어 있을 거라 앤이 섣불리 판단했던 무고한 꾸러미에는 사실 갖가지 종류의 폭죽과 바람개비가 들어 있었다. 워런 슬론이 그날 저녁 생일 축하 파티에 쓰려고 전날 세인트클레어 도넬의 아버지 편에 시내에 보냈던 것들이었다. 폭죽은 천둥 같은 굉음과 함께 터졌고 바람개비는 난로에서 튀어나와 쉭쉭 소리를 내며 교실 안을 미친 듯이 날아다녔다. 소스라치게 놀란 앤은 얼굴이 하얗게 질려 의자에 주저앉았고, 여학생들은 비명을 지르며 책상 위로 올라갔다. 조 슬론은 북새통이 된 교실 한복판에 얼어붙은 듯 미동도 없이 서 있었고, 세인트클레어는 통로에서 몸을 흔들어젖히며 웃음을 멈추지 못했다. 프릴리 로저슨은 정신을 잃었고 아네타 벨은 발작을 일으켰다.

  긴 시간이 흐른 것 같았지만 사실 마지막 바람개비가 회전을 멈추기까지 고작 몇 분 동안 일어난 일이었다. 정신을 차린 앤은 벌떡 일어나 교실 문과 창문을 열어 안을 가득 채운 가스와 연기를 내보냈다. 그런 다음 여자아이들과 함께 기절한 프릴리를 현관으로 옮겼다. 뭔가 도움이 되고 싶어 안달복달하던 하던 바버라 쇼는 반쯤 언 물 한 들통을 누가 말릴 새도 없이 프릴리의 얼굴과 어깨에 부어버렸다.

한 시간을 꼬박 채우고 나서야 교실은 다시 잠잠해졌다……
아니, 잠잠해진 것처럼 보였다. 폭죽 사건이 지나간 다음에도
선생님의 마음은 맑아지지 않았다는 것을 모두 느끼고 있었다.
앤서니 파이 말고는 아무도 감히 입도 벙긋하지 않았다. 산수
문제를 풀던 네드 클레이는 어쩌다 연필 긁는 소리를 냈다가
앤의 시선을 끌고는 차라리 땅속으로 꺼져 버리고 싶다고 생각
했다. 지리 시간에는 정신없이 대륙을 휩쓸고 다녀 멀미가 날
지경이었다. 문법 시간에는 쉴 틈없이 문장 분석이 계속되어 숨
통이 막혔다. 체스터 슬론이 '향기로운'의 철자를 틀리는 바람
에 느꼈던 수치심이란 죽어서도 잊지 못할 정도였다.

 앤은 스스로 터무니없이 행동한다는 것도 알았고, 그날 밤
집집마다 차를 마시며 웃음거리로 삼을 일이라는 것도 알았다.
하지만 그런 생각은 화를 더 돋울 뿐이었다. 차분한 상태라면
상황을 웃어넘길 수 있었겠지만 지금은 그게 불가능했다. 그래
서 앤은 그런 사실을 차갑게 무시해버렸다.

 앤이 점심 식사를 마치고 학교로 돌아왔을 때 아이들은 평소
처럼 자리에 앉아 있었고 하나같이 책상만 열심히 내려다보고
있었다. 예외가 있다면 앤서니 파이였다. 앤서니는 책 너머로
앤을 빤히 쳐다보고 있었는데, 까만 눈동자에 호기심과 비웃음
이 반짝반짝 빛났다. 앤이 분필을 찾으려고 책상 서랍을 홱 잡
아당겼을 때, 손 밑에서 살아 있는 생쥐가 팔짝 튀어나오더니

후다닥 책상을 넘어가 바닥으로 뛰어 내렸다.

앤은 뱀이라도 본 사람처럼 비명을 지르며 뒤로 펄쩍 물러났다. 그 모습에 앤서니 파이가 큰 소리로 웃음을 터뜨렸다.

그러고는 침묵이 흘렀다⋯⋯ 몹시 오싹하고 불편한 침묵이었다. 아네타 벨은 다시 발작을 일으켜야 할지 말지 고민했다. 더군다나 생쥐가 어디로 달아났는지도 모를 일이었다. 하지만 발작은 부리지 않기로 했다. 하얗게 질린 얼굴로 눈에서 불꽃을 튀며 서 있는 선생님 앞에서 어느 누가 발작으로 위안을 구할 수 있겠는가?

"누가 내 책상에 쥐를 넣어놨니?"

앤이 말했다. 목소리는 나지막했지만 듣는 폴 어빙마저 등골이 오싹할 정도였다. 조 슬론은 앤과 눈이 마주치자 머리끝에서부터 발끝까지 대답해야 할 책임감에 휩싸여 마구 말을 더듬었다.

"저⋯⋯ 저⋯⋯ 저 아⋯⋯ 아⋯⋯ 아니에요, 서⋯⋯ 서⋯⋯ 선생님, 제⋯⋯ 제⋯⋯ 제가 아⋯⋯ 아⋯⋯ 안 그랬어요."

앤은 불쌍한 조지프가 하는 말엔 관심도 없었다. 앤은 앤서니 파이를 쳐다봤고, 앤서니 파이도 뻔뻔스러운 얼굴로 앤을 쳐다봤다.

"앤서니, 네가 그랬니?"

앤서니가 건방진 말투로 대답했다.

"네, 제가 그랬어요."

앤은 책상에서 지시봉을 집어 들었다. 단단한 나무로 만든 길고 묵직한 지시봉이었다.

"이리 나와, 앤서니."

그건 앤서니 파이가 받았던 벌들에 비하면 별로 심한 체벌도 아니었다. 그 순간 아무리 걷잡을 수 없이 화가 났기로서니, 앤은 아이에게 가혹한 체벌은 할 수 없었다. 하지만 지시봉은 날카롭게 살을 할퀴어 앤서니도 더는 허세를 부리지 못했다. 움찔하는 앤서니의 눈에 눈물이 고였다.

양심의 가책으로 지시봉까지 떨어뜨린 앤은 앤서니에게 자리로 돌아가라고 말했다. 앤은 책상에 앉으며 창피하고 후회스러웠다. 쓰라린 굴욕감마저 들었다. 발끈했던 화는 사라지고, 할 수만 있다면 울어서라도 마음을 달래고 싶었다. 그렇게 자신만만했는데 이렇게 되고 말았다…… 학생에게 정말 회초리를 들고야 말았다. 제인이 얼마나 의기양양해 할까! 또 해리슨 씨는 얼마나 웃어댈까! 하지만 그보다 더 안타깝고, 무엇보다 속상한 일은 앤서니 파이의 마음을 얻을 수 있는 기회를 영영 놓쳐버렸다는 것이었다. 이제 앤서니는 절대로 앤을 좋아하지 않을 터였다.

앤은 초인적인 힘을 발휘하여 그날 밤 집에 돌아올 때까지 눈물을 참았다. 그리고 동쪽 다락방에 틀어박혀 후회와 부끄러움, 실망감을 모두 쏟아내듯 베개에 얼굴을 파묻고 울었다……
앤이 좀처럼 울음을 그치지 않자 슬슬 걱정이 된 마릴라가 올
라와 무슨 문제로 그러냐며 다그쳐 물었다.

앤이 흑흑 울며 대답했다.

"무슨 문제냐면요, 제 양심의 문제예요. 아, 정말 재앙 같은
날이었어요, 아주머니. 제 자신이 너무 부끄러워요. 너무 화가
나서 앤서니 파이에게 매를 들었어요."

마릴라가 단호하게 말했다.

"그건 듣던 중 반가운 소리구나. 진즉에 그랬어야 했어."

"아, 아니요. 아니에요, 아주머니. 아이들 얼굴을 어떻게 다시
쳐다볼 수 있을지 모르겠어요. 제가 정말 부끄러울 짓을 했어
요. 제가 얼마나 짜증나고 가증스럽고 진저리나게 굴었는지 모
르실 거예요. 폴 어빙의 눈빛이 잊히질 않아요…… 너무 놀라
고 실망한 표정이었어요. 아, 아주머니, 앤서니의 마음을 열려
고 얼마나 참고 노력했는데…… 이제는 다 허사가 됐어요."

마릴라는 고된 일로 거칠어진 단단한 손으로 앤의 윤기 나는
긴 머리카락을 더없이 다정하게 쓰다듬었다. 앤의 울음이 진정
되자 마릴라는 따뜻한 목소리로 말했다.

"너는 마음에 담아두는 게 너무 많아, 앤. 우리는 모두 실수
를 한단다…… 하지만 사람들은 잊어버려. 재앙의 날은 누구에
게나 오는 법이야. 그리고 앤서니 파이는, 그 애가 좋아하지 않

는다 해도 무슨 상관이니? 그런 애는 그 애 하나뿐인데."

"어쩔 수가 없어요. 전 모두가 절 사랑하면 좋겠어요. 누구라도 그렇지 않으면 마음이 아파요. 이제 앤서니는 결코 저를 좋아하지 않을 거예요. 아, 오늘 정말 바보 같이 굴었어요, 아주머니. 전부 다 말씀드릴게요."

마릴라는 그날 하루 동안 있었던 이야기를 가만히 들으며, 앤 모르게 가만히 미소를 짓기도 했다. 이야기를 다 들은 마릴라는 시원스레 말했다.

"뭐, 신경 쓰지 마라. 오늘은 지나갔고 내일 또 하루가 시작될 거야. 아직 아무런 실수도 저지르지 않은 하루 말이다. 네가 곧잘 하던 소리잖니. 이제 내려가서 저녁을 먹도록 해. 맛있는 차 한 잔하고 내가 오늘 만든 자두 파이를 조금 먹고 나서도 기분이 풀리지 않는지 보려무나."

"자두 파이가 마음의 병을 치료해주진 않잖아요."

앤이 마음에 차지 않는 듯이 말했지만, 마릴라는 앤이 그렇게 말을 받아 대답할 정도면 기분이 훨씬 나아진 거라고 생각했다.

쌍둥이의 밝은 얼굴과 무엇과도 견줄 수 없는 마릴라의 자두 파이가 있는 유쾌한 저녁 식탁은 결국 앤의 기분을 제법 풀어주었다. 데이비는 자두 파이를 네 개나 먹었다. 앤은 그날 밤 잠을 푹 잤고, 아침에 일어나니 자신도, 세상도 달라져 있었다. 어둠이 내린 사이 눈이 소복이 쌓였고, 아침 햇살을 받아 아름답게 반짝이는 하얀 세상은 지나간 모든 실수와 부끄러움을 덮어주는 자비로운 망토 같았다.

"날마다 아침은 새로운 시작.
날마다 아침은 새로 태어난 세상."

앤은 노래를 부르며 옷을 입었다.
눈이 쌓인 탓에 앤은 길을 빙 돌아 학교에 가야 했다. 그리고 짓궂은 우연처럼 초록 지붕 집 오솔길을 벗어나자마자 눈길을 헤치며 걸어오는 앤서니 파이를 만났다. 앤은 앤서니 파이와 입장이 바뀌기라도 한 듯 죄책감을 느꼈지만, 말로 다 할 수 없을 만큼 놀라운 일이 벌어졌다. 앤서니가 모자를 벗은 것도 처음 있는 일이었는데…… 말까지 건 것이었다.
"걷기 힘드시죠? 책을 들어드릴까요, 선생님?"
앤은 책을 넘겨주면서도 이게 꿈인지 생시인지 분간이 안 됐다. 앤서니는 학교까지 말없이 걷기만 했지만, 앤은 책을 돌려받으며 앤서니에게 미소를 지어주었다…… 평소 앤서니를 위한다며 형식적으로 짓던 '친절한' 미소가 아니라 돈독한 동지애를 느끼며 샘솟는 어느 때보다 환한 미소였다. 앤서니도 미소를 지었다…… 아니, 정확하게 말하자면 앤서니는 이를 내보이며 활짝 웃어 보였다. 그런 미소는 보통 존경심을 보이는 태도로는 보이지 않지만, 앤은 문득 자신이 앤서니의 마음을 얻지는 못했을지라도, 왠지 존경심은 조금 얻은 것 같다는 생각이 들었다.

그다음 토요일에 초록 지붕 집에 찾아온 레이철 린드 부인은 이 생각을 확인시켜주었다.

"글쎄, 앤, 네가 앤서니 파이를 이긴 것 같구나. 그 애가 너더러 여자이긴 해도 조금 괜찮은 것 같다고 하더라니까. 너한테 맞을 때 보니 남자 못지않게 아프더래."

"그 애를 때려서 마음을 얻게 될 거라고는 생각해본 적도 없어요."

앤은 자신이 품었던 이상이 어딘가 잘못되었다는 생각에 살짝 우울했다.

"이건 아닌 것 같아요. 다정해야 한다는 제 원칙이 틀렸을 리 없어요."

"그래, 하지만 파이네 사람들은 누구나 아는 법칙에서도 언제나 예외지."

레이철 린드 부인이 틀림없다는 듯 잘라 말했다.

"내 그럴 줄 알았지."

그 일을 들은 해리슨 씨는 그렇게 말했고, 제인은 두고두고 그 일로 앤의 마음을 후벼 팠다.

13장

특별한 소풍

 과수원집으로 가던 앤은 유령의 숲 아래 개울을 건너는 이끼 낀 통나무 다리에서 초록 지붕 집을 향하던 다이애나를 만났다. 둘은 고사리 순들이 마치 낮잠에서 깨어난 곱슬머리 초록 요정처럼 돌돌 말린 잎을 펼치고 있는 드라이어드 샘 물가에 앉았다.

 "토요일에 내 생일 파티 여는 걸 도와달라고 너를 부르러 가는 길이었어."

 "생일이라고? 하지만 네 생일은 3월이었잖아!"

 앤이 소리 내어 웃었다.

 "그건 내 잘못이 아니야. 만일 우리 부모님이 내 의견을 물어봤다면 난 절대 그때 태어나지 않았을 거야. 당연히 봄에 태어나는 쪽을 선택했겠지. 세상에 태어날 때 산사나무 꽃이랑 제비꽃이 함께 핀다면 얼마나 즐거울까. 늘 꽃하고 자매처럼 느껴질 거야. 하지만 난 봄에 태어나지 못했으니까 봄에 생일 파티라도 하려고. 프리실라는 토요일에 올 거고, 제인은 집에 있을 거래. 우리 넷이 숲에 가서 봄하고 인사하면서 특별한 하루를 보내는 거야. 우린 아직 아무도 진짜 봄을 잘 알지 못하잖아. 하지만 숲에 가면 다른 곳에서는 만날 수 없는 봄을 보게 될 거야. 난 저 들판들이며 인적 드문 곳들까지 다 탐험해보고 싶어. 사람들이 들여다보아도 제대로 눈에 띄지 않았던 아름다운 곳들이 분명 아주 많이 있을 거야. 바람이랑 하늘이랑 태양이랑도 친구가 되고, 집에 올 땐 가슴 한가득 봄을 담아오자."

"진짜 멋지겠다."

다이애나는 그러면서도 앤이 풀어놓는 말의 성찬들을 못 미더워하는 눈치였다.

"그런데 아직 땅이 질척거리는 곳들이 있지 않을까?"

앤은 다이애나의 현실적인 걱정도 수긍해주었다.

"아, 장화를 신으면 괜찮을 거야. 그리고 넌 토요일 아침에 일찍 와서 점심 준비를 도와주면 좋겠어. 가능한 한입거리를 준비할 생각이야…… 봄이랑 어울리는 음식들 있잖아…… 작은 젤리 타르트랑 레이디핑거*랑, 그리고 분홍색, 노란색 설탕

---

* 작고 길쭉한 스펀지케이크.

을 입힌 드롭 쿠키*도 만들고 버터컵 케이크도 구울 거야. 샌드위치도 만들어야지. 별로 시적인 음식은 아니지만."

토요일은 소풍을 떠나기에 더없이 좋은 날이었다…… 하늘은 파랗고 날은 따뜻했으며 화창한 햇살이 내리쬐었다. 시원한 바람이 목초지와 과수원 너머에서 산들산들 불어왔다. 햇살이 떨어지는 언덕과 들판마다 꽃들이 별처럼 뿌려진 여린 초록빛이 펼쳐졌다.

냉정한 중년의 마음에도 마법 같은 봄기운을 살짝 느끼며 농장 뒤쪽에서 써레질을 하고 있던 해리슨 씨는 바구니를 들고 자작나무와 전나무 숲과 맞닿은 그의 땅 가장자리를 경쾌하게 가로질러가는 네 소녀를 보았다. 쾌활한 말소리와 웃음소리가 해리슨 씨의 마음에까지 울려 퍼졌다.

"이런 날엔 누구나 금방 행복해질 것 같지 않니?"

앤은 참으로 앤다운 생각을 말했다.

"오늘을 진정 특별한 날로 만들어보자, 얘들아. 언제든지 기쁜 마음으로 되돌아볼 수 있는 날로 말이야. 우리 아름다운 것들만 찾고 다른 건 아무것도 보지 말자. '따분한 근심아, 사라져라!' 제인, 너 어제 학교에서 실수했던 일을 생각하고 있구나."

제인이 깜짝 놀라며 물었다.

---

* 밀가루 반죽을 스푼으로 떠서 번철에 떨어뜨려 구운 쿠키.

"그걸 어떻게 알아?"

"그야 표정을 보면 알지…… 나도 그런 표정을 지을 때가 많거든. 그런 생각은 마음속에 묻어둬. 월요일까진 잊는 거야…… 아예 지워버리면 더 좋고. 와, 얘들아, 저기 제비꽃이 핀 곳 좀 봐! 추억의 앨범에 간직해둘 만한 풍경이야. 내가 여든 살이 되어도…… 그때까지 살아 있다면…… 그때가 돼도 눈을 감으면 이 제비꽃들이 눈앞에 피어 있는 것처럼 떠오를 거야. 이건 오늘 하루가 우리한테 주는 첫 번째 선물이야."

프리실라가 말했다.

"입맞춤이 눈에 보이는 거라면 제비꽃을 닮았을 것 같아."

앤의 얼굴이 밝게 빛났다.

"프리실라, 네가 그 생각을 혼자만 담아두지 않고 말로 해줘서 정말 기뻐. 사람들이 속마음을 다 말로 표현한다면 이 세상은 훨씬 더 흥미로워질 텐데…… 지금도 아주 흥미로운 곳이긴 하지만."

제인이 점잔빼며 말했다.

"그럼 이상한 소리를 해대는 사람들도 있을걸."

"그럴 수도 있겠지. 하지만 못된 생각을 하는 건 그 사람들 잘못이지. 어쨌든 우린 오늘 속마음을 다 이야기해도 돼. 오늘은 아름다운 생각만 할 거니까. 머릿속에 떠오르는 생각은 뭐든 마음껏 말하는 거야. 그런 게 대화야. 여기 이 오솔길은 못

보던 건데? 우리 가보자."

오솔길은 구불구불한데다 몹시 좁아서 친구들이 한 줄로 길게 늘어서서 걷는데도 전나무 가지가 얼굴을 스치고 지나갔다. 전나무 아래로 보드라운 이끼가 폭신하게 깔려 있었고, 더 걸어 들어가자 나무들이 점점 작아지고 드문드문해졌다. 땅에는 갖가지 초록 식물들이 우거져 있었다.

다이애나가 외쳤다.

"코끼리 귀가 정말 많아. 한 아름 꺾어 갈래. 정말 예뻐."

프리실라가 물었다.

"저렇게 우아하고 솜털 같은 풀에 어쩌다 그렇게 무지막지한 이름이 붙었지?"

앤이 말했다.

"맨 처음 이름을 붙인 사람이 전혀 상상력이 없었거나 아니면 너무 많았거나 했겠지. 와, 얘들아, 저것 좀 봐!"

'저것'은 오솔길 끝 작은 빈터 한 가운데에 있는 얕은 샘이었다. 봄이 끝날 무렵에는 샘이 말라 물 대신 무성하게 자라난 고사리들로 뒤덮이겠지만, 지금은 수면이 잔잔하게 반짝이는, 접시처럼 둥글고 수정처럼 맑은 샘이었다. 가느다란 어린 자작나무들이 샘을 둥글게 에워싸고, 샘 가장자리에는 작은 고사리들이 자라고 있었다.

"너무 예뻐!"

제인이 말했다.

앤이 바구니를 내려놓고 두 팔을 내밀었다.

"우리 나무의 정령처럼 저기를 돌면서 춤추자."

하지만 춤은 실패로 돌아갔다. 바닥이 질퍽거려 제인이 신고 있던 장화가 벗겨졌기 때문이다.

"장화를 신어야 하는 사람은 나무의 정령이 될 수 없어."

제인이 말했다.

앤도 그 말은 반박하기 힘들었다.

"그럼 우리 여길 떠나기 전에 이름을 지어주자. 각자 이름을 한 개씩 말하고 제비뽑기로 결정하자. 다이애나부터 할까?"

다이애나가 기다렸다는 듯이 말했다.

"자작나무 연못."

제인이 말했다.

"수정 호수."

두 사람 뒤에 서 있던 앤은 프리실라에게 제발 저런 이름은 내놓지 말아달라고 눈으로 애원했고, 프리실라는 '반짝이는 거울'이라는 이름으로 실력을 발휘했다. 앤이 선택한 이름은 '요정의 거울'이었다.

학교 선생님인 제인이 주머니에서 연필을 꺼내 자작나무 껍질에 이 이름들을 적은 다음 앤의 모자에 담았다. 그리고 프리실라가 눈을 감고 그중 하나를 골랐다. '수정 호수.' 제인이 의

기양양한 목소리로 읽었다. 샘의 이름은 수정 호수가 되었다. 앤은 샘이 부당한 이름을 갖게 되었다고 생각했지만 그 말을 하지는 않았다.

덤불을 뚫고 건너가자 파릇파릇하게 새싹이 올라오는 사일러스 슬론 씨네 뒤쪽 목초지가 나왔다. 목장을 가로질러간 소녀들은 숲으로 들어가는 오솔길 입구를 발견하고 그 길도 따라가보기로 했다. 탐험에 나선 길은 놀랍도록 아름다운 풍경들이 계속 이어졌다. 먼저 슬론 씨네 목초지를 둘러 가니 꽃이 만개한 산벚나무들이 만들어낸 둥근 차양이 나타났다. 소녀들은 모자를 벗어 팔에 걸고 한들거리는 우윳빛 꽃들로 머리를 장식했다. 오솔길은 그곳에서 직각으로 꺾이며 가문비나무 숲으로 곧장 이어졌다. 숲이 어찌나 울창하고 신비한지, 위로 하늘 한 조각, 햇빛 한 줄기 새어들지 않아 마치 땅거미가 내린 길을 걷는 느낌이었다.

앤이 목소리를 낮춰 소곤거렸다.

"여기는 나쁜 나무 요정들이 사는 곳이야. 그 요정들은 심술궂은 장난을 좋아하지만 우리를 해칠 수는 없어. 왜냐하면 봄에는 사악한 행동을 할 수 없거든. 저기 저 굽은 전나무 쪽에서 한 요정이 우리를 몰래 훔쳐보고 있었어. 방금 지나쳐온 커다란 점박이 독버섯 위에도 요정들이 모여 있는 거 봤니? 착한 요정들은 늘 햇볕이 잘 드는 곳에 사는데."

제인이 말했다.

"요정이 정말로 있다면 좋겠어. 세 가지 소원을 들어준다면…… 아니 단 하나만이라도 들어준다면 좋을 것 같지 않아? 요정이 소원을 들어준다면 너희들은 어떤 소원을 빌 거니? 나는 부자가 되고 싶고, 미인이 되고 싶고, 똑똑해지고 싶다고 빌 거야."

다이애나가 말했다.

"나는 키가 크고 날씬해지게 해달라고 빌 거야."

프리실라가 말했다.

"나는 이름을 날리고 싶다고 할 거야."

앤은 빨간 머리가 떠올랐지만 생각하다가 이내 그럴 가치가 없는 소원이라 생각했다.

"나는 1년 내내, 모든 사람의 마음과 우리의 삶에 봄이 머물게 해달라고 빌 거야."

프리실라가 말했다.

"하지만 이 세상이 천국 같아지길 바라는 거잖아."

"천국의 지극히 일부지. 천국에는 여름도 있고, 가을도 있고…… 그래, 겨울도 조금은 있을 거야. 나는 가끔은 천국에도 반짝거리며 눈이 내리는 들판과 하얗게 핀 서리가 있으면 좋겠다는 생각이 들어. 넌 안 그래, 제인?"

"난…… 나는 잘 모르겠어."

제인이 불편해하며 말했다. 제인은 교회에 다니는 바른 소녀였다. 교사답게 살려고 성실하게 노력했고 배운 것들은 의심 없이 믿었다. 하지만 그럼에도 천국에 대해서는 꼭 필요한 때가 아니면 깊이 생각해본 적이 없었다.

"한번은 미니 메이가 천국에서는 우리가 가진 옷 중에 제일 좋은 옷을 매일같이 입느냐고 묻더라."

다이애나가 소리 내어 웃었다.

앤이 물었다.

"그래서 그렇다고 말해줬어?"

"세상에, 아니! 천국에선 옷 생각 같은 건 하지 않을 거라고 해줬지."

앤이 진지하게 말했다.

"아, 조금은…… 할 것 같은데. 천국에선 영원히 사니까 시간도 많겠지. 더 중요한 일들을 소홀히 하지 않아도 말이야. 모두 다 아름다운 옷을 입을 거야. 의상이라고 하는 게 더 맞으려나. 난 제일 먼저 몇백 년 동안은 분홍색 의상만 입고 싶어…… 분홍색에 질리려면 분명 그만큼 오래 걸릴 거야. 난 분홍색이 정말 좋지만 이 세상에선 도무지 입을 수가 없어."

가문비나무 숲을 지나자 오솔길은 양지바른 공터로 이어졌다. 앤과 친구들은 그곳에서 통나무 다리를 타고 시내를 건넜다. 그곳엔 찬란한 햇빛 아래 너도밤나무가 서 있었다. 공기는 투명한 황금빛 포도주 같았고, 나뭇잎은 푸르고 싱그러웠다. 땅 위에는 아롱다롱 드리운 햇살이 일렁였다. 길을 따라 더 들어가자 산벚나무가 더 많이 눈에 띄었고, 늘씬한 전나무가 늘어선 얕은 골짜기가 나왔다. 그리고 다시 가파른 언덕으로 이어졌다. 소녀들은 그곳을 오르느라 숨이 턱턱 차올랐다. 하지만 꼭대기에 올라 빈터에 다다르자 입을 다물 수 없을 만큼 아름다운 풍경이 소녀들을 기다리고 있었다.

저 너머로는 카모디 윗길까지 펼쳐진 농장들의 '뒷밭'이었다. 바로 그 앞에, 너도밤나무와 전나무에 둘러싸여 남쪽으로만 탁 트인 작은 모퉁이가 있었고 그곳에 정원이 있었다…… 정확히 말하면 한때 정원이었던 곳이었다. 금방이라도 허물어질 것 같은 돌담이 이끼와 잡초에 뒤덮인 채 그 정원을 둘러싸고 있었다. 동쪽으로는 소복이 쌓인 눈꽃처럼 하얀 벚나무들이 줄지어 늘어서 있었다. 옛 오솔길이 나 있던 흔적도 아직 남아 있고, 정원 한가운데는 장미 덤불이 두 줄로 자라나 있었다. 하지만 그 나머지는 온통 노랗고 하얀 수선화 천지였다. 무성한 초록 잡초들 위로 고개를 내민 수선화들이 곱디고운 자태로 바람에 흔들렸다.

"세상에, 이렇게 아름다울 수가!"

세 친구가 동시에 외쳤다. 앤은 어떤 감탄의 말보다도 절절한 침묵으로 가만히 바라만 볼 뿐이었다.

프리실라가 놀라워하며 말했다.

"도대체 어떻게 이런 뒤쪽에 정원이 있지?"

다이애나가 말했다.

"헤스터 그레이의 정원일 거야. 어머니가 말씀하시는 걸 들은 적이 있는데, 보는 건 나도 처음이야. 이 정원이 아직도 남아 있을 줄도 몰랐고. 너도 그 이야기 들어봤지, 앤?"

"아니, 하지만 이름은 많이 들어본 것 같아."

"아, 묘지에서 봤을 거야. 헤스터 그레이가 묻힌 곳이 사시나무가 있는 구석이거든. 입구에 있는 작은 갈색 비석 알지? '스물두 살 헤스터 그레이를 기리며'라고 새겨져 있잖아. 조던 그레이가 바로 옆에 묻혔는데 그 자리에는 비석이 없어. 마릴라 아주머니가 그 이야기를 꺼내신 적이 없다니 이상하네. 하긴 30년이나 지난 일이니까 다들 잊었을 거야."

앤이 말했다.

"이야기가 있다면 들어야지. 우리 여기 수선화 밭에 앉아서 다이애나 이야기를 듣자. 여긴 정말 수선화 천지야…… 전부 다 뒤덮어버렸어. 마치 정원에 달빛이랑 햇빛을 엮어서 카펫을 깐 것 같아. 이건 정말 놓치기 아까운 발견이야. 여기서 1.5킬로미터도 안 되는 거리에 살면서 6년 동안 이곳을 한 번도 못 봤다니! 다이애나, 어서 해줘."

다이애나는 이야기를 시작했다.

"옛날에 이 농장은 데이비드 그레이 할아버지 소유였어. 이 농장에 생계를 의지했던 건 아니고…… 지금 사일러스 슬론이 사는 곳에 사셨대. 할아버지한테는 조던이라는 아들이 한 명 있었는데, 조던은 어느 겨울에 보스턴으로 일을 하러 갔다가 거기서 헤스터 머리라는 소녀를 만나 사랑에 빠졌대. 헤스터 머리는 한 상점에서 일을 하고 있었지만 그 일을 굉장히 싫어했다나봐. 시골에서 자라서 늘 시골로 돌아가고 싶어했대. 조던이 청혼을 했을 때 헤스터가 그랬대. 자기를 들판과 나무만 보이는 조용한 곳으로 데려가주면 결혼을 하겠다고. 그래서 조던은 헤스터를 에이번리로 데려온 거지. 린드 아주머니는 조던이 양키와 결혼하다니 위험천만한 짓을 저질렀다고 말씀하셨지만, 헤스터도 확실히 몸이 약하고 살림 솜씨도 형편없었던 것 같아. 그래도 어머니 말씀으로는 아주 예쁘고 사랑스러워서 조던은 헤스터가 밟고 지나간 땅바닥까지 숭배할 정도였대. 그레이 할아버지가 조던에게 이 농장을 물려줬고, 조던은 이곳에 작은 집을 지어서 헤스터랑 4년 동안 살았어. 헤스터는 외출도 잦지 않았고, 헤스터를 방문하는 사람도 어머니하고 린드 아주머니 정도가 다였대. 조던이 헤스터한테 이 정원을 만들어주자 헤스터는 여기에 푹 빠져서 이곳에서 거의 살다시피 했다고 해. 가정주부로서는 영 별로였지만 꽃을 가꾸는 데는 재주가 있었던 거지. 그러다가 병에 걸렸다더라고. 어머니가 그러시는데 헤스터는 이곳에 오기 전에 이미 폐결핵에 걸렸던 것 같대. 병상에 드러누운 건 아니지만 날이 갈수록 점점 쇠약해졌대. 헤스터는 간병을 해줄 사람이 아무도 없었어. 전부 다 조던이 직접 했는데, 엄마 말씀으론 그때 조던은 여자만큼이나 다정하고 온화했대. 하루도 빠짐없이 헤스터한테 숄을 둘러주고 정원에 데리고 나왔다는 거야. 그럼 헤스터는 벤치에 누워서 그렇게 행복해했대. 사람들이 그러는데, 헤스터는 밤낮으로 조던이랑 같이 무릎을 꿇고 기도를 했대. 때가 되면 정원에서 눈을 감을 수 있게 해달라고 말이야. 그리고 그 기도는 이루어졌어. 어느 날 조던이 헤스터를 벤치로 데려가 눕힌 다음, 장미꽃을 한가득 꺾어서 헤스터에게 덮어주었대. 헤스터는 조던을 보고 가만히 미소를 짓다가…… 눈을 감았어…… 그게 마지막이었던 거야."

다이애나가 조용히 말을 맺었다.

앤이 한숨을 지으며 눈물을 닦았다.

"아, 너무 아름다운 이야기야."

프리실라가 물었다.

"조던은 어떻게 됐어?"

"조던은 헤스터가 죽은 뒤에 농장을 팔고 보스턴으로 돌아갔어. 자베즈 슬론 씨가 농장을 사들인 다음 두 사람이 살던 집을 길가로 밀어냈어. 조던은 10년쯤 있다가 죽었고, 고향으로 옮겨져서 헤스터 옆에 묻힌 거야."

제인이 말했다.

"헤스터가 왜 이런 곳에 들어와 살고 싶어했는지 모르겠어. 모든 걸 버리고 말이야."

앤이 생각에 깊이 잠긴 말투로 대답했다.

"난 금방 이해가 되는데. 난 단조로운 것들을 좋아하진 않아. 숲과 들판도 너무 좋지만, 사람도 좋거든. 하지만 헤스터의 마음은 이해할 수 있어. 헤스터는 대도시의 소음이 지긋지긋했던 거야. 수많은 사람들이 쉴 새 없이 오가지만 자기한테 무심한 것도 싫었을 테고. 그곳에서 벗어나 고요하고 푸르고 다정한 곳에서 쉬고 싶었던 거야. 그리고 원하는 걸 이루었지. 그럴 수 있는 사람은 정말 별로 없어. 죽기 전 4년 동안 아름다운 시간을 보냈잖아…… 더할 나위 없이 행복한 4년을. 그러니까 우린 헤스터를 불쌍하게 여길 게 아니라 부러워해야 해. 장미꽃에 묻혀 눈을 감았고, 옆에선 세상에서 제일 사랑하는 사람이 미소를 띤 얼굴로 지켜봐주었고…… 오, 정말 아름다워!"

다이애나가 말했다.

"저기에 벚나무들을 심은 사람이 헤스터야. 헤스터가 어머니한테 그랬대. 자기는 살아서 저 열매들을 맛볼 수 없겠지만, 이 나무들이 자기가 죽은 뒤에도 살아남아 세상을 아름답게 밝혀주었으면 좋겠다고."

앤이 눈을 반짝이며 말했다.

"이쪽으로 오길 정말 잘했어. 오늘은 내가 선택한 생일이잖아. 그러니까 이 정원하고 그 이야기는 내 생일 선물이나 마찬가지야. 헤스터 그레이가 어떻게 생겼는지도 어머니가 말씀해 주셨니, 다이애나?"

"아니…… 그냥 예뻤다고만 들었어."

"차라리 그게 나아. 진짜 모습에 얽매이지 않고 상상을 할 수 있잖아. 내 생각에 헤스터는 아주 가냘프고 자그마할 것 같아. 검은 머리는 부드럽게 곱슬거리고, 크고 아름다운 눈은 겁을 먹은 듯한 밤색일 거야. 창백한 얼굴은 우수에 잠겨 있겠지."

소녀들은 헤스터의 정원에 바구니를 내려놓고 주변의 숲과 들을 거닐면서 남은 오후를 보내다가 예쁜 장소와 오솔길들도 여러 곳 찾아냈다. 배가 고파지자 그중에서 제일 예쁜 곳을 골라 점심을 먹었다. 가파른 둑 밑으로 시냇물이 졸졸 흐르고 깃털처럼 길게 자란 수풀 사이로 하얀 자작나무들이 높이 솟아오른 곳이었다. 소녀들은 나무 밑동 옆에 앉아 앤이 준비한 맛있는 음식들을 실컷 먹었다. 신선한 공기를 쐬며 즐겁게 몸을 놀린 덕에 식욕이 왕성해져 시적이지 못한 샌드위치조차 맛있었다. 앤은 생일 파티에 참석해준 손님들을 위해 유리잔과 레모네이드까지 준비했지만, 정작 자신은 자작나무 껍질로 만든 컵으로 차가운 시냇물을 떠 마셨다. 나무껍질 컵은 물이 샜고, 봄철에 으레 그렇듯 시냇물에선 흙냄새가 났다. 하지만 앤은 이런 날은 레모네이드보다 시냇물이 더 어울린다고 생각했다.

앤이 느닷없이 손가락으로 무언가를 가리켰다.

"봐, 저 시가 보이니?"

"어디?"

제인과 다이애나가 룬 문자로 새긴 시라도 찾는 사람들처럼 자작나무를 빤히 들여다봤다.

"저기…… 시냇물 아래…… 초록색 이끼가 낀 오래된 통나무 위로 물이 흐르잖아. 마치 빗어 넘기기라도 한 것처럼 잔잔하게 물결치고, 그 위로 빛 한 줄기가 떨어져 저 아래 물속까지 비추고 있어. 아, 이렇게 아름다운 시는 본 적이 없어."

제인이 말했다.

"그건 한 폭의 그림 같다고 하는 거야. 시는 행과 연이 있어야지."

하얀 벚꽃 왕관을 쓴 앤이 고개를 단호히 저었다.

"오, 이런. 아니야. 행과 연은 꼭 있어야 하는 게 아니야. 시가 겉에 걸치는 옷에 불과해. 네 옷에 달린 주름 장식이 곧 너인 건 아니잖아, 제인. 진짜 시는 그 안에 담긴 영혼이야…… 그리고 저 아름다운 광경이 글로 쓰지 않은 시에 담긴 영혼이지. 영혼이란 매일 볼 수 있는 게 아니야…… 그게 시의 영혼이라도 말이야."

프리실라가 꿈을 꾸듯 말했다.

"영혼이란…… 사람의 영혼 말이야…… 어떻게 생겼을까?"

"저렇게 생겼을 거야."

앤이 자작나무 가지 사이사이로 떨어지는 반짝이는 햇살을 가리켰다.

"물론 형체하고 특징이 그렇다는 얘기야. 나는 영혼이 빛으로 이루어졌다고 상상하는 게 좋아. 어떤 영혼은 장밋빛으로 함박 물들어 떨림이 가득하고…… 또 어떤 영혼은 바다를 비추는 달빛처럼 반짝거리고…… 또 어떤 영혼은 새벽에 내려앉는 엷은 안개처럼 연하고 투명할 거야."

프리실라가 말했다.

"예전에 어딘가에서 영혼은 꽃을 닮았다는 글을 읽은 적이 있어."

"그럼 네 영혼은 금빛 수선화일 거야. 다이애나는 붉디붉은 장미와 닮았어. 제인은 사과꽃 같아. 분홍빛에 건강에도 좋고 앙증맞으니까."

프리실라가 말했다.

"그리고 네 영혼은 가운데 보랏빛 줄무늬가 있는 하얀 제비꽃일 거야."

제인은 다이애나에게 저 아이들이 무슨 말을 하는지 도무지 모르겠다고 소곤거렸다.

네 친구가 집에 갈 땐 고요한 금빛 노을이 길을 비추어주었다. 소녀들의 바구니엔 헤스터의 정원에서 꺾어온 수선화가 한 가득 담겨 있었다. 다음 날 앤은 그중 몇 송이를 들고 묘지를 찾아가 헤스터의 무덤 앞에 놓아주었다. 음유시인 울새가 전나무 가지에 앉아 지저귀고, 습지에서는 개구리 떼가 울어댔다. 언덕 사이 분지들엔 황옥의 노란빛과 에메랄드의 초록빛이 넘쳐흘렀다.

"어쨌든 오늘 정말 멋진 하루를 보냈어."

다이애나가 처음 떠날 땐 아무 기대가 없었다는 듯이 말했다.

프리실라가 말했다.

"진정 특별한 하루였어."

제인도 말했다.

"나도 저 숲이 정말 좋아."

앤은 아무 말이 없었다. 저 아득히 먼 서쪽 하늘을 바라보며 헤스터 그레이를 생각하고 있었다.

14장

위험을 피하다

 어느 금요일 저녁, 우체국에 다녀오던 길에 앤은 레이철 린드 부인을 만났다. 린드 부인은 언제나처럼 교회 일과 나랏일로 온갖 걱정을 짊어지고 있었다.

 "방금 앨리스 루이스한테 며칠만 도움을 받을 수 있을지 알아보러 티모시 코튼네 다녀오는 길이란다. 지난주에도 나를 도와줬는데, 일손이 느리긴 해도 없는 것보다는 낫잖니. 그런데 아파서 올 수가 없다지 뭐야. 티모시는 앉아서 기침을 하면서 투덜투덜하고. 10년 전부터 죽을 때가 다 됐다더니 앞으로 10년은 더 그 소릴 하겠더구나. 그런 사람들은 죽지도 못하고 매번 그러지…… 뭘 끈덕지게 하질 못해. 아픈 것도 그래, 끝장을 볼 때까지 악착같이 아프지도 못하니. 온 가족이 다 게을러서 그 집이 나중에 어찌 될는지, 뭐 하느님만이 아시겠지."

레이철 린드 부인은 하느님조차 얼마나 아실는지 모르겠다는 듯이 한숨을 쉬었다.

"마릴라는 눈 때문에 화요일에 다시 병원에 갔다고? 의사는 어떻다더냐?"

앤이 밝게 대답했다.

"아주 기뻐하셨어요. 눈이 아주 많이 좋아졌다고, 시력을 완전히 잃을 걱정은 이제 안 해도 될 것 같다고 하세요. 하지만 글을 많이 읽거나 손으로 꼼꼼하게 해야 하는 작업은 하기 어려울 거래요. 바자회 준비는 잘되어가세요?"

부인 봉사회에서 바자회와 저녁 만찬회를 준비 중이었는데, 레이철 린드 부인이 행사의 총 책임을 맡고 있었다.

"잘되고말고…… 그러고 보니 생각이 나네. 앨런 부인이 전시 부스 하나를 옛날식 부엌처럼 꾸며서 구운 콩하고 도넛, 파이 같은 것들을 저녁으로 내면 좋지 않겠냐고 하더구나. 그래서 지금 여기저기서 옛날에 쓰던 물건을 모으는 중이야. 사이먼 플레처 부인이 모친이 쓰던 깔개를 빌려주기로 했고, 레비 볼터 부인은 오래된 의자들을 빌려주겠단다. 메리 쇼 숙모에게선 유리문이 달린 찬장을 빌리기로 했고. 마릴라가 그 놋쇠 촛대를 빌려주겠지? 그리고 옛날 접시들도 있는 대로 다 빌려다오. 앨런 부인이 버드나무 무늬가 있는 진짜 청화자기를 꼭 구하고 싶어하는데, 가진 사람을 못 찾겠구나. 혹시 빌릴 만한 곳을 아는 데 없니?"

"조세핀 배리 할머니가 갖고 계세요. 제가 편지로 바자회에 쓰도록 빌려주실 수 있는지 여쭤볼게요."

"그래, 그렇게 해다오. 만찬회는 2주일 정도 뒤에 열까 싶다. 에이브 앤드루스 아저씨가 그때쯤 폭풍우가 온다고 예언한다니까 보나마나 활짝 갤 게야."

레이철 린드 부인이 말한 '에이브 아저씨'는 이처럼 적어도 다른 예언자들처럼 자기 고향에서는 별 인정을 못 받았다. 사실 거의 맞힌 적이 없는 일기예보 때문에 에이브 아저씨는 마을의 웃음거리 취급을 받았다. 스스로 마을의 재간꾼이라고 자부하는 엘리샤 라이트 씨는 에이번리 사람들이 아무도 샬럿타운 일간지에서 날씨를 찾아볼 생각을 하지 않는다고 말하곤 했다. 에이브 아저씨에게 내일 날씨를 물어본 다음 반대로 생각하면 된다는 것이었다. 에이브 아저씨는 위축되지 않고 계속 날씨를 예언했다.

린드 부인이 말을 이어갔다.

"바자회는 선거 전에 열어야 해. 그래야 후보자들이 와서 돈을 펑펑 쓸 테니까. 토리 당은 이쪽저쪽 가리지 않고 돈을 뿌려대고 있으니, 한 번쯤은 제대로 돈 쓸 기회를 주는 것도 나쁘지 않지."

매슈와의 추억을 지키기 위해 열렬히 보수당을 지지하고 있던 앤은 아무 말도 하지 않았다. 레이철 린드 부인이 정치 얘기를 꺼내도록 자극하느니 가만히 있는 편이 나았다. 앤은 마릴라 앞으로 온 편지를 가지고 있었다. 브리티시컬럼비아의 한 마을 우체국 소인이 찍힌 편지였다.

집에 돌아온 앤은 흥분해서 말했다.

"쌍둥이들 삼촌한테서 온 편지일 거예요. 아, 아주머니, 아이들에 대해 뭐라고 썼을까요?"

"뜯어서 읽어보면 되잖니."

마릴라가 퉁명스레 대답했다. 마릴라도 흥분하긴 마찬가지였지만, 그런 내색을 하는 건 죽기보다 싫어하는 성격이었다.

앤은 봉투를 뜯어 조금 어수선하고 서툴게 쓴 편지를 죽 훑어보았다.

"아이들을 이번 봄에 데려갈 수 없대요…… 겨울 내내 몸이 안 좋아서 결혼식이 연기됐대요. 우리한테 아이들을 가을까지 맡아줄 수 있느냐고, 그때 데려가겠다고 하네요. 당연히 그래야죠. 그렇죠, 아주머니?"

"별수 없겠구나."

마릴라는 다소 심각한 얼굴로 말했지만, 속으로는 안도감을 느꼈다.

"어쨌든 예전처럼 말썽도 부리지 않고…… 우리가 익숙해진 것도 있겠지만. 데이비는 많이 나아졌지."

"데이비가 정말 훨씬 예의 바르게 변하긴 했어요."

앤이 아직 데이비의 품행에 대해 무슨 말을 할 자신은 없는 사람처럼 조심스럽게 말했다.

어제 저녁 앤이 학교에서 돌아왔을 때, 마릴라는 봉사회 모임에 나가고 없었다. 도라는 주방 소파에 잠들어 있었고, 데이비는 거실 벽장에 들어가 맛있기로 소문난 마릴라의 노란 자두 잼을 단지째 들고 신나게 퍼먹고 있었다…… 데이비가 '손님용 잼'이라 부르는 그 잼은…… 절대 손대면 안 되는 것이었다. 후다닥 들어온 앤에게 잡혀 벽장에서 끌려 나온 데이비는 자기가 지은 죄를 아는 얼굴이었다.

"데이비 키스, 그 잼을 먹는 건 아주 나쁜 행동이란 거 모르니? 벽장 안에 있는 건 절대 아무것도 만지지 말라고 했잖아."

데이비가 어쩔 수 없이 시인했다.

"나도 알아. 나쁜 거. 하지만 자두 잼이 너무 맛있단 말이야, 누나. 그냥 살짝 보기만 했는데 너무 맛있어 보여서 아주 조금 맛만 보려고 했어. 손가락으로 찍어서……."

앤이 앓는 소리를 냈다.

"싹싹 핥아 먹었어. 그런데 생각보다 훨씬 더 맛있잖아. 그래서 숟가락으로 막 퍼먹은 거야."

앤은 자두 잼을 훔쳐 먹는 게 얼마나 큰 잘못인지 진지하게 가르쳐주었다. 자책감이 든 데이비는 참회의 입맞춤을 하며 다시는 그러지 않겠다고 약속했다.

데이비가 마음을 달래듯 말했다.

"어쨌든, 천국에 가면 잼이 많이 있을 테니까 그래도 괜찮아."

앤은 웃음이 나오려는 걸 꾹 참았다.

"아마 있겠지⋯⋯ 우리가 원하는 거라면. 그런데 어떻게 그런 생각을 하게 됐니?"

데이비가 말했다.

"교리문답서에 나오잖아."

"세상에, 아니야. 교리문답서에 그런 내용은 없어, 데이비."

데이비가 우겼다.

"아니야, 있어. 저번 일요일에 마릴라 아줌마가 가르쳐준 문답에 있었어. 질문이 '우리는 왜 하느님을 사랑해야 할까?'였는데, 답이 '하느님이 프리저브를 만들어, 우리를 죄악으로부터 구원하시기 때문'이었다니까. 프리저브*라는 건 잼을 성스럽게 말하는 거잖아."

"나 물 좀 마시고 올게."

앤은 허둥지둥 자리를 떴다. 그리고 다시 돌아와 데이비에게 교리문답서의 그 문답에는 쉼표가 있어서 뜻이 완전히 달라진

---

* 프리저브(preserve)는 '보호하다'라는 뜻도 있지만 잼과 같은 '절임 음식'을 의미하기도 한다.

다고 설명하느라 한참 애를 먹었다.

데이비가 결국 실망감을 드러내며 한숨을 쉬었다.

"어쩐지 너무 좋다고 생각했어. 하긴 하느님이 언제 잼을 만드는지 그것도 이상했어. 천국은 안식일이 끝없이 계속되는 거라고 찬송가에 나오잖아. 천국은 가고 싶지 않아. 천국에 그냥 토요일은 없어, 앤 누나?"

"있지, 토요일. 그리고 다른 아름다운 날들도 다 있어. 천국에서는 모든 날이 어제보다 더 좋은 날일 거야, 데이비."

앤이 데이비를 안심시켰다. 다행히도 이 말을 들었다면 충격을 받았을 마릴라는 집에 없었다. 말할 필요도 없이 마릴라는 쌍둥이를 전통적인 종교의 방식으로 돌보았고, 당연히 상상 같은 건 어떤 내용이든 보태지 못하게 했다. 데이비와 도라는 일요일마다 찬송가와 교리문답, 성경 두 구절씩을 배웠다. 도라는 배우면 배운 대로 받아들이며 작은 기계처럼 외웠고, 더 적극적으로 이해하거나 관심을 보이거나 하지는 않았다. 반면 데이비는 호기심이 넘쳐서 질문이 잦았는데, 마릴라가 데이비의 앞날을 걱정하며 전전긍긍할 정도였다.

"체스터 슬론이 그러는데 우린 천국에 가면 하루 종일 아무것도 안 하고 하얀 드레스를 입고 돌아다니면서 하프를 켤 거래. 그래서 할아버지가 될 때까지는 천국에 안 갔으면 좋겠대. 할아버지가 되면 그런 게 좋아질지도 모르잖아. 또 드레스를 입을 생각을 하면 끔찍하대. 그건 나도 그래. 왜 남자 천사들은 바지를 입으면 안 돼, 누나? 체스터 슬론은 그런 데 관심이 많아. 부모님이 체스터를 목사로 만들려고 하거든. 체스터는 목사가 되어야 해. 할머니가 대학에 가라고 돈을 남겨주셨는데 목사가 되지 않으면 받을 수가 없대. 그 할머니는 집안에 목사가 있는 게 그렇게 대단한 일이라고 생각하셨대. 체스터는 별로 상관은 없다는데…… 사실 대장장이가 되고 싶긴 하대…… 하지만 목사 공부를 시작하기 전에 실컷 다 놀아야 해. 목사가 되면 못 놀잖아. 나는 목사는 안 할 거야. 난 블레어 아저씨 같은 가게 주인이 될 거야. 그래서 사탕이랑 바나나를 잔뜩 쌓아놔야지. 하지만 하프 대신 하모니카를 불어도 된다면 누나가 말한 천국엔 가고 싶기도 해. 하모니카를 불어도 될까?"

"그럼. 네가 하고 싶다면 할 수 있을 거야."

앤이 해줄 수 있는 말은 그게 전부였다.

그날 저녁 에이번리 마을개선회 모임이 하먼 앤드루스 씨네 집에서 열렸다. 중요한 논의 사항이 있어서 빠지는 사람 없이 모두 참석해야 하는 자리였다. 개선회 활동은 활발히 진행되었고 이미 놀라운 성과도 이루었다. 초봄에 메이저 스펜서 씨가 약속을 지켜 자기 농장 앞 길가의 그루터기를 뽑아내고 땅을 고르고 씨를 뿌렸다. 스펜서 씨가 솔선수범을 보이자 십여 명 남짓한 사람들이 여기에 자극 받아 발 벗고 나섰다. 개선회원을 가족으로 둔 사람들은 가족한테 들들 볶여 스펜서 씨를 따라했다. 그 결과 한때 보기 흉한 덤불로 뒤덮였던 길이 벨벳처럼 보드라운 잔디밭으로 바뀌었다. 잔디를 깔지 않은 농장 앞길은 상대적으로 보기 흉해져서, 농장주들은 내심 부끄러워하며 이듬해 봄에는 꼭 어떻게든 정리를 하겠다고 다짐했다. 길이 만나는 삼각 교차로에서도 땅을 정리하고 씨를 뿌렸다. 앤이 바라던 제라늄 꽃밭도 먹이를 찾아 헤매는 소에게서 안전하게, 교차로 한가운데 자리를 잡았다.

전체적으로 개선회원들은 일이 착착 잘 진행되고 있다고 생각했다. 물론 위쪽 농장에 위치한 폐가 문제 때문에 신중하게 위원회를 꾸려 요령껏 다가가도, 참견하지 말라며 통박만 주는 레비 볼터 같은 사람도 있었다.

오늘 특별히 모인 이유는 학교 이사들에게 운동장 주변으로 울타리를 설치해야 한다는 진정서를 작성하려는 것이었다. 그리고 개선회 자금이 가능한 한도 안에서 교회 주변에 조경수를 몇 그루 심는 계획도 의논할 생각이었다. 앤의 말마따나, 파랗게 칠한 마을회관이 그 자리에 서 있는 한 또 기부금을 걷는 일도 쉽지 않을 터였기 때문이다. 개선회원들이 앤드루스네 응접실에 모이고, 제인은 조경수를 심는 비용을 알아보고 보고서를 작성할 위원회를 지명하려고 이미 자리에서 일어나 있었다. 그때 머리를 이마 위로 높이 빗어 넘기고 잔뜩 치장을 한 거티 파이가 뛰어 들어왔다. 거티는 상습적으로 지각을 하곤 했기 때문에…… '들어올 때 관심을 끌려' 한다고 악담을 하는 사람들도 있었다. 어쨌든 이번만큼은 거티의 등장이 이목을 집중시킨 게 확실했다. 거티는 응접실 한복판에 멈춰 서서 두 손을 펼치며 어이없다는 듯이 눈까지 희번덕이면서 소리쳤다.

"방금 끔찍한 이야기를 들었어. 무슨 일인지 알아? 저드슨 파커 씨가 자기 농장 앞길 담장을 전부 다 제약회사에 광고용으로 임대할 거래."

거티 파이는 난생 처음으로, 그토록 바랐던 일대 파문의 주인공이 되었다. 성과에 도취되어 있던 개선회원들 모임 한가운데 폭탄을 떨어뜨렸어도 이보다 더 시선을 받기는 힘들었을 것이다.

앤이 멍한 얼굴로 말했다.

"그럴 리 없어."

거티는 그 순간을 만끽하며 말했다.

"나도 처음 들었을 땐 그렇게 말했어. 그럴 리 없다고…… 저드슨 파커 씨가 그럴 사람이 아니라고 말이야. 그런데 아빠가 오후에 그 사람을 만나서 물어봤더니 사실이라고 하더래. 생각해봐! 그 농장은 뉴브리지 길 옆에 있다고. 그 농장 담장이 알약이니 반창고 광고로 도배된다면 얼마나 흉하겠어. 안 그래?"

개선회원들도 모두 잘 알고 있었다. 아무리 상상력이 메마른 개선회원이라 해도 800미터에 달하는 나무 담장에 그런 광고를 걸었을 때 얼마나 괴상망측할지 머릿속에 그려볼 수 있었다. 새로운 위험이 나타나자 교회와 학교 운동장 문제는 온데간데없이 묻혔다. 회의 규칙과 규정도 잊고, 상심에 빠진 앤은 회의록에서도 손을 놓아버렸다. 너나 할 것 없이 한꺼번에 걱정을 쏟아내면서 한바탕 와자지껄한 소란이 일어났다.

"오, 흥분하지 말자."

그중 가장 크게 흥분했던 앤이 말했다.

"저드슨 파커를 말릴 방법을 찾아봐야지."

제인이 씁쓸하게 외쳤다.

"어떻게 말릴 수 있을지 모르겠어. 저드슨 파커가 어떤 사람인지 다들 알잖아. 그 사람은 돈 때문이면 무슨 짓이든 해. 공공의식이나 미적 감각 같은 건 눈곱만큼도 없는 사람이라고."

가망이 없어 보였다. 에이번리에는 저드슨 파커와 그의 누나만 살고 있어서 친척 관계를 이용해 설득해볼 방법도 없었다. 마사 파커는 나이 지긋한 여성으로 젊은 사람들을 대체로 못마땅하게 여겼고, 개선회원들을 특히 싫어했다. 저드슨은 쾌활하고 말주변이 좋은 남자였다. 성품이 한결같이 사근사근하고 온화한 것에 비해, 의외로 친구는 거의 없었다. 어쩌면 벌이는 사업마다 승승장구 하다보니…… 인심은 좀처럼 얻지 못했는지도 모른다. 그에게는 너무 '약삭빠르다'는 평이 따라다녔고, '원칙이라는 게 없다'는 게 대체적인 사람들의 인식이었다.

프레드 라이트가 분명하게 말했다.

"저드슨 파커는 그 사람 말마따나 '정직하게 일해서 돈을 벌' 기회가 있으면 절대 놓치지 않을걸."

앤이 절망스럽게 물었다.

"저드슨 파커 씨를 움직일 만한 사람이 아무도 없어?"

캐리 슬론이 말했다.

"파커 씨가 화이트샌즈에 가서 루이자 스펜서 씨를 만나기로 했다고 하는데. 루이자 스펜서라면 담장을 빌려주지 말라고 그 사람을 달래볼 수 있을지도 몰라."

길버트가 딱 잘라 말했다.

"안 될 거야. 내가 루이자 스펜서를 잘 알아. 마을 개선회는 쓸데없다고 생각해도 돈은 좋다고 할 사람이야. 루이자 스펜서라면 이 일을 부추기면 부추겼지 말리진 않을 거야."

줄리아 벨이 말했다.

"우리가 할 수 있는 일은 위원회를 꾸려서 직접 항의하러 가는 것뿐이야. 그리고 반드시 여자애들이 가야 해. 그 사람은 남자애들한테 함부로 굴거든…… 하지만 난 안 갈 거니까 나를 지목하지는 말아줘."

올리버 슬론이 말했다.

"앤이 혼자 가는 게 나아. 저드슨 씨하고 이야기할 수 있는 사람은 앤뿐이야."

앤은 반대했다. 가서 얘기하는 거야 얼마든지 할 수 있었다. 하지만 심적으로 의지할 수 있는 누군가와 같이 가야 했다. 그렇게 해서 다이애나와 제인이 지원군으로 뽑혔고, 그날 모임은 끝이 났다. 개선회원들은 성난 벌떼처럼 웅웅거리며 흩어졌다. 앤은 너무 걱정이 된 나머지 새벽이 다 되어서야 간신히 잠이 들었는데, 학교 이사회가 학교 운동장에 담을 쌓더니 "위장약을 복용하세요"라는 광고로 도배를 하는 꿈을 꾸었다.

다음 날 오후에 위원회는 저드슨 파커를 만나러 갔다. 앤은 그에게 비도덕적인 계획을 취소해달라며 절절하게 부탁했고 제인과 다이애나도 씩씩하게 버팀목이 되어주었다.

저드슨은 세련되고 사근사근하며 듣기 좋은 말을 잘 하는 사람이었다. 그는 위원회 소녀들에게 몇 차례나 해바라기처럼 우아한 인사말을 늘어놓은 뒤, 이렇게 매력적인 젊은 아가씨들의 부탁을 거절해서 마음이 좋지 않다는 둥…… 하지만 사업은 사업이고 어려운 시기인 만큼 감상에 빠질 형편이 아니라고 말했다.

저드슨 파커는 눈을 크게 뜨고 눈빛을 반짝이며 말했다.

"그렇지만 이건 약속하지. 담당자한테 멋있고 보기 좋은 색깔만 써야 한다고 말할게. 빨간색이나 노란색 같은 색들 말야. 어떤 경우에도 절대 파란색은 쓰지 말라고 하겠어."

완패를 당한 위원회는 그렇게 물러났지만, 속에서는 차마 입 밖에 낼 수 없는 생각들이 쏟아져 나왔다.

"할 수 있는 일은 다 했으니까 나머지는 하늘의 뜻에 맡기는 수밖에."

제인은 자신도 모르게 레이철 린드 부인의 말투와 행동을 따라했다.

다이애나가 곰곰이 생각하다 말했다.

"앨런 목사님이라면 뭔가 할 수 있지 않을까."

앤은 고개를 저었다.

"아니야. 앨런 목사님께 괜한 걱정만 끼치게 될 거야. 더군다나 지금은 아기도 많이 아프잖아. 목사님이 나서도 저드슨 파커는 우리한테 한 것처럼 슬금슬금 빠져나갈 거야. 뭐, 지금은 교회에 꽤 꼬박꼬박 나가고 있긴 하지만. 그건 순전히 루이자 스펜서의 아버지가 교회 장로고 그런 문제를 몹시 까다롭게 따져서 그런 거야."

제인이 분한 듯이 말했다.

"담장을 임대할 생각을 하다니, 그런 사람은 에이번리에 저드슨 파커밖에 없을 거야. 레비 볼터나 로렌조 화이트라면 아무리 인색해도 그런 일로 비열하게 굴지는 않을 거라고. 그 사람들도 마을의 여론을 얼마나 신경 쓰는데."

사실이 알려지자 마을 여론은 확실히 저드슨 파커에게 등을 돌렸지만, 그렇다고 상황이 나아지는 건 아니었다. 저드슨은 혼자서 낄낄거리며 웃어넘겼고, 개선회원들은 뉴브리지 길에서 가장 예쁜 경관이 광고로 망가지더라도 그 상황을 체념하고 받아들이려 애썼다. 그리고 다음 개선회 모임이 있던 날이었다. 저드슨 파커와 관련된 위원회 활동을 보고하라는 회장의 요청을 받고, 앤은 조용히 일어나 저드슨 파커 씨가 제약회사에 담장을 빌려주지 않기로 했다는 소식을 개선회에 전해달랬다고 공표했다.

제인과 다이애나는 자기 귀를 의심하는 표정으로 앤을 빤히 쳐다보았다. 마을 개선회에서 무척 엄격하게 적용하고 있는 회의 규정상 회원들은 궁금한 게 있어도 그 자리에서 물어볼 수가 없었다. 하지만 쉬는 시간이 되자 회원들은 어떻게 된 일인지 듣기 위해 앤에게 몰려들었다. 앤은 해줄 이야기가 없었다. 전날 저녁에 저드슨 파커가 앤을 쫓아와 마을 개선회가 제약회사 광고에 대해 갖고 있는 그 괴상한 편견에 장단을 맞춰주겠다고 말한 게 다였다. 앤이 전할 말은 그때나 이후에나 그게 전부였고, 그것이 단순명료한 사실이기도 했다. 하지만 제인 앤드루스는 집에 가는 길에 올리버 슬론에게, 저드슨 파커가 이해하기 힘든 심경의 변화를 일으킨 배경에는 앤 셜리가 말하지 않은 어떤 사정이 있을 거라고 말했다. 제인의 말은 사실이었다.

전날 저녁 앤은 바닷가에 있는 어빙 할머니네 집에 들렀다가 돌아오고 있었다. 지름길로 걷다보니 처음 보는 해변 저지대 들판을 지나고 로버트 딕슨네 집 아래 너도밤나무 숲으로 들어가게 되었는데, 숲으로 난 좁은 오솔길을 계속 따라가면 큰길이 나오게 되어 있었다. 상상력 없는 사람들이 배리 연못이라고 부르는 반짝이는 호수 바로 위쪽으로 난 길이었다.

오솔길이 시작되는 곳에 두 남자가 각자 마차를 길가에 세워놓고 앉아 있었다. 한 사람은 저드슨 파커고, 다른 한 사람은 제리 코코런이었다. 제리 코코런은 뉴브리지 사람으로, 수상쩍은 짓을 하고도 한 번도 꼬리를 밟혀본 적 없다며 레이철 린드 부인이 열변을 토하곤 했다. 그는 농기구 중개상이면서 정치 쪽에서 상당한 역할을 하는 사람이었다. 온갖 정치적인 일에 관여하지 않는 곳이 없었는데…… 그냥 관여하는 정도가 아니라 마음대로 주무르려 한다고 하는 사람들도 있었다. 캐나다 총선이 코앞이라 제리 코코런은 지지하는 당 후보자의 유세를 도우며 몇 주 동안 바쁘게 뛰어다녔다. 앤이 너도밤나무의 길게 뻗은 가지들 밑에서 나오자마자 코코런이 하는 말이 들렸다.

"파커, 이번에 에임즈베리한테 표를 주면…… 자네가 지난봄에 샀던 쟁기 두 대 값을 돌려주지. 자네도 돈을 돌려받는 데 반대할 이유가 없겠지?"

저드슨 파커가 이를 드러내며 환하게 웃었다.

"뭐…… 그렇게 말씀하신다면야, 나쁘지 않을 것 같군요. 요즘같이 어려운 시기에 자기 밥그릇은 자기가 챙겨야죠."

그 순간 앤을 발견한 두 사람은 그대로 입을 다물었다. 앤은 싸늘하게 목례를 하고는 보란 듯이 고개를 갸우뚱하면서 계속 걸어갔다. 저드슨 파커가 금방 앤을 따라왔다.

그가 상냥하게 물었다.

"차 태워줄까, 앤?"

"고맙지만 사양할게요."

앤은 예의바르게 대답했지만, 목소리에 바늘처럼 박힌 경멸감이 남의 기분 따위는 헤아리지 않던 저드슨 파커의 머릿속을 후벼 팠다. 화가 나서 얼굴이 벌겋게 달아오른 저드슨은 고삐를 꽉 움켜쥐었다. 하지만 다음 순간 신중하게 다시 생각하고는 화를 억눌렀다. 저드슨은 안절부절못하며 앤을 쳐다봤다. 앤은 곁눈 한 번 돌리지 않고 앞만 보고 걸었다. 저 애가 코코런이 속이 빤한 제안을 하고 자신이 덥석 그러자고 한 소리를 들었을까? 망할 코코런 자식! 돌려 말하는 법을 배우지 못하면 곤욕을 치를 거다. 저 망할 빨강 머리 선생은 여기서 무슨 볼일이 있다고 너도밤나무 숲에서 튀어나오는 거야. 앤을 자기 잣대로 판단하고 혼자서 속아 넘어간 저드슨 파커는, 앤이 두 사람의 거래를 들었다면 자기 같은 사람들이 그러듯이 동네방네 떠들고 다닐 거라 생각했다. 알다시피 저드슨 파커는 마을의 여론을 크게 신경 쓰지 않았다. 하지만 뇌물을 받으려 한 사실이 알려지는 건 끔찍했다. 게다가 그 사실이 아이작 스펜서의 귀에까지 들어가면 부유한 농장의 상속녀이자 안락한 미래가 보장된 루이자 스펜서와의 결혼도 영영 물 건너갈 터였다. 저드슨 파커는 스펜서 씨가 자신을 미심쩍어한다는 사실을 알고 있었다. 더 이상 위험을 무릅쓸 수는 없었다.

"에헴…… 앤, 우리가 지난번에 의논하던 문제로 다시 좀 만나고 싶었거든. 우리 농장 담장은 결국 그 회사에 빌려주지 않기로 결정했어. 너희 모임이 그런 목적을 가지고 있다는데 당연히 힘을 보태야지."

앤은 쥐뿔만큼 마음이 누그러졌다.

"고맙습니다."

"그리고…… 저…… 내가 제리하고 했던 얘기는 어디 가서 꺼내지 말아줘."

"그건 아무한테도 말할 생각 없었는데요."

앤이 냉랭하게 말했다. 돈에 매수되어 자기 표를 파는 사람과 흥정을 하느니 차라리 에이번리의 담장마다 광고 칠을 하는 게 더 낫겠다는 생각이 들었다.

저드슨은 서로의 마음이 온전히 전달되었다고 생각하고는 고개를 끄덕였다.

"그래…… 그렇지. 물론 네가 그럴 거라고 생각한 건 아니야. 난 그저 제리를 떠보고 있었던 것뿐이야…… 제리는 자기가 대단히 매력적이고 영리한 줄 알거든. 난 에임즈베리한테 투표할 생각 없다. 늘 그랬듯이 이번에도 그랜트한테 표를 줄 거야…… 선거가 끝나보면 알겠지. 제리는 그냥 정말 어디까지 가나 떠보기만 한 거야. 그리고 담장은 걱정하지 말고…… 개선회원들한테도 그렇게 말해줘."

앤은 그날 밤 동쪽 다락방 거울에 비친 자신을 들여다보며 말했다.

"세상에는 정말 별별 사람들이 다 있구나. 그중엔 없어도 좋을 사람들도 있는 것 같아. 어차피 그 수치스러운 일은 누구한테도 말하지 않을 생각이었으니까, 그 점은 양심에 거리낄 게 없어. 이 일은 누구에게, 무엇에 감사를 해야 하는 건지 도무지 모르겠어. 내가 뭘 해서 이렇게 된 것도 아니고, 하느님이 저드슨 파커나 제리 코코런 같은 정치꾼들을 이용해서 뜻을 펼치셨다고 믿을 수도 없고."

15장

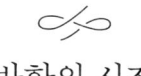

방학의 시작

 황혼이 내려앉은 고요한 저녁에 앤은 교사 문을 잠갔다. 학교 운동장을 둘러싼 가문비나무들 사이로 바람이 살랑거리고 숲가에는 기다란 그림자들이 한가로이 늘어져 있었다. 앤은 열쇠를 주머니에 집어넣으며 뿌듯한 한숨을 뱉었다. 한 해를 마쳤고, 다음 해에도 아이들을 가르치게 되었으며, 많은 사람들이 만족해하는 평가를 해주었다…… 하면 앤드루스 씨만 회초리를 더 자주 들라고 말했을 뿐이다. 이제 열심히 일한 대가로 두 달 간의 즐거운 방학이 앤에게 어서 오라고 손짓하고 있었다. 앤은 온 세상이 다 평온하게 느껴지는 마음으로 꽃바구니를 들고 언덕을 내려갔다. 산사나무가 첫 꽃망울을 터뜨린 뒤로 앤은 한 주도 거르지 않고 매슈의 무덤을 찾았다. 에이번리 사람들은 마릴라를 제외하고는 벌써 모두들 조용하고 수줍음이 많아 눈에 잘 띄지 않던 매슈 커스버트를 잊어버렸지만, 앤이 간직한 그와의 추억은 여전히 파릇파릇하게 살아 있고 앞으로도 그럴 터였다. 다정한 매슈를 어떻게 잊을 수 있을까. 그는 메마른 어린 시절에 그토록 목말라 했던 사랑과 연민을 처음으로 베풀어준 사람이었다.

언덕 발치 가문비나무 그림자가 늘어진 울타리 위에 한 남자아이가 앉아 있었다…… 꿈꾸는 듯 커다란 눈에, 감수성이 풍부해 보이는 아름다운 얼굴을 한 아이였다. 아이는 울타리에서 훌쩍 뛰어내려 미소를 지으며 앤에게 다가왔다. 하지만 뺨에는 눈물 자국이 남아 있었다.

"선생님을 기다리자고 생각했었어요. 선생님이 묘지에 가실 줄 알았거든요."

아이는 앤의 손을 살며시 잡았다.

"나도 거기 가요…… 할머니 대신 이 제라늄 꽃다발을 어빙 할아버지 무덤에 놓아드릴 거거든요. 그리고 선생님, 이 흰 장미 다발은 엄마를 생각하면서 할아버지 무덤 옆에 둘 거예요…… 엄마가 묻힌 곳까지 가서 두고 올 수는 없으니까요. 그래도 엄마는 똑같이 다 아시겠죠?"

"그럼, 엄마는 아실 거야, 폴."

"있잖아요, 선생님, 오늘이 엄마가 돌아가신 지 딱 3년 되는 날이에요. 그렇게 긴 시간이 지났는데, 마음은 그때랑 똑같이 아파요…… 그때랑 똑같이 엄마가 보고 싶고요. 가끔은 마음이 너무 아파서 참기 힘들 것 같을 때도 있어요."

폴은 목소리가 떨렸고 입술도 바르르 떨렸다. 그리고 선생님에게 눈가에 맺힌 눈물을 들키지 않으려고 장미 다발을 내려다보았다.

앤이 나긋하게 말했다.

"그래도 마음이 아프지 않기를 바라면 안 돼…… 엄마를 잊을 수 있다 해도 잊으려고 하면 안 되는 거야."

"네, 그럼요. 그럴 거예요…… 제 생각도 그래요. 선생님은 정말 이해를 잘해주시는 것 같아요. 제 마음을 그렇게 잘 알아주는 사람은 아무도 없거든요…… 할머니도 그러시고요. 저한테 정말 잘해주긴 하세요. 아빠도 아주 많은 걸 이해해주세요. 하지만 아빠한테는 엄마 이야기를 많이 할 수가 없어요. 제가 그럼 아빠 기분이 몹시 우울해지거든요. 아빠가 손으로 얼굴을 덮으면 전 이야기를 그만둬야 해요. 불쌍한 아빠, 아빠는 제가 없어서 무척 외로우실 거예요. 하지만 지금 아빠한테는 가정부 아주머니밖에 없는데, 아빠는 가정부 아주머니들은 아이를 키울 수 없다고 생각하세요. 거기다 아빠는 일 때문에 거의 밖에만 있어야 하잖아요. 그래서 엄마 다음으로 할머니가 낫다고 하신 거예요. 언젠가, 제가 다 자라면, 전 아빠한테 돌아가서 다시는 헤어지지 않을 거예요."

폴에게서 엄마와 아빠 이야기를 하도 많이 들어서 앤은 마치 폴의 부모와 아는 사이처럼 느껴졌다. 폴의 어머니는 폴과 기질이며 성격이 똑같을 것 같았다. 그리고 스티븐 어빙은 조금 내성적인 성격에 천성이 다정하지만 깊은 속내를 잘 드러내지 않는 사람일 것 같았다.

언젠가 폴이 말한 적이 있었다.

"아빠하고는 친해지기가 쉽지 않아요. 저도 엄마가 돌아가신 다음에야 아빠랑 친해졌거든요. 하지만 아빤 알고 나면 멋진 분이에요. 전 아빠가 세상에서 제일 좋아요. 할머니가 그다음으로 좋고요. 그다음이 선생님이에요. 사실 아빠 다음으로 선생님이이에요. 할머니를 더 좋아해야 하는 게 아니라면요. 하지만 할머니는 저한테 정말 많은 걸 해주시잖아요, 선생님. 그런데 전 할머니가 제가 잠들 때까지 등을 그냥 두셨으면 좋겠어요. 할머니는 저한테 이불을 덮어주자마자 등을 들고 나가버리세요. 겁쟁이가 되면 못 쓴다고 하시면서요. 무서워서 그런 게 아니라, 빛이 있는 게 더 좋아요. 우리 엄마는 늘 제 옆에 앉아서 제가 잠들 때까지 손을 잡아주셨어요. 엄마가 저를 응석받이로 키우신 걸 수도 있죠. 엄마들은 그럴 때가 있잖아요."

앤은 이런 일에 대해서는 알지 못했지만, 상상은 할 수 있을 것 같았다. 앤은 서글피 '엄마'를 생각했다. 앤을 더없이 예쁜 아기라고 생각했던 엄마였다. 오래전에 세상을 떠나 소년 같은 남편 옆에 묻혔고, 그 무덤은 찾아가지도 못할 만큼 멀리 있다. 앤은 엄마를 기억조차 할 수 없어 폴이 부러울 지경이었다.

기분 좋게 내리쬐는 6월의 햇살을 맞으며, 길게 이어지는 붉은 언덕을 오르다가 폴이 말했다.

"다음 주가 제 생일이에요. 아빠가 편지에 뭘 보내준다고 했는데, 제가 정말 좋아할 거랬어요. 그게 벌써 도착한 것 같아요. 할머니가 책장 서랍을 잠가뒀는데 전에는 안 그랬거든요. 할머니한테 왜 잠갔는지 물어봤더니, 알쏭달쏭한 표정을 지으면서 어린아이가 너무 알려고 들면 안 된다고 하셨어요. 생일이 오면 정말 신나지 않아요? 제가 열한 살이 돼요. 보기에는 안 그런 것 같죠? 할머니는 제가 나이에 비해 너무 작다고 하세요. 그게 다 제가 오트밀 죽을 잘 먹지 않아서 그런 거라고요. 전 열심히 먹고 있지만, 할머니는 정말 한가득 주신다니까요…… 할머니가 나쁘단 건 아니에요. 지난번에 주일학교에서 돌아오는 길에 기도에 대해서 이야기한 날 있잖아요, 선생님…… 그때 선생님이 어려운 일이 있으면 다 기도를 드려야 한다고 말씀하셨잖아요…… 그날부터 매일 밤 하느님께 기도드렸어요. 아침에 오트밀 죽을 남김없이 먹을 수 있도록 은총을 베풀어달라고요. 그런데 아직 죽을 다 먹을 수가 없어요. 은총이 부족해서 그런지, 오트밀 죽이 너무 많아서 그런지 도무지 모르겠어요. 할머니는 아빠도 오트밀 죽을 먹고 컸대요. 그리고 아빠는 확실히 효과가 좋았대요. 선생님이 아빠 어깨를 봐야 하는 건데. 하지만 어쩔 땐……."

폴은 한숨을 쉬며 달관한 사람처럼 말했다.

"정말이지 오트밀 죽 때문에 죽을 것 같아요."

앤은 폴이 다른 곳을 쳐다보는 사이에 웃음을 지었다. 어빙 할머니가 옛날 방식대로 먹이고 가르치며 손자를 키운다는 사실을 에이번리 마을 사람이라면 누구나 다 알았다.

앤이 경쾌하게 말했다.

"그런 일은 없기를 바라야지. 바위 사람들은 어떻게 지내니? 쌍둥이 형은 그 뒤로 계속 얌전하게 구니?"

폴이 힘주어 대답했다.

"그래야죠. 그러지 않으면 나하고 만날 수 없다는 걸 아니까요. 정말 심술궂은 사람이라고요."

"노라는 아직 황금 부인에 대해 모르고?"

"아직요. 그런데 눈치는 챈 것 같아요. 저번에 동굴에 갈 때 저를 지켜보고 있었던 것 같아요. 알아도 상관없어요…… 다 자기를 위해서 모르기를 바랐던 거니까, 상처받지 말라고. 하지만 자기가 작정하고 상처를 입겠다면, 그건 어쩔 수 없죠."

"언제 저녁 때 너랑 같이 바닷가에 나가보면 나도 그 바위 사람들을 볼 수 있을까?"

폴은 진지하게 고개를 내저었다.

"아뇨, 선생님은 내 바위 사람들을 볼 수 없을 거예요. 그 사람들은 저밖에 못 봐요. 하지만 선생님의 바위 사람들은 볼 수 있어요. 선생님은 그럴 수 있는 분이시니까요. 우린 둘 다 그런 사람들이잖아요, 선생님."

폴이 앤의 손을 다정하게 꼭 잡으며 덧붙여 말했다.

"그런 사람이라는 게 멋지지 않나요, 선생님?"

"멋지지."

앤은 고개를 끄덕이며 빛나는 잿빛 눈동자로 빛나는 파란 눈동자를 내려다봤다. 앤과 폴은 둘 다 '상상력이 보여주는 세상이 얼마나 아름다운지' 잘 알고 있었다. 그리고 그 행복한 세계로 들어가는 길도 잘 알았다. 그곳은 시들지 않는 기쁨의 장미가 골짜기와 냇가마다 피어 있고, 햇살 가득한 하늘이 구름에 가린 적 없는 곳이었다. 맑은 종소리가 울려 퍼지고, 마음이 통하는 친구들이 가득한 곳이었다. '태양의 동쪽, 달의 서쪽'에 있는…… 그 땅의 위치를 안다는 건…… 어딜 가도 살 수 없고 값을 매길 수도 없을 만큼 귀중한 지식이었다. 그것은 날 때부터 착한 요정들의 선물이 분명했고, 시간이 흘러도 퇴색되거나 사라지지 않는 것이었다. 그 세계를 품고 다락방에 사는 편이, 상상력 없이 궁전에 사는 것보다 더 나았다.

에이번리 공동묘지는 언제나 그랬듯이 풀로 뒤덮인 쓸쓸한 곳이었다. 그렇지 않아도 개선회원들은 이곳을 눈여겨보고 있었다. 프리실라 그랜트는 최근 개선회 모임이 있기 전에 공동 묘지에 관한 신문 기사들을 검토했다. 머지않은 시일에 개선회원들은 이끼 끼고 관리가 힘든 낡은 나무 울타리 대신 깔끔한 철책을 두르고 풀도 베고 기울어진 비석들도 바로 세울 계획이었다.

앤은 매슈의 무덤에 가져온 꽃을 놓고, 작은 사시나무 그림자가 드리운 구석으로 갔다. 헤스터 그레이가 잠든 곳이었다. 봄 소풍에 다녀온 뒤로 앤은 매슈를 찾아올 때마다 헤스터의 무덤에도 꽃을 가져다 놓았다. 전날 저녁 앤은 주인 없는 숲속 정원을 다시 찾아가 헤스터가 키웠던 흰 장미를 꺾어 왔다.

앤은 헤스터의 무덤 앞에서 나지막이 말했다.

"다른 꽃보다 이걸 더 좋아할 것 같았어요."

앤이 그곳에 가만히 앉아 있는데, 잔디 위로 그림자 하나가 떨어졌다. 고개를 들어보니 앨런 부인이 와 있었다. 두 사람은 함께 집으로 걸어왔다.

앨런 부인은 5년 전 앨런 목사와 함께 에이번리로 왔을 때처럼 앳된 신부의 얼굴이 아니었다. 곱고 환한 낯빛과 부드러운 선은 사라지고 눈가와 입가에 세월을 인내한 잔주름이 새겨졌다. 그건 이 묘지에 자리한 한 자그마한 무덤 탓도 있었다. 최근에도, 다행히 지금은 완쾌되었지만 아픈 어린 아들을 돌보느라 주름이 더 늘기도 했다. 하지만 앨런 부인의 보조개는 변함

없이 예쁘고 시원스러웠으며, 맑게 빛나는 눈에도 여전한 진실함이 엿보였다. 소녀 같은 아름다움은 사라졌지만, 앨런 부인은 한층 더 부드럽고 강인한 여성이 되어 있었다.

함께 공동묘지를 나서며 앨런 부인이 물었다.

"방학이 기대되지, 앤?"

앤은 고개를 끄덕였다.

"네…… 방학이라는 말이 입에 문 사탕처럼 달콤해요. 여름이 정말 즐거울 것 같아요. 일단 무엇보다 모건 부인이 7월에 이 섬에 오실 건데 프리실라가 여기로 모셔올 거예요. 생각만 해도 어릴 때처럼 가슴이 두근두근해요."

"즐거운 시간 보내렴, 앤. 올 한 해 동안 정말 열심히 했고, 또 아주 잘해냈어."

"아, 저는 잘 모르겠어요. 여러 가지 면에서 너무 부족했어요. 지난 가을에 처음 교단에 서면서 마음먹었던 대로 하지도 못했고요. 제 이상을 지키지 못했어요."

앨런 부인이 한숨을 쉬며 말했다.

"이상대로 사는 사람은 없어. 그리고 앤, 로웰이 말했잖아. 실패는 죄가 아니지만 목표를 낮게 잡는 건 죄라고. 이상을 갖고 거기에 충실하도록 노력해야지. 비록 이상에 닿지 못하더라도 말이야. 이상이 없는 삶은 불행할 거야. 이상이 있어야만 삶이 당당하고 위대해진단다. 이상을 꽉 붙잡으렴, 앤."

앤이 설핏 웃었다.

"노력할게요. 하지만 제가 알고 있던 교육 이론들은 대부분 잊어야 해요. 선생님으로서 처음 시작할 땐 그 이론들이 그렇게 완벽할 수가 없었는데, 어느 틈엔가 하나둘 무너지기 시작하더라고요."

"체벌에 관한 이론까지도 말이지."

앨런 부인은 장난으로 한 말이었지만, 앤은 얼굴을 붉혔다.

"앤서니를 때린 제 자신이 용서가 안 돼요."

"말도 안 돼, 앤. 그 애는 맞을 만했어. 앤서니도 인정했고. 그 일이 있고서 앤서니하고 아무 문제도 없고, 앤서니도 너만 한 선생님은 없다고 생각하게 됐잖아. 네가 다정함으로 앤서니의 마음을 얻은 거야. 그 고집 센 아이가 여자는 쓸모없다던 생각을 버리게 되었잖니."

"앤서니가 맞을 짓을 했다고 해도 그건 중요하지 않아요. 냉정하고 신중하게 생각해서 그저 벌을 줘야 한다는 판단으로 회초리를 든 거라면 저도 이런 기분은 아니었을 거예요. 사실, 사모님, 전 갑자기 화가 치밀어서 때린 거거든요. 그게 옳은지 그른지 생각도 하지 않았어요…… 앤서니가 맞을 짓을 하지 않았다 해도 제 행동은 똑같았을 거예요. 그 점이 부끄러워요."

"글쎄, 누구나 실수를 저지른단다. 그러니까 그냥 흘려버려. 실수를 뉘우치고 그걸 통해 배우는 것도 좋지만, 거기서 헤어나지 못하고 언제까지나 마음에 담아두어선 안 돼. 저기 길버트 블라이드가 마차를 타고 가네…… 방학이라 집에 왔나보다. 둘 다 공부는 잘되어가니?"

"잘하고 있어요. 오늘 밤에 베르길리우스 시집을 끝내려고 해요…… 이제 20행밖에 안 남았거든요. 그러고 나면 9월까지는 공부는 접어둘 거예요."

"대학에는 갈 거니?"

"잘 모르겠어요."

앤은 저 멀리 오팔처럼 화려하게 물든 수평선을 꿈꾸듯 바라보았다.

"마릴라 아주머니의 눈은 지금보다 더 좋아지진 않을 거예요. 물론 더 나빠지지 않을 거라고 하니, 그것만도 아주 감사하고 있지만요. 그리고 쌍둥이도 있고……. 아무래도 아이들 삼촌이 아이들을 데려갈 것 같지 않아요. 대학이 저 길모퉁이만 돌면 있을 것 같은데 전 아직 그 모퉁이에 다다르지 못했고, 실망만 커질까봐 지금은 그런 생각은 되도록 하지 않고 있어요."

"앤, 난 네가 대학에 가면 좋겠어. 하지만 가지 않게 되더라도 실망은 하지 마. 우리가 어디에 있건 결국엔 자기의 삶을 살아가는 거야……. 대학은 그 과정이 좀 더 수월하도록 도움을 줄 뿐이고. 삶은 드넓게 펼쳐질 수도 있고 좁다랗게 이어질 될 수도 있어. 그걸 결정하는 건 우리가 삶에 무엇을 담아내느냐하는 거지, 삶에서 무엇을 거두어들이느냐가 아니야. 여기서도, 여기가 아닌 다른 곳에서도 삶은 풍요롭고 충만해질 거야……. 우리가 온 마음을 열고 그 풍요로움과 충만함을 마주하는 법을 배울 수만 있다면 말이야."

앤이 생각에 잠긴 얼굴로 말했다.

"무슨 말씀이신지 알겠어요. 저는 감사해야 할 게 참 많아요……. 아, 정말 많네요……. 저의 일도, 폴 어빙도, 그리고 사랑스런 쌍둥이도, 친구들도 모두 그래요. 사모님, 제가 우정이란 걸 얼마나 감사하게 여기는지 아세요? 우정이 있어서 삶은 이토록 아름다운 것 같아요."

앨런 부인이 말했다.

"진정한 우정은 정말 유익하지. 우리는 늘 우정에 높은 이상을 품어야 해. 진실하지도, 정직하지도 못한 모습으로 우정을 더럽혀서도 안 되고. 우정이라는 말이 진짜 우정하고는 아무 관계도 없는 친한 사이 정도로 치부되는 경우도 많아 걱정이야."

"맞아요……. 거티 파이하고 줄리아 벨이 그래요. 둘은 아주 친해서 어디든 같이 다니지만, 거티는 늘 뒤돌아서면 줄리아를 흉보더라고요. 다들 거티가 줄리아를 질투한다고 생각하죠. 누가 줄리아를 헐뜯기라도 하면 거티가 기분 좋아하거든요. 그걸 우정이라고 한다면 그건 우정에 대한 모독일 거예요. 친구라면,

친구의 좋은 면만 보아야 하고, 내가 가진 좋은 점들을 함께 나눌 수 있어야 하지 않겠어요? 그럼 우정은 이 세상에서 제일 아름다운 게 될 거예요."

앨런 부인이 미소 지었다.

"우정은 진정 아름다운 거지. 하지만 언젠가는……"

앨런 부인은 갑자기 말을 멈추었다. 하얗고 여린 이마에 감정이 고스란히 드러나는 눈빛, 표정이 풍부한 얼굴을 한 앤은 아직 여인이라기보다 여지없는 아이였다. 앤의 마음에는 아직 우정과 포부에 대한 이상이 가득했고, 앨런 부인은 앤의 달콤한 꿈을 깨고 싶지 않았다. 그래서 앨런 부인은 하려던 말을 몇 년 뒤로 미루고 입을 다물었다.

16장

❦

바라는 것들의 본질

"앤 누나."

데이비가 애원하듯 앤을 부르며, 가죽을 씌워 반질반질한 초록 지붕 집 부엌 소파 위로 기어 올라갔다.

"누나, 배고파 죽겠어. 얼마가 배가 고픈지 누난 상상도 못할 거야."

"빵이랑 버터랑 금방 줄게."

앤이 멍하니 말했다. 편지에 신나는 소식이라도 쓰여 있는 모양인지, 앤은 뺨이 밖에 핀 커다란 덤불 위의 장미처럼 분홍빛으로 상기됐고, 두 눈엔 앤 특유의 별빛 같은 반짝임이 가득했다.

"하지만 나는 버터 바른 빵을 먹고 싶은 배가 고픈 게 아니야. 나는 자두 케이크가 먹고 싶은 배가 고픈 거란 말이야."

데이비가 그건 물렀다는 듯이 말했다.

"아아."

앤이 웃으면서 편지를 내려놓고 데이비를 꽉 끌어안았다.

"그런 배고픈 거라면 얼마든지 참을 수 있겠네, 우리 데이비. 마릴라 아주머니가 식사시간 외에는 버터 빵 말고는 먹지 말라고 하셨잖아."

"그럼, 한 조각만 줘…… 주세요."

데이비는 부탁할 때 공손해야 한다는 걸 배웠지만 나중에야 생각이 나서 늘 고쳐 말하곤 했다. 데이비는 앤이 금세 넉넉하게 잘라 가져온 빵을 보고 흡족한 표정을 지었다.

"누나는 항상 버터를 듬뿍 발라준다니까. 마릴라 아줌마는 진짜 조금만 발라주잖아. 버터가 많으면 먹을 때 훨씬 잘 넘어간단 말이야."

빵이 정말 잘 넘어간다는 건 순식간에 비운 접시로 알 수 있었다. 데이비는 머리부터 미끄러지며 소파에서 내려오더니 깔개 위에서 두 번을 구른 다음 바로 앉아 결심한 게 있다는 듯이 공표했다.

"앤 누나, 나 마음먹었어. 천국 있잖아, 거기 안 갈래."

앤이 심각한 얼굴로 물었다.

"왜 안 가?"

"왜냐하면 천국은 사이먼 플레처네 다락방에 있는데, 난 사이면 플레처가 싫으니까."

앤은 너무 놀라서 웃음도 나오지 않았다.

"천국이…… 사이먼 플레처 아저씨네 다락방에 있다고! 데이비 키스, 어쩌다 그런 이상한 생각을 하게 됐니?"

"밀티 볼터가 그랬어. 거기 있다고. 지난 일요일에 주일학교에서 그랬어. 그날 엘리야랑 엘리사에 대해 배웠는데 내가 일어나서 로저슨 선생님한테 천국이 어디 있느냐고 물었거든. 로저슨 선생님은 기분이 안 좋아 보였어. 선생님이 엘리야가 천국으로 갈 때 엘리사에게 뭘 남겼느냐고 물었는데, 밀티 볼터가 '입었던 옷이오'라고 해서 우리도 그냥 웃었거든. 어쨌든 선생님은 화가 나 있었어. 뭐든 그냥 하지 않고 생각을 먼저 해야 하는 건데. 생각을 먼저 하면 그런 행동을 하지 않을 테니까 말이야. 하지만 밀티는 선생님한테 버릇없이 굴려고 그런 건 아니었어. 그냥 그 이름이 생각이 안 나서 그랬던 거야. 로저슨 선생님은 천국은 하느님이 계신 곳이라고 하면서 나한테 그런 질문을 하면 안 된다고 하셨어. 그런데 밀티가 나를 쿡 찌르더니 천국은 사이먼 아저씨네 다락방에 있는데, 집에 가면서 설명해준다고 귓속말을 하는 거야. 집에 올 때 밀티가 설명해줬어. 밀티는 진짜 설명을 잘해. 자기가 하나도 모르는 거라도 이것저것 막 지어내서 설명을 하니까 잘 하는 거지. 밀티네 엄마가 사이먼 아주머니하고 자매라서, 제인 엘런이라는 사촌이 죽었을 때 엄마랑 장례식에 갔었대. 목사님은 제인이 천국에 갔다고 했대. 그 사촌이 바로 눈앞에 관속에 누워 있는데도 말이야. 나중에 사람들이 관을 다락방으로 옮긴 것 같더래. 장례식이 다 끝난 다음에는 엄마 모자를 가지러 밀티도 같이 2층으로 올라갔는데, 거기서 엄마한테 물어봤대. 제인 엘런이 갔다는 천국은 어디에 있는 거냐고. 그랬더니 엄마가 손가락으로 천장을 가리키면서 '저 위에'라고 하셨다는 거야. 천장 위에는 다락방밖에 없었으니까, 밀티가 거기 천국이 있다는 걸 알게 된 거지. 그때부터 사이먼 아저씨네 가기가 진짜 무섭다고 하더라."

앤은 데이비를 무릎에 앉히고, 최선을 다해 이 엉켜버린 이야기타래를 풀어주었다. 이런 일에는 앤이 마릴라보다 훨씬 적임자였다. 앤도 자신의 어린 시절을 기억하고 있었다. 어른들에게는 단순 명료한 문제라도 일곱 살 아이들에게는 호기심을 자아낼 수 있다는 걸 본능적으로 이해했다. 천국은 사이먼 플레처 아저씨네 다락방에 있는 게 아니라는 걸 막 납득시켰을 때, 정원에서 도라와 함께 완두콩을 따던 마릴라가 들어왔다. 도라는 부지런해서, 그 포동포동한 손가락으로 할 수 있는 자잘한 일들을 도울 때 더없이 즐거워하는 아이였다. 닭 모이를 주거나 부스러기를 줍고 그릇을 닦고 심부름도 했다. 도라는 단정하고 믿음직하고 눈썰미도 있어서, 어떤 일을 두 번 설명해야 할 필요가 없었고 아주 사소한 일이라도 맡은 일을 깜박하지 않았다. 반면 데이비는 덜렁대고 걸핏하면 까먹었다. 하지만 사랑받는 재주가 있어서 앤과 마릴라도 데이비를 더 좋아했다.

도라가 자랑스레 완두콩 껍질을 까고 데이비가 콩 꼬투리에 성냥개비로 돛대를 만들고 종이 돛을 오려 붙여 배 놀이를 하는 사이, 앤은 편지에 담긴 멋진 이야기를 들려주었다.

"아아, 마릴라 아주머니, 이게 뭔지 아세요? 프리실라한테서 온 편지인데, 모건 부인이 지금 섬에 와 계시대요. 목요일에 날씨가 좋으면 마차를 타고 에이번리에 와서 12시쯤 여기에 도착할 거래요. 우리하고 오후를 보내다가 저녁에는 화이트샌즈의 호텔로 가신대요. 모건 부인의 미국인 친구 몇 명이 거기 묵으신다나봐요. 세상에, 아주머니, 놀랍지 않나요? 이게 꿈이 아니라니, 믿어지지 않아요."

"모건 부인도 그냥 사람인데 뭐 그렇게 다르려고."

마릴라는 무심한 듯 말했지만, 약간 들뜬 마음이었다. 모건 부인은 유명 인사고, 그런 사람이 집에 들른다는 건 보통 일이 아니었다.

"그럼 여기서 점심들을 들겠구나."

"네. 아, 그리고 아주머니, 그날 점심은 저 혼자서 준비를 다 해도 될까요? '장미꽃 봉오리 정원'의 작가를 위해 저도 뭔가 하고 싶어서요. 괜찮죠, 아주머니?"

"세상에, 나도 7월에 뜨거운 불 앞에 서 있고 싶지 않다. 대신

할 사람을 구하는 것도 성가셨을 게야. 얼마든지 하려무나."

"와아, 고맙습니다. 오늘 밤에 당장 메뉴부터 짜야겠어요."

앤은 마릴라가 엄청난 호의라도 베푼 듯이 말했다.

"너무 멋을 부리려고 하진 마라. 그러다가 다 그르칠 수 있어."

마릴라가 메뉴라는 거창한 말에 살짝 놀라 주의를 주었다.

"아, 멋 같은 거 안 부릴 거예요. 파티 날에도 하지 않던 요리며 장식 같은 걸 한다고 할까봐 걱정이신 거죠? 그건 가식이잖아요. 저도 열일곱 살의 보통 여자애들이나 학교 선생님답게 분별력을 갖추거나 꾸준함이 있는 건 아니지만, 그 정도로 어리석지는 않아요. 그래도 전체적으로 최대한 보기 좋고 먹기도 좋게 만들고 싶어요. 데이비, 콩깍지를 뒷계단에 놔두면 안 돼…… 밟으면 넘어질 수도 있잖니. 제일 먼저 가벼운 수프로 시작할 거예요…… 제가 양파크림수프를 잘 만들잖아요…… 그다음 닭을 두 마리 구울 거고요. 흰 수탉으로 할 거예요. 정말 예뻐하던 닭들이긴 하지만. 회색 암탉이 부화시켜서…… 작고 노란 솜뭉치 두 개가 나왔을 때부터 애정이 갔거든요. 하지만 언젠가 희생양이 되어야 한다면, 이번보다 더 가치 있는 기회는 없을 거예요. 하지만 아주머니, 아, 제 손으로 잡진 못할 것 같아요…… 아무리 모건 부인을 위해서라도요. 존 헨리 카터에게 와서 해달라고 부탁해야겠어요."

데이비가 손을 들고 나섰다.

"내가 할래. 마릴라 아줌마가 다리를 잡아주면 할 수 있어. 난 도끼를 잡으려면 두 손을 다 써야 할 것 같아서 그래. 모가지가 잘린 닭이 막 뛰어다니는 거 보면 진짜 재미있는데."

앤이 말했다.

"채소는 완두콩이랑 다른 콩들도 내고 크림 감자하고 양상추 샐러드도 준비할 거예요. 후식으로는 휘핑크림을 얹은 레몬파이랑 커피에 치즈하고 레이디핑거를 내야겠어요. 내일 파이랑 레이디핑거도 만들고, 하얀 모슬린 원피스도 수선할래요. 다이애나한테도 오늘 밤에 전해줘야 해요. 다이애나도 옷을 손봐야 할 테니까요. 모건 부인의 소설에 나오는 주인공들은 거의 언제나 하얀 모슬린 원피스를 입어요. 그래서 다이애나하고 저도 모건 부인을 만나게 되면 꼭 하얀 모슬린 원피스를 입자고 했거든요. 그렇게 하면 정말 섬세한 존경의 표현이 되지 않겠어요? 데이비, 콩 꼬투리를 마루 틈새에 쑤셔 넣으면 안 돼. 앨런 목사님하고 사모님, 그리고 스테이시 선생님도 점심 자리에 초대해야 해요. 그분들도 모건 부인을 만나고 싶어하시거든요. 마침 모건 부인이 오실 때 스테이시 선생님도 와 계시니 정말 다행이에요. 데이비, 콩깍지를 물 양동이에 띄우면 안 돼…… 나가서 여물통에서 해. 아, 목요일에 날씨가 좋아야 할 텐데. 에이브 아저씨가 지난밤에 해리슨 아저씨네 들러서 거의 이번 주

내내 비가 내릴 거라고 했으니까 날씨가 좋긴 할 것 같아요."

마릴라도 고개를 끄덕였다.

"좋은 징조구나."

앤은 그날 저녁에 과수원집으로 달려가 이 소식을 다이애나에게 전했다. 다이애나도 소식을 듣고 마음이 몹시 들떴다. 둘은 배리 씨네 정원의 커다란 버드나무 아래 매단 해먹에 누워 이 문제를 상의했다.

다이애나가 부탁했다.

"아, 앤, 나도 점심 준비를 도와주면 안 될까? 내가 양상추 샐러드를 잘 만들잖아."

앤이 욕심 부리지 않고 대답했다.

"당연히 되지. 그리고 집을 꾸미는 것도 도와주면 좋겠어. 응접실은 그냥 꽃으로 다 채우려고…… 식탁은 들장미로 장식할 거고. 아, 제발 다 잘됐으면 좋겠다. 모건 부인의 주인공들은 말썽에 휘말리거나 약점을 찔리는 일도 없고, 늘 침착한데다 집안일도 척척 해내잖아. 태어날 때부터 살림꾼 재주를 타고나는 것 같아. 《에지우드의 나날들》에서 거트루드가 고작 여덟 살일 때 아버지 대신 집안을 돌봤잖아. 난 여덟 살 때 아이들 돌보는 것 말고는 제대로 할 줄 아는 게 하나도 없었거든. 모건 부인은 여자애들에 대해 정말 잘 아는 분일 거야. 그러니까 여자애들에 대한 글을 그렇게 많이 썼겠지. 우리도 좋게 생각해주면 좋겠어. 여러 가지로 생각을 많이 해봤어…… 어떻게 생긴 분일지, 무슨 말을 할지, 또 내가 할 말들도. 내 코도 너무 걱정이고. 너도 알겠지만 코에 주근깨 일곱 개가 있잖아. 개선회 소풍 때 생긴 거야. 그때 내가 모자도 쓰지 않고 해를 받으며 돌아다녔거든. 그런 걸 걱정하다니 나도 참 만족할 줄 모르나 봐. 옛날처럼 온 얼굴에 퍼지지 않은 것만도 감사해야 할 일인데. 하지만 주근깨가 생기지 않았다면 정말 좋았을 텐데…… 모건 부인의 주인공들은 모두 피부색이 완벽하잖아. 주근깨가 있었던 인물은 한 명도 없었던 것 같아."

다이애나가 앤을 위로했다.

"네 주근깨는 별로 눈에 띄지 않아. 오늘밤에 그 위에 레몬즙을 조금 발라봐."

다음 날 앤은 파이와 레이디핑거를 만들고, 모슬린 원피스를 손본 다음 온 집 안 방방마다 돌아다니며 쓸고 닦았는데…… 그럴 필요까지는 없었다. 초록 지붕 집은 늘 그렇듯이 마릴라가 만족할 만큼 말끔했기 때문이다. 하지만 앤은 먼지 한 톨이라도 남아 있는 건 샬럿 E. 모건을 손님으로 맞는 영광스러운 집에 모독이라고 생각했다. 앤은 심지어 계단 밑 잡동사니 벽장까지 깨끗이 청소했다. 물론 모건 부인이 그곳을 들여다볼 가능성은 전혀 없었다.

앤이 마릴라에게 말했다.

"그래도 저는 완벽하게 정돈되어 있으면 좋겠어요. 모건 부인이 보지 않더라도 말이에요. 모건 부인이 쓴 《황금 열쇠》에서도 앨리스하고 루이자라는 여주인공 두 명이 롱펠로의 시를 좌우명으로 삼거든요.

아주 오래전에 집을 지을 때
목공들은 세심한 주의를 기울였지
매 순간, 보이지 않는 곳까지
신은 온 세상을 보고 계셨으므로.

그래서 두 사람은 언제나 지하 저장고 계단도 문질러 닦고, 침대 밑도 잊지 않고 빗자루로 쓸었어요. 모건 부인이 오셨을 때 이 벽장이 엉망이라면 제 마음이 불편할 것 같아요. 지난 4월에 《황금 열쇠》를 읽은 뒤로 다이애나랑 저도 이 시를 저희의 좌우명으로 삼았어요."

그날 밤 존 헨리 카터와 데이비가 용케도 흰 수탉 두 마리를 잡았고, 앤은 그 닭들을 손질했다. 평소라면 하기 싫은 일이었지만 토실토실하던 닭들을 대접할 자리를 생각하니 그 일마저도 귀하게 느껴졌다.

앤이 마릴라에게 말했다.

"닭털을 뽑는 건 싫어요. 하지만 우리 손이 뭘 하고 있는지만 생각할 필요가 없으니 다행이죠? 전 손으론 닭털을 뽑고 있지만 머릿속으론 은하수 위를 거닐고 있거든요."

마릴라가 대꾸했다.

"어쩐지 바닥에다 깃털을 평소보다 더 어지른다 했다."

앤은 데이비를 재우면서 다음 날은 얌전히 굴겠다는 약속을 받아냈다.

"내일 하루 종일 얌전하게 굴면 그다음 날은 하루 종일 말썽을 피워도 돼?"

앤이 신중하게 생각하며 대답했다.

"그럴 수는 없어. 하지만 너랑 도라랑 호수 안쪽까지 배를 태워줄게. 그런 다음 호숫가로 가서 모래언덕에서 나들이를 즐기는 거야."

"좋아. 얌전히 있을게. 원래는 해리슨 아저씨네 가서 새 장난감 총으로 진저한테 완두콩을 쏘려고 했는데, 그건 다른 날 해도 되니까. 일요일만큼 재미없겠지만 호숫가로 나들이를 간다면 참을 수 있어."

17장

사고의 장

앤은 밤중에 세 번이나 잠에서 깨어 창가를 왔다 갔다 하며 에이브 아저씨의 예언이 빗나간 게 맞는지 확인했다. 마침내 진줏빛 동이 트고 하늘이 은빛 찬란하게 반짝이는 아침이 열리며 멋진 하루가 시작됐다.

다이애나는 아침을 먹자마자 한 손에는 꽃바구니를 들고 한 손에는 모슬린 원피스를 들고 나타났…… 옷은 점심 준비를 모두 마친 다음 갈아입을 예정이었다. 지금은 분홍색 무늬가 있는 원피스에 예쁜 주름이 달린 얇은 면포 원피스를 덧입고 있어서 정말 단정하고 예쁘고 사랑스러워 보였다.

앤이 감탄하며 말했다.

"정말 예뻐."

다이애나는 한숨을 쉬었다.

"하지만 옷을 전부 다 시 늘려야 해. 7월보다 2킬로그램 가까이 더 쪘어. 앤, 도대체 얼마나 더 찌려는 걸까? 모건 부인의 책에 나오는 여주인공들은 전부 키가 크고 날씬한데."

앤이 경쾌하게 말했다.

"우리 고민거리는 싹 잊고 즐거운 생각을 하자. 앨런 사모님이 그러셨어. 골치 아픈 생각이 들 때마다 그걸 덮을 수 있는 좋은 것들을 생각해야 한다고. 넌 조금 통통한지 몰라도 이렇게 예쁜 보조개가 있잖아. 난 코에 주근깨가 있지만 모양은 괜찮고. 레몬즙을 바르고 조금 나아진 것 같아?"

"그래, 정말 효과가 있는 것 같아."

다이애나가 꼼꼼히 살펴보고는 말했다. 한껏 기분이 좋아진 앤은 정원으로 나갔다. 정원은 시원한 그늘과 황금빛으로 일렁이는 햇살이 가득했다.

"응접실부터 꾸미자. 시간은 많아. 프리실라가 12시쯤이나 늦어도 12시 반까지는 온댔거든. 그러니까 점심은 1시쯤 먹을 것 같아."

이 순간 캐나다나 미국 어디에도 이 둘보다 더 행복하고 들뜬 소녀는 없었을 것이다. 가위가 사각거리며 장미와 모란과 초롱꽃이 떨어질 때마다 "모건 부인이 오늘 오실 거야"라고 재잘거리는 것 같았다. 앤은 오솔길 너머 들판에서 아무 일 없을 거라는 듯이 태연히 건초를 베고 있는 해리슨 씨가 이상해 보일 지경이었다.

초록 지붕 집 응접실은 수수하고 어둑한 편이었다. 말 털로 속을 채운 가구는 딱딱했고, 레이스 커튼은 뻣뻣했다. 하얀 의자 덮개는 사람들의 단추에 걸릴 때만 빼면 한 치의 흐트러짐도 없이 반듯하게 놓여 있었다. 지금까지 앤조차도 응접실을 좀 더 부드러운 분위기로 바꾸지 못했던 건, 마릴라가 변화를 용납하지 않았기 때문이었다. 하지만 꽃을 장식할 기회만 주어진다면 방에 놀라운 변화가 생길 터였다. 앤과 다이애나가 응접실 장식을 마쳤을 때 그곳은 몰라보게 달라져 있었다.

윤기가 반질반질한 탁자 위로 커다랗고 푸른 항아리 가득 눈송이 같은 수국이 담겼다. 반짝반짝 빛이 나는 검은 벽난로 선반에는 장미와 풀고사리가 수북이 올라갔다. 이런저런 선반마다 초롱꽃 다발이 놓였다. 벽난로 양쪽으로 어두운 구석에는 붉은 모란을 가득 담은 항아리가 자리했고, 벽난로 앞은 노란 양귀비로 불을 붙인 듯 환해졌다. 화려한 꽃의 색채들이 창가의 인동덩굴 사이로 쏟아져 들어오는 햇살과 어우러져 벽과 바닥에 무성한 잎들이 한들거리는 그림자를 드리우자 음울하던 응접실은 앤이 상상하던 진짜 '나무 그늘'로 변신했다. 마릴라마저 훈수나 둘까 하며 들어왔다가 감탄을 하며 칭찬해주었다.

앤은 신성한 의식을 거행하는 사제처럼 말했다.

"이제 식탁을 꾸며야 해. 커다란 화병에 들장미를 가득 담아서 식탁 한가운데 놓고, 각자 접시 앞에는 장미를 한 송이씩 놓을 거야. 그리고 모건 부인 자리에만 특별히 장미꽃 봉오리 꽃다발을 놓는 거야. '장미꽃 봉오리 정원'이 떠오르도록 말이야."

식탁은 거실에 차렸다. 마릴라가 가진 가장 좋은 리넨 식탁보와 도자기, 유리잔, 그리고 은식기 등이 식탁을 장식했다. 식탁에 차려놓은 그릇들은 모두 반짝반짝 윤이 나도록 잘 닦아두었다.

다음으로 앤과 다이애나는 부엌으로 갔다. 오븐에서 벌써 닭고기가 지글지글 먹음직스럽게 구워지며 입맛을 자극하는 냄새를 가득 피워냈다. 앤은 감자를 꺼내고 다이애나는 완두콩과 다른 콩들을 준비했다. 그런 다음 다이애나가 식료품 창고에 틀어박혀 양상추 샐러드를 만드는 동안, 벌써 설렘과 불의 열기로 뺨이 발갛게 달아오르기 시작한 앤은 닭고기에 곁들일 브레드 소스를 준비하고, 수프에 넣을 양파를 다지고, 레몬 파이에 들어갈 크림을 휘저었다.

그렇다면 그러는 내내 데이비는 무엇을 했을까? 얌전히 있겠다는 약속을 지키고 있었을까? 그랬다. 모든 진행 상황을 구경하고 싶은 마음에 부엌에 있겠다고 고집을 피우긴 했다. 하지만 한구석에 얌전히 앉아, 지난번 해변에 다녀올 때 들고 온 청어잡이 그물 쪼가리에 매달려 열심히 매듭을 풀고 있었기 때문에 아무도 뭐라고 하지 않았다.

열한시 반에는 양상추 샐러드를 완성했고, 노랗게 구워진 파이에 휘핑크림도 얹었다. 지글지글 익어야 할 것들은 익고, 보글보글 끓어야 할 것들도 모두 끓고 있었다.

앤이 말했다.

"이제 가서 옷을 갈아입자. 손님들이 열두 시에는 오실 거야. 점심을 한 시 정각에 시작해야 해. 수프는 끓자마자 내야 하거든."

동쪽 다락방에서 실로 진지한 몸단장이 시작되었다. 앤은 걱정스레 코를 살펴보다, 레몬즙 덕분인지 뺨이 붉게 달아올라 있는 탓인지 주근깨가 도드라져 보이지 않아 신이 났다. 단장을 끝냈을 때 앤과 다이애나는 모건 부인의 여주인공들 못지않게 사랑스럽고 말쑥하고 소녀다웠다.

다이애나가 걱정스레 말했다.

"한 번씩 무슨 말이라도 해야 할 텐데. 꿔다놓은 보릿자루처럼 앉아 있지 말고. 모건 부인의 여주인공들은 모두 너무 예쁘게 이야기를 나누잖아. 그런데 난 혀가 굳어버리고 멍청해 보일까봐 걱정이야. 분명히 문법에도 안 맞는 말을 할 거야. 스테이시 선생님이 여기 오신 뒤로는 많이 좋아졌지만, 흥분하거나 하는 순간에는 여지없이 튀어나오더라고. 앤, 만일 모건 부인 앞에서 그런 식으로 틀린 말을 하면 난 창피해서 죽어버리고 싶을 거야. 꿀 먹은 벙어리처럼 앉아만 있는 것도 더 나을 게 없고."

"나도 염려스러운 일이 많긴 하지만 말을 못할까봐 걱정되진 않아."

물론 앤은 그런 걱정을 할 필요가 없었다.

앤은 아름다운 모슬린 원피스 위에 커다란 앞치마를 두르고 수프를 만들러 내려갔다. 본인도 옷을 갈아입고, 쌍둥이까지 준비시킨 마릴라도 그 어느 때보다 들뜬 모습이었다. 12시 30분이 되자 앨런 목사 부부와 스테이시 선생님이 도착했다. 모든 준비가 순조롭게 진행되었지만, 앤은 불안해지기 시작했다. 프리실라와 모건 부인이 도착해야 했을 시간이었다. 앤은 푸른 수염 이야기에서 같은 이름의 앤 언니가 창밖을 내다보았던 것처럼 문 밖을 들락거리며 초조하게 오솔길 아래쪽을 살펴보았다.

그리고 애처롭게 말했다.

"오지 않는 건 아닐까?"

"그런 생각 하지 마. 그럴 리 없어."

다이애나는 그렇게 말했지만, 자신도 불안한 마음이 들던 차였다.

"앤, 스테이시 선생님이 배리 할머니의 버드나무 문양 접시를 보고 싶어하시는구나."

앤은 서둘러 거실 벽장으로 가서 접시를 가져 나왔다. 레이철 린드 부인과 약속한 대로 샬럿 타운의 배리 할머니에게 편지를 보내 접시를 빌릴 수 있는지 물었었다. 앤의 오랜 친구인 배리 할머니는 곧장 접시를 보내주었고, 20달러를 주고 산 물건이니 아주 조심해서 다뤄달라고 신신당부하는 편지도 동봉했다. 봉사회 바자회에서 소임을 다한 접시는 초록 지붕 집 벽장 안에 보관되어 있었다. 앤이 다른 사람을 믿지 못해 샬럿타운까지 직접 돌려주러 갈 생각이었던 것이다.

앤은 조심스럽게 접시를 들고 현관으로 나갔다. 손님들은 그곳에서 시내 쪽에서 불어오는 시원한 바람을 맞고 있었다. 모두들 접시를 이리저리 구경하며 감탄했다. 그러고는 앤이 접시를 돌려받는 찰나, 부엌 식료품 창고에서 우당탕, 와장창 요란한 소리가 들려왔다. 마릴라와 다이애나가 먼저 달려갔고, 앤은 귀중한 접시를 두 번째 계단에 내려놓고 얼른 뒤따라갔다.

식료품 창고에선 참으로 참혹한 광경이 세 사람을 맞이했다…… 죄 지은 표정을 한 남자아이가 깨끗하던 블라우스에 노란 잼을 범벅해서 기어 내려오고 있었고, 식탁 위에는 크림을 올렸던 레몬 파이가 엉망으로 뭉개져 있었다.

데이비는 엉켜 있던 청어잡이 그물을 다 풀어낸 뒤 그 끈을 돌돌 감아 공을 만들었다. 그러고는 식료품 창고로 들어가 식탁 위쪽 선반에 그 공을 올려놓으려고 했다. 그 선반에는 비슷하게 만든 공들이 이미 잔뜩 쌓여 있었다. 만들어서 거기 올려두는 재미 말고는 아무런 쓸모도 없는 물건들이었다. 데이비는 식탁에 올라가 선반 위로 아슬아슬하게 손을 뻗었다…… 예전에도 그러다가 들켜서 마릴라한테 금지당한 행동이었다. 이번 경우에는 결과가 처참했다. 데이비가 미끄러지면서 레몬 파이 위에 그대로 엎어졌다. 엉망이 된 블라우스야 빨면 되었지만 파이는 다시 만들 시간도 없었다. 하지만 그 일이 모두에게 무익했던 건 아니었다. 운이 없었던 데이비 덕분에 돼지가 레몬 파이를 독차지했으니 말이다.

마릴라가 데이비의 어깨를 잡고 흔들며 말했다.

"데이비 키스, 다시는 식탁에 올라가지 말라고 하지 않았니?"

데이비가 훌쩍거리며 대답했다.

"잊어버렸어요. 아줌마가 하도 하지 말라 그런 게 많아서, 다 기억이 안 난단 말이에요."

"하여간 2층에 올라가서 점심 식사가 끝날 때까지 내려오지 마라. 그때쯤이면 차근차근 기억이 날 게야. 아니다, 앤, 역성 들지 마라. 데이비를 벌주는 건 네 파이를 망가뜨려서가 아니야…… 그건 사고였지. 데이비는 지금 말을 안 들어서 혼나는 거야. 데이비. 올라가라고 했지."

데이비가 엉엉 울며 말했다.

"점심은요?"

"점심 식사가 끝나면 부엌으로 내려와 먹거라."

데이비가 다행이라는 듯이 말했다.

"아, 그럼 괜찮아요. 앤 누나가 맛있는 걸 남겨놓을 테니까요. 그렇지, 누나? 누나는 내가 파이 위로 엎어지려고 했던 게 아니란 걸 알잖아. 누나, 이왕에 망가졌는데 파이를 조금만 2층에 가지고 가면 안 돼?"

"안 돼. 네 레몬 파이는 없어, 데이비."

마릴라가 데이비를 복도 쪽으로 등 떠밀며 말했다.

앤이 엉망이 된 식탁 위를 한스럽게 쳐다보며 물었다.

"후식을 어떻게 하죠?"

마릴라가 앤을 달래듯이 말했다.

"딸기 잼 단지를 꺼내오너라. 크림 만들어 둔 건 그릇 안에 딸기 잼이랑 같이 먹을 만큼 많이 있을 게다."

한 시가 되었지만…… 프리실라도, 모건 부인도 오지 않았다. 앤은 노심초사하며 괴로워했다. 모든 준비가 끝나 손님맞이를 기다리고 있었고 수프도 딱 알맞게 끓었지만, 조금 더 지체되면 맛이 떨어질 터였다.

마릴라가 심사가 불편한 말투로 말했다.

"아무래도 둘 다 오지 않을 모양이구나."

앤과 다이애나는 기댈 곳이라도 찾듯 서로 눈을 마주쳤다.

한 시 반이 되자 마릴라가 다시 응접실을 나왔다.

"얘들아, 점심은 먹어야지. 다들 배도 고프고 더 기다려봐야 소용없겠구나. 프리실라랑 모건 부인은 오지 않을 모양이다. 분명해. 기다린다고 뭐가 달라지지 않아."

앤과 다이애나는 음식을 차리기 시작했다. 모든 의욕이 꺾인 채였다.

다이애나가 서글픈 얼굴로 말했다.

"한입도 안 넘어갈 것 같아."

앤도 힘없이 말했다.

"나도 그래. 그래도 스테이시 선생님하고 앨런 목사님, 사모님은 맛있게 드셔야 할 텐데."

다이애나가 완두콩을 접시에 담으며 맛을 보더니 묘한 표정을 지었다.

"앤, 너 완두콩에 설탕을 넣었어?"

마지못해 하는 양 감자를 으깨던 앤이 대답했다.

"응. 한 숟가락 넣었어. 우린 늘 그러는데. 넌 별로야?"

"나도 한 숟가락 넣었거든. 오븐에 넣을 때 말이야."

앤도 감자를 으깨다 말고 완두콩을 맛보았다. 그러고는 얼굴을 찡그렸다.

"어떡해! 네가 설탕을 넣을 줄은 꿈에도 몰랐어. 너희 어머니도 완두콩엔 절대 설탕을 안 넣으시잖아. 나도 어쩌다 생각이 난 건데, 어쩐지…… 설탕 넣는 걸 늘 깜박했었거든…… 그래서 한 숟가락 넣은 건데."

둘의 대화를 유심히 듣던 마릴라가 약간 찔리는 표정으로 말했다.

"사공이 너무 많았구나. 네가 설탕 넣는 걸 깜박할 줄 알았다, 앤. 한 번도 제대로 넣은 적이 없어서…… 그래서 나도 한 숟갈 넣었지."

응접실에 앉아 있던 손님들은 부엌에서 터져 나오는 웃음소리를 들었지만, 무엇이 그렇게 웃긴지는 알지 못했다. 그날 점심 식탁에 완두콩 요리는 오르지 않았다.

마음이 가라앉은 앤은 한숨을 쉬며 기억을 더듬었다.

"뭐, 어쨌든 샐러드도 있고, 다른 콩은 말짱하잖아. 어서 내가고 잊어버리자."

그날 점심 식사는 대단히 성공적이었다고는 말할 수 없었다. 앨런 목사 부부와 스테이시 선생님도 상황을 수습하려고 노력했고, 마릴라 역시 몸에 밴 차분함을 그럭저럭 잘 유지했다. 그러나 앤과 다이애나는 실망도 실망이거니와 오전에 들떴던 만큼이나 축 처져서 말을 할 수도, 제대로 먹을 수도 없었다. 앤은 손님들을 생각해서 의연하게 대화에 끼려고 했지만, 모든 열의가 꺼진 마음은 어쩔 수 없었다. 앨런 목사 부부와 스테이시 선생님을 사랑하면서도, 앤은 어쩔 수 없이 손님들이 어서 돌아가면 좋겠다고 생각했다. 동쪽 다락방에 올라가 베개에 얼굴을 묻고 피로감과 실망감을 달래고만 싶었다.

속담이라는 게 때로는 딱 들어맞는 듯 여겨질 때가 있다……
"불행은 홀로 오는 법이 없다"는 말이 꼭 그랬다. 그날 닥친 시련은 그게 끝이 아니었다. 앨런 목사가 식전 감사 기도를 막 끝냈을 때, 계단에서 기이하고 불길한 소리가 들렸다. 뭔가 단단하고 묵직한 물건이 계단에서 구르다가 바닥에 떨어지며 와장창 박살나는 소리였다. 모두들 복도로 달려 나왔다. 앤은 경악하며 비명을 질렀다.

계단 아래 바닥에 커다란 분홍색 소라 껍데기가 떨어져 있었고 그 주변으로 산산조각 난 배리 할머니의 접시 조각들이 나뒹굴었다. 계단 맨 위에선 겁먹은 데이비가 무릎을 꿇고 앉아 눈을 동그랗게 뜨고 그 참상을 내려다보고 있었다.

마릴라가 무서운 목소리로 말했다.

"데이비. 저 소라껍데기를 일부러 던졌니?"

데이비가 훌쩍거리며 대답했다.

"아니에요. 절대 안 그랬어요. 난 그냥 여기 얌전히, 아주 얌전히 앉아서 난간 사이로 손님들을 보고 있었어요. 그런데 발에 저게 걸려서 밀어낸 거예요…… 그리고 난 너무 배가 고파요…… 그냥 매를 맞고 끝냈음 좋겠어요. 맨날 2층에 가둬서 재미있는 것도 못 보게 하지 말고요."

앤이 떨리는 손으로 도자기 조각들을 모으며 말했다.

"데이비 탓이 아니에요. 제 잘못이에요. 제가 접시를 저기에 놓고 까맣게 잊고 있었어요. 조심하지 않아서 벌을 받은 거예요. 하지만, 아, 배리 할머니가 뭐라고 하실까?"

"뭐, 할머니도 그냥 사신 거잖아. 그러니까 가보 같은 건 아니야."

다이애나가 앤을 위로하려고 말했다.

손님들은 자리를 비켜주는 게 낫겠다는 생각에 곧 돌아갔다. 앤과 다이애나는 설거지를 하면서도 여느 때와 달리 말이 없었다. 그러고 나서 다이애나는 두통을 호소하며 집에 돌아갔고 앤도 머리가 지끈거리는 채로 동쪽 다락방에 올라가 틀어박혀 있었다. 해질 무렵 마릴라가 우체국에 들러, 프리실라가 하루 전날 보낸 편지를 찾아왔다. 모건 부인이 발목을 심하게 삐어 방에서 나올 수 없다는 내용이었다.

"아, 앤, 정말 미안하지만 이번에는 초록 지붕 집에 들르지 못할 것 같아. 발목이 나을 때쯤이면 이모는 토론토로 돌아가야 하거든. 정해진 날짜까지 꼭 가셔야 한대."

앤은 한숨을 쉬며, 앉아 있던 뒤쪽 현관의 붉은 사암 계단 위로 편지를 내려놓았다. 그러는 사이 어둑해진 하늘에서 땅거미가 내려앉았다.

"모건 부인이 정말 오신다는 게 처음부터 현실로 믿기지 않았어요. 그래도…… 그렇게 말하는 건 엘리자 아주머니만큼이나 비관적으로 구는 것 같아서 부끄러워서 입 밖에 내지 않았어요. 어쨌든 너무 좋은 일이라 이루어지지 않은 건 아니었어요…… 다른 좋은 일들도, 그보다 훨씬 더 좋은 일들도 생기니까요. 게다가 오늘 웃긴 일들도 있었잖아요. 다이애나하고 제가 나이 들어 머리가 하얗게 쇠면 그런 일들을 떠올리며 웃어넘길 수 있을지도 모르겠어요. 하지만 지금은 그러지 못하겠어요. 정말이지 실망이 너무 컸거든요."

"살다보면 이보다 더 실망할 일들이 수두룩할 게다. 내가 볼 땐 말이다, 앤, 넌 뭔가에 집착하다가 뜻대로 안 되면 온 희망이 다 꺼진 듯 괴로워하는 버릇을 고치지 못한 것 같구나."

마릴라는 진심으로 위로해주려는 생각에서 그렇게 말했다.

앤이 안타깝다는 듯이 고개를 끄덕였다.

"저도 제가 그렇다는 거 알아요. 뭔가 좋은 일이 일어날 거란 생각이 들면 기대감에 날개가 달린 듯 훨훨 날아오르는 것 같거든요. 그러다가 정신을 차리면 어느 순간 쿵 하고 떨어져요. 하지만 아주머니, 날아오를 때만큼은 정말 벅차요…… 저녁노을 사이로 솟아오르는 것 같다니까요. 쿵 떨어지는 것도 감수할 만큼요."

마릴라도 수긍했다.

"글쎄다. 그럴 수도 있겠지. 나라면 편하게 걷는 게 낫지, 나는 것도 떨어지는 것도 별로구나. 하지만 사람마다 사는 법도 제각각이니…… 나는 세상에 정답은 한 가지라 생각하고 살았는데…… 네가 오고 나서부터, 그리고 이제는 쌍둥이까지 돌보다보니 잘 모르겠단 생각도 들어. 배리 할머니 접시는 어쩔 셈이니?"

"할머니가 접시를 살 때 지불하셨던 20달러를 돌려드릴까 해요. 가보로 아끼던 물건이 아니어서 얼마나 다행인지 몰라요. 그랬다면 얼마를 드리든 돈으로 대신할 수 없었을 거예요."

"똑같은 접시가 있으면 사드려도 되지 않겠니?"

"없을 것 같아요. 그렇게 오래된 접시는 흔치 않거든요. 린드 아주머니도 만찬에 쓰려고 그렇게 찾았는데 못 구하셨잖아요. 저도 구할 수만 있다면 좋겠어요. 그만큼 오래되고 똑같은 접시만 있다면 배리 할머니도 그냥 받아주실 텐데. 아주머니, 저커다란 별 좀 보세요. 해리슨 아저씨네 단풍나무 숲 위에요. 그 주변으로 은빛 하늘마저 고요하고 거룩해 보여요. 마치 기도를 드리는 느낌이에요. 결국엔 저런 별과 하늘을 볼 수 있다면 작은 실망이나 사고 같은 건 그리 큰 문제도 아닌 것 같죠?"

마릴라가 무심하게 별을 올려다보며 물었다.

"데이비는 어디 있니?"

"자요. 내일 데이비랑 도라를 데리고 호숫가로 소풍을 가기로 약속했어요. 물론 원래는 오늘 착하게 굴면 그렇게 하기로 약속했던 거지만요. 그래도 얌전히 있으려고 열심히 노력했고…… 전 그 애를 실망시키고 싶지 않아요."

마릴라가 못마땅하다는 듯이 말했다.

"그런 배를 타고 호수에 나갔다간 네가 빠지든 쌍둥이가 빠지든 할 게다. 난 여기서 60년을 살았지만 그 호수엔 여태껏 안 가봤어."

앤이 장난기를 섞어 말했다.

"그럼 지금이라도 가시면 되죠. 내일 저희랑 같이 가시면 어때요? 내일 하루는 초록 지붕 집 문을 닫고 하루 종일 호숫가에서 시간을 보내는 거예요. 세상일은 다 잊어버리고요."

마릴라가 핀잔처럼 말했다.

"나는 됐다. 내가 호숫가에서 노를 젓고 있으면 아주 볼만하겠구나. 레이철이 동네방네 떠드는 소리가 들리는 것 같아. 해리슨 씨가 마차를 몰고 어딜 가는 모양이다. 해리슨 씨가 이자벨라 앤드루스랑 사귄다는 소문이 정말이니?"

"아니요. 그렇지 않아요. 해리슨 아저씨가 언젠가 저녁에 일 때문에 하면 앤드루스 아저씨를 만나러 갔었는데, 린드 아주머니가 그걸 보고는 잘못 아신 거예요. 해리슨 아저씨가 그날 하얀 깃을 달고 가서서 연애를 한다고 오해하신 거죠. 해리슨 아저씨는 결혼 같은 건 안 할 것 같아요. 결혼에 대해 선입견이 있으신 듯해요."

"글쎄다. 노총각들 속은 모르는 거다. 게다가 하얀 깃을 달았다면 레이철이 수상쩍어할 만했구나. 해리슨 씨가 그런 차림을 한 건 나도 본 기억이 없거든."

"그런 차림을 한 건 하면 앤드루스 아저씨하고 거래를 마무리 짓기 위해서였을 거예요. 해리슨 아저씨가 그러셨거든요. 남자가 외모에 신경 써야 할 땐 그런 경우밖에 없다고요. 겉보기에 돈이 있어 보여야 상대방이 사기 칠 생각을 안 한다면서요. 전 해리슨 아저씨가 정말 안돼 보여요. 자기 삶에 만족하지 못하시는 것 같거든요. 돌볼 상대가 앵무새뿐이니 몹시 외롭지 않겠어요? 하지만 해리슨 아저씨는 동정받는 걸 싫어하시더라고요. 그야 누구나 그렇겠지만요."

"길버트가 올라오는구나. 연못에 뱃놀이를 가자고 하면 외투 챙겨 입고 장화도 신고 가거라. 오늘 밤엔 이슬이 많이 내리겠어."

18장

토리 길에서의 모험

"앤 누나."

데이비가 침대에 앉아 두 손으로 턱을 괴고 앤을 불렀다.

"누나, 꿈나라는 어디 있어? 사람들은 매일 밤 꿈나라에 가잖아. 내가 꿈꿀 때 나오는 곳이란 건 나도 알아. 하지만 나는 거기가 어디에 있는지 나도 모르는 사이에 어떻게 갔다 올 수 있는지 알고 싶단 말이야…… 그것도 잠옷 바람으로. 거기가 어디야?"

앤은 서쪽 다락방 창 앞에 무릎을 꿇고 앉아 해가 지는 하늘을 바라보았다. 하늘이 중심은 샛노랗고 꽃잎은 크로커스를 닮은 거대한 꽃처럼 보였다. 앤은 고개를 돌려 데이비를 쳐다보며 꿈을 꾸듯 대답했다.

"'달이 뜬 산 너머, 그늘진 골짜기 아래'에 있지."

폴 어빙이라면 이 말의 뜻을 알아듣거나, 이해하지 못해도 알아서 해석했을 테지만, 앤이 혀를 내두를 정도로 상상력이라곤 눈곱만큼도 없는 데이비는 어리둥절해하며 불만을 토할 뿐이었다.

"누나, 말도 안 되는 소리 하지 말고."

"그래, 말도 안 되는 소리였어. 하지만 늘 말이 되는 소리만 하는 사람이야말로 정말 어리석은 사람이라는 걸 모르겠니?"

데이비가 서운한 목소리로 말했다.

"그래도 내가 말이 되는 질문을 하면 누나도 말이 되는 대답을 해줘야지."

"아, 너는 너무 어려서 이해가 안 될 거야."

앤이 말했다.

하지만 앤은 곧 그런 말을 했다는 게 부끄러워졌다. 본인도 어렸을 때 그런 식으로 무시당했던 아픈 기억이 많았다. 그래서 자신은 어떤 어린아이에게도 너무 어려서 이해를 못할 거란 말 따위는 절대 하지 않겠다고 엄숙하게 맹세하지 않았던가? 그런데도 지금 데이비에게 그런 말을 하고 있었던 것이다…… 이론과 현실은 때론 이렇게나 멀었다.

"치, 나도 열심히 크고 있지만, 내가 빨리 크고 싶다고 클 수 있는 건 아니잖아. 마릴라 아줌마가 잼 가지고 그렇게 구두쇠처럼만 안 했어도 난 더 빨리 컸을 거야."

앤이 엄한 목소리로 말했다.

"아주머니는 구두쇠가 아니야, 데이비. 감사히 여길 줄 모르고 그런 말을 하는구나."

데이비가 생각이 나지 않는다는 듯이 얼굴을 찌푸렸다.

"구두쇠 말고 다른 말이 있는데, 같은 뜻인데 훨씬 괜찮게 들렸는데. 아줌마가 그렇다고 말하는 걸 들었거든. 저번에, 직접 그랬단 말이야."

"검소하다는 말이 하고 싶은 거라면, 그건 구두쇠하고는 전혀 다른 뜻이야. 검소한 건 아주 좋은 성품이야. 아주머니가 구두쇠였다면 어머니가 돌아가셨을 때 너하고 도라를 데려오지도 않으셨을 거야. 위긴스 아주머니하고 같이 살고 싶었니?"

데이비가 펄쩍 뛰며 대답했다.

"절대 아냐! 리처드 삼촌한테도 가기 싫어. 난 여기서 살고 싶어. 마릴라 아줌마가 잼 가지고 검…… 그렇게 해도, 누나가 여기 있잖아. 누나, 나 잠들 때까지 이야기 해줄 거지? 요정이야기 말고. 그건 여자애들이 듣는 거잖아. 난 더 신나는 이야기가 더 좋아…… 막 사람을 죽이고 총 쏘고 집에 불도 나고 그런 거."

다행히도 그때 마침 방에 있던 마릴라가 앤을 불렀다.

"앤, 다이애나가 무척 빠르게 무슨 신호를 보내는구나. 무슨 말인지 네가 봐야겠어."

앤은 동쪽 다락방으로 달려가 다이애나의 창문에서 황혼 속에서 반짝이는 불빛을 바라보았다. 한 번에 다섯 차례씩 깜박이는 불빛은, 어린 시절 정했던 암호로 해석하면 "중요한 할 말이 있으니 당장 와"라는 뜻이었다. 앤은 머리에 하얀 숄을 걸치고 급히 유령의 숲을 지나 벨 씨네 목장 모퉁이를 가로질러 과수원집으로 향했다.

다이애나가 말했다.

"네가 들으면 좋아할 만한 소식이 있어. 방금 엄마하고 카모디에 다녀왔는데, 블레어 씨네 상점에서 스펜서베일에서 온 메리 센트너를 만났어. 메리가 그러는데 토리 길에 사는 코프 자매가 버드나무 문양 접시를 갖고 있대. 만찬회 때 썼던 접시랑 똑같이 생겼다고 하더라고. 메리 말로는 코프 자매가 아마 접시를 팔 거래. 마사 코프는 팔 수 있는 물건이면 다 파는 사람이라나봐. 만약 안 판다고 하면, 스펜서베일에 있는 웨슬리 키슨네 집에도 그 접시가 있다는데, 그 사람들도 팔려고는 하겠지만 조세핀 할머니 접시랑 똑같은 접시인지는 잘 모르겠다고 하더라고."

앤이 결심한 뒤 말했다.

"내일 바로 스펜서베일에 가봐야겠어. 너도 같이 가자. 이제야 마음이 놓일 것 같아. 내일모레 샬럿타운에 가야 하는데, 버드나무 접시도 없이 어떻게 조세핀 할머니를 만날 수 있겠어?

그건 손님방에서 침대로 뛰어들었던 일을 고백해야 했던 그날보다 더 무서울 것 같아."

둘은 옛 기억을 떠올리며 웃음을 터뜨렸다…… 손님방 이야기가 궁금하다면 앤의 어릴 적 이야기를 참고하기 바란다.

다음 날 오후 앤과 다이애나는 접시를 찾아 모험을 떠났다. 스펜서베일까지는 15킬로미터 남짓이나 되었는데, 그날은 먼 길을 나서기에 딱히 좋은 날씨는 아니었다. 날은 무척 덥고 바람 한 점 없었다. 여섯 주 동안이나 비가 내리지 않아 길가에는 먼지 구름이 일었다.

앤이 한숨을 쉬었다.

"비가 얼른 와야 할 텐데. 모든 게 바짝 말라붙었어. 가여운 들판도 불쌍해 보이고, 나무들은 손을 뻗어 비를 뿌려달라고 하는 것 같아. 내 정원도 가볼 때마다 마음이 아파. 농부들이 작물 때문에 저렇게 고통받고 있는데, 정원 때문에 불평하면 안 되겠지만. 해리슨 아저씨는 목초들이 누렇게 말라서 불쌍한 소들이 먹을 풀 한 포기 찾기가 어렵다고, 소들하고 눈이 마주칠 때마다 미안하다고 하잖아."

힘들게 마차를 달린 끝에 두 소녀는 스펜서베일에 도착해 토리 길로 접어들었다. 초록이 무성한 토리 길은 외따로 있는 대로였고, 마차 바퀴 자국 사이로 길게 풀이 자라 있어 인적이 드물다는 걸 알 수 있었다. 줄지어 자란 튼실한 어린 가문비나무는 길가까지 빽빽하게 자리 잡고 있었는데, 여기저기 난 틈새로 스펜서베일 농장 뒤쪽 울타리 밖으로 펼쳐진 들판이 보였고, 환하게 핀 미역취와 잡초들 사이로 그루터기만 남은 공간들도 눈에 띄었다.

앤이 물었다.

"여기를 왜 토리 길이라고 하는 거야?"

"앨런 목사님 말씀으로는, 원칙적으로는 나무도 없는 곳을 숲이라고 부르는 꼴이래. 이 길에는 코프 자매 말고는 저 끝에 마틴 보바이어 할아버지밖에 안 살거든. 그분이 자유당 지지자야. 토리 정부에서 정권을 잡았을 때 뭐라도 하고 있다는 걸 보여주려고 이 길을 깐 거래."

다이애나의 아버지는 자유당 지지자였는데, 그 때문에 앤과 다이애나는 되도록 정치 얘기를 하지 않았다. 초록 지붕 집 사람들은 예전부터 보수당을 지지했기 때문이다.

마침내 둘은 코프 자매가 사는 집에 도착했다…… 초록 지붕 집과도 비교가 안 될 만큼 외관이 깔끔한 집이었다. 집은 아주 오래전에 비탈면에 지어진 집이어서 한쪽 아래는 돌로 쌓은 지하실이었다. 집 건물과 딴채들은 모두 눈이 부시도록 새하얗게 칠해져 있었고 하얀 말뚝을 두른 깔끔한 텃밭에는 잡초 한 포기 눈에 띄지 않았다.

다이애나가 안타까워하며 말했다.

"블라인드를 다 내려놨어. 집에 아무도 없나 봐."

집에는 정말로 아무도 없었다. 앤과 다이애나는 당혹스러운 얼굴로 서로를 쳐다보았다.

앤이 말했다.

"어떻게 하지? 똑같은 접시인 게 확실하면 주인이 돌아올 때까지 기다려도 상관없는데. 그런데 그 접시가 아니면 그때 웨슬리 키슨한테 가기엔 너무 늦잖아."

다이애나가 지하실 위로 난 작고 네모난 창문을 쳐다보았다.

"저건 식료품 창고 창문이야. 확실해. 뉴브리지에 사는 찰스 삼촌네 집도 딱 저렇게 생겼는데, 거기가 식료품 창고거든. 저 긴 블라인드를 치지 않아서, 저 작은 딴채 지붕 위로 올라가면 식료품 창고 안이 보일 거고 접시도 확인할 수 있을 거야. 이게 나쁜 행동일까?"

앤이 곰곰이 생각한 뒤 결심한 듯 말했다.

"아니, 괜찮을 것 같아. 우린 단순히 호기심 때문에 그러는 게 아니니까."

중요한 윤리적 문제가 해결되자 앤은 다이애나가 말한 '작은 딴채'의 지붕 위로 올라갈 준비를 했다. 딴채 건물은 가느다란 나무 막대기로 지은 것으로 지붕이 뾰족했는데, 한때 오리 우리로 쓰던 건물이었다. 코프 자매는 오리들이 너무 지저분해서 더 이상 키우지 않았고…… 오리 우리로 쓰던 건물도 몇 년 동안 사용하지 않고 비워둔 채, 암탉이 알을 품을 때만 간간이 사용하곤 했다. 꼼꼼하게 회칠을 해두었지만 건물이 어딘지 불안해 보였기 때문에, 앤은 상자 위에 놓인 작은 맥주 통을 딛고 올라가면서도 살짝 미심쩍었다.

앤이 조심조심 지붕 위로 올라서며 말했다.

"내 몸무게를 버티지 못할 것 같아."

"창틀에 기대봐."

앤은 다이애나의 충고대로 창틀에 몸을 기댔다. 유리창을 통해 들여다보자 기쁘게도 앤이 찾아 헤매던 바로 그 버드나무 접시가 창 앞 선반에 놓여 있었다. 그 접시를 보자마자 곧 참사가 일어났다. 신이 난 앤이 발밑이 불안하다는 사실도 잊고 창틀에서 몸을 뗀 채 자기도 모르게 폴짝폴짝 뛰어버린 것이었다…… 다음 순간 앤은 지붕을 뚫고 밑으로 쑥 빠지며 겨드랑이가 끼었고, 그대로 매달려 좀처럼 빠져나올 수가 없었다. 다이애나는 오리 우리로 달려와 불운한 친구의 허리를 붙잡고 밑으로 잡아당기려고 했다.

가엾은 앤이 비명을 질렀다.

"아야…… 하지 마. 기다란 나무 조각들이 찔러. 발밑에 받칠 게 있나 찾아봐줘…… 그럼 혼자 빠져나갈 수 있을지도 몰라."

다이애나는 급히 지붕에 올라갈 때 딛었던 맥주통을 끌고 왔다. 맥주통은 앤이 안전하게 발을 딛고 서기에 충분했다. 하지만 몸을 빼긴 힘들었다.

다이애나가 물었다.

"내가 위로 올라가서 당겨볼까?"

앤은 자포자기하듯 고개를 흔들었다.

"안 돼…… 나무 조각들이 너무 아파. 도끼가 있으면 나무를 쪼개서 나갈 수 있을지 몰라. 아, 세상에. 난 정말 불길한 운을 타고 났나봐."

다이애나가 샅샅이 찾아보았지만 도끼는 어디에도 없었다.

다이애나가 꼼짝달싹 못하는 앤에게 돌아오며 말했다.

"누구한테든 도와달라고 해야겠어."

"그건 안 돼, 하지 마. 그럼 오늘 일이 동네방네 소문이 날 거고 난 창피해서 얼굴도 못 들고 다닐 거야. 코프 자매가 돌아올 때까지 기다렸다가 이 일은 비밀로 해달라고 해야 해. 도끼가 어디 있는지 알 테니까 나를 꺼내줄 거야. 가만히만 있으면 별로 아프지 않아…… 몸은 말이야. 코프 자매가 이 건물을 얼마 정도로 생각할까? 내가 망가뜨렸으니 물어줘야지. 하지만 내가 식료품 창고를 훔쳐본 이유만 이해해준다면 그런 건 다 상관없어. 저 접시가 내가 찾던 그 접시라는 사실만 생각하면 위안이 되니까. 코프 아주머니가 나한테 판다고만 하면 오늘 일어난 일 정도는 감수해야지."

앤이 열변을 토하듯 말했다.

다이애나가 넌지시 물었다.

"코프 자매가 밤늦도록…… 아니 내일까지도 돌아오지 않으면 어떻게 해?"

앤이 머뭇머뭇 말했다.

"해질녘까지 돌아오지 않으면 다른 사람을 찾아와야겠지. 하지만 정말 어쩔 수 없을 때가 아니면 정말 안 돼. 오, 세상에, 정말 너무 끔찍해. 난 불운한 일이 생겨도 낭만적이기만 하면 개의치 않는데. 모건 부인의 주인공들은 늘 그렇잖아. 그런데 나한테 닥치는 일들은 늘 그냥 황당하기만 해. 코프 자매가 마차를 몰고 뜰로 들어왔는데, 웬 여자애가 별채 지붕에 박혀서 머리랑 어깨만 내밀고 있다고 생각해봐. 이게 무슨 소리지…… 마차 소리인가? 아닌데, 다이애나, 이거 천둥소리 같아."

분명 천둥소리였다. 이리저리 분주히 집 주변을 수색하던 다이애나는 앤이 있는 곳으로 돌아오며 엄청난 먹구름이 북서쪽에서 밀려오고 있다고 소리쳤다.

다이애나가 당황하여 외쳤다.

"천둥이 치고 소나기가 퍼부을 거 같아. 아, 앤 어떻게 하지?"

"대비를 해야지."

앤이 침착하게 말했다. 폭풍우 정도는 이제껏 일어났던 일에 비하면 아무것도 아닌 것 같았다.

"말이랑 마차는 저기 열려 있는 헛간에 넣어야겠어. 다행히 마차에 내 양산이 있어. 여기…… 넌 내 모자를 쓰고. 마릴라 아주머니가 토리 길에 가면서 제일 좋은 모자를 쓰는 건 바보 같은 짓이라고 하셨는데, 그 말씀이 옳았어. 늘 그렇지만."

다이애나가 조랑말을 풀어 헛간으로 데리고 가자마자 굵은 빗방울이 떨어지기 시작했다. 다이애나는 헛간에 앉아 억수같이 내리는 소나기를 지켜보았다. 빗줄기가 어찌나 굵고 거센지 모자를 벗고 양산을 든 용감한 앤의 모습은 거의 보이지도 않았다. 천둥은 엄청나게 많이 치진 않았지만, 비는 한 시간 내리 줄기차게 퍼부었다. 앤은 이따금 양산을 기울이며 걱정 말라는 듯 친구에게 손을 흔들었다. 하지만 그 거리에서 대화는 아예 불가능했다. 마침내 비가 그치고 해가 나오자 다이애나는 여기저기 물이 고인 마당을 조심스레 건너왔다.

다이애나가 걱정스레 물었다.

"흠뻑 젖었지?"

앤이 명랑하게 대답했다.

"아, 아니야. 머리랑 어깨는 거의 안 맞았고, 치마만 가지 사이로 빗방울이 튀면서 조금 젖었어. 걱정 마, 다이애나. 나 아무렇지도 않거든. 비가 내려서 정말 다행이란 생각만 하고 있었어. 내 정원이 얼마나 반가워했을까 하고. 빗방울이 떨어지기 시작했을 때 꽃들이랑 꽃봉오리들이 무슨 생각을 했을까 상상도 했고. 과꽃이랑 스위트피랑, 또 라일락 덤불에 내려앉은 카나리아들이랑 정원의 수호천사들이 모여서 재미난 대화를 나누는 상상도 했어. 집에 가면 글로 써보려고. 지금 연필이랑 종이가 있으면 좋을 텐데. 집에 도착하기 전에 제일 중요한 부분을 까먹을 것 같아."

충실한 친구 다이애나는 연필을 가지고 있었고, 마침 마차에 있던 상자 안에 포장지가 한 장 있었다. 앤은 물이 뚝뚝 떨어지는 양산을 접고 모자를 쓴 뒤 포장지를 펼쳐 다이애나가 건네준 지붕널을 받침 삼아, 문학을 생각하기엔 열악하기만 한 환경에서 머릿속 정원의 목가를 기록했다. 그럼에도 글은 꽤 훌륭했다. 다이애나는 '도취되어' 앤이 읽어주는 글을 들었다.

"오, 앤, 아름다워…… 너무 아름다워. 〈캐나다 여성〉에 꼭 보내봐."

앤은 고개를 저었다.

"아니야, 안 돼. 그 정도는 아니야. 내용에 줄거리랄 게 없잖아. 이건 그냥 상상을 죽 나열한 것뿐이야. 난 이렇게 쓰는 게 좋지만, 이런 글은 출판에는 적합하지 않아. 편집자들은 줄거리를 중요하게 여긴다고 프리실라가 그러더라. 아, 사라 코프 아주머니가 오시네. 어서, 다이애나, 네가 가서 상황을 설명해줘."

사라 코프는 체구가 자그마했다. 낡은 검은색 옷을 입고, 쓰고 있는 모자도 허영심을 채워줄 장식보다는 오래 쓸 수 있는 튼튼한 것을 고른 듯했다. 사라 코프는 자기 집 마당에 펼쳐진 기이한 광경에 예상대로 깜짝 놀란 얼굴이었지만, 다이애나의 설명을 듣고는 동정심을 보였다. 부랴부랴 뒷문을 열어 도끼를 꺼내 능숙하게 몇 번 내리치자 앤은 자유를 되찾았다. 지친데다 몸도 뻣뻣해진 앤은 갇혀 있던 감옥 속으로 쑥 내려갔다가 감사히도 다시 한 번 자유의 몸이 되었다.

앤이 진심을 담아 말했다.

"코프 아주머니, 식료품 창고 창문을 들여다본 건 버드나무 문양 접시가 있는지 확인하려고 그랬던 거예요. 다른 건 보지 않았어요. 그것 말고는 정말 쳐다보지도 않았어요."

사라 코프가 상냥하게 말했다.

"저런, 괜찮아. 걱정 안 해도 돼. 뭐가 어떻게 된 것도 아닌데. 우린 식료품 창고를 언제나 남부끄럽지 않게 정리해두기 때문에 누가 들여다보든 신경 안 써. 낡은 오리 우리도, 부서져서 오히려 잘 됐어. 이젠 마사도 저 우리를 허무는 데 동의하겠지. 마사는 언젠가 쓸 데가 있을 거라며 부수지 못하게 했었거든. 덕분에 봄마다 내가 흰 칠을 해야 했어. 하지만 마사와 말다툼을 하느니 벽에 대고 얘기하는 게 낫다니까. 오늘은 시내에 나갔어. 내가 역까지 바래다주고 오는 길이야. 내 접시를 사고 싶댔지? 그래, 얼마에 살 생각이니?"

"20달러 드릴게요."

앤이 대답했다. 앤은 코프 자매와 같은 사업 수완이라고는 없었다. 그렇지 않았다면 처음부터 이 가격을 부르지는 않았을 것이다.

사라 코프가 조심스럽게 말했다.

"그래, 어디 보자. 접시는 내 거야. 그게 아니었으면 마사도 없는데 내가 감히 팔 생각도 못했을 거야. 마사가 이 집의 대장이거든. 여자들끼리 살면서 꼼짝없이 잡혀 살려니 정말이지 피곤해. 자, 들어와, 어서. 몸도 지치고 배도 고플 텐데. 차는 맛있게 끓여줄 수 있는데, 다른 건 별 게 없어. 버터 바른 빵이랑 오이 조금뿐이라서. 케이크랑 치즈랑 잼이 든 곳은 마사가 나가면서 잠가놨거든. 늘 그런 식이야. 손님이 올 때마다 내가 너무 듬뿍 퍼준다나."

뭐든 맛있게 먹을 수 있을 정도로 배가 고팠던 앤과 다이애나는 사라 코프가 내어준 맛있는 빵과 버터와 오이를 남김없이 먹어치웠다. 다 먹고 나자 사라 코프가 말했다.

"접시를 팔아도 될지 모르겠네. 이게 25달러는 받을 수 있는 물건이거든. 아주 오래된 접시라서 말이야."

다이애나가 식탁 밑으로 앤의 발을 툭 쳤다. '안 된다고 해. 버티면 20달러에 줄 거야'라는 뜻이었다. 하지만 앤은 귀한 접시를 두고 위험한 모험을 하고 싶지 않았다. 앤은 즉각 25달러에 사겠다고 동의했고, 사라 코프는 30달러를 부르지 않은 걸 후회하는 얼굴이었다.

"그럼 접시를 가져가도 좋아. 난 지금 돈을 모을 수 있을 만큼 모아야 하거든. 실은……"

사라 코프가 야윈 뺨을 발그레 물들이며 우쭐하듯 고개를 젖혔다.

"곧 결혼할 거야. 루터 월리스랑. 그 사람은 20년 전부터 나하고 결혼하고 싶어했거든. 나도 그 사람이 정말 좋았지만, 그땐 그 사람이 가난해서 아버지가 쫓아버렸지. 그렇게 순순히 보내지 말았어야 했는데, 난 겁도 나고 아버지가 무서웠어. 게다가 남자들이 이렇게 없을 줄도 몰랐고."

둘은 무사히 그 집을 나온 뒤 다이애나가 마차를 몰고 앤은 소중한 접시를 무릎으로 조심스레 받쳐 들었다. 비온 뒤 초록빛이 싱그러워진 외딴 토리 길은 소녀들의 웃음소리로 더 활기를 띠었다.

"내일 시내에 나가면 조세핀 할머니께 오늘 오후에 있었던 재미있는 '파란만장한 하루' 이야기를 들려드려야지. 정말 힘든 시간이었지만 이젠 다 끝났어. 접시도 구했고, 비가 와서 먼지도 깨끗하게 가라앉았고. 이렇게 끝이 좋으면 다 좋은 거지."

"아직 집에 가려면 좀 있어야 해."

다이애나는 아직 조심해야 한다는 듯이 말했다.

"집에 도착하기 전에 무슨 일이 일어날지 누가 알겠어. 넌 모험을 부르는 아이잖아, 앤."

앤이 차분히 말했다.

"모험이라는 걸 즐기는 사람들도 있잖아. 모험심을 타고 난 사람도, 아닌 사람도 있으니까."

19장

행복한 하루

 언젠가 앤은 마릴라에게 이렇게 말했다.
 "결국엔 가장 멋지고 아름다운 날들이란 아주 눈부시고 경이롭고 신나는 일들이 일어나는 날들이 아니라 소소한 즐거움들이 조용히 이어지는 그런 날 같아요. 진주목걸이에서 진주알들이 알알이 흘러내리는 것처럼요."
 초록 지붕 집에서 지내는 나날은 그런 하루하루로 가득했다. 다른 사람도 그렇지만 앤이 겪는 모험과 사고들 역시 한꺼번에 불어 닥치는 게 아니라, 1년에 걸쳐 별 탈 없고 행복한 나날들 사이에 드문드문 일어나 대체로 일과 꿈, 웃음과 배움이 앤의 시간들을 채웠다. 8월이 끝나갈 무렵 찾아온 하루도 그런 날이었다. 오전 즈음 앤과 다이애나는 신이 난 쌍둥이를 호수로 데려가 배를 탔고 호숫가 모래언덕으로 가서 '향기로운 풀'도 따고 물결을 맞으며 첨벙거렸다. 물결을 타고 노니는 바람은 태곳적에 배운 옛 노랫가락을 읊조렸다.

오후가 되어 앤은 폴을 만나러 어빙 씨네 집으로 걸어갔다. 폴은 북쪽으로 집을 감싸주는 울창한 전나무 숲 옆의 풀이 무성한 둑에 엎드려 동화책에 푹 빠져 있었다. 폴은 앤을 보자 환한 얼굴로 발딱 일어났다.

폴이 기쁜 목소리로 말했다.

"와, 선생님이 오셔서 정말 기뻐요. 할머니가 집에 안 계시거든요. 집에 가서 저랑 차도 드실 거죠? 혼자서 차를 마시면 정말 쓸쓸하잖아요. 메리 조 누나한테 같이 차 마시자고 얘기해볼까 고민도 했는데요. 할머니가 안 된다고 하실 것 같아요. 프랑스인들은 분수에 맞게 살아야 한다고 그러시거든요. 그리고 아무튼 메리 조 누나랑은 얘기하기도 힘들어요. 누나는 웃기만 하면서 그래요. '글쎄, 넌 내가 아는 아이들 중에 제일 똑똑해.' 그건 내가 하고 싶은 대화가 아니거든요."

앤이 유쾌하게 대답했다.

"당연히 같이 차도 마셔야지. 언제 차를 마시자고 할까 기다리고 있었는걸. 지난번에 너희 집에서 차를 마신 날 이후로는 할머님이 만드신 맛있는 쇼트브레드*만 생각해도 입에 군침이

---

* 설탕과 버터를 듬뿍 넣고 부드럽게 구운 과자.

도는걸."

폴은 아주 심각한 얼굴이 되었다. 주머니에 손을 찔러 넣고 앤 앞에 선 얼굴에 갑자기 걱정의 빛이 돌았다.

"제 마음대로 할 수 있다면 선생님께 쇼트브레드를 마음껏 드릴 거예요. 하지만 메리 조 누나 마음이에요. 할머니가 나가기 전에 누나한테 쇼트브레드를 꺼내주지 말라고 말씀하시는 걸 들었거든요. 나 같은 어린애들이 먹기엔 너무 기름지다면서요. 그래도 내가 하나도 먹지 않겠다고 약속하면 아마 선생님께는 조금 내줄 거예요. 우리 희망을 가져요, 선생님."

이 유쾌한 세계관이 마음에 쏙 든 앤이 맞장구를 쳐주었다.

"그래, 그러자꾸나. 그리고 혹시 메리 조가 야박하게 쇼트브레드를 한 조각도 주지 않더라도 전혀 상관없어. 그러니까 그런 걱정은 하지 않아도 돼."

폴이 걱정하는 얼굴로 물었다.

"정말 그래도 괜찮으세요?"

"그럼, 괜찮고말고."

폴이 긴 안도의 숨을 뱉었다.

"그럼 저도 걱정 안 할게요. 메리 조 누나도 막 안 들어주진 않을 거예요. 원래 괜찮은 말은 들어주거든요. 그런데 할머니 말씀을 안 들었다간 좋을 게 없다는 걸 겪어서 그래요. 할머니는 정말 좋은 분이지만 할머니 말씀은 꼭 들어야 해요. 오늘 아침에는 저를 보고 아주 흐뭇해하셨어요. 제가 드디어 한 접시 가득 주신 오트밀 죽을 다 먹었거든요. 정말 힘들었지만 제가 해냈어요. 할머니는 저를 더 남자답게 키우실 거래요. 그런데 선생님, 선생님께 여쭤보고 싶은 게 있어요. 중요한 거예요. 솔직하게 대답해주실 거죠?"

앤이 약속했다.

"노력할게."

폴은 앤의 대답에 제 목숨이 달리기라도 한 듯 물었다.

"선생님도 제 머리가 이상하다고 생각하세요?"

앤이 깜짝 놀라 소리쳤다.

"세상에, 아니야, 폴. 당연히 아니지. 누가 그런 소릴 하니?"

"메리 조 누나가…… 하지만 누나는 제가 들은 걸 몰라요. 피터 슬론 아주머니네서 일하는 베로니카 누나가 어제 저녁에 메리 조 누나를 만나러 왔거든요. 그런데 복도를 지나다가 부엌에서 둘이 이야기하는 소리를 들었어요. 메리 조 누나가, 저 폴이라는 애는 정말 이상한 애라고 하더라고요. 머리가 이상한 것 같다고요. 어젯밤엔 그 생각을 하느라 한숨도 못 잤어요. 메리 조 누나의 말이 맞는 걸까 궁금하기도 하고요. 어쩐지 할머니한테는 여쭤볼 수가 없어서, 선생님께 여쭤보기로 결정한 거예요. 선생님이 내 머리가 괜찮다고 생각하신다니 정말 다행이에요."

"당연히 괜찮지. 메리 조가 어리석고 무지해서 그래. 그 애가 하는 말들은 하나도 신경 쓸 것 없어."

앤은 화가 난 목소리로 말했다. 속으로는 어빙 할머니에게 메리 조의 입을 조심시키라고 넌지시 언질을 주어야겠다고 생각했다.

"그럼 마음이 좀 놓여요. 이젠 정말 기분이 좋아졌어요. 선생님, 고맙습니다. 머리가 이상한 게 좋은 건 아니죠, 선생님? 메리 조 누나가 그렇게 생각하는 건, 제가 가끔 생각하는 것들을 말해줘서 그런 것 같아요."

"그건 좀 위험한 행동이지."

앤이 자기 경험을 생각하며 수긍했다.

"메리 조 누나한테 했던 이야기들을 선생님께도 하나씩 해드릴게요. 선생님이 듣기에도 이상한 점이 있는지 봐주세요. 그렇지만 어두워질 때까지 기다릴 거예요. 날이 어둑해질 때면 사람들한테 그런 이야기를 들려주고 싶어 견딜 수 없어지거든요. 그럴 때 옆에 다른 사람이 없으면 메리 조 누나한테 이야기할 수밖에 없어요. 하지만 이제부터는 하지 않을 거예요. 그런 이야기 때문에 제 머리가 이상하다고 생각하는 거라면요. 견딜 수 없어도 참아야죠."

"만일 너무 말하고 싶어서 견디지 못하겠으면 초록 지붕 집으로 와서 내게 이야기해도 돼."

앤이 말했다.

앤의 이런 점 때문에 진지한 대우를 받고 싶어하는 아이들은 앤을 좋아하고 잘 따랐다.

"네, 그럴게요. 하지만 제가 갔을 때 데이비는 없었으면 좋겠어요. 데이비는 저를 보면 인상을 쓰거든요. 별로 신경은 안 써요. 데이비는 어린애고 저는 다 컸으니까요. 그래도 누가 날 보면서 인상을 쓰면 기분이 좋지 않아요. 게다가 데이비는 오만 상을 다 쓰거든요. 어쩔 땐 데이비의 얼굴이 원래대로 돌아오지 않을까봐 걱정될 때도 있어요. 교회에서 제가 신성한 생각을 해야 할 때도 데이비는 절 보면서 인상을 써요. 도라는 나를 좋아하긴 해요. 나도 도라가 좋고요. 도라가 미니 메이 배리한테 이다음에 크면 저랑 결혼할 거라고 말하기 전엔 더 좋았지만요. 어른이 되면 누구하고 결혼을 하겠지만, 아직 그런 걸 생각하기에는 전 너무 어리잖아요. 그렇게 생각하지 않으세요, 선생님?"

앤이 고개를 끄덕였다.

"조금 어리긴 하지."

"결혼 얘기를 하니까 생각나는 일이 있어요. 요즘 그것 때문에 고민이었거든요. 지난주에 린드 아주머니가 저희 집에 오셔서 할머니랑 차를 드셨는데요. 할머니가 저한테 엄마 사진을 보여드리라는 거예요…… 아빠가 제 생일 선물로 보내주신 사진을요. 저는 린드 아주머니한테 그 사진을 별로 보여드리고 싶지 않았어요. 린드 아주머니는 친절하고 상냥한 분이지만, 엄마 사진을 보여드리고 싶은 분은 아니잖아요. 하지만 할머니가 시키시니까 전 당연히 말씀대로 했죠. 린드 아주머니는 엄마가 무척 예쁘긴 한데 어딘가 꾸민 것 같고, 아빠보다 훨씬 어렸던 모양이라고 말씀하셨어요. 그러더니 그러셨어요. '조만간 네 아빠도 다시 결혼을 할 텐데, 새엄마가 생기면 좋겠니, 폴?' 그런 생각을 하니까 숨이 멎을 것 같았어요, 선생님. 그렇지만 린드 아주머니께 그런 모습을 보여드리긴 싫었어요. 전 린드 아주머니를…… 이렇게…… 똑바로 쳐다보면서 말했어요. '린드 아주머니, 아빠는 내 첫 번째 엄마도 아주 잘 고르셨으니, 두 번째 엄마도 그만큼 잘 고르실 거라고 믿어요.' 전 정말로 아빠를 믿어요, 선생님. 그래도 만약 새 엄마를 만들어주실 거면, 더 늦기 전에 저한테도 물어봐주시면 좋겠어요. 메리 조 누나가 차를 마시라고 부르러 오네요. 제가 가서 쇼트브레드를 줄 수 있는지 상의해볼게요."

'상의'한 결과, 메리 조는 쇼트브레드에 잼까지 곁들여 내주었다. 앤은 차를 따르고, 폴과 함께 어둑한 거실에 앉아 즐겁게 다과를 즐겼다. 열린 창으로 산들산들 바닷바람이 불어들었다. 두 사람이 숱하게 나눈 '터무니없는' 이야기들을 들은 메리 조는 다음 날 저녁 베로니카를 만나 '그 학교 선생도 폴만큼이나 이상하다'라고 이야기했다. 차를 마신 다음 폴은 앤을 자기 방으로 데려가 엄마의 사진을 보여주었다. 어빙 할머니가 책장에 숨겨두었던 수수께끼의 생일 선물이 그것이었다. 천장이 낮고 아담한 폴의 방은 바다 너머로 넘어가는 석양의 보석 같은 붉은 빛이 부드럽게 감싸 돌고, 네모난 창문 가까이로 점점 더 다가오는 전나무들이 흔들흔들 그림자를 드리우는 곳이었다. 이 부드럽고 황홀한 저녁 빛을 받으며, 소녀 같이 예쁜 얼굴에 부드러운 어머니의 눈동자를 가진 폴의 엄마가 침대 발치 벽에 걸려 있었다.

폴이 사랑이 묻어나는 말투로 자랑스레 말했다.

"우리 엄마 사진이에요. 할머니한테 아침에 눈을 뜨자마자 볼 수 있는 곳에 걸어달라고 했어요. 이젠 밤에 자러 갈 때 불빛이 없어도 괜찮아요. 꼭 엄마가 여기서 저랑 같이 있는 기분이거든요. 아빠는 제가 생일 선물로 뭘 받으면 좋아할지 알고 계셨던 거예요. 저한테 물어본 적도 없는데 말이에요. 아빠들은 뭐든지 다 아는 게 신기하지 않으세요?"

"엄마가 참 예쁜 분이셨구나, 폴. 너도 엄마를 조금 닮았어. 엄마는 눈동자하고 머리카락 색이 너보다 진하긴 하지만."

폴이 방 안을 돌아다니며 쿠션을 모아 창가 자리에 쌓으며 말했다.

"제 눈은 아빠랑 똑같아요. 하지만 아빠는 머리가 하얘졌어요. 머리숱은 많지만 하얘요. 쉰 살이 거의 다 되셨거든요. 그 정도면 나이가 많으시죠? 하지만 아빠가 나이 든 건 겉모습뿐이에요. 마음은 아직 젊으세요. 선생님, 여기 앉으세요. 전 선생님 발치에 앉을게요. 선생님 무릎에 머리를 기대도 돼요? 엄마랑 있을 땐 그렇게 앉아 있곤 했거든요. 와, 진짜 좋아요."

"자, 그럼 메리 조가 그렇게 이상하다고 했다던 네 이야기들을 들어볼까?"

앤이 곱슬거리는 머리를 쓰다듬으며 말했다.

폴은 적어도 마음이 맞는 친구에게는 구슬리지 않아도 마음을 잘 털어놓는 아이였다.

폴은 꿈결을 헤매듯 말을 꺼냈다.

"어느 날 밤에 전나무 숲에서 생각한 건데요. 물론 그걸 믿는다는 게 아니라 생각을 했다는 거잖아요, 선생님. 그래서 다른 사람한테 그 이야기를 해주고 싶었는데 옆에는 메리 조 누나밖에 없었어요. 누나가 팬트리에서 빵을 만들고 있을 때, 제가 누나 옆에 의자에 앉아서 말했어요. '메리 조 누나, 내가 이야기 하나 들려줄까? 저 샛별은 요정 나라의 등대야.' 그랬더니 메리 조 누나가 말했어요. '뭐야, 넌 좀 이상한 아이야. 요정 같은 건 없거든.' 전 너무 화가 났어요. 요정이 없다는 건 당연히 알죠. 하지만 있다고 생각도 못하는 건 아니잖아요. 그래도 전 꾹 참고 다시 이야기했어요. '그럼, 누나, 지금 내가 무슨 생각했는지 들어볼래? 해가 지면 천사들이 이 세상에 걸어 다녀…… 키가 크고 하얀 천사가 은빛 날개를 접고…… 꽃들이랑 새들한테 노래를 불러서 재워주는 거야. 아이들은 방법을 알면 그 노래를 들을 수 있어.' 그랬더니 메리 조 누나가 밀가루 범벅인 손을 들고서 말했어요. '참, 넌 이상한 꼬마야. 그런 말 하니까 무섭잖아.' 누나는 정말 겁먹은 얼굴이었어요. 그래서 전 밖으로 나가서 가서 나머지 이야기는 뜰에다 대고 소곤거렸어요. 정원에 어린 자작나무가 있었는데 죽었거든요. 할머니가 그러시는데 소금물을 줘서 죽은 거래요. 하지만 제 생각엔 그 나무를 지키는 요정이 바보처럼 세상 구경을 하러 멀리 떠났다가 길을 잃어버리는 바람에 그렇게 된 것 같아요. 너무 외로워서 괴로워하다 죽은 거죠."

앤이 말했다.

"그래서 그 바보 같은 가여운 요정이 세상 구경이 지겨워져 나무한테 돌아오면 요정도 마음이 괴롭겠구나."

폴이 진지하게 말했다.

"맞아요. 바보처럼 굴었다면 요정도 결과에 책임을 져야 해요. 사람처럼요. 초승달을 보면 무슨 생각이 드는지 아세요, 선생님? 초승달은 꿈을 가득 싣고 가는 금빛 배예요."

"구름 위로 살짝 기울어지면 꿈이 쏟아져서 우리 잠 속으로 떨어지고 말이지."

"맞아요, 선생님. 와, 선생님도 아시네요. 그리고 제비꽃은 하늘을 잘라낸 조각이에요. 천사들이 별빛이 빛나도록 별자리를 오릴 때 땅에 떨어진 거예요. 미나리아재비는 햇빛으로 만든 거고요. 스위트피는 하늘나라에 가면 나비가 되고요. 선생님, 이런 생각들이 그렇게 이상해요?"

"아니, 전혀 이상하지 않아. 어린아이들이 생각할 만한 낯설고 아름다운 이야기들이라서, 100년 동안 노력해도 그런 상상을 할 수 없는 사람들한테는 이상하게 들릴 테지. 그렇지만 그런 생각을 멈추지 마, 폴…… 언젠가 너는 시인이 될 거야."

앤이 집에 돌아와 보니 그곳에는 폴과 전혀 딴판인 아이가 잠자리에 들 준비를 하고 있었다. 데이비는 부루퉁해서는 앤이 옷을 벗겨주자 침대로 팔짝 뛰어들어 베개에 얼굴을 파묻었다.

앤이 나무랐다.

"데이비, 기도해야지. 깜박했니?"

데이비가 반항하는 말투로 대답했다.

"깜박한 거 아니야. 이제 기도는 안 할 거야. 착한 아이가 되려고 노력도 안 할 거야. 내가 아무리 착한 아이가 돼도 누나는 폴 어빙을 더 좋아할 거잖아. 그러니까 차라리 말썽이나 부리면서 재미있게 놀 거야."

앤이 진지하게 말했다.

"나는 폴 어빙을 더 좋아하는 게 아니야. 둘 다 똑같이 좋아해. 다만 좋아하는 방식이 다를 뿐이지."

데이비가 입을 뿌루퉁 내밀었다.

"하지만 나도 똑같은 방식으로 좋아하면 좋겠어."

"사람이 다 다른데 어떻게 똑같은 방식으로 좋아해? 너도 도라하고 나를 똑같은 방식으로 좋아하는 건 아니잖아?"

데이비는 일어나 앉아서 곰곰이 생각하더니 수긍했다.

"으응. 도라는 내 동생이니까 좋고, 누나는 누나니까 좋아."

앤이 쾌활하게 말했다.

"나도 폴은 폴이라서 좋고 데이비는 데이비라서 좋아."

데이비가 앤의 말에 고개를 끄덕였다.

"음, 그럼 기도를 해야겠어. 그런데 지금 침대에서 내려가서 기도를 하기는 너무 귀찮아. 내일 아침에 두 번 할게, 앤 누나. 그래도 괜찮지?"

앤은 그러면 안 된다고 말했다. 결국 데이비는 엉금엉금 침대를 빠져나와 앤 앞에 무릎을 꿇고 앉았다. 기도를 마친 데이비는 작고 가무잡잡한 맨발 뒤꿈치를 깔고 앉은 자세로 등을 젖히며 앤을 쳐다봤다.

"앤 누나, 나 옛날보다 착해졌어."

"맞아, 정말 착해졌어, 데이비."

앤은 칭찬할 일은 망설임 없이 칭찬했다.

데이비가 자신만만하게 말했다.

"나도 내가 착해진 걸 알아. 어떻게 아는지 알아? 오늘 마릴라 아줌마가 나한테 빵에다 잼을 발라서 두 조각을 주셨거든. 하나는 내가 먹고 하나는 도라 먹으라고. 하나는 작고 하나는 훨씬 컸는데 아줌마는 어느 게 내 건지 말해주지 않았어. 그런데 내가 큰 빵을 도라한테 줬어. 나 잘한 거지?"

"아주 잘했어. 정말 남자다워, 데이비."

데이비도 맞장구를 쳤다.

"뭐, 도라는 배가 별로 안 고프다고 반만 먹고 나한테 주긴 했어. 그렇지만 도라가 나한테 빵을 줄 거라고 미리 알고 큰 빵을 준 건 아니었어. 그러니까 착한 거지, 누나."

땅거미가 질 무렵 앤은 드라이어드 샘 쪽으로 한가로이 걷다가 어스름이 내린 유령의 숲을 걸어 나오는 길버트 블라이드를 보았다. 앤은 길버트가 더 이상 어린 학생이 아니라는 사실을 새삼스레 깨달았다. 길버트는 무척 남자다운 모습이었다. 키가 크고 얼굴은 정직해 보였으며 눈빛은 맑고 강직했다. 어깨도 떡 벌어져 있었다. 앤은 길버트가 비록 자신의 이상형과는 달랐지만 매우 잘생긴 청년이라고 생각했다. 앤과 다이애나는 오래전에 동경하는 남성상을 정한 적이 있는데, 두 소녀의 취향은 거의 일치했다. 키가 아주 크고, 기품 있는 외모, 헤아리기 어려운 우수에 찬 눈빛, 그리고 마음을 녹이는 다정한 목소리를 가진 남자여야 했다. 길버트의 외모에 우수에 찼다거나 헤아리기 어려운 눈빛 같은 건 없었지만 물론 우정에는 전혀 문제될 게 없었다!

 길버트는 드라이어드 샘 옆의 풀고사리 위에 다리를 뻗고 앉아 흐뭇한 눈으로 앤을 바라보았다. 만일 길버트에게 이상형인 여성상을 말해보라고 했다면, 앤에게는 여전히 신경 거슬리는 코 위의 작은 주근깨 일곱 개까지 포함하여 하나하나 앤을 설명하는 듯한 답변이 돌아왔을 것이다. 길버트는 이제 막 소년티를 벗어난 정도였지만, 다른 사람들 못지않게 자신의 꿈을 품은 소년이었다. 그리고 길버트의 미래에는 언제나 크고 초롱초롱한 잿빛 눈동자와 꽃처럼 곱고 섬세한 얼굴을 한 소녀가 함께했다. 길버트는 또한 자신의 미래가 그만의 여신에게 어울릴 만한 것이어야 한다고 마음을 먹었다. 조용한 에이번리 마을에도 유혹을 대면할 일들이 있었다. 화이트샌즈의 젊은이들은 다소 자유분방했고, 길버트는 어딜 가나 인기가 있었다. 그러나 길버트는 스스로 앤과의 우정에 걸맞은 사람이 되고자 했고, 언젠가 먼 훗날 앤과의 사랑에도 부끄럽지 않은 사람이기를 바랐다. 그래서 마치 앤의 맑은 눈동자가 감시라도 하고 있듯 말과 생각과 행동에 빈틈없이 조심했다. 높고 순수한 이상을 가진 소녀들이 친구들에게 그렇듯이, 앤은 길버트에게 무의식적인 영향을 끼쳤다. 앤이 이상을 지키는 한 그 영향력도 지속되고 앤이 이상을 버리는 순간 그 영향력도 사라질 터였다.

길버트가 보는 앤의 가장 큰 매력은 에이번리의 숱한 다른 여자아이들처럼 사소한 질투나 속임수, 경쟁, 호의를 사려는 뻔한 제안에 연연하지 않는다는 것이었다. 앤은 그런 것들과 거리가 멀었는데, 일부러 조심하는 것이 아니라 그런 성향 자체가 앤의 투명하고 솔직한 본성이나 수정처럼 맑은 동기와 포부와 어울리지 않았기 때문이다. 어떤 시도를 해도 앤이 냉정하고 차갑게 꽃봉오리를 꺾어버리라는 걸 이미 너무 잘 알고 있었다. 자신을 비웃을 수도 있었는데, 그건 열 배는 더 싫었다.

길버트가 놀리는 체하며 말했다.

"그 자작나무 아래 있으니까 정말 나무의 요정처럼 보여."

"나는 자작나무가 정말 좋아."

앤이 새틴처럼 보드라운 크림색 가느다란 줄기에 뺨을 가져다 대며 나무를 어루만졌다. 그 몸짓이 참으로 예쁘고 앤다워 보였다.

"그럼 이 소식이 반갑겠네. 메이저 스펜서 씨가 농장 앞길을 따라 하얀 자작나무를 길게 심기로 했대. 마을 개선회를 격려하려고 말이야. 오늘 나한테 그러더라고. 메이저 스펜서 씨는 에이번리에서 제일 진보적이고 공공심이 있는 사람이야. 윌리엄 벨 씨도 농장 앞길이랑 오솔길을 따라 가문비나무 울타리를 심을 거래. 우리 개선회는 훌륭히 나아가고 있어, 앤. 실험 단계를 지나서 다들 받아들이고 있잖아. 나이 드신 분들도 관심을 보이기 시작했고, 화이트샌즈 사람들도 우리 같은 모임을 만들자고 논의하고 있어. 엘리샤 라이트도 호텔에 묵던 미국인들이 바닷가로 야유회를 나왔던 날 이후로 생각이 달라졌고. 미국인들이 우리 길을 보면서 엄청나게 칭찬을 했거든. 프린스에드워드 섬에서 단연 제일 예쁜 길이라고 말이야. 그리고 머지않아 다른 사람들이 스펜서 씨의 모범 사례를 뒤따라 각자 농장 앞 길가에 조경 나무와 식물 울타리를 심으면 에이번리는 우리 주에서 제일 아름다운 마을이 될 거야."

"봉사회에서 묘지 정비를 맡아 할지 논의 중인데, 했으면 좋겠어. 거기에도 기부금이 필요할 텐데, 마을회관 사건 뒤로 개선회는 모금을 해봐야 소용이 없을 거 아냐. 하지만 개선회가 비공식적으로 그런 제안을 하지 않았다면 봉사회도 움직이지 않았을 거야. 우리가 교회 마당에 심은 나무들도 잘 자라고, 학교 이사회에서도 내년에 운동장 울타리를 세워주겠다고 내게 약속했어. 그렇게 되면 난 나무 심는 날을 정해서 모든 학생이 나무를 한 그루씩 심게 할 거야. 그럼 길모퉁이에 정원이 만들어지는 거야."

"지금까지는 계획했던 대로 거의 성공했어. 낡은 볼터 씨네 집을 허는 것만 빼고. 난 그 일은 포기했어. 레비 볼터 씨는 우리를 약 올리기 위해서라도 그 집을 헐게 두지 않을 거야. 볼터 집안사람들은 뭐든 거꾸로 가는 기질이 있는데, 레비 볼터 씨는 특히 더 그런 것 같아."

"줄리아 벨은 볼터 씨한테 위원회를 한 번 더 보내자고 하지만, 내 생각엔 그냥 그렇게 혼자 살아보라고 내버려두는 게 나을 것 같아."

앤이 달관한 듯 말했다.

길버트가 미소 지었다.

"그리고 하늘의 뜻을 기다리라는 게, 린드 아주머니 말씀이지. 확실히 위원회를 더 보내봐야 의미가 없어. 오히려 레비 볼터 씨를 자극하기만 할 거야. 줄리아 벨은 위원회만 꾸려서 움직이면 뭐든 다 되는 줄 안다니까. 앤, 봄이 오면 우린 멋진 잔디와 운동장 만들기 운동을 시작해야 해. 이번 겨울에는 때맞춰 좋은 씨를 뿌려둬야 할 거야. 나한테 잔디와 잔디 가꾸기에 대한 논문이 있는데, 이 주제로 곧 보고서를 준비할게. 우리 방학도 거의 끝났구나. 월요일이면 개학이잖아. 루비 길리스는 카모디 학교로 오게 됐대?"

"응, 프리실라가 자기는 고향에 있는 학교로 가게 되어서, 카모디 이사회가 루비한테 자리를 줬다고 편지했더라. 프리실라가 돌아오지 않는 건 서운하지만, 프리실라가 오지 못할 바에야 루비가 카모디로 가게 된 건 잘된 일이지. 루비는 토요일마다 집에 올 테니 옛날 같을 거야. 루비랑 제인이랑 다이애나하고 나까지 전부 다시 만나게 되었잖아."

앤이 집으로 돌아왔을 때 레이철 린드 부인 집에서 막 돌아온 마릴라가 뒷문 계단에 앉아 있었다.

"내일 레이철하고 시내를 돌아보기로 했다. 린드 씨가 이번 주엔 몸이 좀 나아져서, 또 아프기 전에 다녀오고 싶다는구나."

앤이 반듯하게 말했다.

"전 내일 아침에 아주 일찍 일어나려고요. 할 일이 정말 많거든요. 우선 지금 덮는 이불에서 깃털을 빼서 새 홑청에다 옮길 거예요. 예전에 했어야 하는 일인데 계속 미루고 있었거든요…… 너무 힘든 일이라서요. 싫은 일을 미루는 건 정말 나쁜 습관인데, 이제 다신 그러지 않을 거예요. 그렇지 않으면 학생들에게 할 일을 미루지 말라고 맘 편히 말할 수 없을 거예요. 그건 앞뒤가 다른 거잖아요. 그런 다음엔 해리슨 아저씨께 드릴 케이크를 만들고, 마을 개선회에 제출할 정원에 대한 보고서를 마무리해야 해요. 그리고 스텔라한테 편지를 쓸 거고, 모슬린 원피스도 빨아서 풀을 먹여놔야 하고요. 도라에게도 앞치마를 새로 만들어주려고요."

마릴라가 힘들 거라는 듯이 말했다.

"아마 반도 못할 게다. 그렇게 계획을 잔뜩 세워두는 날엔 꼭 훼방 놓는 일이 터지는 법이거든."

20장

흔히 있는 일

다음 날 앤은 아침 일찍 일어나 기분 좋게 상쾌한 하루를 시작했다. 진줏빛 하늘로 길게 팔을 뻗으며 기세등등하게 태양이 떠올랐다. 초록 지붕 집 위로 햇살이 쏟아져 내리며 사시나무와 버드나무 그림자가 아른아른 춤을 추었다. 저 너머로 해리슨 씨네 밀밭이 바람에 물결치는 옅은 황금색 벌판처럼 드넓게 펼쳐졌다. 어찌나 아름다운 세상인지 앤은 정원 입구를 한가로이 서성이며 한참이나 그 멋진 광경을 음미하며 행복에 겨운 시간을 보냈다.

아침식사를 마친 마릴라는 시내로 나갈 채비를 했다. 도라도 한참 전에 약속했던 대로 마릴라를 따라나섰다.

마릴라가 엄한 목소리로 말했다.

"자, 데이비, 착하게 굴어야 한다. 앤 누나 귀찮게 하지 말고.

착하게 잘 있으면 올 때 줄무늬 지팡이 사탕을 사다주마."

아아, 마릴라가 착하게 굴라며 뇌물로 사람을 꾀는 나쁜 습관을 들였다니!

데이비가 궁금한 듯이 물었다.

"일부러 나쁜 짓을 하진 않을 건데, 나도 모르게 나쁘게 되면요?"

마릴라가 타일렀다.

"너도 모르게 나쁜 짓을 하지 않도록 조심해야지. 앤, 시어러 씨가 오늘 오면 구이용으로 괜찮은 고기하고 스테이크 할 것도 좀 사두거라. 오늘 오지 않으면 내일 점심에 먹을 닭을 잡아야 할 게다."

앤이 고개를 끄덕였다.

"오늘은 데이비하고 저밖에 없으니까 점심은 간단히 해결할래요. 베이컨이면 점심은 해결할 수 있을 거고, 저녁에 아주머니가 돌아오시면 스테이크를 구울게요."

데이비가 말했다.

"난 오늘 아침에 해리슨 아저씨가 해초 따는 거 도와주러 갈 거야. 아저씨가 나한테 도와달라고 했으니까 점심도 먹고 가라고 하실걸. 해리슨 아저씨는 진짜 친절해. 진짜 상냥하고. 나는 이다음에 크면 아저씨를 닮고 싶어. 그러니까 행동하는 거 말이야…… 얼굴 말고. 뭐, 그렇지만 얼굴을 닮을 걱정은 없겠지.

린드 아주머니가 나더러 아주 잘생겼다고 했으니까. 내가 계속 잘생길까, 누나? 응?"

앤이 진지하게 말했다.

"아마 그럴 거야. 넌 잘생긴 아이니까, 데이비."

마릴라는 무척이나 못마땅한 표정이었다.

"하지만 잘생긴 얼굴에 맞게 살아야 해. 잘생긴 만큼 착하고 신사답게."

데이비가 불만이라는 듯 말했다.

"요전에 미니 메이 배리가 누구한테 못생겼다는 말을 듣고 우는 걸 보고는 그 애가 착하고 상냥하고 다정하면 아무도 겉모습은 상관하지 않을 거라고 누나가 그랬잖아. 이 세상은 이유가 뭐건 무조건 착해져야 하는 것 같아. 그냥 바르게 행동하라잖아."

"너는 착해지는 게 싫으냐?"

마릴라는 어린아이들을 돌보면서 정말 많은 걸 깨우쳤지만, 이런 질문이 무용지물이란 건 아직 깨우치지 못했다.

데이비가 조심스럽게 대답했다.

"아뇨, 착한 건 좋은데 너무 착한 건 싫어요. 아주 착하지 않아도 주일 학교 교장선생님이 될 수 있거든요. 벨 장로님이 그렇잖아요. 진짜 나쁜 사람인데."

마릴라가 화를 냈다.

"그렇지 않아."

데이비도 물러서지 않고 말했다.

"진짜예요…… 장로님이 그렇게 얘기했단 말이에요. 지난 일요일 주일 학교에서 기도할 때 그렇게 말했어요. 자긴 벌레처럼 타락했고 가련한 죄인이고 또 사악한 죄악을 저질렀다고요. 그런데 벨 장로님은 무슨 나쁜 짓을 그렇게 한 거예요, 아줌마? 누굴 죽였어요? 아니면 돈을 훔쳤어요? 네?"

다행히 그 순간 레이철 린드 부인이 마차를 몰고 오솔길을 올라왔고, 마릴라는 사냥꾼의 덫을 피해 달아나는 기분으로 급히 자리를 뜨면서 벨 장로가 사람들 앞에서 기도할 때, 특히 궁금한 게 많은 어린 꼬마들이 듣는 자리에서는 지나치게 비유적인 표현을 쓰지 않기를 진심으로 바랐다.

기쁘게도 혼자 남은 앤은 열심히 일을 했다. 마룻바닥을 쓸고, 침대를 정리하고, 암탉들에게 모이를 주고, 모슬린 원피스를 빨아 빨랫줄에 널었다. 그런 다음 이불 홑청에 깃털을 갈 준비를 했다. 앤은 다락에 올라가서 제일 먼저 손에 잡히는 낡은 옷을 입었다…… 열네 살 때 입었던 군청색 캐시미어 원피스였다. 확실히 짤따랗게 올라간 치마는 앤이 초록 지붕 집에 처음 오던 날 입었던 혼방 원피스만큼이나 꼭 끼었다. 하지만 최소한 깃털 때문에 옷이 상할 염려는 없었다. 빨갛고 흰 물방울무늬가 그려진 매슈의 커다란 손수건을 머리에 두른 앤은, 그렇게 장비를 모두 갖추고 부엌 곁방으로 갔다. 마릴라가 집을 나서기 전에 앤을 도와 같이 날라준 깃털 이불이 그곳에 있었다.

창문에 금이 간 거울이 걸려 있었는데, 앤은 어쩌다 그 거울을 들여다보고 말았다. 콧등의 주근깨 일곱 개가 그날따라 유난히 도드라져 있었다. 아니 블라인드 없는 창을 통해 들어오는 햇빛 때문에 더 그렇게 보이는 것 같기도 했다.

"참, 어젯밤에 로션을 바른다는 걸 깜박했네. 얼른 식료품 창고로 내려가서 지금 발라야겠다."

앤은 콧등의 주근깨를 없애보려고 이미 갖은 고생을 다한 뒤였다. 한번은 콧등이 다 벗겨진 적도 있었는데, 주근깨만은 그대로였다. 며칠 전 한 잡지에서 주근깨에 효과가 있다는 로션 만드는 법을 발견했는데 재료들도 구하기 쉬운 것들이어서 곧바로 만들어냈다. 마릴라는 하느님의 뜻으로 코에 주근깨가 있는 거라면 그대로 두는 게 의무라 생각하기에, 그런 앤의 행동에 질색했다.

앤은 종종걸음을 치며 식료품 창고로 내려갔다. 창가에서 자라는 커다란 버드나무 때문에 평소에도 어둑한 식료품 창고는, 파리가 들어오지 못하게 쳐둔 차양 때문에 거의 깜깜한 지경이었다. 앤은 선반에서 로션을 담아둔 병을 집어 들고, 전용 스펀지로 콧등에 듬뿍 발랐다. 이 중요한 임무를 마친 앤은 하던 일로 돌아갔다. 이불에서 이불로 깃털을 옮겨 넣어본 적이 있는 사람이라면, 일을 마쳤을 때 앤의 몰골이 볼 만했으리라는 것은 말하지 않아도 알 것이다. 옷은 솜털과 보풀로 하얗게 뒤덮였고, 머리에 두른 손수건 밑에서 빠져나온 앞머리엔 그야말로 깃털이 후광처럼 들러붙어 있었다. 하필 바로 이런 순간에 부엌문을 두드리는 소리가 들렸다.

"시어러 씨가 왔나보네. 꼴이 엉망이지만 얼른 나가봐야지. 시어러 씨는 항상 급하게 움직이니까."

앤은 후다닥 부엌문으로 내려갔다. 마룻바닥에 자비로운 마음씨가 있었다면, 그 순간 초록 지붕 집의 현관 마룻바닥은 비참한 깃털투성이 아가씨 앤을 지체 없이 집어삼켜주었을 것이다. 문간 계단에 서 있는 사람은 아름다운 금빛 실크 의상을 차려 입은 프리실라 그랜트였다. 옆에는 잿빛 머리카락에 트위드 정장을 입은 키 작고 통통한 여자와 키 크고 우아한 분위기에 멋진 의상을 입은 여자도 함께였다. 키가 큰 여자는 교양 있어 보이는 아름다운 얼굴에 검은 속눈썹과 커다란 보랏빛 눈동자를 갖고 있었다. 앤은 그 여자가 예전부터 얘기했던 샬럿 E. 모건 부인이라는 걸 직감적으로 알 수 있었다.

이 경악스러운 순간에도 앤의 혼란스러운 마음에는 한 가지 생각이 떠올랐고, 속담처럼 지푸라기라도 잡는 심정으로 그 생각에 매달렸다. 그 생각이란 모건 부인의 주인공들이 모두 '위기의 순간에 훌륭히 대처한다'는 것이었다. 어떤 난관에 봉착하건 그들은 예외 없이 상황을 극복하고, 언제 어디서 얼마나 많은 시련이 닥치든 그 앞에서 자신들의 우월성을 증명해 보였다. 그리하여 앤은 이 난관에 훌륭히 대처하는 게 자신의 의무라고 생각했고, 그렇게 해냈다. 이날 앤의 완벽한 대처를 본 프리실라는 그 순간만큼 앤에게 감탄한 적은 없었다고 후일 공표했다. 속마음은 충격에 휘청거릴지언정 앤은 그런 감정을 밖으로 내보이지 않았다. 앤은 프리실라를 반갑게 맞이했고, 같이 온 손님들을 소개받을 때도 마치 자주색 고운 베옷을 입고 있는 사람처럼 침착하고 평온한 태도를 잃지 않았다. 앤이 직감적으로 모건 부인이라 생각했던 여자가 모건 부인이 아니라는 사실도 약간 충격이었다. 그 여자는 잘 모르는 펜덱스터 부인이라는 사람이었고, 잿빛 머리를 한 통통하고 자그마한 여자가 모건 부인이었다. 하지만 워낙 큰 충격에 빠져 있던지라 작은 충격의 여파는 오래 지속되지 않았다. 앤은 손님들을 손님방으로 안내했다가 다시 응접실에서 기다리게 한 뒤 얼른 밖으로 나가 마구를 푸는 프리실라를 도왔다.

  프리실라가 앤에게 사과했다.

  "이렇게 불쑥 찾아와서 정말 미안해. 하지만 나도 어젯밤에야 알았어. 샬럿 이모가 월요일에 떠나실 건데, 오늘은 시내에서 친구분하고 만나기로 약속이 되어 있었거든. 그런데 어젯밤에 그 친구분이 성홍열로 격리당했다며 오지 말라고 전화를 하신 거야. 그래서 내가 그럼 여기로 오자고 했어. 네가 이모를 굉장히 만나고 싶어했잖아. 화이트샌즈 호텔에 들러서 펜덱스터 부인도 같이 왔고. 그분은 이모 친구인데, 뉴욕에 살고 남편이 백만장자야. 오래는 못 있을 거야. 펜덱스터 부인이 다섯 시까지 호텔로 돌아가야 하거든."

말을 마구간에 데려가 넣는 동안 프리실라는 당황스런 얼굴로 몇 번이고 앤을 몰래 살펴보았다.

앤은 살짝 기분이 나빴다. '저렇게 빤히 쳐다볼 것까진 없잖아. 이불 깃털을 갈아본 적이 없다 하더라도 상상을 해보면 알 텐데.'

프리실라가 응접실로 가고, 앤이 2층으로 올라가려고 할 때 다이애나가 부엌으로 들어왔다. 앤은 깜짝 놀란 친구의 팔을 붙잡았다.

"다이애나 배리, 지금 응접실에 누가 왔는지 알아? 샬럿 E. 모건 부인이야…… 뉴욕 백만장자의 부인하고…… 그런데 내 꼴 좀 봐…… 게다가 점심 식탁에 낼 거라곤 베이컨뿐이고, 다이애나!"

말을 하면서 앤은 다이애나가 프리실라와 똑같이 어리둥절한 표정으로 자신을 빤히 쳐다보고 있다는 걸 깨달았다. 너무한다는 생각이 들 정도였다.

앤이 사정했다.

"아, 다이애나, 나를 그렇게 쳐다보지 마. 적어도 넌 알 거 아냐. 세상에서 제일 단정한 사람이라도 몸에 깃털 하나 안 묻히고 이불 홑청을 바꿀 순 없다고."

"아니…… 깃털 때문이…… 아니고. 너…… 너…… 코 말이야, 앤."

"코? 아, 다이애나, 코에 무슨 문제가 있다는 거야!"

앤은 급히 싱크대 위에 걸린 작은 거울 앞으로 달려갔다. 보자마자 치명적인 진실이 드러났다. 코가 짙고 선명한 빨간색이었던 것이다!

앤은 소파에 앉았다. 결국엔 불굴의 정신력도 무너져내렸다.

"코가 왜 그런 거야?"

다이애나가 너무 궁금한 나머지 앤의 마음을 살피지 못하고 물었다.

앤이 절망적인 목소리로 대답했다.

"주근깨 로션을 바른 줄 알았는데 빨간 염색약을 발랐나봐. 마릴라 아주머니가 깔개에 무늬를 넣으려고 두고 쓰시는 게 있거든. 이걸 어쩌지?"

다이애나가 현실적으로 대답했다.

"씻어서 지워내."

"그렇게 안 지워질 것 같아. 예전에는 머리를 염색했는데, 이번에는 코를 물들였네. 머리를 염색했을 때는 마릴라 아주머니가 머리카락을 잘라주셨는데 코는 자를 수도 없고. 이것도 허영심을 부린 벌인가봐. 나는 벌을 받아도 싸…… 그래도 위로가 안 돼. 이러고 보니 불운이라는 게 정말 있긴 있나봐. 린드 아주머니는 불운 같은 건 없다고, 모든 게 처음부터 정해진 거라고 하시지만."

다행히 염색약은 물로 쉽게 지워졌고, 어느 정도 마음이 진정된 앤은 다이애나가 집으로 달려간 사이에 동쪽 다락방으로 올라갔다. 앤은 옷을 갈아입고 정신을 가다듬고는 곧 다시 내려왔다. 그토록 입고 싶어했던 모슬린 원피스는 마당 빨랫줄에 걸려 팔랑팔랑 나부끼고 있었기 때문에, 어쩔 수 없이 검은 무명 원피스로 만족해야 했다. 앤이 불을 켜서 차를 우리고 있을 때 다이애나가 돌아왔다. 다이애나는 모슬린 원피스 차림이었고, 뚜껑을 덮은 접시를 손에 들고 있었다.

"엄마가 가져가라고 하셨어."

다이애나는 뚜껑을 열고 먹음직스럽게 조각낸 닭고기 요리를 앤에게 보여주었다.

앤은 닭고기에 더하여 갓 구운 빵과 훌륭한 버터와 치즈, 마릴라가 만든 과일 케이크, 그리고 여름 햇살 같은 금빛 시럽에 담긴 자두 절임 한 접시를 식탁에 차렸다. 커다란 화병에 분홍색과 흰색의 과꽃도 한가득 꽂아 장식했다. 먼젓번에 모건 부인을 위해 정성껏 준비했던 음식들에 비하면 보잘것없는 식탁이었다.

 하지만 배가 고팠던 손님들은 뭐가 부족하다고 여기는 것 같지 않았다. 그들은 소박한 음식들을 즐겁게 먹었다. 앤도 처음에는 차린 음식들이 뭐가 부족한지 신경 쓰다가 곧 그런 생각은 잊어버렸다. 모건 부인의 외모는 충직한 숭배자들조차 서로 인정하지 않을 수 없을 만큼 조금 실망스러웠다. 하지만 부인은 유쾌하고 능숙하게 대화를 이끌어가는 사람이었다. 모건 부인은 두루두루 여행을 다닌 탁월한 이야기꾼이었다. 수많은 사람들을 만났고, 자신의 경험을 짤막한 문장이나 경구로 재치 있게 묘사하여 듣다보면 마치 재미난 책 속 등장인물의 이야기를 듣는 듯한 기분이 들었다. 하지만 재치 있는 말솜씨에 감탄하게 되는 것만큼, 그러한 재기발랄함 속에 넘쳐흐르는 진실함과 여성 특유의 이해와 공감, 다정함 역시 누구나 금세 좋아할 만한 것들이었다. 모건 부인은 대화를 독점하지도 않았다. 자기 이야기에 능숙한 만큼 다른 사람들을 자연스레 대화에 끌어들이는 솜씨도 뛰어나서, 앤과 다이애나는 어느새 모건 부인과 거리낌 없이 수다를 떨고 있었다. 펜덱스터 부인은 거의 말이 없었다. 그저 사랑스런 눈과 입으로 미소를 지으며 닭고기와 과일 케이크와 자두 절임을 먹을 뿐이었는데, 그 모습이 더없이 우아하여 마치 신들의 만찬을 즐기는 듯 보였다. 앤이 나중에 다이애나에게 말하기도 했지만, 펜덱스터 부인처럼 여신의 아름다움을 갖춘 사람이라면 말을 할 필요가 없었다. 그냥 보는 것만으로도 충분했다.

점심 식사를 마친 뒤에는 모두 함께 산책에 나서 연인의 오솔길과 제비꽃 골짜기와 자작나무 길을 걷다가 유령의 숲을 지나 드라이어드 샘으로 돌아왔고, 그곳에 앉아서 30분 동안 즐겁게 이야기를 나누었다. 모건 부인은 유령의 숲이라는 이름을 어떻게 짓게 되었는지 궁금해했다. 그리고 앤이 마녀가 나올 듯한 해질녘 시간에 이 길을 지나가야 했던 잊히지 않는 기억을 실감나게 설명하자 눈물까지 흘리며 웃어댔다.

손님들이 떠나고 다이애나와 둘만 남았을 때 앤이 말했다.

"정말 유익하고 허심탄회한 자리였어. 그렇지? 어떤 쪽이 더 즐거웠는지 모르겠어…… 모건 부인의 이야기를 듣는 거랑, 펜덱스터 부인을 쳐다보는 거랑. 오늘이 더 좋았던 것 같아. 온다는 걸 미리 알고 준비했다면 온갖 대접을 하느라 무척 신경이 쓰였을 거야. 나하고 차 마시고 가, 다이애나. 우리 실컷 이야기하자."

"프리실라가 그러는데 펜덱스터 부인의 시누이가 영국의 백작하고 결혼을 했대. 그런데도 자두 절임을 두 접시나 먹었잖아."

다이애나가 이 두 가지 사실이 어쩐지 모순된다는 듯이 말했다.

앤이 자랑스레 대답했다.

"아마 그 영국 백작이 직접 왔다 해도 마릴라 아주머니가 만든 자두 절임 앞에선 콧대를 세울 수 없을걸."

저녁에 마릴라에게 그날 있었던 일들을 말하면서 앤은 코가 어떻게 됐었는지는 이야기하지 않았다. 하지만 주근깨 로션은 창밖으로 쏟아 부어버렸다.

앤은 단단히 마음을 먹으며 말했다.

"다시는 예뻐지겠다고 호들갑 부리지 말아야지. 그런 건 조심성 있고 신중한 사람들한테나 어울리지. 나처럼 대책 없이 실수나 하고 다니는 사람이라면 운명의 장난에 자신을 맡기는 짓이나 다름없다고."

21장

아름다운 라벤더

방학이 끝나자 앤은 이론보다는 제법 경험을 쌓은 선생님으로서 다시 학교생활을 시작했다. 새로운 학생들도 몇 명 더 들어왔다. 두 눈을 동그랗게 뜨고 놀라운 세상에 용감하게 뛰어든 예닐곱 살들이었다. 그중에는 데이비와 도라도 있었다. 데이비는 밀티 볼터와 짝이 되었는데, 밀티 볼터는 학교에 다닌 지 1년이 된 터라 학교생활을 좀 아는 아이였다. 도라는 지난 일요일 주일 학교에서 릴리 슬론과 짝을 하기로 약속했지만, 릴리 슬론이 첫날부터 결석을 하는 바람에 오늘만 미라벨 코튼과 앉게 되었다. 미라벨 코튼은 열 살이었고, 도라에게는 '큰 언니'로 보였다.

데이비는 집에 돌아와 그날 밤 마릴라에게 말했다.

"학교는 진짜 재미있어요. 아줌마는 제가 얌전히 앉아 있지 못할 거라고 하셨지만 전 얌전히 있었어요…… 아줌마 말이 거의 다 맞는다는 건 알아요…… 하지만 책상 밑에서 다리를 꼼지락거리면 정말 참을 만해요. 같이 놀 수 있는 남자애들이 많아서 너무 좋아요. 내 짝꿍은 밀티 볼터인데, 괜찮은 애예요. 나보다 키는 크지만 몸은 내가 더 넓어요. 뒷자리에 앉으면 더 좋지만, 그건 다리가 길어져서 바닥에 닿을 때까지 기다려야 해요. 밀티가 자기 석판에다 앤 누나를 그렸는데, 너무 못생기게 그려서 내가 그랬어요. 누나 얼굴을 그런 식으로 그리면 쉬는 시간에 흠씬 패주겠다고요. 처음엔 나도 밀티 얼굴에 뿔이랑 꼬리를 그려서 보여주려고 했는데, 그럼 밀티 기분이 상할 것 같았어요. 앤 누나가 다른 사람의 기분을 상하게 하면 안 된다고 했거든요. 기분을 상하게 하는 건 정말 나쁜 일 같아요. 꼭 뭘 해야 한다면 기분을 상하게 하는 것보다 때려눕히는 게 더 나아요. 밀티는 나를 겁나게 하진 않아요. 아무튼 나를 봐서 그냥 그 그림을 다른 사람이라고 해준다고 하더니, 누나 이름을 지우고 밑에다가 바버라 쇼라고 쓰더라고요. 밀티는 바버라를 좋아하지 않아요. 바버라가 밀티를 귀여운 꼬마라고 불러서요. 한 번은 머리까지 쓰다듬었대요."

도라는 학교가 좋다고 새침하게 말했다. 하지만 평소보다 더 말이 없었고, 해가 질 즈음 마릴라가 2층에 올라가 자라고 하자 우물쭈물하더니 울기 시작했다.

도라는 엉엉 울며 말했다.

"나…… 나 무서워요. 어두운데 혼자서 이층에 가기 싫어요."

마릴라가 도라를 다그쳤다.

"무슨 생각을 하기에 그러니? 여름 내내 혼자 올라가 잘 잤으면서. 한 번도 무섭다고 한 적 없잖아."

도라가 울음을 멈추지 않자 앤이 도라를 데려와 따뜻하게 껴안으며 소곤소곤 말했다.

"언니한테 다 말해봐. 뭐가 무서운 거야?"

도라가 훌쩍거리며 말했다.

"미라벨…… 미라벨네 삼촌. 미라벨 코튼이 오늘 학교에서 가족 이야기를 해줬어. 미라벨네 가족은 거의 전부 다 죽었대…… 할아버지, 할머니도 다 죽고 삼촌이랑 고모들도 모두 다. 미라벨이 그러는데 자기네 가족은 툭하면 죽는대. 미라벨은 죽은 친척들이 많은 걸 굉장히 자랑스러워 해. 왜 죽었는지, 죽을 때 무슨 말을 했는지, 관에 누워 있는 모습이 어땠는지 다 얘기해줬어. 그리고 삼촌 한 명이 죽은 다음에도 집 근처를 돌아다닌대. 미라벨 엄마가 봤대. 다른 건 별로 안 무서운데 자꾸 그 삼촌이 생각나."

앤은 도라를 이층으로 데리고 올라가 잠이 들 때까지 옆에 앉아 있었다. 다음 날 앤은 쉬는 시간에 미라벨 코튼을 불러, 죽은 삼촌이 땅속에 고이 묻힌 뒤에도 집 주변을 걸어 다닌다니 무척 안된 일이지만, 나이 어린 짝꿍에게 그런 기이한 신사에 관한 이야기를 하는 것은 좋지 않은 일이라고 부드럽지만 단호하게 일러주었다. 미라벨은 그 말이 너무 가혹하게 들렸다. 코튼 집안은 자랑거리가 별로 없었다. 가족 유령 이야기를 하지 말라고 하면 앞으로 학교 친구들한테 무슨 자랑을 하란 말인가?

어느덧 9월이 지나고 황금빛과 진홍빛이 우아한 10월로 접어들었다. 어느 금요일 저녁에 다이애나가 찾아왔다.

"오늘 엘라 킴벌한테서 편지가 왔어, 앤. 우리더러 내일 오후에 차를 마시러 오래. 시내에서 아이린 트렌트라는 사촌이 왔는데 같이 만나자고. 그런데 우리 집 말들은 다 내일 어디 가서 못 쓰거든. 네 조랑말은 다리를 절고…… 그래서 못 갈 것 같아."

"걸어가면 안 돼? 뒷길로 쭉 가서 숲을 지나면 웨스트그래프턴 길이 나오잖아. 거기서 킴벌네 집까지 별로 멀지 않고. 지난 겨울에 그리로 가봐서 내가 길을 알아. 거리도 6킬로미터 남짓밖에 안 되는데, 집에 올 땐 걷지 않아도 돼. 올리버 킴벌이 집까지 태워다줄 테니까. 올리버는 핑곗거리가 생겨서 오히려 좋아할걸. 캐리 슬론을 만나러 가는데 아버지가 말을 못 쓰게 하는 것 같아."

그렇게 걸어가기로 하고 다음 날 오후에 집을 나선 두 소녀는 연인의 오솔길을 지나 커스버트 농장 뒤쪽으로 갔다. 그곳에서 햇빛이 아른아른 새어드는 너도밤나무와 단풍나무 숲 한가운데로 들어갔다. 주변이 온통 황금빛 불꽃처럼 빛나는 그 길엔 자줏빛 고요와 평화가 내려앉아 있었다.

앤이 꿈을 꾸듯 말했다.

"한 해가 거대한 성당 안에서 스테인드글라스를 통해 부드럽게 쏟아지는 빛을 받으며 무릎 꿇고 기도를 드리는 것 같지 않니? 이 길을 서둘러 걷는 건 옳은 일이 아닌 것 같아. 그렇지 않니? 그건 교회 안에서 뛰어다니는 것처럼 불경스럽게 느껴져."

다이애나가 시계를 힐끗 보며 말했다.

"그렇지만 우린 서둘러야 해. 시간이 별로 없어."

앤이 걸음을 서두르며 말했다.

"그럼 빨리 걸을게. 하지만 말은 시키지 말아줘. 난 그냥 오늘의 사랑스러움을 들이마시고 싶어…… 공기로 만든 포도주를 내 입술에 들이밀고 있는 것 같아. 한 걸음 걸을 때마다 한 모금씩 마실 거야."

아마도 '들이마시기'에 너무 몰두해 있어서 그랬는지, 앤은 갈림길에 이르자 왼쪽으로 방향을 틀었다. 가야 할 길은 오른쪽이었지만, 시간이 지난 뒤에도 앤은 그 일을 생에 가장 운 좋은 실수였다고 기억했다. 둘은 마침내 인적 없고 풀만 무성한 길로 나왔다. 그 길에서 보이는 거라곤 줄지어선 어린 가문비나무들뿐이었다.

다이애나가 어리둥절해서 소리쳤다.

"아니, 여기가 어디지? 웨스트그래프턴 길이 아니잖아."

앤이 멋쩍어하며 말했다.

"그래, 여긴 미들그래프턴에 있는 간선길이야. 갈림길에서 길을 잘못 들어섰나 봐. 나도 여기가 어딘지 정확히는 모르겠는데, 킴벌네 집까지 아직 5킬로미터는 가야 할 거야."

"그럼 다섯 시까지 도착하는 건 힘들겠네. 지금이 네 시 반이거든. 도착하면 차도 다 마신 다음일 거고, 우리 때문에 번거롭게 다시 차를 준비할 텐데."

다이애나가 희망이 없다는 얼굴로 시계를 보며 말했다.

"집으로 돌아가는 게 낫겠어."

앤이 풀죽어 말했다.

하지만 다이애나는 곰곰이 생각하더니 다른 의견을 꺼냈다.

"아니야. 그냥 가서 저녁을 거기서 보내자. 어차피 여기까지 왔잖아."

몇 미터를 더 가자 다시 갈림길이 나왔다.

다이애나가 확신을 못하고 물었다.

"어느 쪽으로 가야 하지?"

앤은 고개를 저었다.

"나도 모르겠어. 더 실수하면 안 되는데. 이쪽으로 오솔길을 따라가면 곧장 숲으로 들어가. 그러니까 저 반대쪽에는 집이 있을 거야. 가서 물어보자."

"오래된 오솔길이 정말 로맨틱하네."

구불구불한 길을 따라 걸었다. 웅장하게 자란 오래된 전나무 가지들이 하늘 위로 맞닿아 이끼밖에 살아남지 못할 만큼 어둑한 그늘이 이어졌다. 길 양옆 갈색 바닥에는 여기저기서 어둠을 비집고 들어온 햇살들이 교차하며 떨어졌다. 온 세상과 그 안의 모든 근심들이 저 멀리에 있는 듯, 쥐 죽은 듯 고요하고 외떨어진 곳이었다.

앤이 한껏 숨죽인 소리로 말했다.

"마치 마법의 숲을 걷고 있는 것 같아. 우리가 바깥세상으로 돌아가는 길을 찾을 수 있을까, 다이애나? 금방이라도 마법에 걸린 공주가 사는 성이 나올 것 같아."

다음 모퉁이를 돌자, 진짜 성은 아니지만 작은 집이 나타났다. 이 지역의 전통적인 목조 농가들 사이에서 진짜 성이 나타난 것 못지않게 놀라운 집이었다. 이곳 농가들은 대체로 비슷비슷하게 생긴 것이 마치 한 종류의 씨앗을 뿌려 자라난 집들 같았기 때문이다. 앤이 환희에 넘쳐 갑자기 걸음을 멈추자 다이애나가 소리쳤다.

"아, 나 여기 어디인지 알아. 라벤더 루이스 아주머니가 사는 돌집이야…… 메아리 오두막이라고 부른다나. 말은 많이 들어봤는데 한 번도 본 적은 없었거든. 정말 로맨틱한 곳 아니니?"

앤이 기뻐하며 말했다.

"이렇게 예쁘고 사랑스러운 집은 본 적도 없고 상상해본 적도 없어. 동화책이나 꿈속에서나 나올 것 같은 집이야."

처마가 나지막한 그 집은 이 섬의 붉은 사암으로 만든 벽돌을 쌓아올린 건물이었다. 뾰족한 지붕에는 예스러운 나무 덮개가 달린 지붕창 두 개가 나 있었고 커다란 굴뚝도 두 개가 있었다. 거친 사암을 타고 집 전체를 무성하게 덮은 아이비는 가을 서리를 맞아 아름답기 그지없는 구릿빛과 포도주빛을 발했다.

두 소녀가 서 있는 오솔길 입구는 집 앞의 길쭉한 네모 모양 정원으로 이어졌다. 정원은 한 면이 집과 맞닿아 있었다. 나머지 세 면을 둘러싼 돌담은 이끼와 풀과 고사리가 무성하여 마치 높다란 초록색 둑처럼 보였다. 좌우로 키 크고 초록이 짙은 가문비나무가 손바닥 같은 가지들을 지붕 위로 펼치고 있었다. 나무 아래로는 토끼풀이 만발한 작은 목초지가 비탈을 이루며 내려가 그래프턴 강의 푸른 만곡부와 만났다. 다른 집이나 빈터는 보이지 않고…… 보드라운 어린 전나무로 뒤덮인 골짜기와 언덕뿐이었다.

"라벤더 루이스 아주머니는 어떤 사람일까? 사람들 말로는 괴짜라던데."

다이애나가 정원으로 들어가는 문을 열며 추측을 내놓았다.

앤이 확실하다는 듯 말했다.

"그럼 재미있는 분일 거야. 괴짜는 늘 재미나거든. 다른 부분은 몰라도 말이야. 내가 마법의 성이 나올 거라고 말했지? 요정들이 오솔길에 마법을 걸어놓았을 땐 다 이유가 있을 거라고 생각했어."

다이애나가 큰 소리로 웃었다.

"하지만 라벤더 루이스 아주머니는 마법에 걸린 공주가 아니야. 노처녀지…… 나이도 마흔다섯에다 머리도 희끗희끗하댔어."

앤이 자신만만하게 잘라 말했다.

"아, 그건 마법에 걸려서 그런 거야. 마음은 아직 젊고 아름다울걸…… 마법을 푸는 법만 알면 다시 눈부시고 아름다운 모습으로 돌아가는 거지. 하지만 우린 방법을 모르니까…… 그걸 아는 사람은 언제나 왕자님뿐이거든…… 라벤더 아주머니의 왕자님은 아직 나타나지 않은 거고. 아마 왕자님도 불행한 사고를 당했는지 몰라…… 동화책의 법칙과는 안 맞긴 하지만."

다이애나가 말했다.

"오래전에 왔다가 가버렸으면 어떡하지. 사람들이 그러는데 아주머니가 젊었을 때…… 스티븐 어빙하고 약혼을 했었대…… 폴의 아버지 말이야. 그런데 서로 다투고는 헤어졌다는 거야."

앤이 주의를 주었다.

"쉿, 문이 열려 있어."

두 소녀는 담쟁이덩굴이 드리운 현관에 멈춰 서서 열려 있는 문을 두드렸다. 안에서 타닥타닥 발소리가 들리더니 조금 특이하게 생긴 여자아이가 모습을 드러냈다. 열네 살가량 되어 보이는 여자아이는 얼굴이 주근깨투성이에 들창코였고, 입이 양쪽 귀에 걸린 것처럼 보일 만큼 컸다. 두 갈래로 땋은 금발머리에는 커다란 파란 리본을 묶고 있었다.

다이애나가 물었다.

"루이스 아주머니 계신가요?"

"네, 아가씨. 들어오세요, 아가씨. 라벤더 마님께 아가씨들이 오셨다고 전해드릴게요. 지금 위층에 계셔서요."

이 말을 남기고 어린 하녀는 눈앞에서 휙 사라졌고, 둘만 남은 소녀들은 서로 기쁜 눈빛을 주고받았다. 이 놀라운 집의 내부는 외부만큼이나 흥미로웠다.

방은 천장이 낮았다. 작고 네모진 창문 두 개에 주름장식이 있는 모슬린 커튼이 달려 있었다. 가구들은 모두 구식이었지만 깨끗하게 관리가 잘되어 예뻐 보였다. 하지만 솔직히 말하자면 가을 공기를 맞으며 6킬로미터 넘게 걸어온 건강한 두 소녀의 눈길을 가장 사로잡은 것은 식탁 위에 놓인 연푸른 도자기에 맛있게 차려놓은 음식들이었다. 식탁보 위로 황금빛 고사리들까지 두루 장식되어 있어, 앤의 표현대로라면 '축제 분위기'까지 풍겼다.

앤이 조그맣게 소곤거렸다.

"라벤더 아주머니는 손님을 기다리고 계셨나봐. 여섯 명 자리가 준비되어 있잖아. 그런데 그 어린 여자애는 참 재미있지? 꼭 요정 나라에서 온 전령 같아. 그 애한테 길을 물어봤어도 될 것 같은데, 라벤더 아주머니가 어떤 분인지 보고 싶었어. 저기…… 저기…… 저기 온다."

말이 끝나기가 무섭게 라벤더 루이스가 문 앞에 나타났다. 두 소녀는 너무 놀라 인사하는 것도 잊고 그저 빤히 쳐다보았다. 앤과 다이애나는 무심결에 이제껏 흔히 보았던 나이 든 독신 여성이 나올 거라 생각하고 있었다. 라벤더 루이스가 희끗희끗하고 단정한 머리에 안경을 쓴, 깡마른 모습일 거라고 미루어 짐작했던 것이다. 하지만 라벤더 루이스는 두 소녀가 상상한 모습과는 완전히 딴판이었다.

라벤더 루이스는 아름답고 풍성하게 물결치는 새하얀 머리를 정성껏 부풀려 둥글게 말아올린 모습을 하고 있었다. 소녀 같은 얼굴에 뺨은 발그레한 혈색을 띠고 입술은 사랑스러웠으며 크고 부드러운 갈색 눈동자와 보조개가 있었다…… 정말로 보조개였다. 매우 우아한 크림색 모슬린 드레스를 입고, 색이 옅은 장미로 장식한 모습이었는데…… 그 나이의 다른 여자들이 입었다면 유치하고 우스꽝스러워 보였겠지만, 라벤더에게는 완벽하게 어울려서 그런 생각이 전혀 들지 않았다.

"샬럿타 4세 말로는 나를 찾았다고요."

라벤더는 목소리도 외모와 꼭 어울렸다.

다이애나가 말했다.

"웨스트그래프턴으로 가는 길을 여쭤보려고요. 킴벌 씨 댁에 초대를 받았는데 숲길로 가다가 길을 잘못 들어 웨스트그래프턴 길이 아니라 간선길로 나오게 됐거든요. 이 집 입구에서 오른쪽으로 가야 할까요, 왼쪽으로 가야 할까요?"

"왼쪽이에요."

라벤더가 대답하며 망설이는 눈빛으로 식탁을 힐끔 보더니, 갑자기 결심한 듯 큰 소리로 말했다.

"여기서 나와 같이 차를 마시는 건 어때요? 그렇게 해줘요. 킴벌 씨 댁에 도착하면 이미 차를 다 마신 뒤일 거예요. 여기서 함께 자리를 해준다면 샬럿타 4세도 나도 정말 기쁠 거고요."

다이애나가 어떻게 할지 묻는 얼굴로 말없이 앤을 쳐다봤다.

앤은 이 놀라운 라벤더 아주머니를 더 알고 싶은 마음이 컸기 때문에 망설임 없이 대답했다.

"저희도 그러고 싶어요. 아주머니께 폐가 되지 않는다면요. 그런데 다른 손님이 오시기로 되어 있는 거 아닌가요?"

라벤더가 차를 준비해둔 식탁을 다시 돌아보고는 얼굴을 붉했다.

"내가 너무 바보 같아 보일 텐데, 바보 맞죠…… 들키면 창피하지만 들키지 않으면 창피하지도 않거든요. 누굴 기다리는 게 아니라…… 그저 기다리는 척하는 거예요. 보다시피 나는 몹시 외롭거든요. 난 손님이 오는 걸 좋아해요…… 물론 아무나 다 환영한다는 건 아니지만요…… 그렇지만 여긴 너무 외져서 찾아오는 사람이 거의 없어요. 샬러타 4세도 외롭긴 마찬가지죠. 그래서 다과 모임이 있을 것처럼 흉내만 내고 있었던 거예요. 요리도 하고…… 식탁을 꾸미기도 하고…… 어머니가 결혼식 때 썼던 도자기 그릇도 꺼내놓고…… 옷도 예쁘게 차려 입는 거죠."

다이애나는 라벤더가 과연 소문대로 괴짜라고 생각했다. 마흔다섯이나 먹은 여자가 어린아이처럼 다과회를 여는 소꿉장난을 하고 있다니! 하지만 앤은 눈을 반짝반짝 빛내며 즐거이 소리쳤다.

"오, 아주머니도 상상을 하시나요?"

'아주머니도'라는 말에서 라벤더는 앤과 마음이 통하리라는 걸 알아챘다.

라벤더는 용기를 내어 고백했다.

"그럼요, 하죠. 물론 이 나이에 어리석은 일이긴 해요. 하지만 노처녀로 혼자 살아서 좋은 게 뭐겠어요? 어리석인 일이라도 하고 싶으면 하는 거죠. 누구를 해코지 하는 것도 아닌데. 사람은 보상이 필요하잖아요. 가끔 이런 상상을 하지 않으면 견디기 힘들 것 같거든요. 그렇다고 자주 들키는 것도 아니고, 샬러타 4세도 절대 입 밖에 내지 않아요. 하지만 오늘은 들킨 게 기쁘네요. 이렇게 정말로 두 사람이 왔고, 차는 이미 준비되어 있으니까요. 손님방에다 모자를 벗어둘래요? 계단 위에 있는 하얀 문이 손님방이에요. 나는 부엌에 가서 샬러타 4세가 차를 불에 올린 건 아닌지 봐야겠어요. 샬러타 4세는 아주 착한 아이지만 곧잘 물에다 찻잎을 넣고 끓이거든요."

라벤더는 손님을 맞을 생각에 여념 없이 부엌으로 건너갔고, 앤과 다이애나는 손님방을 찾아갔다. 문도 하얗고 내부도 하얀 손님방은 지붕창에 걸린 담쟁이덩굴 사이사이로 빛이 새어들었고, 앤이 말한 것처럼 행복한 꿈이 자라나는 공간 같았다.

다이애나가 물었다.

"정말 모험하는 것 같지 않니? 라벤더 아주머니는 조금 특이하긴 해도 상냥한 분 같지? 전혀 노처녀 같지도 않고."

앤이 대답했다.

"음악 소리 같은 분이야."

두 소녀가 아래층으로 내려가자 마침 라벤더가 찻주전자를 들고 들어왔고, 한껏 신이 나 보이는 샬러타 4세도 뜨거운 비스킷 접시를 들고 뒤를 따라왔다.

라벤더가 말했다.

"자, 이제 이름을 말해줘요. 젊은 아가씨들이 와주어서 정말 기뻐요. 나는 젊은 아가씨들이 참 좋아요. 같이 있으면 나도 절로 젊어진 기분이 들거든요. 정말이지……."

라벤더는 얼굴을 살짝 찡그리며 말을 이었다.

"내가 나이 들었다는 생각이 드는 게 너무 싫거든요. 자, 이름이…… 다이애나 배리? 또, 앤 셜리? 두 사람을 아주 오래전부터 알고 지냈다 치고 앤, 다이애나라고 불러도 될까요?"

"그럼요."

두 소녀가 입을 모아 말했다.

라벤더가 행복해하며 말했다.

"그럼 편히 앉아서 마음껏 먹어요. 샬러타, 너도 밑에 앉아서 닭고기를 먹고. 스펀지케이크하고 도넛을 굽길 정말 잘 했네요. 물론, 상상 속의 손님을 위해 만든 건 바보 같은 일이었지만…… 샬러타 4세도 그렇게 생각했을걸요. 그렇지 않니, 샬러타? 하지만 이렇게 잘되었잖아. 손님이 없어도 당연히 음식들을 버리진 않았을 거예요. 샬러타 4세하고 내가 두고두고 먹어도 됐고. 스펀지케이크는 오래 둬서 좋을 게 없지만요."

기억에 남을 만한 유쾌한 자리였다. 다과를 마치고는 다들 매혹적인 석양이 내려앉은 정원으로 나갔다.

"여긴 정말 아름다운 곳이에요."

다이애나가 감탄스럽게 주변을 둘러보며 말했다.

앤이 물었다.

"왜 이곳을 메아리 오두막이라고 부르는 거예요?"

"샬러타, 안에 들어가서 시계 선반에 걸어둔 작은 양철 호른 가져와."

샬러타 4세는 팔짝팔짝 뛰어갔다가 호른을 들고 돌아왔다.

라벤더가 지시했다.

"불어보렴, 샬러타."

샬러타가 그 말을 듣고 귀에 거슬리는 거칠고 시끄러운 소리를 빵 하고 터뜨렸다. 순간 정적이 흐르더니…… 강 건너 숲에서 뭐라 설명하기 힘들 만큼 맑고 낭랑한 메아리가 겹겹이 울리며 돌아왔다. 마치 모든 '요정나라의 호른들'이 석양을 배경으로 일제히 울려 퍼지는 소리 같았다. 앤과 다이애나는 기쁨의 환호를 질렀다.

"이번에는 웃어봐, 샬러타…… 아주 크게."

라벤더가 물구나무를 서래도 순순히 따를 것 같은 샬러타가 돌 벤치 위로 올라서더니 큰 소리로 열심히 웃기 시작했다. 돌아오는 메아리 소리가, 꼭 자줏빛 숲속 뾰족뾰족 올라온 전나무 머리 꼭대기에서 장난꾸러기 요정들이 따라 웃는 소리처럼 들렸다.

라벤더는 메아리가 자기 것이라도 되는 듯 말했다.

"모두들 우리 메아리를 들으면 감탄해요. 나도 정말 좋아하고요. 아주 좋은 친구가 되어주거든요……. 상상력을 조금만 보태면요. 고요한 밤이면 샬러타 4세하고 같이 여기 나와 앉아서 메아리를 부르며 논답니다. 샬러타, 호른은 제자리에 잘 걸어두고 와."

"왜 샬러타 4세라고 부르시는 거예요?"

다이애나가 궁금하던 것을 참지 못하고 물었다.

라벤더가 진지한 얼굴로 말했다.

"내가 아는 다른 샬러타들하고 혼동하지 않으려고요. 다들 너무 닮아서 구별이 안 가거든요. 이 아이 이름은 사실 샬러타가 아니에요. 원래는…… 가만…… 뭐더라? 아, 그래, 레오노라…… 맞아요. 레오노라예요. 이게 이렇게 된 거예요. 10년 전에 어머니가 돌아가시고는 나 혼자 여기서 못 살겠더라고요……. 다 큰 하녀를 쓰면서 급료를 줄 형편도 아니었고요. 그래서 어린 샬러타 보먼을 데려와서 같이 살면서 재워주고 입혀주고 했어요. 그 애가 진짜 샬러타였어요…… 샬러타 1세죠. 그때가 열세 살이었어요. 그 애는 열여섯 살이 될 때까지 내 옆에 있다가 보스턴으로 떠나버렸죠. 그 애가 지내기엔 거기가 더 나았거든요. 그다음으로 그 애 여동생이 우리 집에 와서 살았어요. 그 아이 이름은 줄리에타였고요……. 보먼 부인은 예쁜 이름에 사족을 못 쓰는 사람이었나 봐요……. 그런데 샬러타랑 너무 닮아서 내가 내내 샬러타라고 불렀는데…… 그 애도 개의치 않았어요. 그래서 난 진짜 이름을 외우려 하지 않았어요. 그 애가 샬러타 2세인데, 그 애가 떠난 다음 에벌리나가 왔고 샬러타 3세가 되었죠. 지금 저 아이가 샬러타 4세고요. 하지만 저 애도 이제 열네 살인데…… 열여섯 살이 되면…… 보스턴으로 떠나려고 할 거예요. 그럼 난 어떻게 해야 할지 정말 모르겠어요. 샬러타 4세는 보면 자매 중 막내예요. 제일 낫고요. 다른 샬러타들은 늘 내가 상상에 빠지는 걸 어리석다고 생각하며 티를 내기도 했지만, 샬러타 4세는 한 번도 그런 적이 없어요. 속마음은 어떤지 모르지만요. 난 내 앞에서 티만 내지 않으면 사람들이 날 어떻게 생각하건 상관없거든요."

다이애나가 지는 해를 아쉬운 눈으로 바라보았다.

"저, 어두워지기 전에 킴벌 씨 댁에 도착하려면 이제 가야 할 것 같아요. 정말 즐거운 시간이었어요, 라벤더 아주머니."

라벤더가 간절한 목소리로 말했다.

"다시 날 만나러 와줄래요?"

키 큰 앤이 자그마한 라벤더의 어깨에 팔을 두르며 약속했다.

"꼭 다시 올게요. 이제 여기 사시는 걸 알았으니, 지겨워하실 때까지 올 거예요. 오늘은 이만 가야겠네요…… '이젠 떨쳐 버리고 가야만 해요.' 초록 지붕 집에 올 때마다 폴 어빙이 하는 말이에요."

"폴 어빙이라고요? 그 아이는 누구죠? 에이번리에 그런 이름을 가진 사람은 없는 줄 알았는데."

목소리가 미묘하게 변했다.

앤은 자신의 경솔함에 화가 났다. 라벤더의 옛 사랑 이야기를 깜박한 탓에 폴의 이름이 튀어나와버린 것이었다.

앤이 찬찬히 설명했다.

"제가 가르치는 학생이에요. 작년에 보스턴에서 와서 할머니와 함께 살고 있어요. 바닷가 길의 어빙 부인이 그 아이의 할머니에요."

"스티븐 어빙의 아들인가요?"

라벤더는 자신과 이름이 같은 라벤더 꽃밭 위로 몸을 숙이고 있어서 얼굴은 보이지 않았다.

"네."

라벤더가 앤의 대답을 듣지 못한 사람처럼 밝게 말했다.

"두 사람한테 라벤더를 한 다발씩 줄게요. 정말 예쁘죠? 어머니는 언제나 라벤더를 좋아했어요. 오래전에 이 화단가에 라벤더를 심으셨죠. 아버지도 라벤더를 무척 좋아하셔서, 내 이름도 라벤더라고 지었어요. 아버지는 어머니의 오빠를 따라 이스트 그래프턴에 있는 어머니 집을 방문했다가 어머니를 처음 만났더랬죠. 어머니한테 첫눈에 반하셨대요. 그날 밤 손님방에서 머무는데 침대보에서 라벤더 향기가 나서인지 밤새 한숨도 못 주무시고 어머니 생각만 하셨대요. 그 뒤로 내내 라벤더 향기를 아주 좋아하게 되셨고…… 그래서 내 이름도 라벤더라고 지으신 거예요. 잊지 말고 꼭 다시 놀러와요. 샬러타 4세도 나도 두 사람을 기다릴게요."

라벤더가 앤과 다이애나가 나갈 수 있도록 전나무 아래 문을 열어주었다. 라벤더는 갑자기 나이 들고 지쳐 보였다. 얼굴에선 광채가 사라졌다. 작별의 미소는 여전히 젊고 사랑스러워 보였지만, 앤과 다이애나가 오솔길의 첫 번째 모퉁이에서 돌아보았을 때, 라벤더는 정원 한가운데 자란 은백양나무 아래 오래된 돌 벤치에 앉아 녹초가 된 듯 한 손으로 머리를 짚고 있었다.

다이애나가 나직이 말했다.

"외로워 보여. 우리가 자주 와야겠어."

앤이 말했다.

"라벤더 아주머니는 부모님이 이름을 딱 어울리게 잘 지어주신 것 같아. 그분들이 무작정 엘리자베스나 넬리나 뮤리엘 같은 이름을 지어주셨다 해도 아주머니는 지금처럼 라벤더라고 불렸을걸. 향긋함이나 예스러운 우아함, '실크 드레스' 같은 게 떠오르는 이름 아니니? 내 이름은 빵이나 버터, 조각보, 허드렛일 같은 느낌인데 말이야."

다이애나가 말했다.

"오, 그렇지 않아. 앤이란 이름은 진짜 위엄이 있고 여왕 같은 느낌이야. 하지만 난 네 이름이 캐런해퍼치였어도 그 이름을 좋아했을 거야. 이름이라는 건 바로 그 사람이라서 멋지게 느껴지기도 하고 추하게 느껴지기도 한다고 생각하거든. 난 조시나 거티라는 이름을 지금은 듣기도 싫지만, 파이네 그 애들을 알기 전까진 정말 예쁜 이름이라고 생각했어."

앤이 다이애나의 생각에 고취되어 말했다.

"정말 멋진 생각이야, 다이애나. 자기 이름을 아름답게 남길 수 있는 삶을 살라는 거구나. 비록 처음부터 예쁜 이름은 아닐지라도…… 사람들 마음에 이름 자체가 아니라 아름답고 기분 좋은 것들이 떠오르도록 말이야. 고마워, 다이애나."

22장

이런저런 일들

다음 날 아침 마릴라가 식사 자리에서 물었다.

"그래서 돌집에서 라벤더 루이스하고 차를 마셨다고? 라벤더는 지금 어떻든? 그 여자를 마지막으로 본 게 15년도 더 전이었지…… 어느 일요일에, 그래프턴 교회에서였어. 아주 많이 변했겠지. 데이비 키스, 손이 닿지 않으면 건네 달라고 부탁을 해야지. 그렇게 식탁 위로 팔을 뻗지 말고. 폴 어빙이 우리 집에 와서 식사할 때 그런 적이 있든?"

데이비가 꿍얼거렸다.

"그렇지만 폴은 나보다 팔이 길잖아요. 폴은 팔이 11년 동안 자랐고 내 팔은 7년밖에 안 자랐단 말이에요. 그리고 내가 달라고 했는데, 아줌마랑 앤 누나랑 얘기하느라 바빠서 들은 체도 안 하셨잖아요. 그리고 폴은 여기 와서 식사한 적 없어요. 차만 마셨죠. 차를 마실 땐 아침을 먹을 때보다 바르게 행동하기가 더 쉽다고요. 배도 안 고프고요. 저녁을 먹고 나면 아침을 먹을 때까지 엄청나게 오래 있어야 하잖아요. 앤 누나, 그 숟가락으로 뜨면 작년하고 똑같단 말이야. 난 작년보다 훨씬 더 컸는데."

앤이 데이비를 달래려고 메이플시럽을 두 숟가락 떠주고는 말했다.

"당연히 전 라벤더 아주머니가 예전에 어떤 모습이었는지 모르지만, 왠지 그분이 아주 많이 변했을 것 같지는 않아요. 머리는 눈처럼 하얗지만 얼굴은 생기가 넘쳐서 소녀처럼 보일 정도였어요. 눈동자는 예쁜 갈색이었는데…… 황금이 반짝거리는 나무 빛깔 같았어요…… 목소리를 들으면 하얗고 보드라운 비단이랑 물방울이 퐁당거리는 소리랑 요정의 종소리가 전부 한꺼번에 떠올라요."

"어렸을 때는 대단한 미인이라고들 생각했지. 그 여자를 잘 알지는 못했지만 내가 아는 선에서는 좋아했어. 그때도 어떤 이들은 그 여자가 괴짜라고들 여겼어. 데이비, 그런 장난치다가 한 번만 더 걸리면 다른 사람들 식사가 끝날 때까지 아무것도 먹지 못할 줄 알거라. 프랑스 아이처럼 말이다."

앤과 마릴라가 쌍둥이와 같이 있는 자리에서 이야기를 나눌 때는 대개 이렇듯 데이비를 나무라느라 대화가 뚝뚝 끊겼다.

이번에도 데이비는 안타깝게도 숟가락으로 시럽을 싹싹 긁어먹기가 어려워서 결국 두 손으로 접시를 들고 조그마한 분홍빛 혀로 핥아대는 것으로 이 어려움을 해결했다. 앤이 몸서리를 칠 정도로 놀라 쳐다보자 어린 죄인은 얼굴이 발개져서 부끄러운 마음 반, 반항심 반으로 말했다.

"이렇게 하면 안 남기고 다 먹을 수 있어."

앤이 말했다.

"사람들은 남들하고 다르면 늘 괴짜라고 부르잖아요. 라벤더 아주머니가 남들하고 다른 건 분명해요. 어떤 점이 다른지 딱 꼬집어 말하긴 어렵지만요. 아마 절대 나이를 먹지 않는 그런 사람이라서 그럴 거예요."

마릴라가 꽤나 가차 없이 말했다.

"다른 사람들이 다 늙는데 같이 늙는 게 낫지. 안 그러면 어딜 가도 어울리지 못해. 내가 알기로 라벤더 루이스는 모든 것에서 떨어져 나온 거야. 그렇게 외떨어진 곳에 살다가 모두에게서 잊히고 말았잖니. 그 돌집은 이 섬에서 제일 오래된 집이야. 80년 전에 루이스 씨가 영국에서 건너와 지은 거란다. 데이비, 도라 팔꿈치 흔들지 마라. 다 봤어! 안 그런 척해도 소용없어. 도대체 오늘 아침에 왜 그런다니?"

"침대에서 내려올 때 잘못된 쪽으로 내려와서 그런가봐요. 밀티 볼터가 그러는데 그럼 하루 종일 잘못만 한대요. 밀티네 할머니가 그랬대요. 그런데 어느 쪽이 올바른 쪽이에요? 침대가 벽에 붙어 있을 땐 어떻게 해야 해요? 네?"

마릴라가 데이비의 말을 못 들은 척 말을 이어갔다.

"난 스티븐 어빙하고 라벤더 루이스가 왜 헤어졌는지 늘 궁금했어. 두 사람은 25년 전에 분명히 약혼을 했었는데, 하루아침에 갑자기 깨졌지. 문제가 뭐였는지 몰라도 뭔가 심각한 일이 있었던 모양이야. 스티븐 어빙이 미국으로 떠나서 다시는 돌아오지 않았으니까."

"어쩌면 정말 별일이 아니었을 수도 있어요. 살다 보면 사소한 일들이 큰일보다 더 문제가 될 때가 많은 것 같아요."

앤이 경험보다 번쩍이는 통찰력으로 말했다.

"아주머니, 제가 라벤더 아주머니네 집에 갔던 일은 린드 아주머니껜 비밀로 해주세요. 틀림없이 꼬치꼬치 물어보실 텐데, 전 그러고 싶지 않거든요…… 라벤더 아주머니도 아시면 분명 안 좋아하실 거예요."

마릴라도 수긍했다.

"아마 레이철은 알고 싶어할 게다. 예전처럼 다른 사람 일에 신경 쓸 시간이 별로 없긴 하지만. 요즘은 토머스 때문에 집에 묶여 있는 신세란다. 그리고 좀 상심해 있어. 점점 토머스가 호전될 가망이 없다는 생각이 드는 모양이야. 토머스한테 무슨 일이라도 생기면 레이철은 몹시 외로워질 게야. 그 집 애들이

다 서부에 정착하고 엘리자만 시내에 살잖니. 게다가 엘리자는 남편이랑 사이도 좋지 않고."

그건 마릴라가 근거 없이 하는 말이었다. 엘리자는 남편과 사이가 무척 좋았다.

"레이철은 토머스가 의지만 가지면 기운을 차릴 거라지만. 해파리한테 똑바로 앉으라고 한다고 말을 듣니? 애초에 의지가 약한 사람인데. 결혼 전까지는 어머니가 시키는 대로 하고 살다가 결혼해서는 레이철한테 잡혀 살았잖아. 레이철 허락 없이 아픈 것도 놀랄 일이라니까. 하긴 나도 이렇게 말하면 안 되지. 레이철은 좋은 아내였어. 토머스는 레이철 아니었으면 아무것도 못했을 거야. 타고 나기를 그런걸. 레이철처럼 영리하고 능력 있는 아내를 만났기에 망정이지. 토머스는 레이철이 뭘 하든 개의치 않았어. 자기가 결정해야 하는 수고로움을 덜어주었잖니. 데이비, 뱀장어처럼 꼼지락대지 말거라."

데이비가 항변했다.

"그럼 할 일이 없잖아요. 식사도 다 했고 아줌마랑 누나가 먹는 걸 쳐다보는 건 재미없단 말이에요."

마릴라가 말했다.

"그러면 도라하고 나가서 암탉 모이나 주도록 해. 또 흰 수탉한테 가서 꽁지 털 뽑지 말고."

데이비가 부루퉁하게 대답했다.

"인디언 머리 장식에 쓸 깃털이 필요했어요. 밀티 볼터는 멋진 게 있는데. 밀티네 엄마가 늙은 칠면조 수컷을 잡을 때 준 깃털로 만든 거예요. 나도 조금만 뽑게 해주세요. 그 수탉은 깃털이 남아도는데."

앤이 말했다.

"다락에 있는 낡은 깃털 먼지떨이로 하면 돼. 누나가 초록색이랑 빨간색이랑 노란색으로 물을 들여줄게."

"네가 저 아이 버릇을 다 망치는 거야."

데이비가 얼굴이 활짝 펴서 단정한 도라를 따라 밖으로 나가자, 마릴라가 말했다.

지난 6년 동안 마릴라가 아이들을 가르치는 방식은 엄청나게 발전했다. 하지만 아이들이 바라는 걸 너무 많이 들어줘선 안 된다는 생각에선 벗어나지 못했다.

앤이 말했다.

"데이비네 반 아이들은 전부 다 인디언 머리 장식을 가지고 있어요. 데이비도 가지고 싶을 거예요. 전 그 기분을 알아요…… 다른 여자아이들이 모두 퍼프 소매를 입을 때 저도 얼마나 가지고 싶었는지 절대 못 잊을 거예요. 그리고 데이비는 버릇이 나빠지지 않았어요. 매일매일 더 나아지고 있는걸요. 작년에 여기 왔을 때부터 얼마나 달라졌는지 생각해보세요."

마릴라도 인정했다.

"학교에 다니면서부터 확실히 장난은 많이 줄었어. 다른 사내애들하고 어울리니 말썽 부릴 기력도 없는 게지. 그나저나 리처드 키스한테서 아직까지 소식이 없다니 이상하네. 지난 5월 이후론 통 소식이 없구나."

앤이 접시를 치우며 한숨을 쉬었다.

"전 소식이 올까봐 걱정이에요. 편지가 와도 뜯어보기 겁날 것 같아요. 아이들을 보내라고 할까봐요."

한 달 후 편지가 도착했다. 하지만 리처드 키스가 보낸 편지가 아니었다. 그의 친구가 편지를 보내, 리처드 키스가 폐결핵으로 2주일 전 사망했다는 소식을 알려온 것이었다. 편지를 쓴 사람은 리처드 키스의 유언장 집행인이었는데, 그의 유언에 따라 총 2천 달러를 마릴라 커스버트에게 남기면서 데이비드 키스와 도라 키스가 성인이 되거나 결혼을 할 때까지 보관해달라고 전했다. 또 그 돈의 이자는 아이들 양육비로 쓰도록 했다.

앤이 차분한 목소리로 말했다.

"죽음에 관련된 일로 조금이라도 기쁜 마음이 든다는 건 끔찍한 일 같아요. 키스 씨는 참 안됐지만, 전 쌍둥이를 보내지 않아도 되어서 기뻐요."

마릴라는 현실적으로 생각했다.

"돈을 남겨주다니 정말 다행이야. 쌍둥이들을 데리고 있고 싶어도 형편이 안 돼서 막막했는데. 아이들이 크면 더 돈이 들어갈 데가 많을 테고. 농장 임대료로는 살림만 하기에도 빠듯하고, 네가 버는 돈은 쌍둥이한테 써선 안 된다고 생각해. 넌 지금도 아이들한테 너무 많은 걸 해주잖니. 도라한테도 그 새 모자는 사줄 필요가 없었어. 고양이한테 꼬리가 두 개 있을 필요 있니? 이제는 방법이 생겼으니 아이들을 키울 수 있겠어."

데이비와 도라는 초록 지붕 집에 '영원히' 살게 될 거란 소식을 듣고 기뻐했다. 아이들은 얼굴도 모르는 삼촌의 죽음에 전혀 슬퍼할 겨를이 없었다. 하지만 도라에겐 한 가지 걱정이 있었다.

도라가 앤에게 귓속말로 물었다.

"리처드 삼촌은 땅에 묻혔어?"

"그래, 물론이지."

도라는 한층 더 불안한 목소리로 속삭여 물었다.

"삼촌은…… 삼촌은 미라벨 코튼네 삼촌 같지 않지? 무덤에서 나와서 집 주변을 걸어 다니지 않는 거지, 언니?"

23장

라벤더의 사랑 이야기

"오늘 저녁에 메아리 오두막까지 걸어갈 생각이에요."

12월의 어느 금요일 오후에 앤이 말하자 마릴라가 걱정스러운 얼굴로 대답했다.

"눈이 올 날씨던데."

"눈이 오기 전에 가서 거기서 밤을 지내려고요. 다이애나는 손님이 와서 못 가지만, 오늘은 라벤더 아주머니가 저를 기다리실 거예요. 벌써 2주일이나 못 갔는걸요."

앤은 10월의 그날 이후로 메아리 오두막을 자주 찾아갔다. 다이애나와 함께 마차를 몰고 갈 때도 있었고, 산길을 걸어갈 때도 있었다. 다이애나가 가지 못하면 혼자서라도 갔다. 앤과 라벤더 사이에는 가슴속에 싱그러운 젊음을 간직한 여인과 상상력과 직관으로 경험을 대신하는 소녀 사이에서만 가능한 강

렬하고 유익한 우정이 싹텄다. 앤은 마침내 '마음이 통하는 친구'를 찾아낸 것이었다. 외롭게 은둔하여 공상을 낙으로 생활하던 자그마한 여인에게 앤과 다이애나는 바깥세상의 온전한 기쁨과 유쾌한 활기를 불어넣어주었다. 세상을 잊고 세상에서도 잊힌 채 살던 라벤더가 오랫동안 나누지 못한 것들이었다. 두 소녀는 작은 돌집에 젊음과 현실감을 가져다주었다. 샬러타 4세는 언제나 환한 미소로 소녀들을 맞아주었다…… 입이 귀에 걸릴 정도로 활짝 웃는 얼굴이었다. 앤과 다이애나가 오는 게 그냥 좋기도 했지만 숭배하는 주인님을 생각하면 두 소녀가 더없이 반가웠다. 신나는 웃음소리로 아담한 돌집이 전에 없이 들썩였던 그해 가을은 유난히 길고 아름다웠다. 11월에도 10월이 다시 돌아온 듯했고, 12월에 들어서도 햇볕과 실안개가 여름날처럼 서성였다.

하지만 이날은 유독 마치 12월이 겨울이라는 걸 이제야 기억해냈다는 듯 흐리고 음울한 날씨였다. 바람 한 점 없이 고요한 대기는 금방이라도 눈을 뿌릴 것 같았다. 그런데도 앤은 거대한 잿빛 미로 같은 너도밤나무 숲길을 한껏 즐기며 걸었다. 혼자였지만 전혀 외롭지 않았다. 상상 속의 사람들이 즐거운 동행이 되어 같이 걸었고, 이들과 상상으로 이어가는 명랑한 대화는 현실에서의 대화보다 더 재치 넘치고 매혹적이었다. 현실 사람들과는 애석하게도 그런 즐거운 대화가 힘들 때도 많았다.

원하는 상대만 골라 모은 상상 속에서는 모두가 듣고 싶고 하고 싶은 말만 할 수 있었다. 이렇게 보이지 않는 친구들과 같이 숲을 지나 전나무 오솔길에 다다랐을 때 커다란 솜털 같은 눈송이가 부드럽게 날리기 시작했다.

첫 번째 모퉁이를 돌자, 가지를 넓게 뻗은 키 큰 전나무 아래 서 있는 라벤더가 보였다. 라벤더는 따뜻해 보이는 짙은 빨간색 드레스를 입고 은회색 실크 숄로 어깨를 감싼 차림이었다.

앤이 즐겁게 인사했다.

"전나무 숲 요정들의 여왕 같아요."

라벤더가 앤을 맞으러 달려오며 말했다.

"오늘 밤에 네가 올 줄 알았어, 앤. 샬러타 4세가 없어서 더 반가워. 어머니가 아프셔서 오늘 밤엔 못 돌아올 거라고 했거든. 네가 오지 않았다면 너무 쓸쓸했을 거야…… 상상이나 메아리만으로는 부족했을 테니까. 아, 앤, 오늘 정말 예쁘구나."

라벤더가 걷느라 얼굴이 발그레해진 키 크고 날씬한 소녀를 쳐다보며 갑작스레 말했다.

"어쩜 이렇게 젊고 예쁜지! 열일곱 살이라는 건 정말이지 즐거운 일이지? 네가 참 부러워."

라벤더는 감정에 솔직했다.

앤이 미소 지었다.

"아주머니도 마음은 열일곱 살이잖아요."

라벤더가 한숨을 쉬었다.

"아니야. 나는 늙었어…… 어쨌든 중년은 맞지. 그게 더 최악이야. 가끔은 안 늙은 척하지만, 가끔은 현실을 깨달아. 다른 여자들은 다들 적응하며 사는 것 같던데 나는 그게 안 돼. 아직도 흰 머리카락을 처음 발견한 날처럼 반감이 드는걸. 괜찮아, 앤, 이해하려 애쓰는 표정 짓지 않아도 돼. 열일곱 살이 이해할 수 있는 감정이 아니니까. 지금부터는 나도 열일곱 살인 척할래. 네가 왔으니 할 수 있어. 넌 언제나 선물처럼 젊음을 가져오잖아. 우리 저녁 시간을 즐겁게 보내자. 차부터 마실까…… 어떤 차로 할래? 네가 마시고 싶은 차로 마시자. 맛도 있고 금방 배가 꺼지지 않는 걸로 생각해봐."

그날 밤 작은 돌집엔 떠들썩한 웃음소리가 가득했다. 요리하고 마음껏 먹고 즐기며 사탕을 만들고 웃고, 또 상상하는 소리들이 끊이지 않았다. 마흔다섯 노처녀와 진중한 학교 선생님으로서의 품위와는 거리가 먼 행동들이었다 해도 틀린 말이 아니었다. 그러다가 지친 두 사람은 응접실 벽난로 앞 깔개에 앉았다. 난롯불에서 은은한 빛이 새어나오고, 벽난로 선반 위에 올려둔 장미 화병에서 기분 좋은 향기가 퍼졌다. 처마 끝에서 바람이 낮게 일었다가 높게 울어댔고, 폭풍의 요정들이 몰려와 문을 열어 달라고 노크라도 하듯 눈송이들이 조용히 창문을 두드렸다.

라벤더가 사탕을 오물거리며 말했다.

"네가 와서 정말 기뻐, 앤. 네가 아니었으면 우울했을 거야…… 아주 많이…… 견디기 힘들 만큼 우울했을 거야. 상상을 하는 것도 햇볕 좋은 낮에는 즐겁지만 어둡고 폭풍우가 몰아칠 때는 그렇지 않거든. 그럴 땐 진짜가 필요해. 넌 이런 기분 모를 거야…… 열일곱 살엔 결코 알 수 없지. 열일곱 살은 꿈꾸는 것만으로도 족해. 그땐 진짜가 저 앞에서 나를 기다리고 있다고 믿으니까. 내가 열일곱일 적에는, 내 나이 마흔다섯에 가진 거라고는 꿈밖에 없는 백발의 노처녀가 되어 있을 줄 몰랐어."

앤이 아쉬워하는 라벤더의 나무 빛깔 눈동자를 들여다보며 미소 지었다.

"아주머니는 노처녀가 아니에요. 노처녀는 타고나는 거지…… 되는 게 아니에요."

"어떤 사람은 타고나기도 하고, 어떤 사람은 일부러 노처녀가 되기도 하지만, 어쩔 수 없이 노처녀가 되는 사람들도 있어." 라벤더가 앤의 말을 재치 있게 받아쳤다.

앤이 소리 내어 웃었다.

"그럼 아주머니는 일부러 노처녀가 된 사람이네요. 그것도 무척이나 아름다운 노처녀라서, 모든 노처녀가 아주머니만 같으면 노처녀가 되는 게 유행하겠어요."

라벤더가 골똘히 생각하며 말했다.

"난 뭐든 가능한 한 잘하고 싶어. 노처녀가 되어야 한다면 멋진 노처녀가 되자고 마음먹었지. 사람들은 나더러 이상하다고 하지만, 그건 내가 내 방식대로 노처녀가 되어서 그런 거야. 다른 사람들이 사는 방식대로 따라가지 않아서 말이야. 앤, 스티븐 어빙과 나에 대해 들은 적이 있니?"

앤은 솔직하게 대답했다.

"네. 예전에 그분과 약혼하신 적이 있다고 들었어요."

"그래, 그랬지…… 25년 전이니까…… 까마득한 옛날 일이네. 우린 이듬해 봄에 결혼하려고 했었어. 나는 결혼식 때 입을 드레스를 만들었고. 그 사실을 아는 사람은 어머니와 스티븐뿐이지만. 우린 평생을 약혼한 관계로 살았다고도 할 수 있어. 스티븐이 어린 꼬마였을 때 어머니들끼리 만나는 날이면 우리 집에 따라오곤 했었단다. 그런데 두 번째로 우리 집에 왔을 때…… 스티븐은 아홉 살이고 나는 여섯 살이었는데…… 정원에서 나한테 그랬거든. 이다음에 크면 나하고 결혼하기로 마음을 먹었다고. 내가 '고마워'라고 했던 기억이 나. 스티븐이 돌아간 뒤에 난 어머니한테 아주 진지하게 말했어. 아주 큰 마음의 짐을 덜었다고, 이제는 더 이상 노처녀가 될까봐 걱정하지 않아도 된다고. 어머니가 얼마나 웃으셨는지!"

"그런데 뭐가 잘못되었던 거예요?"

앤이 숨을 죽이며 물었다.

"정말 바보 같고 어리석은, 사소한 말다툼이 있었어. 얼마나 사소한지, 믿을지 모르겠지만 무슨 일로 다투기 시작했는지 기억도 나질 않아. 누구 탓이 더 컸는지도 모르겠어. 스티븐이 시작하긴 했는데, 나도 바보처럼 화를 돋웠겠지. 스티븐한테 경쟁 상대가 한두 명 있었거든. 난 허영심에 어리광쟁이였고, 그 사람을 살짝 골려주고 싶었어. 스티븐은 아주 예민하고 감수성이 풍부한 사람이었어. 그러니까 우린 둘 다 홧김에 헤어졌던 거야. 하지만 난 다 잘 풀릴 거라 생각했어. 스티븐이 그렇게 빨리 돌아오지 않았다면 정말 잘 해결이 되었을지도 몰라. 앤, 실망할지 모르지만……"

라벤더는 마치 사람을 죽이는 취미라도 고백하려는 사람처럼 목소리를 낮췄다.

"난 진저리나게 잘 토라지는 사람이야. 오, 그렇게 웃지 마. 진짜라니까. 난 툭하면 삐져. 그런데 스티븐이 내 마음이 다 풀리지도 않았는데 돌아온 거야. 나는 그 사람 말을 들으려고도 하지 않고, 용서할 마음도 없었어. 그렇게 그 사람을 영영 떠나보냈지. 스티븐도 자존심이 센 사람이라 다시 돌아오지 않았어. 난 스티븐이 돌아오지 않는다고 또 삐졌고. 내가 먼저 부르러 갈 수도 있었겠지만, 난 그렇게 숙이고 들어가기 싫었어. 나도 그 사람만큼 자존심이 셌던 거지…… 자존심이 센 사람이 토라져버리면 그것만큼 힘든 상황이 없어, 앤. 나는 다른 사람은 좋아할 수도 없었고, 그러고 싶지도 않았어. 스티븐 어빙이 아닌 다른 사람하고 결혼하느니 평생 노처녀로 늙어 죽는 게 나을 것 같았지. 글쎄, 물론 이제 와 돌아보면 다 꿈같아. 앤, 그렇게 동정 어린 표정이라니…… 그런 표정도 열일곱 살이니까 지을 수 있는 거겠지. 하지만 심각하게 생각할 거 없어. 마음 아픈 이별이었지만 난 정말 행복하게, 만족하며 살고 있는걸. 스티븐 어빙이 돌아오지 않으리란 걸 깨달았을 땐, 정말로 그렇게 가슴 아플 수가 없었어. 하지만 앤, 현실에서 실연이란 책에서 보는 것처럼 그렇게 끔찍하진 않아. 치통으로 아픈 거랑 더 가깝지…… 네가 듣기엔 별로 로맨틱한 비유가 아니겠지만. 이따금 고통스럽고, 밤잠을 설칠 때도 있지만, 아무 문제도 없는 것처럼 삶을 살고 꿈도 꾸고 메아리랑 땅콩사탕을 즐기는 날들도 있는 거야. 실망한 얼굴이구나. 5분 전까지 네가 알던 나보다 훨씬 재미없는 사람 같지? 내가 비극적인 기억에 빠져 살면서도 그런 기억을 숨기고 용감하게 미소를 보이고 있다고 생각했을 거야. 그게 진짜 현실의 가장 나쁜 점이기도 하고…… 가장 좋은 점이기도 해, 앤. 현실은 우릴 비참한 신세로 내버려두지 않아. 우리가 편안해지도록…… 계속해서 다시 일어나도록…… 해주려고 계속 노력하거든. 내가 불행한 채로 낭만에 빠져들려고 애쓸 때조차 말이야. 이 사탕 정말 맛있지 않니? 벌써 몸에 안 좋을 만큼 많이 먹었지만 그냥 더 먹을래."

잠깐 침묵이 흐른 뒤 라벤더가 불쑥 말했다.

"네가 여기 처음 왔던 날 스티븐의 아들 이야기를 듣고는 얼마나 놀랐는지 몰라, 앤. 그 뒤로 말을 꺼낼 수는 없었지만, 그 아이가 정말 궁금했어. 그 애는 어떤 아이니?"

"그렇게 귀엽고 사랑스러운 아이는 본 적이 없어요, 아주머니…… 그리고 그 애도 상상을 해요. 아주머니랑 저처럼요."

라벤더가 혼잣말처럼 나직이 말했다.

"보고 싶네. 닮은 곳이 있는지 궁금해. 내 꿈속에서 나와 함께 사는 어린 소년하고…… 내 꿈속의 소년."

"폴을 만나고 싶으시면 제가 언제 한 번 데리고 올게요."

"만나고는 싶지만…… 나중에. 마음의 준비가 필요해. 기쁘기보다 괴로울지도 모르니까…… 그 애가 스티븐을 빼닮았대도…… 닮지 않았대도. 한 달쯤 지나면 데려와도 괜찮을 거야."

그 말대로, 앤은 한 달 뒤 폴을 데리고 숲길을 걸어 돌집을 향했고, 오솔길에서 라벤더와 마주쳤다. 두 사람이 올 줄 몰랐던 라벤더는 얼굴이 하얗게 질렸다.

"이 아이가 스티븐의 아들이구나."

라벤더가 나직이 말하며, 폴의 손을 잡고 아이를 들여다보았다. 말쑥하게 털 코트를 입고 모자를 쓴 차림으로 그 자리에 선 폴은 멋지고 귀여웠다.

"아빠를…… 아주 많이 닮았어."

폴이 편안한 말투로 대답했다.

"모두 저한테 판박이라고 해요."

이 광경을 지켜보던 앤은 안도의 숨을 내쉬었다. 라벤더와 폴이 서먹해하거나 낯설어하지 않고 서로를 마음에 들어 하는 게 보였기 때문이다. 라벤더는 꿈과 낭만을 사랑하지만 매우 분별 있는 사람이었다. 처음 잠깐 놀랐던 내색은 얼른 감추고, 아는 누군가의 아들인 것처럼 밝고 자연스럽게 폴을 대했다. 세 사람은 같이 즐거운 오후를 보내고 잔치라도 벌이듯 두둑이 배를 채웠다. 어빙 할머니가 봤다면 폴이 평생 소화불량에 시달릴 거라며 경악했을 정도였다.

헤어지면서 라벤더는 폴과 악수를 나누었다.

"또 놀러오렴."

폴이 진지하게 말했다.

"저한테 작별의 입맞춤을 하셔도 괜찮아요."

라벤더는 몸을 숙여 폴에게 입을 맞추고는 나직이 물었다.

"내 마음을 어떻게 알았니?"

"우리 엄마도 나한테 입맞춤을 하고 싶을 땐 아주머니처럼 쳐다보셨거든요. 보통은 누가 입 맞추는 걸 싫어해요. 남자애들이 다 그렇잖아요, 아주머니. 그런데 아주머니가 하는 건 괜찮은 것 같아요. 그리고 또 놀러와야죠. 아주머니하고 특별한 친구가 되고 싶어요. 아주머니가 싫다고 안 하신다면요."

"시…… 싫을 리가 있나."

라벤더는 그렇게 말하고는 급하게 몸을 돌려 집으로 들어갔다. 하지만 잠시 후 창가에서 밝게 웃으며 손을 흔들어 보였다.

너도밤나무 숲을 지나면서 폴이 말했다.

"전 라벤더 아주머니가 좋아요. 저를 쳐다보는 표정도 좋고, 돌집도 좋고, 샬러타 4세 누나도 좋아요. 할머니가 메리 조 누나 대신 샬러타 4세 누나 같은 사람을 데려오면 좋을 텐데. 샬러타 4세 누나는 제가 생각한 것들을 이야기해도 제 머리가 이상하다는 생각은 안 할 것 같아요. 차도 정말 맛있지 않았어요, 선생님? 할머니는 남자는 먹을 거나 생각하면 안 된다고 하셨지만 정말 배가 고플 땐 남자라도 어쩔 수 없잖아요, 선생님. 라벤더 아주머니는 아침에 싫다는 아이한테 억지로 오트밀 죽을 주진 않으실 것 같아요. 먹고 싶어하는 음식도 만들어 주시고요. 물론 그게…… 아이한테는 별로 좋지 않을 수도 있지만요. 그래도 가끔씩 그러는 건 괜찮잖아요, 선생님."

폴은 온당하게 생각할 줄 아는 아이였다.

24장

우리 마을 예언가

5월의 어느 날, 에이번리 마을 사람들은 샬럿타운 〈데일리 엔터프라이즈〉 신문에 '관찰자'라는 이름으로 실린 '에이번리 소식'이라는 기사 때문에 조금 술렁였다. 기사를 기고한 사람이 찰리 슬론이라는 소문이 돌았는데, 찰리가 예전에 비슷한 문학적 상상에 심취했던 적도 있었고, 기사로 실린 글 가운데 길버트 블라이드를 비아냥거리는 듯한 내용도 있었기 때문에다. 에이번리의 청년들은 길버트 블라이드와 찰리 슬론이 잿빛 눈동자에 상상력이 풍부한 어떤 아가씨를 두고 경쟁하는 사이라고들 했다.

소문이란 게 늘 그렇듯 그건 헛소문이었다. 기사를 쓴 사람은 길버트 블라이드였고, 길버트를 부추기고 글을 쓰도록 도와준 사람은 앤이었다. 한 기사에 자신에 관한 글을 쓴 건 기고자를 짐작하지 못하게 하려는 것이었다. 에이번리 소식들 가운데 이 이야기와 관련된 기사는 다음 글 두 가지다.

 소문에 따르면, 데이지 꽃이 피기 전 우리 마을에 결혼식이 열릴 것이라고 한다. 우리 마을에 새로 이사 온 존경받는 한 시민이 인기를 독차지하는 한 아가씨와 혼인을 한다는 것이다.
 우리의 유명한 날씨 예언가 에이브 아저씨는 5월 23일 저녁 일곱 시 정각에 천둥번개를 동반한 보랏빛 폭풍우가 시작될 것이라고 예언한다. 이 폭풍우는 우리 주 전체로 확대될 것이라고 한다. 해당일 저녁에 외출하는 사람들은 우산과 비옷을 준비해야 하겠다.

"에이브 아저씨는 이번 봄에 한 차례 폭풍우가 올 거라고 정말로 예언을 했어. 그런데 해리슨 아저씨가 정말 이사벨라 앤드루스를 만나는 것 같아?"

길버트가 물었다.

앤은 소리 내어 웃었다.

"아니. 해리슨 아저씨는 앤드루스 아저씨하고 체커를 두러 가시는 것뿐일걸. 하지만 린드 아주머니는 이사벨라 앤드루스가 결혼을 앞두고 있는 게 분명하대. 그래서 올봄에 그렇게 기분이 좋은 거라고 했어."

불쌍한 에이브 아저씨는 그 기사를 보고 분개했다. '관찰자'가 자신을 놀리려고 그런 글을 쓴 거라고 여겼다. 에이브 아저씨는 화를 내며 자신은 폭풍 날짜를 그렇게 콕 짚어 말한 적이 없다며 부인했지만, 그 말을 믿는 사람은 없었다.

에이번리에는 평범하고 평화로운 날들이 이어졌다. '나무 심기' 행사가 열렸다. 개선회원들이 나무 심는 날을 기념하여 준비한 행사였다. 개선회원들은 각자 조경수 다섯 그루를 심거나, 사람들에게 심게 만들었다. 개선회원의 수도 이제 40명에 달해서 새로 심은 어린 나무도 200그루가 되었다. 봄 귀리들도 붉은 들판을 초록색으로 물들였다. 사과 과수원마다 농가들 주변으로 꽃이 활짝 핀 가지들을 내밀었고, 눈의 여왕도 남편을 맞는 신부처럼 몸을 단장했다. 앤은 잠을 잘 때마다 창문을 열어 놓고 얼굴 위로 불어오는 벚꽃 향기를 맡는 게 좋았다. 앤은 그게 무척 시적이라고 생각했지만, 마릴라는 그것이 목숨을 건 위험한 행동이라고 생각했다.

어느 날 저녁, 마릴라와 함께 현관 앞 돌계단에 앉아 은은하게 들려오는 달콤한 개구리 합창 소리를 감상하던 앤이 말했다.

"추수감사절은 봄에 있어야 해요. 모든 게 죽거나 잠드는 11월보다 그게 훨씬 더 좋을 거예요. 11월에는 감사한 마음을 떠올려야 하지만 5월에는 저절로 감사한 마음이 들지 않을 수 없잖아요…… 모든 게 살아 있다는 것만으로도 말이에요. 선악과를 따먹기 전 에덴동산에 살던 이브가 꼭 이런 기분이었을 거예요. 저 우묵한 땅에 난 풀들은 초록빛인가요, 황금빛인가요? 아주머니, 꽃들이 활짝 피고 바람은 환희에 달떠 어디로 불어 갈지 모를 이런 보석 같은 날은 천국만큼 아름다운 하루 같아요."

마릴라가 별 망측한 말을 다 듣겠다는 표정으로 쌍둥이가 근처에서 듣고 있지는 않는지 걱정스레 주변을 휙 둘러보았다. 그때 데이비와 도라가 집 모퉁이를 돌아 나왔다.

"오늘 저녁엔 진짜 좋은 냄새가 나지 않아?"

데이비가 신이 나서 코를 킁킁거리면서 꼬질꼬질한 손으로 괭이를 흔들며 물었다. 데이비는 자기 정원에서 일하고 있었다. 그해 봄에 마릴라가 흙장난을 좋아하는 데이비의 관심을 좀 더 쓸모 있는 쪽으로 돌리려고 데이비와 도라에게 조그마한 땅뙈기를 내줘서 정원을 만들게 했다. 두 아이는 각자의 성격대로 정원을 열심히 가꾸었다. 도라는 씨앗을 심고 잡초를 뽑고 정성껏 물을 주는 등 체계적이고 냉철하게 정원을 돌보았다. 덕분의 도라의 정원에는 벌써 단정하게 나란히 고개를 내민 채소와 한해살이 식물들의 새싹이 파릇파릇했다. 하지만 데이비는 그보다 더 열성적으로 덤볐다. 땅을 파고 괭이질과 갈퀴질도 하고 물을 주고 모종을 옮겨 심고 어찌나 힘을 쏟아 붓는지 씨앗들이 움을 틔울 새가 없었다.

앤이 물었다.

"우리 데이비, 정원은 어떻게 되어가니?"

데이비가 한숨을 쉬며 말했다.

"잘 안 자라, 왜 더 잘 자라지 않는지 모르겠어. 밀티 볼터가 그러는데, 내가 달이 깜깜할 때 심어서 그럴 거래. 달이랑 맞지 않을 때는 씨를 심어도 안 되고 돼지를 잡아도 안 되고 머리를 잘라도 안 되고 뭐든 중요한 일은 하면 안 된대. 정말이야, 누나?"

마릴라가 골려대듯 말했다.

"네가 아래쪽은 어떻게 자라나 본다고 하루걸러 한 번씩 뿌리를 뽑아보지만 않았어도 더 잘 자랐을 게야."

데이비가 억울한 듯 말했다.

"여섯 개밖에 안 뽑았단 말이에요. 뿌리에 땅벌레가 있는지 보려고 한 거예요. 밀티 볼터가 달 때문이 아니면 땅벌레 때문에 그럴 거라고 했거든요. 그런데 땅벌레는 한 마리밖에 못 봤어요. 엄청 크고 통통한 땅벌레가 동그랗게 말려 있었어. 그래서 돌 위에 올려놓고 다른 돌로 납작하게 눌렀어. 진짜 재밌게 뿌직 으깨졌는데. 한 마리밖에 없어서 아쉬웠어. 도라의 정원은 나랑 똑같은 날 만들었는데 거기 풀들은 잘 자라고 있단 말이야. 달 때문에 그런 게 아니야."

데이비가 생각하는 말투로 결론을 지었다.

앤이 말했다.

"아주머니, 저 사과나무 좀 보세요. 어머, 꼭 사람 모양 같아요. 긴 팔을 뻗어서 분홍빛 치마를 우아하게 들어 올리면서 감탄을 자아내잖아요."

마릴라가 흐뭇하게 말했다.

"저 노란 공작부인 품종 나무들은 원래 열매가 잘 열려. 저 나무도 올해 주렁주렁 달리겠구나. 정말 잘됐다…… 파이를 만드는 데는 그만이지."

하지만 마릴라도, 앤도, 다른 어느 누구도 그해 노란 공작부인 사과로 파이를 만들지 못했다.

5월 23일, 이상하리만치 더운 날이었다. 분수와 문법을 공부하느라 땀을 뻘뻘 흘리던 벌집 같은 교실에 모여 앉은 학생들과 앤은 이 더운 날씨를 민감하게 느끼고 있었다. 오전 내내 더운 열풍이 불었지만 정오가 지나자 바람마저 잦아들어 후텁지근한 정적이 내려앉았다. 세 시 반쯤 앤은 멀리서 울리는 천둥소리를 들었다. 앤은 그 즉시 수업을 마치고, 폭풍이 들이닥치기 전에 아이들을 집으로 돌려보내려 했다.

아이들이 운동장으로 나갔을 때 하늘에는 여전히 햇살이 밝게 빛나고 있었지만 앤은 어떤 그림자가 온 세상을 어두컴컴하게 뒤덮고 있다는 걸 깨달았다. 아네타 벨이 불안한 듯 앤의 손을 잡았다.

"선생님, 저기 무시무시한 구름 좀 보세요."

하늘을 쳐다본 앤은 너무 놀라 소리를 질렀다. 북서쪽에서 지금껏 한 번도 본 적 없던 거대한 구름이 빠른 속도로 몰려오고 있었다. 둥글게 말려 올라간 가장자리만 섬뜩하게 희끄무레한 빛이 돌았고 나머지는 온통 시커먼 구름이었다. 청명한 파란 하늘을 어둡게 밀고 올라오는 그 모습에는 무언가 형언하기 힘든 위협감이 감돌았다. 이따금 번개가 번쩍이며 하늘을 갈랐고, 포악하게 으르렁거리는 천둥소리가 뒤따라 들렸다. 낮게 깔린 구름은 나무가 우거진 언덕 꼭대기에 닿을 듯이 보였다.

하던 앤드루스가 짐마차를 타고 잿빛 말들을 전속력으로 몰며 언덕을 달가닥달가닥 올라왔다. 그리고 학교 맞은편에 마차를 세웠다.

그가 소리쳤다.

"에이브 아저씨가 평생에 단 한 번 날씨를 맞춘 모양이야, 앤. 에이브 아저씨가 예언한 폭풍이 조금 이르지만 지금 오고 있어. 저런 구름 본 적 있어? 자, 우리 집 쪽으로 가는 녀석들은 다 올라타라. 방향이 다른데 500미터 이상을 더 가야 하는 친구들은, 어서 우체국까지 뛰어가서 비가 그칠 때까지 거기서 기다리렴."

앤은 데이비와 도라의 손을 잡고 자작나무 길과 제비꽃 골짜기와 버드나무 연못을 지나며 쌍둥이가 통통한 다리로 뗄 수 있는 한 빠르게 달려 언덕을 내려왔다. 앤과 쌍둥이가 가까스로 초록 지붕 집에 도착했을 때 문 앞에 마릴라가 서 있었다. 마릴라는 오리와 닭들을 우리에 몰아넣고 있던 참이었다. 네 사람이 부엌으로 뛰어 들어간 순간 불빛이 사라졌다. 마치 힘 센 누군가가 입김을 불어 꺼버린 것 같았다. 무시무시한 구름이 태양을 집어삼키자 어스름이 깔린 늦은 저녁처럼 온 세상이 어둠에 잠겼다. 동시에 요란한 천둥소리가 울리고 눈이 멀 만큼 강한 번개가 내리치면서 우박이 맹렬히 쏟아져 세상을 온통 하얗게 덮어버렸다.

폭풍우에 부러진 나뭇가지들이 쿵쿵 집에 부딪히고 쨍그랑 소리를 내며 유리창이 깨지면서 요란한 굉음이 이어졌다. 3분 만에 서쪽과 북쪽 창유리가 모조리 깨지고, 깨진 창으로 우박이 들이쳐 사방 천지에 굴러다녔다. 가장 작은 것이 달걀만 한 크기였다. 45분 동안 폭풍은 조금도 수그러들지 않고 맹렬히 계속됐다. 이 폭풍을 겪은 사람들은 이날을 결코 잊지 못했다. 마릴라는 난생 처음으로 순전한 공포로 평정심을 잃고 부엌 한 구석에 있던 흔들의자 옆에 무릎을 꿇고 앉았다. 그녀는 귀청이 터질 듯한 천둥소리에 숨 쉬기도 곤란할 정도로 흐느껴 울었다. 앤은 백짓장처럼 하얗게 질린 채 소파를 창가에서 멀리 끌어다놓고 양 옆에 쌍둥이를 끼고 앉았다. 데이비는 첫 천둥이 치는 소리에 엉엉 울기 시작했다.

"누나, 누나, 오늘이 최후의 심판 날이야? 누나, 누나, 난 말썽 부리려고 그랬던 건 아니야."

그러고는 앤의 무릎에 얼굴을 파묻은 채 자그마한 몸을 바들바들 떨었다. 도라는 창백하긴 했지만 꽤 침착하게 앉아 한 손으로 앤의 손을 꽉 붙잡고 말없이 가만히 있었다. 지진이 난들 도라가 당황했을지 알 수 없을 정도였다.

폭풍은 갑작스러웠던 시작만큼이나 갑작스럽게 잦아들었다. 우박이 멈추고 천둥이 우르릉거리며 동쪽으로 멀어지더니 태양이 화창하고 찬란하게 온 세상을 비추었다. 고작 45분 만에 세상이 이렇게 변할 수 있다니 어처구니없는 일이었다.

마릴라는 몸을 떨며 힘없이 일어나 흔들의자에 주저앉았다. 얼굴은 초췌하니 10년은 더 늙어 보였다.

마릴라가 침통한 목소리로 물었다.

"모두들 무사한 거니?"

데이비가 원래의 모습을 되찾고 명랑하게 대답했다.

"그럼요. 무사하죠. 난 무섭지도 않았는걸요…… 처음에만 조금 그런 거예요. 너무 갑자기 왔잖아요. 월요일에 테디 슬론하고 싸우기로 했는데 싸우지 않기로 얼른 마음을 먹었어요. 그런데 다시 싸울 수도 있을 것 같아요. 도라, 넌 무서웠어?"

도라가 새침하게 대답했다.

"응. 조금 무서웠어. 그렇지만 언니 손을 꼭 잡고서 계속 기도했어."

"뭐, 나도 기도가 생각났으면 했을 거야. 하지만 기도 안 해도 너처럼 무사하잖아."

데이비가 의기양양하게 말했다.

앤은 마릴라에게 집에서 담근 독한 포도주를 한 잔 가득 가져다주었다. 그 포도주가 얼마나 독한지는 앤도 어린 시절에 겪어 너무 잘 알고 있었다…… 그러고 나서 앤과 마릴라는 문간으로 가 낯선 바깥 풍경을 내다보았다.

무릎 높이까지 쌓인 우박이 하얀 양탄자처럼 온 세상을 뒤덮고 있었다. 처마 밑에도 계단 위에도 우박이 높게 쌓여 있었다. 사나흘이 지나 우박이 녹자 그 피해가 고스란히 드러났다. 들판이며 정원에서 자라던 식물이란 식물들은 전부 전멸당했다. 사과나무는 꽃만 떨어진 게 아니라 굵직한 줄기와 가지들도 부러졌다. 개선회원들이 심었던 나무 200그루도 대부분이 꺾이거나 갈라졌다.

앤이 얼떨떨한 얼굴로 물었다.

"이게 정말 한 시간 전과 같은 세상이에요? 한 시간만에 이렇게 쑥대밭이 될 수 있다고요?"

마릴라가 말했다.

"프린스에드워드 섬에 이런 일은 처음이야. 한 번도 이런 적은 없었어. 어릴 때 폭풍우가 심하게 온 적이 있긴 했지만 이번 폭풍에 비하면 아무것도 아니었어. 다른 데들도 난리가 났을 거다."

"제발 밖에 있다가 폭풍을 만난 아이들이 없어야 할 텐데."

앤이 근심스레 중얼거렸다. 나중에 알게 된 일이지만 아이들은 모두 무사했다. 아이들 모두 하면 앤드루스 씨의 탁월한 충고에 따라 우체국으로 달려가 폭풍을 피한 덕이었다.

마릴라가 말했다.

"존 헨리 카터가 오는구나."

존 헨리가 겁먹은 얼굴로 씩 웃으며 우박 더미를 헤치고 걸어왔다.

"오, 너무 끔찍하죠, 커스버트 아주머니? 해리슨 씨가 아주머니 댁에 다들 무사하신지 가보라고 하셨어요."

마릴라가 암울한 목소리로 말했다.

"죽은 사람은 없구나. 건물들도 무너지진 않았어. 그쪽도 아무 일 없어야 할 텐데."

"아이고, 아무 일 없긴요. 우린 번개에 맞았어요. 번개가 부엌 굴뚝으로 떨어져 연통을 타고 내려와서 진저 새장을 때린 다음 바닥에 구멍을 내고 땅 속으로 들어갔지 뭐예요."

앤이 물었다.

"진저가 다쳤어요?"

"아이고, 너무 심하게 다쳐서 죽어버렸어요."

나중에 앤은 해리슨 씨를 찾아가 위로했다. 해리슨 씨는 식탁에 앉아 빛깔이 화려한 진저의 몸뚱이를 떨리는 손으로 쓰다듬고 있었다.

해리슨 씨가 슬픔에 잠겨 말했다.

"가엾은 진저는 이제 네 욕을 못할 거야, 앤."

앤은 진저 때문에 운다는 건 상상도 해본 적이 없었는데, 어느새 눈가에 눈물에 맺혀 있었다.

"가족이라고는 이 녀석뿐이었는데, 앤…… 이렇게 죽어버렸어. 그래, 그래, 이렇게까지 신경 쓰다니 나는 나이만 먹은 바보야. 아무렇지도 않다고 말해야 할 텐데. 내가 입을 다물면 넌 나를 위로하려 하겠지…… 하지만 하지 마. 네가 위로하면 난 아기처럼 울고 말 거야. 태풍이 정말 끔찍했지? 이제 마을 사람들도 에이브 아저씨의 예언을 비웃지 않겠어. 에이브 아저씨가 한평생 예언해도 오지 않던 폭풍들이 한꺼번에 몰려온 것 같아. 날짜까지 정확하게 맞히다니 놀랍지 않니? 여기 이 꼴 좀 봐. 얼른 널빤지를 찾아서 구멍 난 바닥이나 메워야겠다."

에이번리 마을 사람들은 다음 날 하루 종일 일손을 놓고 서로 찾아다니며 피해 상황을 견주어보았다. 길은 우박 때문에 마차가 다닐 수 없는 상태여서 걸어 다니거나 말을 타고 움직였다. 지역 곳곳에서 어수선한 소식이 날아들면서 편지 배달도 늦어졌다. 집들은 벼락을 맞고, 사람들이 죽거나 다쳤다. 전화와 전보망은 모두 엉망이 됐고, 들판에 나와 있던 어린 가축들도 전부 몰살당했다.

에이브 아저씨는 이른 아침부터 우박 더미를 헤치고 대장간으로 나와 온종일 머물렀다. 비로소 찾아온 승리의 시간을 마음껏 즐기는 중이었다. 그렇다고 에이브 아저씨가 폭풍이 닥친 것을 반긴 것은 아니었다. 하지만 이왕 지나간 태풍이니, 자신이…… 정확한 날짜까지 맞혔다는 사실이 기쁘기 그지없었던 것이다. 에이브 아저씨는 자기가 정확한 날짜까지 말한 건 아니라고 부인했던 사실을 잊고 있었다. 시간이 약간 틀린 건 아무 문제가 안 됐다.

그날 저녁 길버트가 초록 지붕 집을 찾아갔을 때 마릴라와 앤은 깨진 창에 기름 먹인 천을 못질하느라 한창이었.

마릴라가 말했다.

"유리는 언제쯤이나 구할 수 있을지 모르겠구나. 배리 씨가 오늘 오후에 카모디에 다녀왔는데 몇 배를 쳐줘도 유리 한 장 구하기가 어렵더래. 로슨이랑 블레어네 상점도 가봤지만 카모디 사람들이 다 사 가서 열 시에 동이 났단다. 화이트샌즈도 폭풍이 심했니, 길버트?"

"네, 심했어요. 저는 아이들하고 학교에 잡혀 있었는데, 몇몇은 놀라서 실성하는 줄 알았어요. 세 명이 기절했고 여자아이 둘은 발작을 일으킨데다 토미 블루웨트는 폭풍이 지나갈 때까지 쉬지 않고 비명만 질러댔어요."

"나는 한 번밖에 안 질렀는데."

데이비가 우쭐대다가 슬픈 목소리로 말했다.

"내 정원은 다 망가졌어. 하지만 도라 정원도 그랬으니까."

데이비는 그나마 덕분에 위로가 된다는 듯 뒷말을 덧붙였다.

앤은 서쪽 다락방에 있다가 달려 내려왔다.

"아, 길버트, 소식 들었어? 레비 볼터 씨네 폐가가 번개를 맞고 다 타버렸대. 이렇게 큰 피해를 입은 상황에 그런 일에 기뻐하다니 나도 참 못된 것 같아. 볼터 씨는 개선회가 마법을 부려서 일부러 폭풍을 일으킨 것 같다고 그런대."

길버트가 웃음을 터뜨리며 말했다.

"뭐, 한 가지는 확실하네. '관찰자' 덕에 에이브 아저씨가 날씨 예언가로 명성을 떨치게 됐다는 거 말이야. '에이브 아저씨의 폭풍'은 이 지역 역사에 길이길이 남을 거야. 우리가 고른 그날에 폭풍이 오다니 정말 대단한 우연의 일치지. 사실 나는 정말 마법을 부려 폭풍을 부른 것처럼 약간 죄책감도 들어. 그리고 폐가가 사라진 걸 기뻐하는 게 낫지. 어린 나무들이 사라진 건 기뻐할 일이 아니니까. 남아 있는 나무가 열 그루도 안 돼."

앤이 달관한 사람처럼 말했다.

"아, 그래, 다음 봄에 다시 심어야겠어. 이 세상에 좋은 점이 하나 있다면…… 언제나 봄이 다시 온다는 거야."

25장

에이번리의 스캔들

 에이브 아저씨의 폭풍이 휩쓸고 지나간 뒤 2주일이 지난 어느 쾌청한 6월 아침, 앤은 말라 죽은 하얀 수선화 두 송이를 들고 정원에서 초록 지붕 집 마당으로 천천히 걸어 나왔다.

 "아주머니, 이거 보세요."

 앤이 슬픈 목소리로, 무뚝뚝한 마릴라의 눈앞에 꽃들을 내밀었다. 초록색 체크무늬 앞치마에 두건을 두른 마릴라는 털을 뽑은 닭을 들고 집 안으로 들어가던 중이었다.

 "폭풍우에서 살아남은 유일한 꽃봉오리인데…… 그나마도 이렇게 됐어요. 너무 속상해요…… 매슈 아저씨 무덤에 몇 송이 가져가고 싶었는데. 아저씨는 늘 하얀 수선화를 좋아하셨잖아요."

 마릴라가 고개를 끄덕였다.

"나도 아쉽구나. 더 심한 피해를 입은 곳이 이렇게나 많은데 이런 일로 슬퍼한다는 게 옳지 않은 것도 같지만…… 과일이고 작물이고 전부 엉망이 됐잖니."

앤이 위로하며 말했다.

"그래도 다들 다시 귀리를 심었잖아요. 해리슨 아저씨가 그러시는데 여름에 날만 좋으면 늦게라도 수확하는 데 문제가 없을 거예요. 그리고 제 한해살이 풀들도 모두 다시 자라고 있어요…… 하지만, 아, 하얀 수선화를 대신할 건 아무것도 없을 거예요. 가여운 헤스터 그레이도 하얀 수선화를 볼 수 없겠죠. 어젯밤에 헤스터 그레이의 정원에 가봤는데 한 송이도 남지 않았더라고요. 헤스터 그레이도 수선화가 그리울 텐데."

마릴라가 엄하게 말했다.

"그런 말을 하는 건 옳지 못한 것 같구나. 안 되고말고. 헤스터 그레이는 30년 전에 죽었어. 영혼이 천국에…… 있어야지."

"네, 그래도 저는 헤스터가 아직 이곳 정원을 사랑하고 기억한다고 믿어요. 전 천국에서 아무리 오래 살아도 세상을 내려다보면서 내 무덤에 꽃을 놓아두는 사람을 지켜보고 싶을 거예요. 만약 저한테 헤스터 그레이의 정원 같은 곳이 있다면, 전 천국에 있더라도 이따금 밀려드는 향수를 잊기까지 30년은 더 걸릴 거예요."

"아무튼 쌍둥이들한테는 그런 이야기 하지 마라."

마릴라는 물렁하게 한마디하고는 닭을 들고 집으로 들어갔다.

앤은 수선화를 머리에 꽂고 오솔길 입구로 가서, 토요일 아침의 할일들을 시작하기에 앞서 6월의 밝은 햇살을 받으며 서 있었다. 세상은 다시 아름다워지고 있었다. 대자연은 최선을 다해 폭풍의 흔적을 지우고 있었다. 물론 몇 달 만에 완벽하게 회복하진 못할 터였지만, 그 성취는 실로 경이로웠다.

앤이 한들거리는 버드나무 가지에 앉아 지저귀는 파랑새에게 말했다.

"오늘은 하루 종일 빈둥거리면 좋겠다. 하지만 쌍둥이를 돌봐야 하는 학교 선생님이 게으름을 피울 수야 없지. 작은 새야, 네 노랫소리는 정말 달콤하구나. 네 노래를 들으니 네가 나보다 더 내 마음을 잘 아는 것 같아. 어머, 누가 오고 있네?"

한 커다란 운송용 마차가 덜컹덜컹 오솔길을 올라오고 있었다. 앞자리에 두 사람이 앉아 있고 뒤에는 커다란 짐 가방이 실려 있었다. 마차가 가까워져서 보니 마차를 모는 사람은 브라이트리버 역 역장의 아들이었다. 하지만 옆에 탄 사람은 낯선…… 조그마한 여자였다. 여자는 입구에 다다르자 거의 말이 다 멈추기도 전에 마차에서 폴짝 뛰어내렸다. 무척 예쁘게 생긴 여자였다. 40대보다는 50대에 가까워 보였지만, 뺨은 장밋빛이었고 검은 눈동자는 반짝거렸다. 윤기가 흐르는 검은 머리에는 꽃과 깃털로 멋지게 장식한 모자를 쓰고 있었다. 먼지가 날리는 길로 10킬로미터를 넘는 거리를 달려왔는데도, 여자는 이제 막 몸단장을 끝낸 사람처럼 깨끗하고 단정했다.

여자가 거침없이 물었다.

"여기가 제임스 A. 해리슨 씨 댁인가요?"

앤이 깜짝 놀라 말했다.

"아니에요. 해리슨 아저씨 댁은 저쪽이에요."

"어쩐지, 집이 너무 깔끔하다 했어…… 제임스가 산다고 하기엔 너무 깔끔하지. 예전하고는 딴사람이 되었다고 하면 몰라도. 제임스가 이 동네에 사는 어떤 여자랑 결혼을 한다는 게 정말인가요?"

자그마한 여자가 재잘재잘 물었다.

"아니요, 오, 아니에요."

앤이 죄지은 사람처럼 얼굴을 붉히며 소리치자, 낯선 여자는 호기심 어린 눈으로 앤을 쳐다봤다. 마치 해리슨과 결혼한다는 아가씨가 앤이 아닌지 의심하는 눈초리였다.

낯설고 아름다운 여자가 말했다.

"이곳 섬 신문 기사에 났던데요. 한 친구가 신문에 표시까지 해서 보내줬는데…… 친구란 워낙 나서서 그런 일을 해주잖아요. 제임스의 이름이 〈새 시민〉지에 나왔더라고요."

앤이 놀라서 대답했다.

"아, 그 기사는 그냥 장난 같은 거였어요. 해리슨 아저씨는 아무하고도 결혼할 생각이 없으세요. 그건 제가 장담해요."

"그렇다니 정말 다행이군요."

뺨이 장밋빛으로 물든 여자는 그렇게 말하고는 다시 날렵하게 마차에 올라탔다.

"그 사람은 이미 결혼을 한 몸이거든요. 내가 그 사람 아내예요. 오, 놀라는 것도 당연해요. 제임스가 독신인 척하면서 이 여자, 저 여자 울리고 다녔겠죠. 자, 두고 봐요, 제임스."

여자는 밭 너머 기다랗고 하얀 집을 향해 기세 좋게 고개를 끄덕였다.

"이제 재미 볼 일은 끝났어. 내가 가요…… 당신이 못된 장난을 치고 있단 생각만 안 들었어도 내가 굳이 여기까지 오지도 않았을 거야."

여자가 앤을 쳐다보며 물었다.

"그 앵무새는 여전히 입이 거칠죠?"

"그 앵무새는…… 죽었어요……"

앤은 숨을 몰아쉬며 대답했다. 가엽게도 앤은 그 순간 자기 이름도 생각나지 않을 정도로 정신이 없었다.

뺨이 장밋빛인 여자가 환희에 넘쳐 소리쳤다.

"죽었다고요! 그렇다면 모든 게 잘 풀리겠네요. 그 새가 죽었다면 제임스와 다시 잘될 수도 있겠어요."

여자는 아리송한 말을 남긴 채 즐겁다는 듯이 가버렸고, 앤은 마릴라가 있는 부엌 문 쪽으로 달려갔다.

"앤, 그 여자는 누구니?"

앤이 마구 흔들리는 눈빛을 하고 진지하게 물었다.

"아주머니, 제가 미친 사람처럼 보이세요?"

"평소에도 좀 그렇긴 하잖니."

마릴라가 그렇게 대답했지만 비꼬려는 생각은 아니었다.

"그럼 제가 꿈을 꾸고 있는 걸까요?"

"앤, 무슨 헛소리를 하는 거니? 그 여자가 누구냐니까?"

"아주머니, 제가 정신 나간 것도 아니고 꿈을 꾸고 있는 것도 아니라면, 그 여자도 꿈속에 나온 사람일 리 없으니까…… 진짜겠네요. 어쩐지 제 상상이었다면 그런 모자는 생각해내지 못했을 거예요. 자기가 해리슨 아저씨의 아내래요."

이번에는 마릴라가 어리둥절한 눈으로 앤을 쳐다봤다.

"해리슨 씨의 아내라니! 앤 셜리! 그럼 해리슨 씨가 여태 총각 행세를 하고 있었다는 게냐?"

앤은 객관적으로 생각하려고 애썼다.

"사실 그런 건 아닌 것 같아요. 아저씨는 결혼하지 않았다는 말을 한 적이 없어요. 사람들이 당연히 그럴 거라 여겼던 거죠. 아, 아주머니, 린드 아주머니가 이 사실을 알면 뭐라고 하실까요?"

그 답은 레이철 린드 부인이 초록 지붕 집을 찾아온 저녁에 알게 되었다.

 레이철 린드 부인은 전혀 놀라지 않았다! 린드 부인은 처음부터 이런 일이 있을 거라 예상했다는 것이었다! 해리슨 씨에게도 무언가 사정이 있으리라 하는 생각이 늘 있었다고 했다!

 린드 부인은 분개하며 말했다.

 "자기 아내를 버리다니! 미국에서나 있을 법한 일이야. 그런데 바로 이곳 에이번리에 그런 일이 생길 거라고 누가 짐작이나 했겠어?"

 "하지만 해리슨 아저씨가 아내를 버린 건지는 모를 일이잖아요. 우린 그럴 권리가 없어요."

 앤이 확실히 알기 전까진 자기 친구에게 죄가 없다고 믿기로 마음먹고 변호했다.

 "글쎄다, 곧 알게 되겠지. 내가 가봐야겠다."

 레이철 린드 부인이 말했다. 부인의 사전에 '사려'라는 말은 없었다.

 "나는 그 여자가 오는 건 전혀 몰랐고, 오늘 해리슨 씨가 카모디에 다녀오면서 토머스의 약을 사다 주기로 했었으니 구실도 좋아. 어찌된 일인지 알아보고 돌아오는 길에 말해주마."

 레이철 린드 부인은 앤이 선뜻 들어가지 못했을 곳으로 달려갔다. 무슨 일이 있어도 앤은 해리슨 씨네 집에 가볼 생각은 하지 않았겠지만, 하지만 앤도 궁금한 건 사실이었기 때문에 린드 부인이 수수께끼를 풀러 간 게 내심 기뻤다. 앤과 마릴라는 린드 부인이 돌아오길 목을 빼고 기다렸지만 허사였다. 레이철 린드 부인은 그날 밤 초록 지붕 집을 다시 찾아오지 않았다. 볼터네 집에 갔다가 아홉 시에 돌아온 데이비가 그 이유를 설명해주었다.

"린드 아주머니하고 어떤 모르는 아줌마를 저 밑에서 만났는데, 우와, 둘이서 엄청 친하게 막 얘기를 하고 있었어! 린드 아주머니가 오늘은 밤이 너무 늦어서 못 들르겠다고 전해달랬어요. 누나, 나 배가 너무 고파. 밀티네 집에서 네 시에 차를 마셨는데 볼터 아줌마는 진짜 치사한 것 같아. 잼도 안 주고 케이크도 안 주고…… 빵도 조금밖에 안 줬어."

앤이 엄하게 말했다.

"데이비, 남의 집에 가서는 절대 차려주신 음식에 대해 이러쿵저러쿵하면 안 돼. 그건 아주 예의 없는 행동이야."

데이비가 명랑하게 말했다.

"알았어…… 이제 속으로만 생각할게. 먹을 것 좀 줘, 누나."

앤이 마릴라를 쳐다봤다. 마릴라는 앤을 따라 식료품 창고로 들어와 조심스레 문을 닫았다.

"빵에 잼을 좀 발라주려무나. 레비 볼터네 차가 어련했으려고."

데이비는 빵과 잼을 받아들고 한숨을 쉬며 말했다.

"세상엔 참 실망할 일이 많아. 밀티네 고양이가 한 마리 있는데, 그 고양이가 발작을 하거든…… 3주 동안이나 매일매일 규칙적으로 발작을 일으켰대. 밀티가 그러는데 그걸 보면 진짜 웃긴댔어. 오늘은 나도 발작을 일으키는 걸 보려고 일부러 갔는데, 이 치사한 고양이가 발작은 안 하고 멀쩡하게 잘 노는 거야. 하지만 문제없어……"

데이비는 자두 잼 덕분에 어느 새 마음이 다 풀렸다.

"다음에 또 볼 수 있겠지. 이렇게 발작을 습관처럼 하다가 갑자기 안 하거나 하진 않겠지? 이 잼 진짜 맛있다."

데이비에게 자두 잼으로 해결하지 못할 슬픔이란 존재하지 않았다.

일요일에는 비가 많이 내려 소문이 퍼지지 않았지만, 월요일이 되자 모두가 약간씩 가감된 형태로 해리슨 씨의 이야기를 들어 알게 되었다. 학교도 그 이야기로 떠들썩했고, 데이비도 이야기보따리를 한아름 안고 집에 돌아왔다.

"아줌마, 해리슨 아저씨한테 새 부인이 생겼대요…… 음, 완전히 새 부인은 아니지만, 아무튼 아줌마랑 오랫동안 결혼을 중단했었다고 밀티가 그랬어요. 난 한 번 결혼하면 계속 결혼해 있어야 하는 줄 알았는데, 밀티가 아니래요. 마음에 들지 않으면 그만둘 방법이 있대요. 밀티 말로는 그중 하나가 부인을 버려두고 그냥 떠나는 거래요. 해리슨 아저씨가 그렇게 한 거라고. 밀티는 아줌마가 아저씨한테 물건을…… 딱딱한 물건을 던져서 아저씨가 떠난 거라고 했고…… 아티 슬론은 아줌마가 아저씨한테 담배를 못 피우게 해서 그랬다고 했어요. 네드 클레이는 아줌마가 계속 아저씨를 혼냈대요. 난 그런 일로 내 부인을 떠나진 않을 거예요. 난 발로 바닥을 탁 구르면서 '데이비 부인, 당신은 내가 기뻐할 일만 해야 해. 난 남자니까'라고 말할 거예요. 그럼 부인이 금방 마음을 풀걸. 하지만 아네타 클레이는 아저씨가 집에 들어갈 때 장화를 털지 않아서 아줌마가 아저씨를 떠난 거라면서 아줌마를 욕하지 않았어요. 지금 당장 해리슨 아저씨네 가서 아줌마가 어떻게 생겼는지 보고 올래요."

데이비는 곧 시무룩해져서 돌아왔다.

"해리슨 아줌마는 집에 없었어요…… 레이철 린드 아줌마랑 같이 응접실에 바를 새 벽지를 사러 카모디에 갔대요. 해리슨 아저씨가 앤 누나한테 할 말이 있다고 와달래요. 그런데 누가 바닥을 닦았더라고요. 해리슨 아저씨는 수염도 깎고, 어젠 예배도 없었는데."

해리슨 씨네 부엌은 무척 낯선 모습이었다. 바닥은 그야말로 놀랄 만큼 깨끗하게 닦여 있었고, 방 안에 있는 다른 가구들도 마찬가지였다. 난로는 얼굴이 비칠 정도로 광이 났다. 벽은 하얗게 칠했고 유리창은 햇빛을 받아 반짝거렸다. 식탁 옆에 앉아 있던 해리슨 씨는 작업복 차림이었다. 금요일이면 여기저기 해지고 찢어져 있던 작업복도 깔끔하게 기워지고 솔질까지 되어 있었다. 해리슨 씨는 말쑥하게 면도를 하고 얼마 없는 머리카락도 단정하게 빗은 모습이었다.

해리슨 씨가 에이번리 마을 사람들이 장례식장에서도 내지 않는 착 가라앉은 목소리로 말했다.

"앉아, 앤. 앉아. 에밀리는 린드 부인하고 카모디에 다녀온다고 갔어…… 린드 부인하고는 벌써 평생 친구를 하기로 했대. 참, 여자들 속은 알 수가 없어. 어쨌든, 앤, 좋은 시절도 다 갔어…… 다 끝났어. 이제 죽을 때까지 난 깔끔하고 단정하게 살아야겠지."

해리슨 씨는 애절하게 말하려고 온갖 노력을 다했지만 기쁨에 반짝이는 눈빛만은 숨길 수가 없었다.

앤이 해리슨 씨 얼굴 앞에 손가락을 흔들어 보이며 외쳤다.

"해리슨 아저씨, 아내분이 돌아와서 기쁘시군요. 안 그런 척 하실 필요 없어요. 저한테는 다 보이거든요."

해리슨 씨가 긴장을 풀고 멋쩍은 미소를 지으며 고백했다.

"글쎄…… 뭐…… 익숙해지는 중이야. 에밀리를 만나서 싫었다고는 할 수 없지. 이런 마을에 살려면 어떤 보호책이 필요하긴 해. 이웃집이랑 체커 한 판만 둬도 그 집 여동생하고 결혼하려 한다고 신문에 나는 동네니까."

앤이 매서운 목소리로 말했다.

"독신인 척하지 않았다면 아무도 아저씨가 이사벨라 앤드루스랑 사귄다는 생각을 안 했겠죠."

"난 그런 척한 적 없어. 누가 나한테 결혼했냐고 물었다면 했다고 말했겠지. 그런데 다들 당연히 안 했을 거라고 넘겨짚은 거야. 내가 사실대로 말하고 싶어 안달이 난 것도 아니었고…… 나한텐 가슴 아픈 일이었으니까. 아내가 나를 떠났다는 사실을 알았다면 레이철 린드 부인이 이러쿵저러쿵 얼마나 떠들고 다녔겠어?"

"하지만 아저씨가 아내분을 떠난 거라고 말하는 사람들도 있던데요."

"시작은 아내였어, 앤. 아내가 떠난 거야. 전부 다 말해줄게. 내가 나쁜 놈이라도 내 잘못도 아닌 걸로 더 오해받기는 싫거든…… 에밀리도 그렇고. 일단 베란다로 나가자. 여긴 질릴 정도로 깨끗해서 혼자 살던 집이 그리워질 정도야. 시간이 지나면 이런 데도 익숙해지겠지만, 마당을 보면 마음이 조금 편안해지니까. 에밀리가 시간이 없어서 아직 마당까진 청소를 못했거든."

둘이 베란다에 편안히 자리를 잡고 앉자 해리슨 씨는 슬픈 이야기를 들려주기 시작했다.

"여기 오기 전에 난 뉴브런즈윅의 스코츠포드에 살았어. 누님이 살림을 돌봤는데 나하고도 잘 맞았지. 적당히 치우고 나한테 참견도 안 하고 내 버릇을 망쳐놨다고…… 에밀리가 그러더군. 그런데 3년 전에 누님이 돌아가셨어. 돌아가시기 전에 나 혼자 어찌 살지 걱정이더니 끝내 나한테서 결혼하겠다는 약속을 받아냈어. 그때 누님이 내게 추천했던 여자가 에밀리 스콧이었어. 에밀리는 자기 재산도 있고 모범적인 살림꾼이라면서. 내가 그랬어. '에밀리 스콧은 나를 거들떠보지도 않을' 거라고. 누님은 가서 말이라도 해보라고 했지. 난 그냥 누님을 안심시키려고 알겠다고 했고…… 가서 청혼도 했어. 그런데 에밀리가 그렇게 하겠다는 거야. 살면서 그렇게 놀란 적도 없었을 거야. 앤…… 에밀리처럼 예쁘고 똑똑한 여자가 나 같은 노총각하고 결혼을 하다니. 처음에는 행운이라고 생각했지. 그래서 우린 결혼을 하고 세인트존으로 2주일 동안 조촐한 신혼여행도 다녀왔어. 그러고는 집에 도착한 게 밤 10시였는데, 앤, 거짓말 하나도 안 하고, 이 여자가 30분 있더니 집 안 청소를 시작하는 거야. 아, 그래, 넌 우리 집이 그런 상태였을 거라고 생각하겠지…… 넌 생각하는 게 얼굴에 그대로 드러난다니까, 앤. 방금 얼굴이 딱 그랬어…… 하지만 아니야. 그 정도는 아니었다고. 노총각 혼자 사는 집이니 좀 뒤죽박죽이었던 건 인정해. 하지만 결혼식을 올리기 전에 여자를 불러서 청소도 해놓고, 페인트칠도 다시 하고, 고칠 건 다 고쳐놓고 했다니까. 장담하는데 에밀리는 새로 지은 하얀 대리석 궁전에 데려다놔도 헌 옷 한 벌만 있으면 걸레질을 시작할걸. 맙소사, 새벽 한 시까지 청소를 하더니 새벽 네 시에 일어나 또 열심히 치우는 거야. 계속 그런 식이었지…… 그걸 그만둘 것 같지 않았어. 쓸고 닦고 먼지를 터는 일이 끝없이 계속되다 일요일만 건너뛰었는데, 그럴 때면 다시 청소를 할 수 있는 월요일을 목 빠지게 기다렸어. 하지만 그건 에밀리가 즐거워서 하는 일이었고, 나를 그냥 내버려두기만 했다면 나도 맞춰 살 수 있었을 거야. 하지만 에밀리는 나를 내버려두지 않았어. 나까지도 바꿔놓으려고 했던 거지. 내가 그 정도로 어린애가 아니란 건 아랑곳하지 않았어. 문 앞에서 장화를 벗고 슬리퍼로 갈아 신지 않으면 집 안에 들어오지도 못하게 했어. 헛간이 아니면 파이프 담배도 필 엄두를 못 냈지. 그리고 난 그렇게 문법에 딱 맞게 말하는 편이 아니야. 에밀리는 젊었을 때 학교 선생님으로 일해서 그 버릇을 영 못 버리더라고. 또 내가 나이프로 음식을 먹는 것도 질색했어. 늘 지적하고 잔소리를 퍼부었어. 하긴, 앤, 솔직히 내 성미도 보통은 아니었지. 난 고칠 수 있는 것들도 고치려고 노력하지 않았어…… 에밀리가 내 잘못을 지적할 때마다 난 짜증을 내고 못되게 굴었어. 어느 날은 내가 청혼했을 때는 왜 문법을 가지고 뭐라고 하지 않았느냐고 따졌어. 너무 눈치 없는 말이었지. 여자는 자기를 때린 남자는 용서해도, 나한테 잘 보이려고 비위를 맞췄다는 식의 말은 용납을 못하는 법이거든. 뭐, 우린 그런 식으로 싸웠고 그것도 딱히 기분 좋은 일은 아니었지만, 우린 그런 기간을 거쳐서 서로한테 익숙해질 수 있었는지도 모르지. 진저만 아니었다면 말이야. 우리가 끝내 갈라서게 된 데는 진저가 결정적이었지. 에밀리는 앵무새를 좋아하지도 않았고 진저의 못된 말버릇도 참질 못했어. 난 배를 타던 남동생 때문에 진저한테 애착이 갔거든. 우리가 어릴 때부터 난 그 선원 동생을 유난히 귀여워했는데, 그 애가 죽기 전에 내게 진저를 보냈던 거야. 앵무새가 욕을 한다고 열을 내는 게 나는 이해가 안 갔어. 사람이 욕을 한다면야 그보다 더 싫은 게 없겠지만, 앵무새잖아. 그냥 자기가 들은 말들을 뜻도 모르고 따라할 뿐이라고. 내가 중국말을 못 알아듣는 거나 다를 게 없는 거거든. 그렇게 받아들이면 되는데, 에밀리는 그렇게 생각하지 않았어. 여자들은 논리적이지가 않아. 에밀리는 진저가 욕하는 버릇을 고치려고 애썼지만, 내가 문법에 틀린 말들을 고치지 못했던 것처럼 진저한테도 아무런 효과가 없었어. 에밀리가 노력을 하면 할수록 진저는 점점 더 못되게 구는 것 같았어. 꼭 나처럼. 어쨌든, 계속 그런 식이었어. 그렇게 점점 더 삐걱거리기만 하던 중에 결정적인 사건이 터진 거야. 에밀리가 우리 교회 목사 부부를 다과 자리에 초대했는데, 마침 그분들을 찾아왔던 다른 목사 부부도 같이 왔지. 난 진저가 욕하는 소리가 들리지 않도록 다른 데다 새장을 치워놓겠다고 약속했어. 에밀리는 진저 새장에는 손끝 하나 대려 하지 않아서…… 내가 하려고 했지. 나도 목사님들이 우리 집에서 불쾌한 욕설을 듣는 건 싫었으니까. 그런데 깜박 잊어버리고 만 거야…… 에밀리가 내 셔츠 깃이 깨끗한지, 내가 문법에 틀리게 말하진 않을지 너무 걱정을 하는 통에…… 나도 그만 자리에 앉아 차를 마실 때까지 그 불쌍한 앵무새에 대해선 생각도 못했던 거지. 우리 교회 목사님이 한창 식전 기도를 올리고 있을 때였어. 식당 창밖 베란다에 있던 진저가 목청껏 울어댔어. 마당에 칠면조가 나타났는데, 진저는 칠면조만 보면 그렇게 흥분을 했거든. 그런데 그땐 도가 지나쳤어. 웃어도 돼, 앤. 나도 그때 일을 생각하면 킥킥 웃음이 나오니까. 하지만 그땐 나조차도 에밀리만큼이나 수치스러웠어. 난 나가서 진저를 헛간으로 옮겼지. 식사를 하면서도 무슨 맛인지 모르겠더라고. 에밀리의 표정을 보니 이번 일은 나나 진저나 그냥 넘기지 못하겠구나 싶었지. 손님들이 돌아간 뒤 목장으로 소들을 데리러 가면서 생각을 좀 했어. 에밀리한테 미안하기도 했고 내가 에밀리를 배려해주지 못했다는 생각도 들었고. 게다가 목사님들은 진저가 그런 욕설을 나한테서 배웠을 거라 생각할 거 아냐. 결론적으로 나는 진저를 잘 처리해야겠다고 결심했어. 그리고 소들을 몰고 집에 와서 에밀리에게 그렇게 말하려고 했어. 하지만 에밀리는 보이지 않고 식탁 위에 편지만 한 장 놓여 있었어⋯⋯ 꼭 책에 나오는 이야기처럼 말이야. 나더러 자기하고 진저 중에 하나를 선택하라면서, 결혼 전 살던 집으로 돌아가 있겠다고 했어. 내가 앵무새를 버리고 자기를 데리러 올 때까지 기다리겠다면서 말이야.

난 확 짜증이 났어, 앤. 그런 걸 기다릴 거면 영원히 거기서 살아도 된다고 말해버린 거야. 에밀리의 짐을 싸서 그 집으로 보내버렸지. 그 일로 엄청 말이 많았어⋯⋯ 스코츠포드도 에이번리 못지않게 남 얘기하기 좋아하는 동네거든⋯⋯ 다들 에밀리가 안됐다고 했지. 그것 때문에 난 더 짜증이 나고 성질이 돋았지. 그 동네를 뜨지 않으면 마음 편히 살 수 없을 것 같았어. 그래서 프린스에드워드 섬으로 오자고 마음을 먹은 거야. 어렸을 때 이곳에 살았었는데 여기가 좋았거든. 하지만 에밀리는 해 진 뒤에 외출했다가 낭떠러지에서 떨어질까 불안한 동네에서는 살기 싫다고 늘 말했으니까. 난 여기가 그런 곳이라 온 거야. 그렇게 해서 지금까지 온 거고. 그러고는 한 번도 에밀리한테서 소식도 없었고 다른 소문도 들어본 적이 없었어. 그런데 토요일에 텃밭에 갔다 와보니 에밀리가 마룻바닥을 닦고 있는 거야. 아내가 떠난 뒤론 구경도 못해본 근사한 저녁 식탁이 차려져 있었고, 에밀리가 식사부터 하고 이야기를 하자고 하더군⋯⋯ 이야기를 하다보니 에밀리도 남자하고 사는 법을 조금 알게 된 것 같았어. 그래서 여길 왔고 계속 있을 거래⋯⋯ 진저도 죽었고, 이 섬도 생각보다는 큰 것 같다면서 말이야. 저기 린드 부인하고 에밀리가 오는군. 아니야, 가지 마, 앤. 에밀리와 인사해야지. 토요일에 널 보고는 꽤 기억에 남았나봐…… 옆집에 사는 멋진 빨강 머리 여자애는 누구냐고 알고 싶어하더라고."

해리슨 부인은 환한 얼굴로 앤을 반기며 차를 마시고 가라고 붙잡았다.

"제임스한테서 앤 이야기는 다 들었어요. 친절하게도 케이크도 만들어주고 도움을 많이 줬다면서요. 나는 어서 빨리 새 이웃들하고 친해지고 싶어요. 린드 부인은 참 다정한 분이에요, 그렇죠? 정말 친절하시더라고요."

6월의 황혼이 아름답게 내리는 저녁, 집에 돌아오는 길에 해리슨 부인은 반딧불이 별빛같이 반짝이는 들판을 건너 앤을 배웅했다.

해리슨 부인이 다 안다는 듯이 말했다.

"우리 이야기는 제임스한테서 들었죠?"

"네."

"그럼 내가 다시 말하지 않아도 되겠네요. 제임스는 공정한 사람이라 있는 그대로 얘기했을 거예요. 제임스한테만 잘못이 있는 게 아니라는 걸 나도 이제야 알 것 같아요. 원래 집에 돌아가고 나선 한 시간도 안 돼서 너무 성급하게 굴었다는 생각이 들었어요. 하지만 굽히고 들어가긴 싫었어요. 이제 보면 내가 남자한테 너무 많은 걸 기대했던 것 같아요. 게다가 문법 따위를 신경 쓰다니 그렇게 어리석을 수가 없었죠. 식료품 창고를 들쑤셔가며 1주일에 설탕을 얼마나 썼는지 따지지 않고 가족을 잘 부양하는 남자라면 문법 좀 틀리는 게 중요한 일도 아닌데 말이에요. 이젠 제임스하고 정말 행복해질 것 같아요. '관찰자'가 누군지 알면 고맙다고 인사라도 하고 싶네요. 정말로 그 사람 덕분이니까요."

앤이 사실을 털어놓지 않았기 때문에 해리슨 부인은 고맙다는 인사를 바로 그 관찰자에게 직접 전했다는 사실을 결코 알지 못했다. 앤은 그 장난 같은 기사가 가져온 예상치 못한 결과에 약간 당황했다. 기사 덕에 한 남자는 아내와 화해를 했고, 어떤 예언가는 명성을 얻었다.

레이철 린드 부인은 초록 지붕 집 부엌에 와서 마릴라에게 전후 사정을 들려주고 있던 참이었다.

린드 부인이 앤에게 물었다.

"그래, 해리슨 부인은 어떻디?"

"아주 좋아요. 정말 좋은 분 같아요."

레이철 린드 부인이 힘을 주어 대답했다.

"그래, 꼭 그렇더라. 방금 마릴라한테도 얘기했지만 해리슨 부인을 위해서라도 해리슨 씨의 별난 행동들을 눈감아줘야겠어. 이 동네에 얼른 정을 붙이고 살도록 말이야. 이제 난 가봐야겠다. 토머스가 눈 빠지게 기다리고 있을 거야. 엘리자도 오고요 며칠 토머스도 약간 나아진 것 같아서 나도 좀 나다니긴 했는데, 너무 오래 자리를 비우면 마음이 편치 않아. 듣자하니 길버트 블라이드는 화이트샌즈 학교를 사직했다더구나. 가을에 대학으로 떠날 모양이야."

레이철 린드 부인은 재빨리 앤의 기색을 살폈지만, 앤은 소파에 앉아 꾸벅꾸벅 조는 데이비에게 몸을 숙이고 있어서 표정을 읽을 수 없었다. 앤은 데이비를 안아서 옮기며 노란 곱슬머리에 동그란 뺨을 비벼댔다. 앤이 계단을 오르자 데이비가 늘어진 팔을 들어 앤의 목을 꼭 끌어안으며 쪽 하고 입을 맞추었다.

"난 누나가 정말 좋아. 오늘 밀티 볼터가 석판에 이런 말을 써서 제니 슬론한테 보여줬어.

'장미는 빨갛고 제비꽃은 파랗고
설탕은 달콤하고, 너도 그래.'

그런데 나한텐 앤 누나도 꼭 그래."

26장

길모퉁이에서

 토머스 린드는 자신이 살았던 삶처럼 조용히 눈을 감았다. 그의 아내는 다정하고 참을성 있고 지칠 줄 모르는 간병인이었다. 토머스가 건강하던 시절에는 레이철도 그의 느리고 유한 성격이 답답해 남편에게 매정하게 굴던 때도 있었다. 하지만 토머스가 아프면서부터 언성 한 번 높이는 일 없었고, 더없이 능숙하고 부드러운 손길로 불평 한 마디 없이 남편을 보살폈다.
 어느 날 저녁 황혼 무렵, 옆에 앉아 굳은살이 박인 손으로 자신의 야위고 핼쑥한 손을 잡고 있는 아내에게 토머스가 말했다.
 "당신은 좋은 아내였어, 레이철. 좋은 아내였지. 더 많은 걸 남겨주지 못해서 미안해. 아이들이 당신을 돌봐줄 거야. 모두들 똑똑하고, 능력 있는 아이들이잖아. 엄마를 꼭 닮아서. 좋은 엄마고…… 좋은 여자야……"

그런 다음 토머스는 잠이 들었고, 다음 날 아침, 뾰족한 전나무 꼭대기로 새벽빛이 하얗게 올라올 즈음, 마릴라가 조용한 동쪽 다락방으로 가서 앤을 깨웠다.

"앤, 토머스 린드 씨가 돌아가셨다…… 일하는 아이가 방금 알려주고 갔어. 지금 바로 레이철에게 가봐야겠다."

토머스 린드의 장례식을 마친 다음 날, 마릴라는 어딘지 묘하게 정신이 팔린 사람처럼 초록 지붕 집을 돌아다녔다. 마릴라는 한 번씩 앤을 쳐다보면서 무슨 말을 꺼내려는 듯했지만, 이내 고개를 흔들며 입을 꾹 다물었다. 차를 마신 뒤 레이철 린드 부인을 만나러 나갔던 마릴라는 집에 돌아와 동쪽 다락방으로 올라갔다. 앤은 학생들의 숙제를 손봐주던 중이었다.

앤이 물었다.

"린드 아주머니는 오늘 좀 어떠세요?"

"이제 좀 마음도 가라앉고 차분해졌어."

마릴라는 대답하며 앤의 침대에 앉았다…… 그건 마릴라가 평소와 달리 마음이 산란하다는 증거였다. 평소라면 정리정돈을 마친 침대에 앉는다는 건 마릴라에게 용납하지 못할 행동이었다.

"그렇지만 아주 외로워해. 엘리자는 오늘 집에 돌아가야 했거든. 아들이 아파서 더 있기가 어렵다더구나."

"아이들 숙제 검사를 마치고 제가 건너가서 레이철 아주머니와 잠시 얘기 좀 나누다 올게요. 오늘 밤에 라틴 작문법을 공부하려고 했는데, 나중에 해도 돼요."

마릴라가 불쑥 물었다.

"길버트 블라이드는 가을에 대학에 갈 것 같더구나. 앤, 너도 가면 어떻겠니?"

앤은 깜짝 놀라 마릴라를 쳐다보았다.

"가고 싶기야 하죠, 아주머니. 하지만 불가능해요."

"가능할 수도 있지. 난 항상 네가 대학에 가야 한다고 생각했어. 네가 나 때문에 모든 걸 포기하고 있다고 생각하면 마음이 편치 않았거든."

"하지만 아주머니, 전 여기 남아서 아쉬웠던 적이 한순간도 없어요…… 정말 행복했는걸요. 아, 지난 2년은 정말이지 즐거웠어요."

"그래, 네가 만족스러워한다는 건 알아. 하지만 엄밀히 말하면 중요한 건 그게 아니야. 너는 네 공부를 계속해야지. 네가 모은 돈이면 레드먼드에 가서 1년은 지낼 수 있고, 가축을 팔면 1년은 더 공부할 수 있어…… 거기에다 장학금 같은 것도 받을 수 있고."

"네, 하지만 그래도 갈 수 없어요, 아주머니. 물론 아주머니

눈은 좋아지고 있지만요. 아주머니한테만 쌍둥이를 맡겨두고 갈 수는 없어요. 아이들한테 정말 손이 많이 가잖아요."

"아이들은 나 혼자 돌보지 않아도 돼. 안 그래도 그 일로 너하고 상의를 하고 싶었단다. 오늘밤에 레이철하고 한참 이야기를 했어. 앤, 레이철이 여러 가지 일들로 걱정이 이만저만이 아니더라. 남은 재산도 별로 없고. 8년 전에 농장을 저당 잡아서 막내아들이 서부로 떠날 때 거기서 새로 시작할 수 있도록 도와줬단다. 여태껏 이자만 간신히 갚고 있대. 거기에 토머스가 아프면서 이리저리 돈이 많이 들어갔지. 농장을 팔 수 밖에 없는 상황인데, 빚을 갚고 나면 남는 게 거의 없을 거래. 그럼 엘리자한테 가서 같이 살아야 한다는데, 레이철은 에이번리를 떠날 생각만 하면 마음이 찢어지는 모양이야. 그 나이 여자들은 새 친구를 사귀기도 어렵고 새로 관심거리를 찾는 일도 쉽지 않거든. 앤, 레이철이 이런 이야기를 하는데, 레이철한테 우리 집으로 와서 같이 살자고 할까 하는 생각이 들더구나. 하지만 레이철하고 무슨 말이라도 꺼내려면 너하고 먼저 상의해야 한다는 생각이 들었어. 내가 레이철하고 같이 살면 너도 대학에 갈 수 있고. 네 생각은 어떠니?"

앤이 멍하니 대답했다.

"저는…… 누가…… 달이라도…… 따다 준 느낌이에요…… 전…… 잘 모르겠어요…… 어떻게 해야 할지. 하지만 린드 아주머니가 이 집에 들어오시는 문제라면 그건 아주머니가 결정하실 일이에요. 아주머니는…… 정말 괜찮으시겠어요? 린드 아주머니는 좋은 분이고 이웃으로서도 친절한 분이지만…… 그래도……"

"단점이 있다, 그거지? 그래, 물론 그렇지. 하지만 그보다 더한 단점도 참고 지낼망정 레이철이 에이번리를 떠나는 건 보고 싶지 않구나. 레이철이 몹시 보고 싶을 거야. 나한테 가까운 친구라곤 레이철뿐인데, 레이철이 가버리면 나도 견디기 힘들 거야. 우리가 이웃으로 지낸 지 45년이 되었지만, 한 번도 다툰 적이 없어…… 물론 레이철이 너한테 못생긴 빨강 머리라고 하는 바람에 네가 덤벼들었을 땐 싸울 뻔하기도 했지. 기억나니, 앤?"

앤이 후회 막심한 목소리로 말했다.

"기억하고말고요. 그런 일을 어떻게 잊겠어요. 그때는 가여운 린드 아주머니가 얼마나 미웠는지!"

"그러고 나서 네가 했던 '사과'는 또 어떻고. 내 기준으론 넌 정말 다루기 힘든 아이였어, 앤. 너를 어찌해야 할지 몰라 당황하고 갈팡질팡했었단다. 매슈는 너를 좀 더 잘 이해했지."

"매슈 아저씨는 뭐든 다 이해해주셨어요."

매슈 이야기를 할 때면 늘 그랬듯이 앤이 부드럽게 말했다.

"레이철하고는 부딪힐 일 없이 잘 지낼 수도 있을 것 같아.

내가 볼 땐 여자 둘이 한 집에서 자꾸 부딪히는 이유는 같은 부엌을 쓰면서 서로 참견하기 때문이야. 레이철이 여기 오면 북쪽 다락방을 침실로 쓰고 손님방을 부엌으로 써도 좋고, 사실 우린 손님방을 둘 필요가 없잖니. 레이철에 거기에다 자기 스토브를 가져다놓고 두고 싶은 가구도 들여놓으면 정말 편하게 각자대로 살 수 있을 거야. 먹고사는 건 충분할 거야…… 자식들이 돌봐줄 테니까…… 그러니 나는 방만 내어주면 되잖니. 그래, 앤. 내 생각을 묻는다면 난 이렇단다."

앤이 냉큼 말했다.

"그럼 린드 아주머니께 말씀드려보세요. 린드 아주머니가 에이번리를 떠나시면 저도 너무 서운할 것 같아요."

"그리고 레이철이 들어오면 넌 대학에 갈 수도 있고. 레이철이 내 옆에 있고, 쌍둥이들한테도 내가 할 수 없는 부분을 해줄 테니, 네가 대학에 못 갈 이유가 없지."

그날 밤, 앤은 창가에서 오래도록 생각에 잠겼다. 기쁜 마음과 서운한 마음이 뒤엉켜들었다. 마침내 앤은…… 뜻밖에도, 아무 기대도 없던……길모퉁이에 다다랐다. 이 모퉁이를 돌아서면 대학과 함께 갖가지 무지갯빛 꿈과 미래가 기다리고 있었다. 하지만 앤은 그 모퉁이를 돌아가려면 수많은 아늑함을 뒤로해야 하는 것도 알았다…… 지난 2년 동안 앤은 작고 소박한 할 일들과 재밋거리들을 무척 사랑하게 되었고, 그 안에 열정을 쏟아부어 더 아름답고 즐거운 것들로 승화시켰다. 학교도 그만두어야 했다…… 앤은 머리가 나쁘고 말썽만 부리는 아이들까지 빼놓지 않고 학생들 한 명 한 명을 모두 사랑했다. 폴 어빙을 생각하는 것만으로도 레드먼드 대학이 이토록 힘들게 꼭 가야 할 곳인지 알 수 없어졌다.

앤은 달을 보며 말했다.

"2년 동안 작은 뿌리들을 많이도 내렸는데, 이제 내가 쑥 빠지면 다들 상처를 많이 받을 거야. 하지만 가는 게 좋겠어. 아주머니 말씀처럼 가지 않을 이유가 없어. 내 포부들을 전부 다시 꺼내 먼지를 털어내야겠어."

앤은 다음 날 사직서를 제출했다. 레이철 린드 부인은 마릴라와 마음을 놓고 이야기를 나눈 끝에 초록 지붕 집에 와서 같이 살자는 제안을 고맙게 받아들였다. 하지만 여름에는 자기 집에서 지내겠다고 했다. 농장도 가을까지는 가지고 있어야 했고, 그밖에도 정리해야 할 일들이 많다는 이유에서였다.

레이철은 한숨을 쉬며 혼자 중얼거렸다.

"초록 지붕 집처럼 외딴 곳에서 살게 될 거라곤 생각해본 적도 없어. 하지만 초록 지붕 집도 예전처럼 별세상 같진 않지…… 앤한테는 친구도 많고 쌍둥이가 있어서 활기도 넘치고. 어쨌거나 나도 에이번리를 떠나느니 우물 속에서라도 사는 게 나으니까."

이 두 가지 소식은 해리슨 부인이 나타났다는 소식을 제치고 입에서 입으로 빠르게 퍼져나갔다. 똑똑한 사람들은 레이철 린드와 같이 살기로 했다니 마릴라 커스버트가 경솔했다며 고개를 내저었다. 둘이 잘 지내지 못할 거라고도 말했다. 둘 다 '자기 방식에 나름의 고집'이 있는 사람들이라며 숱한 비관적인 예측들이 나돌았지만, 문제의 당사자들은 이런 말들에 전혀 아랑곳하지 않았다. 두 사람은 새로운 상황에 대한 각자의 의무와 권리를 분명히 정하고 명확히 이해했으며, 서로 잘 지킬 생각이었다.

레이철 린드가 분명한 어조로 말했다.

"나도 마릴라도 서로에게 간섭하지 않는 거예요. 쌍둥이들한테 내가 해줄 수 있는 일은 기꺼이 하겠지만 데이비가 묻는 말에 대답하는 것만큼은 사양하겠어요. 나는 백과사전도 아니고 수완 좋은 달변가도 아니에요. 그 점에 있어서는 앤이 아쉬울 거예요."

마릴라가 무덤덤하게 말했다.

"가끔은 앤의 대답도 데이비의 질문만큼이나 이상한걸요. 앤이 없으니 쌍둥이가 아쉽겠지요. 하지만 데이비에게 궁금증을 해소해주려고 앤이 미래를 희생할 수는 없어요. 내가 답할 수 없는 질문을 하면 난 데이비에게 아이들은 입 다물고 얌전히 있어야 한다고 말해줄 거예요. 우리 자랄 땐 그렇게 했죠. 그게

요즘 방식보다 좋은지는 모르겠지만."

레이철 린드가 미소를 지으며 말했다.

"앤이 한 방법이 데이비에게 꽤 잘 먹혔던 것 같기는 해요. 아이가 확 달라졌잖아요."

마릴라도 수긍했다.

"나쁜 아이는 아니에요. 나도 쌍둥이가 이렇게 예뻐질 줄은 생각도 못했어요. 데이비는 레이철하고도 곧잘 지낼 거예요…… 도라는 사랑스러운 아이긴 한데, 그앤…… 조금…… 뭐랄까……"

레이철 린드 부인이 거들었다.

"재미없다고요? 맞아요. 책으로 치면 장마다 같은 내용만 나오는 거랑 같죠. 도라는 착하고 믿을 만한 사람이 되겠지만, 세상을 놀랠 일은 하지 못할 거예요. 그런 사람들은 어울려 지내기엔 편하지요. 그렇지 않은 사람들에 비해 재미는 없겠지만."

앤이 학교를 그만두었다는 소식에 순전히 기뻐하기만 했던 사람은 길버트 블라이드뿐인 듯했다. 학생들에게는 하늘이 무너지기라도 한 듯한 소식이었다. 아네타 벨은 집에 갈 때 발작을 일으켰다. 앤서니 파이는 화풀이로 다른 아이들에게 괜한 시비를 걸어 싸움박질을 했다. 바버라 쇼는 밤새 울었다. 폴 어빙은 할머니에게 한 달 동안 오트밀 죽을 먹지 않겠다고 반항적으로 말했다.

폴 어빙은 할머니에게 말했다.

"못 먹겠어요, 할머니. 아무것도 못 먹겠다고요. 목구멍에 뭐가 꽉 막힌 것 같아요. 집에 오는 길에 너무 울고 싶었는데 제이크 도넬이 보고 있어서 못 울었어요. 침대에 누우면 울고 말 거예요. 내일 아침에 일어나면 운 티가 나지 않을까요? 울고 나면 마음이 좀 가라앉을 거예요. 하지만 그래도 오트밀 죽은 못 먹겠어요. 이 일을 견디려면 온 마음의 힘을 다 써야 할 거예요, 할머니. 그래서 오트밀 죽을 먹는 데 쓸 힘은 없을 것 같아요. 아, 할머니, 우리 예쁜 선생님이 떠나버리면 나는 어떡하죠? 밀티 볼터는 제인 앤드루스 선생님이 올 거라고 장담한댔어요. 앤드루스 선생님도 굉장히 좋은 분이겠죠. 하지만 셜리 선생님처럼 이해심이 많진 않을 거예요."

다이애나 역시 몹시 우울해했다.

"이번 겨울은 끔찍이도 외로울 거야."

다이애나가 슬퍼하며 말했다. 달빛이 벚나무 가지 사이로 은비처럼 쏟아져 동쪽 다락방을 꿈결처럼 부드러운 빛으로 가득 채운 어느 황혼녘이었다. 다이애나는 침대 위에 앉아 창가에 나지막한 흔들의자를 가져다놓고 앉은 앤과 이야기하고 있었다.

"너랑 길버트도 가버리고…… 앨런 목사님하고 사모님도 떠나고. 샬럿타운에서 앨런 목사님을 부른다는데, 당연히 가시겠지. 너무해. 여긴 겨울 내내 그 자리가 비어 있을 거야. 우린 줄줄이 늘어선 목사 후보자의 설교나 들어야겠지. 그중 괜찮은 사람은 절반도 안 될 거야."

앤이 단호하게 말했다.

"이스트그래프턴의 백스터 목사님은 부르지 말았으면 좋겠어. 그분은 오고 싶어하지만, 그분 설교는 너무 우울해. 벨 장로님도 그분이 좀 옛날식이라고 하셔. 린드 아주머니는 백스터 목사님이 소화불량인 것 말고는 다른 문제가 없다고 하시지만. 그것도 목사님 사모님이 음식 솜씨가 별로라서 그렇대. 린드 아주머니 말씀으론 남자가 3주에 2주일을 상한 빵만 먹다보면 그 사람의 신학 이론도 어딘가 꼬일 수밖에 없다. 앨런 사모님은 에이번리를 떠나려니 마음이 힘드신 것 같아. 처음 결혼해서 여기 오셨을 때부터 모두들 친절하게 대해줘서 평생 사귄 친구들과 헤어지는 기분이시래. 아기 무덤도 여기 있잖아. 그 무덤을 두고 어떻게 떠날 수 있을지 모르시겠대. 그때 3개월밖에 안 된 어린 아기였잖아. 사모님은 아기가 엄마를 보고 싶어 하실까 걱정이셔. 물론 현명하신 분이라 앨런 목사님한테는 그런 말씀을 안 하시지만. 거의 매일 밤 목사관 뒤쪽 자작나무 숲을 지나 묘지까지 가셔서 조그맣게 자장가를 불러주신대. 어젯밤에 매슈 아저씨의 무덤에 이른 들장미를 놓아두러 갔다가 전부 다 말씀해주셨어. 내가 에이번리에 있는 동안은 아기의 무덤에 꽃을 가져다주겠다고 약속드렸어. 그리고 내가 없을 땐 꼭……"

다이애나가 진심으로 대답했다.

"그땐 내가 할게. 당연히 내가 해야지. 매슈 아저씨 무덤에도 널 대신해서 꽃을 놓아둘게."

"고마워. 네가 해줄 수 있을지 물어보려고 했거든. 그리고 헤스터 그레이의 무덤에도 해줄래? 헤스터 그레이를 잊지 말아줘. 헤스터 그레이를 하도 생각하고 상상해서 그런지, 난 이상하게도 헤스터 그레이가 진짜 살아 있는 것 같아. 난 헤스터 그레이의 정원에 가면 그 조용하고 서늘하고 푸른 구석에서 헤스터를 생각하곤 해. 어느 봄날 저녁에, 빛과 어둠이 만나는 그 마법의 시간에, 내 발소리에 놀라지 않도록 까치발을 하고 조용히 너도밤나무 언덕을 올라가면, 예전 모습을 그대로 간직한 정원에 하얀 수선화며 이른 장미들이 만발해 있고, 그 너머에 작은 집엔 온통 덩굴들이 벽을 타고 있는 거야. 그리고 헤스터 그레이가 거기에 있는 거지. 눈빛은 부드럽고, 검은 머리를 바람에 나부끼며, 이곳을 거닐며 손가락 끝으로 수선화를 어루만지기도 하고, 장미꽃하고 비밀을 속삭이기도 하는 거야. 그럼 나는 조용히 앞으로 나가 손을 내밀며 말을 걸어. '헤스터 그레이, 나하고 놀지 않을래요? 나도 장미를 참 좋아하거든요.' 그러고는 우린 낡은 벤치에 앉아서 이야기도 하고 꿈도 꾸고, 그냥 둘이 말없이 가만히 앉아 있기도 해. 그러다가 달이 뜨면 나는 주위를 둘러봐…… 그 자리엔 헤스터 그레이도 없고, 덩굴이 타고 올라간 집도, 장미도 없어…… 그저 잡초들 속에 하얀 수선화가 총총히 고개를 내민 오래전에 버려진 정원뿐이고, 바람이 벚나무들 사이로, 아아, 한숨 쉬듯 구슬피 우는 소리만 가득해. 그러면 난 모든 게 현실이었는지, 내 상상에 불과했던 건지 분간이 가지 않아."

다이애나가 주섬주섬 기어가 침대 머리판에 등을 기대고 앉았다. 이 어스름한 시간에 이렇게 으스스한 이야기를 들으면 뒤에 뭔가 있을 것 같은 기분이 들었다.

다이애나가 우울하게 말을 꺼냈다.

"너하고 길버트하고 둘 다 떠나고 나면 개선회 활동도 시들해지지 않을까 걱정이야."

꿈나라를 떠나 현실 세계로 돌아온 앤이 씩씩하게 말했다.

"그런 걱정은 하지 마. 개선회는 이제 확실하게 자리를 잡았잖아. 특히 마을 어른들이 적극적으로 지지를 보내주면서부터는 더 그렇고. 그분들이 올여름에 잔디밭이랑 오솔길에 하고 있는 일들을 봐. 나도 레드먼드에서 지켜보면서 다음 겨울까진 보고서를 써서 보낼 거야. 그렇게 우울하게 생각하지 마, 다이애나. 그리고 내가 얼마 남지 않은 이 시간들을 기쁘고 즐겁게 보내는 걸 서운해하지 말아줘. 나중에, 정말 가야 할 때가 되면 이렇게 즐거워할 순 없을 거야."

"즐거워해도 괜찮아…… 넌 대학에 가서 행복한 시간들을 보낼 거고 좋은 친구들도 아주 많이 만나겠지."

앤이 다이애나의 마음을 헤아리듯 말했다.

"새 친구를 사귀면 좋겠지. 새 친구들을 만들 수 있다는 생각 덕에 인생은 훨씬 흥미로워지니까. 하지만 새 친구를 아무리 많이 사귄들, 그 애들을 내 오랜 친구들만큼 사랑할 순 없어…… 특히 눈이 까맣고 보조개가 있는 어떤 친구보다 더 좋을 순 없을걸. 그게 누군지 아니, 다이애나?"

다이애나가 한숨을 쉬었다.

"하지만 레드먼드에는 똑똑한 여자아이들이 많을 거야. 나는 아둔한 시골 아이일 뿐이잖아. 가끔 문법도 틀리게 말하는…… 물론 집중해서 생각하다보면 그보단 잘하게 되지만 말야. 그래도 지난 2년은 정말 더할 수 없이 즐거웠어. 어쨌든 내가 아는 누구는 네가 레드먼드에 가게 된 걸 진심으로 기뻐하던데. 앤, 하나만 물어볼게…… 진지한 질문이야. 화내지 말고 꼭 진지하게 대답해줘. 너 길버트한테 관심 있니?"

"친구로서는 정말 좋아하지만 네가 말하는 그런 마음은 전혀 없어." 앤은 차분하고 단호한 목소리로 대답했다. 앤은 그것이 진실한 마음이라고 생각했다.

다이애나가 한숨을 쉬었다. 왠지 앤에게서 다른 대답을 듣고 싶었던 것이다.

"앤, 넌 결혼은 안 할 거야?"

"아마도…… 언젠가는 하겠지…… 내 인연을 만나면."

앤이 달을 바라보며 꿈을 꾸듯 미소 지었다.

다이애나가 집요하게 물었다.

"하지만 그런 인연을 만나도 어떻게 알아봐?"

"난 알아볼 수 있어…… 알아볼 수 있는 뭔가가 있을 거야. 내 이상형이 어떤 사람인지 너도 알잖아, 다이애나."

"하지만 이상형은 바뀔 때도 있어."

"난 안 바뀌어. 그리고 그 이상형에 맞지 않는 사람은 좋아할 수가 없어."

"그런 사람을 영영 못 만나면 어떻게 해?"

앤이 명랑하게 대답했다.

"그럼 노처녀로 늙어 죽겠지. 그렇게 죽는다고 그게 결코 엄청 괴로운 죽음은 아닐 거야."

다이애나는 농담할 기분이 아니었다.

"아아, 노처녀로 죽는 건 쉽겠지. 내가 걱정하는 건 노처녀로 사는 거야. 라벤더 아주머니처럼 될 수만 있다면 노처녀로 늙는 것도 괜찮긴 하겠지. 하지만 난 결코 그렇게는 안 될 거야. 마흔다섯이 되면 난 어마어마하게 뚱뚱할 거야. 날씬한 노처녀라면 낭만적일 수 있지만, 뚱뚱한 노처녀한테 낭만 따윈 없을 거라고. 참, 너 들었니? 넬슨 앳킨스가 루비 길리스한테 3주일 전에 청혼을 했대. 루비가 나한테 전부 다 말해줬어. 루비는 그 청혼을 받아들일 마음이 전혀 없었대. 넬슨 앳킨스하고 결혼하면 어른들을 모시고 같이 살아야 한다고 말이야. 그런데 넬슨이 너무나도 아름답고 낭만적으로 청혼을 하는 바람에 자기도 홀딱 빠져들었다나. 그래도 경솔하게 결정하고 싶지는 않아서 1주일 동안 생각할 시간을 달라고 했대. 그러고는 이틀 뒤에 넬슨네 어머니네 집에서 바느질 모임이 있어서 갔는데, 응접실 탁자에 《에티켓 완벽 지침서》라는 책이 있더래. 그중에 '구혼과 결혼' 편이 있어서 보는데 넬슨이 자기한테 했던 청혼 내용이 단어 하나까지 그대로 적혀 있더래. 그때 기분은 말로 설명도 못하겠다고 그러더라고. 집에 가서 넬슨한테 가차 없이 거절하는 편지를 써서 보냈대. 그러고 나서 넬슨네 부모님이 아들이 강물에 몸을 던질까봐 번갈아 가며 감시를 하고 있다는 거야. 하지만 루비는 걱정할 필요가 있겠냐고, '구혼과 결혼' 편에 거절당한 연인이 어떻게 행동해야 하는지 다 나와 있는데, 거기 물에 빠져 죽는 내용 같은 건 없었다고 하더라고. 또 윌버 블레어도 자기 때문에 말 그대로 날로 야위어가고 있다면서 그 문제는 자기도 어쩔 수가 없대."

앤이 참을 수 없다는 듯이 움직였다.

"친구 험담 같아서 이런 말 하긴 정말 싫지만…… 난 요즘 루비 길리스가 마음에 안 들어. 학교 다닐 때나 퀸스에 같이 다닐 땐 좋았거든. 물론 너나 제인만큼은 아니었지만. 지난해에 카모디에 간 뒤로 루비는 너무 많이 달라진 것 같아, 너무……"

다이애나가 고개를 끄덕였다.

"나도 알아. 루비한테서도 길리스 집안 기질이 나오는 거야…… 루비도 어쩔 수 없겠지. 린드 아주머니가 그러시는데 길리스네 딸들은 남자애들 생각밖에 없다는 게 걷는 거랑 말하는 것만 봐도 딱 보인대. 루비도 남자애들 이야기뿐이고, 자기한테 어떤 찬사를 보내는지, 카모디 남자들이 자기한테 얼마나 빠져 있는지. 이상한 건 그 말대로 남자들이 정말 그렇다는 거야……"

다이애나가 분하다는 듯이 인정했다.

"지난밤에 블레어 씨네 서점에 갔다가 루비를 만났는데, 루비가 내 귀에다 대고 자기가 방금 새 애인을 만들었다고 하는 거야. 난 누구냐고 묻지도 않았어. 물어봐줬으면 하는 기색이 너무 역력해서 말이야. 그러고 보면 루비는 언제나 그런 걸 원했던 것 같아. 어릴 때도 루비는 늘 남자친구를 수십 명은 만나면서 아주 즐겁게 지내다가 결혼할 거라고 말하고 다녔잖아. 제인하고는 아주 다르지? 제인은 참 착하고 합리적이고 숙녀다운데."

앤도 고개를 끄덕였다.

"우리 제인이야 보석 같은 친구지."

앤은 몸을 숙여 베개에 놓인 다이애나의 통통한 손을 사랑스럽게 토닥였다.

"그래도 어디에도 나의 다이애나 같은 사람은 없어. 우리가 처음 만났던 날 기억나니, 다이애나? 그날 너희 정원에서 영원한 우정을 맹세했잖아. 우린 그 맹세를 지켰다고 생각해…… 우린 싸운 적도 없고, 서로 차갑게 군 적도 없었잖아. 네가 나한테 사랑한다고 했던 날 느꼈던 짜릿함을 난 평생 잊지 못할 거야. 난 어린 시절 내내 외롭고 정에 굶주려 있었어. 그때 내가 얼마나 외롭고 정에 굶주려 있었는지 이제야 조금 알겠어. 아무도 내게 관심이 없었고, 나 때문에 신경 쓰는 걸 원치 않았어. 상상 속에 살지 않았다면 난 정말 비참했을 거야. 상상 속에서는 친구들도 마음껏 만나고 그토록 갈망하던 사랑도 받을 수 있었으니까. 하지만 초록 지붕 집에 오고 나서 모든 게 달라졌어. 그리고 너를 만났고. 네가 나누어준 우정이 나한테 어떤 의미였는지 너는 모를 거야. 늘 내게 따뜻하고 진실한 사랑을 전해주었던 너에게 지금 여기서 고맙다는 말을 하고 싶어."

다이애나가 흐느껴 울었다.

"앞으로도, 언제까지 그럴 거야. 난 어느 누구도…… 어떤 여자애라도…… 너만큼 사랑하진 못할 거야. 그리고 결혼해서 딸을 낳으면 이름을 앤이라고 지을 거야."

27장

돌집에서 보낸 오후

데이비가 물었다.

"어디 가는데 그렇게 멋을 부렸어, 누나? 그렇게 입으니까 진짜 끝내줘."

앤은 새로 지은 연두색 모슬린 원피스를 입고 점심 약속에 가려던 참이었다. 매슈가 죽은 뒤로 처음 입어본 색의 옷이었다. 연두색 덕분에 꽃처럼 섬세한 앤의 낯빛과 윤기 흐르는 머리카락이 한층 더 돋보였다.

앤이 데이비를 나무라며 대답했다.

"데이비, 그런 말 쓰면 못 쓴다고 누나가 몇 번이나 얘기했니? 누나는 메아리 오두막에 갈 거야."

데이비가 매달렸다.

"나도 데려가."

"마차를 타고 가면 너를 데려갈 수 있지만, 오늘은 걸어갈 거야. 여덟 살 꼬마가 따라가기엔 너무 멀어. 게다가 폴도 같이 갈 건데, 넌 폴하고 같이 가는 거 싫잖아."

데이비가 앞에 놓인 푸딩을 무서운 속도로 먹기 시작했다.

"아, 나 옛날보다 폴 훨씬 더 좋아해. 나도 많이 착해져서 폴이 나보다 더 착해도 괜찮단 말이야. 내가 계속 이렇게 자라면 언젠가 폴보다 더 나아질걸. 다리 길이도 착한 것도 다. 그리고 폴은 학교에서 우리 2학년들한테 엄청 잘 해줘. 다른 큰 형들이 우리를 괴롭히지 못하게 막아주고 놀이 같은 것도 많이 가르쳐 준다니까."

앤이 물었다.

"어제 낮에는 폴이 왜 개울에 빠진 거니? 운동장에서 만났는데 흠뻑 젖어 있기에 옷부터 갈아입으라고 무슨 일이냐고 물을 새도 없이 집에 보냈거든."

"음, 그건 어쩌다 그렇게 된 것도 있어. 머리를 집어넣은 건 일부러 그런 거지만 몸은 그냥 빠진 거거든. 애들이랑 다 같이 시냇가로 갔는데, 프릴리 로저슨이 무슨 일로 폴한테 화가 났어…… 프릴리는 예쁘긴 한데 진짜 심술쟁이고 독해…… 프릴리가 폴한테 할머니가 밤마다 머리를 곱슬곱슬 말아준다고 놀렸어. 폴은 그런 말은 신경 쓰지 않으려고 한 것 같아. 그런데 그레이시 앤드루스가 웃으니까 폴 얼굴이 새빨개지더라고. 그레시이가 폴의 여자친구잖아. 폴은 그레이시한테 완전히 갔어…… 꽃도 꺾어다 주고, 해변 길까지 책도 들어다준다니까. 폴은 얼굴이 홍당무처럼 빨개져서, 할머니가 그런 걸 해주는 게 아니라 태어날 때부터 곱슬머리라고 말했어. 그러더니 둑에 엎드려서 증명하겠다면서 곧장 머리를 시냇물에 집어넣은 거야. 아, 우리가 마시는 시냇물은 아니었어……"

데이비가 마릴라의 경악한 얼굴을 보더니 얼른 덧붙여 말했다.

"조금 더 아래쪽에 있는 물이었어. 그런데 둑이 너무 미끄러워서 폴이 빠져버린 거야. 그 바람에 물이 끝내주게 튀었어. 아, 누나, 누나, 이건 일부러 한 말이 아니야…… 나도 모르게 튀어나온 거야. 물이 멋지게 튀었어. 폴이 밖으로 기어 올라왔는데 진짜 웃겼어. 홀딱 젖어서 진흙투성이였거든. 여자애들도 막 웃어댔는데, 그레이시는 웃지 않았어. 좀 미안한 표정이었어. 그레이시는 착하지만 들창코야…… 나는 여자친구는 누나처럼 코가 예쁜 아이를 고를 거야."

"푸딩을 먹으면서 얼굴을 그렇게 시럽 범벅으로 만드는 남자아이를 어느 여자애가 좋다고 하겠니."

마릴라가 엄하게 말했다.

"만나러 가기 전에 세수는 할 건데요."

데이비가 그렇게 반박하며 손등으로 입가를 문질러댔다.

"시키지 않아도 귀 뒤도 씻을 거고요. 오늘 아침에도 안 까먹었어요, 아줌마. 이젠 옛날보다 반도 안 까먹어요. 하지만……"

그러더니 데이비가 한숨을 쉬었다.

"몸에 씻을 데가 너무 많아서 다 기억하긴 너무 어려워요. 라벤더 아주머니네 못 가면 해리슨 아주머니네 갈래요. 해리슨 아주머니는 진짜 좋은 분이에요. 아주머니는 식료품 창고에 쿠키 단지를 놔뒀다가 아이들한테 나눠줘요. 자두 케이크를 반죽했던 그릇에 남은 부스러기도 주고요. 그릇에 자두 조각이 많이 붙어 있거든요. 해리슨 아저씨도 원래 좋은 사람이었지만 다시 결혼한 다음부터 두 배는 더 좋아졌어요. 결혼을 하면 좋은 사람이 되는 것 같아요. 아줌마는 왜 결혼을 안 하세요? 네?"

마릴라는 마음 편한 독신 생활을 한 번도 약점으로 여긴 적이 없었다. 그래서 앤과 의미심장한 눈길을 주고받으며 아무도 결혼하자는 사람이 없어서 그런 것 같다고 상냥하게 대답했다.

데이비가 반박했다.

"하지만 아줌마가 아무한테도 결혼하자고 안 해서 그런 걸 수도 있잖아요."

도라가 깜짝 놀라 누가 말을 건 것도 아닌데 새침하게 말했다.

"참내, 데이비, 그런 부탁은 남자가 하는 거야."

데이비가 툴툴거렸다.

"왜 만날 남자가 해야 하는지 모르겠어. 이 세상은 뭐든 다 남자한테만 하라고 하는 것 같아. 푸딩 더 먹어도 돼요, 아줌마?"

"먹을 만큼 먹었잖니."

마릴라는 그렇게 말하면서도 데이비에게 적당한 양을 더 덜어주었다.

"사람이 푸딩만 먹고 살면 좋겠다. 왜 그러면 안 돼요, 아줌마?"

"금세 물릴 테니까."

데이비가 아닐 것 같다는 얼굴로 물었다.

"내가 한번 해보고 싶어요. 하지만 푸딩을 아예 못 먹는 것보단 고기를 못 먹는 금육일이랑 손님 오는 날만이라도 먹는 게 더 나을 것 같아요. 밀티 볼터네는 푸딩을 아예 안 먹는대요. 밀티가 그러는데, 손님이 오면 밀티네 엄마가 치즈를 직접 잘라 주는데…… 아주 조금 한 조각씩만 주고, 예의상 한 조각 더 준대요."

마릴라가 엄하게 말했다.

"밀티 볼터가 자기 어머니를 그렇게 말해도 네가 그 말을 옮길 필요는 없어."

"허참……"

데이비는 해리슨 씨가 쓰는 말을 기억해두었다가 멋지게 써먹곤 했다……

"밀티는 칭찬으로 한 말인데. 밀티는 엄마를 무지무지하게 자랑스러워해요. 사람들이 밀티 엄마한테 무인도에 떨어져도 잘 살 사람이라고 하거든요."

"저…… 저 성가신 닭들이 내 팬지 꽃밭을 망치고 있는 것 같구나."

마릴라가 황급히 일어나 밖으로 나갔다. 물론 애꿎은 닭들은 팬지 꽃밭 근처에 얼씬도 하지 않았고 마릴라도 꽃밭 쪽으로는 눈길 한 번 주지 않았다. 마릴라는 지하실 문 앞에 주저앉아 스스로 무안해질 때까지 실컷 웃었다.

그날 오후 앤과 폴이 돌집에 당도했을 때 라벤더와 샬러타 4세는 잡초를 뽑아 쓸어 모으고 잔디를 깎으며 정원을 다듬는 일에 무슨 사활이라도 걸린 듯 열중하고 있었다. 라벤더는 자신이 좋아하는 주름 장식과 레이스 장식이 달린 옷을 입고 무척 아름답고 한껏 즐거워 보였다. 라벤더는 잔디 깎던 가위도 내려놓고 기쁘게 손님들을 맞으러 달려 나왔다. 샬러타 4세도 명랑하게 씩 웃었다.

"앤, 어서와. 오늘 올 줄 알았어. 넌 오후에 속한 사람이니까 오후가 너를 데리고 온 거야. 서로 속해 있는 존재들은 늘 함께 다니거든. 사람들이 그것만 알았어도 괴로워할 일이 훨씬 줄어들 텐데. 그런데 그걸 몰라서…… 서로 짝도 아닌 걸 찾아다니느라 천국이랑 지상을 오가며 아름다운 에너지를 낭비하는 거지. 그리고 폴…… 어머, 너 많이 컸구나! 지난번에 왔을 때보다 한 뼘쯤은 더 큰 것 같아."

폴이 기쁨을 솔직하게 드러내며 말했다.

"네, 저는 밤마다 명아주처럼 자라나기 시작했다고 린드 아주머니가 그러셨어요. 할머니는 드디어 오트밀 죽을 먹은 효과가 나타난다고 하세요. 정말 그럴 수도 있고요…… 하느님은 아시겠죠……"

폴이 한숨을 푹 내쉬었다……

"내가 먹은 만큼 먹으면 누구라도 키가 컸을 거예요. 정말 키가 크고 싶었는데, 이제 크기 시작했으니까…… 아빠만큼 클 때까지 계속 클 거예요. 아빠는 182센티미터잖아요, 라벤더 아주머니."

물론 라벤더도 알고 있었다. 예쁜 뺨에 홍조가 더 깊어졌다. 라벤더는 한 손으론 폴의 손을 잡고, 다른 한 손으론 앤의 손을 잡고 말없이 집으로 걸어갔다.

"오늘은 메아리를 듣기 좋은 날인가요, 라벤더 아주머니?"

폴이 걱정스레 물었다. 폴이 처음 놀러왔던 날은 바람이 너무 심해 메아리가 들리지 않는 바람에 무척 실망을 했었다.

라벤더가 몽상에서 깨어나며 대답했다.

"그럼, 더없이 좋은 날이지. 하지만 우선 뭐라도 좀 먹어야지. 두 사람 다 너도밤나무 숲을 걸어오느라 배가 고플 텐데. 샬러타 4세하고 나는 언제든지 먹을 수 있어…… 우리 식욕은 그만큼 고분고분하거든. 그러니까 어서 식료품 창고를 털러 가보자. 다행히 지금 맛있는 것들이 가득 차 있거든. 오늘 손님이 올 것 같아서 샬러타 4세하고 같이 준비해두었지."

폴이 말했다.

"아주머니도 식료품 창고에 늘 맛있는 걸 채워두시는 분인가 봐요. 할머니도 그러시거든요. 그렇지만 식사시간이 아닐 땐 간식을 못 먹게 하세요."

폴이 골똘히 생각하는 말투로 덧붙였다.

"할머니가 안 된다고 하실 걸 알면서 밖에서 간식을 먹어도 되는 건지 모르겠어요."

폴의 밤색 곱슬머리 위로 라벤더가 앤과 즐거운 시선을 주고받았다.

"할머니도 이렇게 오래 걷고 나서 간식을 먹는 건 허락하실 거야. 중요한 건 그거지. 나도 간식이 건강에 좋진 않을 것 같아. 그래서 메아리 오두막에서는 간식을 그렇게 자주 먹는 거야. 우리는…… 샬러타 4세랑 나는…… 사람들이 생각하는 식사법 같은 건 무시하며 살거든. 우린 생각이 날 때마다 소화도 잘 안 되는 음식들을 밤낮으로 먹어댄단다. 그런데도 우린 푸른 월계수 나무처럼 튼튼하잖니. 우린 뭐든 항상 바꿔보려 하고 있어. 신문에서 우리가 좋아하는 뭔가를 조심하라고 경고하는 기사를 보면, 우린 잊어버리지 않으려고 그 기사를 올려서 부엌 벽에다 핀으로 꽂아둬. 하지만 꼭 잊어먹고…… 기어이 그걸 먹고야 만다니까. 그래도 아직 뭘 먹고 죽진 않았잖아. 하지만 샬러타 4세는 도넛이랑 고기 파이랑 과일 케이크를 먹고 바로 자면 악몽을 꾼다고 하더라고."

"할머니는 잠자리에 들기 전에 우유 한 잔이랑 버터 바른 빵 한 조각을 주세요. 일요일 밤에는 빵에 잼을 발라주시고요. 그래서 전 늘 일요일 밤이 좋아요…… 몇 가지 이유가 더 있지만요. 해변 길에선 일요일이 진짜 길어요. 할머니는 일요일이 너무 짧다고 하시지만요. 아빠는 어렸을 때 일요일이 지루한 줄 모르셨다고 해요. 저도 제 바위 사람들하고 이야기할 수 있으면 그렇게 길게 느껴지지 않을 텐데, 할머니가 일요일엔 못하게 하세요. 전 생각이 많은데, 제 생각들은 세속적인 것 같아요. 할머니는 일요일엔 종교 생각 말고는 하면 안 된대요. 하지만 우리 선생님은 언젠가 정말 아름다운 생각은 전부 다 종교적이랬어요. 그게 무슨 생각이든, 또 그런 생각을 무슨 요일에 하든 말이에요. 하지만 할머니는 설교하고 주일학교 수업을 생각하는 것만 진정으로 종교적인 생각이라고 믿으실 거예요. 그리고 할머니하고 선생님의 의견이 다를 땐, 전 어찌해야 할지 모르겠어요. 마음으로는……"

폴은 한 손을 가슴에 얹고, 진지해 보이는 푸른 눈을 들어 어느새 동정 어린 얼굴을 하고 있는 라벤더를 올려다보았다.

"선생님 말씀이 맞는 것 같아요. 하지만 할머니는 할머니 방식대로 아빠를 키워서 훌륭하게 성공시키셨잖아요. 선생님은 아직 아무도 키워보지 않았고요. 비록 데이비하고 도라를 돌봐주고 계시지만요. 데이비하고 도라는 다 클 때까진 어떤 어른이 될지 모르는 일이니까요. 그래서 어쩔 땐 할머니의 말씀을 따르는 게 더 안전하지 않을까 생각도 들어요."

앤이 진지한 얼굴로 동의했다.

"나도 그럴 것 같아. 어쨌든, 할머니하고 내가 정말 하고자 하는 말은, 서로 다른 말로 표현하고 있지만 결국 거의 비슷할 거야. 넌 할머니의 의견을 따르는 게 좋겠지. 그건 경험에서 나온 말이니까. 내 방식도 똑같이 괜찮다는 확신을 가지려면 쌍둥이가 어떤 어른으로 크는지 기다려봐야 할 거고."

점심을 먹은 뒤 이들은 다시 정원으로 나갔다. 그곳에서 폴은 메아리와 처음 인사를 나누며 신기해하고 즐거워했다. 그러는 동안 앤과 라벤더는 은백양나무 아래 돌 의자에 앉아 대화를 나누었다.

라벤더가 아쉬워하며 말했다.

"그래, 가을에 떠난다고? 너를 생각하면 기뻐해야 맞는데…… 이기적이지만 나는 속상해. 네가 무척 보고 싶을 거야. 아, 때로는 친구를 만들어도 다 소용없다는 생각이 들어. 잠깐 머물다 떠나버리면 만나기 전에 느끼던 허전함보다 더 큰 상처가 남는 것 같아."

앤이 말했다.

"그건 라벤더 아주머니가 아니라 엘리자 앤드루스 아주머니가 할 것 같은 말이에요. 허전함보다 끔찍한 건 없어요…… 그리고 전 아주머니를 떠나는 게 아닌걸요. 편지도 보낼 거고 방학도 있잖아요. 어머, 아주머니 얼굴이 조금 창백하고 지쳐 보이세요."

"야호…… 야호……"

폴은 둑 위로 올라가 부지런히 소리를 질렀다…… 전부 다 듣기 좋은 소리라고 할 수는 없었지만, 돌아오는 소리들은 강 건너 연금술사 요정들이 손을 쓴 듯 금빛과 은빛의 메아리로 바뀌어 있었다. 라벤더는 예쁜 두 손을 견디기 힘들다는 듯 움직였다.

"난 모든 게 지긋지긋해…… 메아리까지도 말이야. 내 인생에 남은 거라곤 메아리밖에 없는데…… 잃어버린 희망과 꿈과 기쁨의 메아리뿐인데. 메아리는 아름답지만 나를 조롱해. 아, 앤, 손님 앞에서 이런 말을 하다니, 이런 나도 지겨워. 나이가 들어서 그런 거겠지만 나하곤 안 맞아. 예순 살쯤 되면 정말 성미 괴팍한 노인이 되어 있을 거야. 나한테 필요한 건 약인지도 몰라."

그때 점심 식사 뒤로 보이지 않던 샬러타 4세가 돌아와, 존 킴벌 씨네 목장 북동쪽 구석에 이른 딸기가 빨갛게 익었다며 앤에게 따러 가지 않겠냐고 물었다.

라벤더가 소리쳤다.

"이른 딸기를 따서 차를 마시자! 아아, 난 아직 그렇게 늦지 않았나봐…… 약도 필요 없어! 얘들아, 딸기를 따서 돌아오면 여기 은백양나무 아래서 차를 마시는 거야. 난 집에서 만든 크림하고 차를 준비해둘게."

앤과 샬러타 4세는 킴벌 씨네 목장으로 건너갔다. 그곳은 공기가 벨벳처럼 부드럽고 제비꽃 꽃밭처럼 향기로우며 호박처럼 황금빛으로 빛나는 푸르고 한적한 목초지였다.

앤이 속삭이다시피 말했다.

"오, 이 뒤쪽은 정말 아름답고 싱그럽지 않니? 마치 햇빛을 꿀꺽꿀꺽 마시고 있는 느낌이야."

"네, 아가씨, 저도 그래요. 제 기분이 딱 그거예요, 아가씨."

샬러타 4세는 앤이 황야의 펠리컨이 된 느낌이라고 말했어도 똑같이 대답했을 것이다. 앤이 메아리 오두막을 다녀간 날이면, 샬러타 4세는 부엌 위 조그만 자기 방에 올라가서 어김없이 거울을 들여다보며 앤의 말투와 표정과 몸짓을 그대로 흉내

내보았다. 자기 눈에도 그리 비슷해 보이진 않았지만, 학교에서 배운 것처럼 연습을 하다보면 나아지는 법이었고, 샬러타는 언젠가 요령을 터득하여 자신도 턱을 우아하게 치켜들거나 별빛같이 초롱초롱하게 눈을 빛내거나 바람에 흔들리는 나뭇가지처럼 걸을 수 있게 되기를 바랐다. 앤을 보면 별로 어려워 보이지 않았다. 샬러타 4세는 앤을 진심으로 동경했다. 앤이 아름다워 보여서가 아니었다. 아름다운 것에 대해 말하자면 앤의 달빛처럼 은은한 잿빛 눈동자나 창백하다가도 어느새 장밋빛으로 물드는 뺨보다는 다이애나 배리처럼 발그레한 볼과 곱슬거리는 검은 머리가 훨씬 더 샬러타 4세의 취향에 가까웠다.

　샬러타 4세가 진지하게 말했다.

"그렇지만 저는 예쁜 것보다 아가씨처럼 되는 게 좋아요."

　앤이 소리 내어 웃으며 쓴 말은 무시하고 달콤한 칭찬의 말만 삼켰다. 앤은 샬러타의 헛갈리는 칭찬을 듣는 데 익숙해져 있었다. 다른 사람들이 생각하는 앤의 외모도 제각각이었다. 앤이 예쁘다는 말을 들었던 사람들은 앤을 만나면 실망했다. 앤이 평범하다는 말을 들었던 사람들은 앤을 보고 나면 사람들 눈이 어떻게 된 거 아니냐고 했다. 앤 자신은 결코 자기가 미인이라고 생각하지 않았다. 거울을 볼 때마다 눈에 띄는 거라고는 창백한 작은 얼굴과 코 위에 자리한 주근깨 일곱 개뿐이었다. 거울을 보아서는 장밋빛으로 타오르는 불꽃처럼 변화무쌍하게 나타났다 사라지는 감정들도, 커다란 눈에 맺히는 매력적인 꿈과 웃음도 포착해낼 수 없었다.

엄밀히 말하면 예쁘다고는 할 수 없었지만, 앤에게는 무언가 규정할 수 없는 매력과 특별함이 있었다. 그래서 앤을 보는 사람들은 부드러운 소녀다움과 강하게 느껴지는 잠재력에 즐겁고 흡족한 기분이 되었다. 앤을 아는 사람들은 자신도 모르는 사이에 앤에게서 뿜어져 나오는 가능성과 미래를 향한 잠재력이 앤의 가장 큰 매력이라고 느끼곤 했다. 앤은 무슨 일인가가 곧 일어날 것 같은 분위기를 풍기며 걸어 다니는 듯했다.

딸기를 따면서 샬러타 4세는 앤에게 라벤더에 대한 걱정을 털어놓았다. 마음이 따뜻한 어린 하녀는 사랑하는 주인의 건강을 진심으로 걱정하고 있었다.

"라벤더 마님은 몸이 좋지 않아요, 셜리 아가씨. 확실해요. 마님은 그런 말씀을 안 하시지만요. 마님답지 않다고 생각한 게 한참 됐어요. 아가씨…… 전에 아가씨가 폴하고 같이 다녀가신 뒤부터 그래요. 그날 밤에 감기에 걸리셨던 것 같아요, 아가씨. 아가씨하고 폴이 돌아간 뒤로 마님이 정원을 거니셨거든요. 깜깜해지고 나서도 작은 숄 하나만 걸치고 한참을 그러셨어요. 눈도 많이 쌓여 있어서 독감에 걸리신 거 같아요. 그 뒤론 쭉 지치고 외로워 보였어요. 아무 데도 흥미를 못 느끼시는 것 같고요, 아가씨. 손님이 오는 상상도 안 하시고, 손님 맞을 준비도 안 하시고, 아무것도 안 하세요, 아가씨. 아가씨가 오실 때만 조금 기운을 찾으시는 것 같아요. 무엇보다 제일 걱정되는 건요, 아가씨……"

샬러타 4세가 실제로 엄청나게 기이하고 끔찍한 증상이라도 말하려는 사람처럼 목소리를 낮췄다.

"내가 뭘 깨뜨려도 전혀 화를 안 내신다는 거예요. 세상에, 아가씨, 어제도 책장 위에 있던 초록색하고 노란색으로 된 그릇을 깨트렸거든요. 할머님이 영국에서 가져온 그릇이라 라벤더 마님이 굉장히 아끼던 물건이었는데, 전 조심한다고 하면서 먼지를 털었는데 그만 미끄러져서 떨어지는 바람에, 이렇게, 제가 잡으려고 했는데 못 잡아서 산산조각이 나버린 거예요. 정말 죄송하고 겁이 났죠. 마님한테 엄청나게 야단맞을 줄 알았는데, 사실 어제처럼 하시는 것보단 야단맞는 게 나아요. 마님이 들어오시더니 그쪽은 보는 둥 마는 둥 하시면서 '괜찮아, 샬러타. 깨진 조각은 주워서 내다버려'라고 하시는 거예요. 할머님이 영국에서 가져온 물건이 아닌 것처럼요. 아, 마님은 어딘가 안 좋으신 거예요. 저는 너무 걱정이에요. 저 말고는 돌봐드릴 사람도 없으니 말이에요."

샬러타 4세의 눈가에 눈물이 고였다. 앤은 금이 간 분홍색 컵을 들고 있는 작고 가무잡잡한 손을 쓰다듬었다.

"라벤더 아주머니에게 변화가 필요한 것 같아, 샬러타. 아주머니는 여기서 혼자 계시는 시간이 너무 많아. 여행이라도 떠나시게 할 방법은 없을까?"

샬러타는 고개를 저었다. 머리에 매단 커다란 리본들이 암담하게 흔들렸다.

"안 될 거예요, 셜리 아가씨. 라벤더 마님은 어디 방문하는 걸 질색하세요. 마님이 방문하는 친척집은 세 곳뿐인데, 그마저도 가족 된 도리로 가는 거라고 하세요. 지난번에 마지막으로 다녀오신 뒤로는 앞으로 가족 된 도리로도 가지 않겠다고 하셨어요. 저한테도 그러세요. '고독이 너무 그리워서 집에 왔어, 샬러타. 다시는 이곳의 덩굴과 무화과나무를 떠나 있고 싶지 않아. 내 친척들은 나를 노처녀로 만들지 못해 안달이야. 기분이 나빠진다고.' 그런 식이에요, 아가씨. 기분이 아주 나빠지신대요. 그러니 여행을 떠나시라고 설득해봐야 아무 소용없을 거예요."

앤이 마지막 딸기를 분홍색 컵에 담으면서 단호하게 말했다.

"우리가 할 수 있는 일을 찾아봐야 해. 방학을 하면 나도 곧바로 여기로 와서 1주일 내내 같이 있을게. 매일 나들이도 가고, 온갖 상상 놀이를 다 해보면서, 그래도 아주머니가 기운을 못 차리시는지 한번 보자."

"바로 그거예요, 아가씨."

샬러타 4세가 기뻐하며 외쳤다. 라벤더를 위해서도 잘되었지만 샬러타 자신도 좋았다. 1주일 내내 앤을 지켜보다보면 앤처럼 움직이고 행동하는 법을 배울 수 있을 것 같았다.

두 사람이 메아리 오두막으로 돌아갔을 때 라벤더는 폴과 함께 작고 네모난 탁자를 부엌에서 정원으로 옮기고 있었다. 차를 마실 준비도 다 되어 있었다. 하얀 솜털 구름이 떠다니는 드넓은 푸른 하늘 아래, 도란도란 옹알이를 하는 기다란 나무 그늘에 앉아 먹는 딸기와 크림은 무엇과도 견줄 수 없이 맛있었다. 차를 마신 뒤 앤은 샬러타를 도와 부엌에서 설거지를 했고, 그 사이 라벤더는 폴과 함께 돌 벤치에 앉아 바위 사람들 이야기를 들었다. 라벤더는 열심히 귀를 기울였지만, 폴은 마지막에 쌍둥이 선원 이야기에서 라벤더가 갑자기 흥미를 잃었다는 것을 알아챘다.

폴이 엄숙하게 물었다.

"라벤더 아주머니, 저를 왜 그렇게 쳐다보고 계세요?"

"내가 어떻게 보고 있는데, 폴?"

"저를 보면서 다른 사람을 떠올리시는 것 같아요."

폴은 가끔씩 이렇게 신기한 통찰력을 보여, 그 옆에서는 비밀을 지키기가 쉽지 않았다.

라벤더가 꿈결처럼 말했다.

"너를 보면 오래전에 알았던 어떤 사람이 떠오르거든."

"아주머니가 젊었을 때요?"

"그래. 내가 젊었을 때. 네가 보기엔 내가 아주 늙어 보이니, 폴?"

폴이 비밀을 털어놓듯 말했다.

"있잖아요. 사실은 잘 모르겠어요. 머리는 할머니 같아요…… 젊은 사람 중에는 머리가 하얀 사람을 본 적이 없거든요. 하지만 아주머니가 웃을 때는 눈이 우리 선생님만큼 젊고 아름다워 보여요. 그리고요, 아주머니……"

폴이 재판관만큼이나 근엄한 얼굴을 하더니 진지하게 말했다.

"아주머니는 정말 멋진 엄마가 될 것 같아요. 아주머니 눈빛이 꼭 그래요…… 우리 엄마가 늘 보여주었던 눈빛이거든요. 아주머니한테 아들이 없다는 게 안타까워요."

"나한테도 꿈속의 아들이 있어, 폴."

"아, 진짜요? 그 애는 몇 살인데요?"

"네 나이쯤 될 거야. 실은 더 나이를 먹었어야 해. 아주 오래전, 네가 태어나기도 전부터 꿈꿨던 아이거든. 그렇지만 난 그 애가 열한 살이나 열두 살보다 더 크지 못하게 할 거야. 계속 크다 보면 완전히 자라버려서 나를 떠날 테니까 말이야."

폴이 고개를 끄덕였다.

"알아요. 그게 바로 꿈속 사람들의 좋은 점이에요…… 원하는 만큼만 나이를 먹잖아요. 아주머니랑 우리 예쁜 선생님이랑 저는 제가 알기로 꿈속 사람들이 있는 세상에서 유일한 사람들이에요. 우리 셋이 서로서로 알고 있다니 신기하지 않아요? 우리 같은 사람들은 언제든 서로를 알아보는 것 같아요. 할머니한테는 꿈속 사람들이 없고 메리 조 누나는 내가 꿈속 사람들을 만난다고 내 머리가 잘못됐다고 생각해요. 하지만 꿈속 사람들이 있다는 건 정말 멋진 일이잖아요, 아주머니. 아주머니. 아주머니의 꿈속 아이는 어떤 아이에요?"

"눈이 파랗고 곱슬머리야. 아침마다 살그머니 들어와서 입맞춤으로 나를 깨워준단다. 그러고는 하루 종일 이곳 정원에서 놀아…… 나하고 같이. 우리가 하는 그런 놀이들을 하면서. 달리기 시합도 하고, 메아리랑 대화도 하고. 내가 이야기도 들려주고. 그리고 석양이 지면……"

폴이 신이 나서 끼어들었다.

"나 알아요. 그 아이가 와서 아주머니 옆에 앉아요…… 그리고…… 열두 살이면 무릎에 앉기엔 너무 컸잖아요…… 그리고…… 아주머니 어깨에 머리를 기대고…… 그리고…… 아주머니는 아이 어깨를 꼭, 아주 꼭 안아주면서 그 애 머리에 뺨을 가져다 대요…… 네, 바로 이렇게요. 아, 아주머니도 정말 아시네요."

앤은 돌집에서 나오다가 그곳에 앉아 있는 두 사람을 보았고, 라벤더의 표정을 보고는 두 사람을 방해하면 안 될 것 같다는 생각이 들었다.

"폴, 어두워지기 전에 집에 도착하려면 이제 가야 하는데 어쩌지? 아주머니, 저는 곧 메아리 오두막에 다시 와서 1주일 내내 머물 거예요."

"1주일 동안 머물러 오면 내가 2주일 동안 붙잡아둘 거야." 라벤더가 겁을 주었다.

28장

마법의 성으로 돌아온 왕자님

　학교에서 아이들과 만나는 마지막 날이 왔다가 지나갔다. 아이들은 학기말 시험에서 멋지게 능력을 발휘했다. 마지막 시간에 아이들은 감사 인사와 사무용 책상을 선물로 주었다. 여학생들과 자리에 함께한 부인들은 모두 울음을 터뜨렸고, 남학생 몇몇도 아니라고 잡아뗐지만 역시 울었다는 말이 돌았다.

　하먼 앤드루스 부인과 피터 슬론 부인, 그리고 윌리엄 벨 부인은 집까지 같이 걸어가며 이야기를 나누었다.

　"아이들이 그렇게 정을 붙였는데 앤이 떠난다니 너무 안타까워요."

　피터 슬론 부인이 한숨을 쉬었다. 피터 슬론 부인은 무슨 말을 하든 한숨을 쉬는 버릇이 있었는데, 농담을 하고 나서도 끝에는 꼭 한숨을 쉬었다.

"물론 내년에도 좋은 선생님이 올 테지만요."

슬론 부인이 얼른 덧붙였다.

앤드루스 부인이 약간 뻣뻣한 태도로 말했다.

"제인은 자기 일을 잘 해낼 거예요. 아이들한테 동화책을 그렇게 많이 읽어주거나 애들을 데리고 숲속을 배회하면서 그 많은 시간을 허비하진 않겠지요. 제인은 장학사의 표창 교사 명단에도 이름이 올라 있잖아요. 뉴브리지 사람들도 제인이 떠난다고 다들 난리래요."

벨 부인이 말했다.

"나는 앤이 대학에 가게 돼서 정말 기뻐요. 앤도 늘 꿈꿨고, 앤한테는 얼마나 멋진 일이야."

앤드루스 부인은 그날 어느 누구의 말에도 맞장구를 치지 않기로 결심하고 나온 사람 같았다.

"글쎄요, 난 모르겠어요. 앤이 교육을 더 받아야 할 필요가 있을까요. 앤은 길버트 블라이드랑 결혼하게 될 텐데, 길버트가 그 애한테 혹한 게 대학을 나올 때까지 계속되면 말이에요. 그때 가서 앤한테 라틴어니 그리스어니 하는 게 다 무슨 소용이겠어요? 대학에서 남자를 어떻게 다뤄야 하는지 그런 걸 가르친다면 대학에 가는 것도 이해가 되겠지만."

하면 앤드루스 부인은 자기 남편을 다루는 법도 아직 모른다고 에이번리의 말 많은 사람들이 쑥덕거리는 것을 보면, 앤드루스 집안도 딱히 행복한 가정의 귀감이라고 할 만하지는 않았다. 벨 부인이 말했다.

"샬럿타운에서 앨런 목사님을 부르는 것도 장로회까지 올라갔으니, 목사님은 곧 여기를 떠나겠네요."

슬론 부인이 말했다.

"9월까지는 계실 거예요. 마을의 큰 손실이죠…… 앨런 사모님을 보면 목사 부인이라기엔 좀 너무 화려하다 싶긴 했어요. 하지만 완벽한 사람은 없으니까요. 오늘 해리슨 씨가 얼마나 깔끔하고 말쑥해 보였는지 봤어요? 사람이 그렇게 확 달라지는 건 처음 본다니까요. 일요일마다 교회도 나가고 목사님 봉급에 기부도 하잖아요."

앤드루스 부인이 말했다.

"폴 어빙은 정말 쑥 자랐죠? 여기 왔을 땐 나이에 비해 그렇게 자그마하더니. 오늘은 하마터면 못 알아볼 뻔했다니까요. 점점 제 아버지를 쏙 빼닮아가더군요."

벨 부인이 말했다.

"머리도 좋은 애예요."

앤드루스 부인이 목소리를 낮추며 말했다.

"머리가 좋긴 한데…… 이상한 소리들을 하는 것 같아요. 지난주 어느 날인가 그레이시가 학교에 다녀와서는 폴한테서 들은 이야기라면서 해변에 사는 사람들 이야기를 주절주절 하는 거예요…… 싹 다 지어낸 이야기더라고요. 그레이시한테 그런 말은 믿지 말랬더니 폴도 믿으라고 한 얘기가 아니라는 거예요. 믿으라는 게 아니면 그런 이야기를 그 애한테 뭐 때문에 했겠어요?"

슬론 부인이 말했다.

"앤이 그러는데 폴은 천재래요."

"그럴 수도 있죠. 미국인들이란 원체 예측이 안 되니."

앤드루스 부인이 말했다. 앤드루스 부인은 천재라는 말을 그저 별난 사람들을 가리켜 '괴상한 천재'라고 부른다는 정도로밖에 알지 못했다. 아마도 천재란 게 메리 조가 말하듯이 머리가 잘못된 사람을 뜻하는 말로 생각했던 것인지도 모른다.

한편 교실에는 앤이 홀로 책상에 앉아 있었다. 2년 전 학교에 처음 왔던 날처럼, 손으로 얼굴을 괴고 눈물이 맺힌 눈으로 창밖으로 반짝이는 호수를 아련하게 바라보았다. 아이들과 헤어지는 것이 너무도 마음 아파 대학이 가진 매력마저 잠시 빛을 잃었다. 아네타 벨이 목을 껴안았던 감촉이 아직도 남아 있는 듯했고, "전 앞으로 어떤 선생님도 선생님만큼 좋아하진 못할 거예요"라며 앳된 목소리로 엉엉 울던 소리가 아직도 귓가에 생생하게 들리는 듯했다.

2년 동안 앤은 진심을 다해 성실하게 일했다. 실수도 많이 저질렀고 그런 실수를 통해 배우기도 했다. 그렇게 일한 보상도 받았다. 앤이 아이들을 가르치긴 했지만, 아이들이 자신에게 가르쳐준 것들이 더 많았다. 다정함과 자제력, 천진난만한 지혜, 어린이다운 순수한 마음 같은 것들이었다. 어쩌면 아이들에게 놀라운 포부를 일깨워주지는 못했을지 모르지만, 앤은 온갖 교훈의 말보다 다정한 성품으로 앞에 놓인 인생을 아름답고 품위 있게 살아야 한다는 것을 가르쳤고, 진실과 예의와 친절을 잃지 말고 거짓과 비열함과 속악함을 멀리해야 한다는 것을 알려주었다. 어쩌면 아이들은 이런 것들을 배웠다는 사실을 아직은 전혀 알지 못하겠지만, 먼 훗날 아프가니스탄의 수도나 장미전쟁이 일어난 연도는 잊어도 이 교훈들은 기억하고 실천하게 될 터였다.

"내 인생의 또 한 장이 끝났어."

앤이 혼잣말을 하며 책상을 잠갔다. 정말로 슬펐지만, 한 장이 끝났다는 생각이 낭만적으로 다가와 조금은 위로가 되었다.

앤은 방학이 시작되자마자 처음 2주 동안을 메아리 오두막에서 보냈고, 모두에게 좋은 시간이 되었다.

앤은 라벤더를 데리고 시내로 나가 얇은 모슬린 천을 사서 새 원피스를 지으라고 설득했다. 그런 다음 같이 옷감을 자르고 꿰매며 신나는 시간을 보냈다. 샬러타 4세는 신나게 시침질을 하고 옷감 자투리를 쓸어 담았다. 라벤더는 뭘 해도 재미가 없다며 불평했지만, 예쁜 새 옷을 보고는 눈빛에 생기가 돌아왔다.

라벤더는 한숨을 쉬며 말했다.

"난 정말 바보 같고 경솔한 사람이라니까. 아무리 물망초 모슬린 원피스라도 그렇지…… 새 옷을 보고는 이렇게나 들뜨다니 정말 부끄러워. 해외 선교에 헌금을 더 낼 때도 이렇진 않았는데."

돌집에서 방학을 1주일쯤 보낸 후 앤은 초록 지붕 집에 돌아가 쌍둥이들의 양말도 기워주고 데이비가 잔뜩 쌓아둔 질문에도 답해주면서 하루를 보냈다. 저녁에는 해변 길로 내려가 폴 어빙을 만났다. 어빙네 거실에 낮게 난 창가를 지날 때 언뜻 폴이 누군가의 무릎에 앉아 있는 게 보였다. 다음 순간 폴이 복도를 뛰어나왔다.

폴은 신이 나서 소리쳤다.

"오, 선생님. 무슨 일이 일어났는지 아세요? 정말 멋진 일이에요. 아빠가 오셨어요…… 생각해보세요! 아빠라고요! 어서 들어오세요. 아빠, 우리 예쁜 선생님이에요. 아시죠, 아빠."

스티븐 어빙이 나와 미소를 띤 얼굴로 앤을 맞아주었다. 그는 키가 크고 잘생긴 중년 남자였다. 잿빛 머리에 깊고 검푸른 눈동자, 그리고 강인하면서도 슬퍼 보이는 얼굴을 하고 있었고, 턱과 이마도 멋진 모습이었다. 로맨스의 주인공다운 모습에 앤은 강렬한 만족감으로 가슴이 설레었다. 로맨스의 주인공이어야 할 사람이 대머리거나 등이 구부정했다면, 또는 남자다운 매력이 없었다면 몹시 실망스러웠을 것이다. 라벤더의 로맨스 상대가 그 역할에 어울리지 않는 외모였다면 앤은 정말 끔찍하다고 여겼을 터였다.

어빙 씨가 진심 어린 악수를 청하며 말했다.

"우리 꼬맹이의 '예쁜 선생님'이시군요. 말씀은 정말 많이 들었습니다. 폴이 편지마다 선생님 이야기를 하도 많이 해서 잘 아는 사람을 만난 것 같습니다. 그동안 폴한테 잘해주셔서 고맙습니다. 아이에게 꼭 필요했던 것들을 주셨어요. 어머니도 훌륭하고 다정한 분이지만, 스코틀랜드 분답게 억세고 현실적인 분이라서 우리 아이 기질을 이해 못할 때도 많으시죠. 어머님께 없는 부분을 선생님이 채워주셨어요. 두 분 덕에 지난 2년 동안 폴은 엄마 없는 아이로선 거의 이상에 가까운 교육을 받은 것 같아요."

사람은 누구나 칭찬 받는 걸 좋아한다. 어빙 씨의 칭찬을 받은 앤은 얼굴이 '활짝 핀 장미꽃'처럼 발그레해졌고, 늘 바쁜 일에 쫓겨 살며 지쳐 있던 어빙 씨는 앤을 보면서 빨간 머리에 멋진 눈을 가진 이 동부 연안의 학교 선생님처럼 아름답고 상냥한 아가씨는 처음 본다고 생각했다.

두 사람 사이에서 폴은 행복에 겨워했다.

폴이 환한 얼굴로 말했다.

"아빠가 오실 줄은 꿈에도 몰랐어요. 할머니도 모르셨대요. 정말 깜짝 놀랐다니까요……"

폴이 밤색 곱슬머리를 근엄하게 흔들었다.

"원래는 깜짝 놀라는 걸 좋아하진 않아요. 그럼 기대하는 재미는 없는 거잖아요. 하지만 이런 경우에는 괜찮아요. 아빠는 어젯밤에 제가 잠든 다음에 오셨어요. 할머니하고 메리 조 누나가 놀란 마음이 가라앉은 다음에, 아빠랑 할머니가 저를 보러 2층에 올라오셨어요. 아침까지 깨울 생각은 아니셨대요. 하지만 전 바로 눈이 떠졌고 아빠가 보였어요. 전 그냥 아빠한테 뛰어들었어요."

어빙 씨가 미소를 지으며 폴의 어깨를 감싸 안았다.

"곰처럼 껴안으면서 말이지. 내 아들인지 몰라볼 뻔했어. 키도 크고 까무잡잡해진데다 튼튼해져서 말이야."

"아빠가 오셔서 할머니가 더 좋은지 제가 더 좋은지 모르겠어요. 할머니는 하루 종일 부엌에서 아빠가 좋아하는 음식을 만들고 계세요. 메리 조 누나한테는 못 맡기겠대요. 그게 반가움을 표현하는 할머니만의 방식이에요. 전 아빠랑 같이 앉아서 이야기하는 게 제일 좋아요. 그런데 괜찮으시다면 잠깐 나갔다 올게요. 메리 조 누나 대신 소를 몰고 와야 하거든요. 그건 제가 맡은 일이라서요."

폴이 '맡은 일'을 하러 뛰어나가자 어빙 씨는 앤에게 여러 이야기를 건넸다. 하지만 그러는 내내 앤은 그가 속으로 뭔가 다른 생각을 하고 있다는 느낌을 받았다. 그 생각은 곧 밝혀졌다.

"폴이 지난번 편지에다 선생님하고 같이 저의 옛…… 친구인…… 루이스를 만나러 그래프턴의 돌집에 갔다고 썼더군요. 라벤더 루이스를 잘 아시나요?"

"네, 잘 알아요. 저와 친한 친구예요."

앤이 조용히 대답했다. 대답하는 모습에서는 전혀 드러나 보이지 않았지만, 앤은 어빙 씨의 질문을 받고 머리에서 발끝까지 전율이 흐르는 느낌이었다. 앤은 드디어 로맨스가 고개를 내밀고 있다는 걸 직감적으로 느꼈다.

어빙 씨는 일어나서 창가로 가더니 사나운 바람에 파도가 휘몰아치는 드넓은 황금빛 바다를 내다보았다. 작고 어두운 방 안에 잠시 침묵이 맴돌았다. 이윽고 어빙 씨가 돌아서서 엉뚱하면서도 다정해 보이는 미소를 지은 채 이해심 깊어 보이는 앤의 얼굴을 내려다보았다.

"얼마나 알고 계신지 궁금하군요."

"전부 다 알아요."

앤이 얼른 대답하고는 서둘러 설명을 덧붙였다.

"라벤더 아주머니하고 정말 가깝거든요. 그분은 그런 소중한 이야기를 아무한테나 말하는 분이 아니에요. 우리는 마음이 통하는 친구예요."

"네, 그럴 것 같군요. 그럼 부탁 하나만 해도 될까요? 라벤더가 허락한다면 만나러 가보고 싶어서요. 내가 가도 좋은지 물어봐줄래요?"

거절할 이유가 있을까? 당연히 부탁을 들어줄 것이다! 이건 온갖 매력적인 운율과 이야기와 꿈을 모두 갖춘 진짜 로맨스였다. 약간 뒤늦어서, 6월에 피었어야 할 장미가 10월에 핀 모양새긴 했다. 그럼에도 아름다움과 향에 손색이 없고 황금빛 심장까지 갖춘 어엿한 장미였다. 다음 날 아침, 너도밤나무 숲을 지나 그래프턴으로 향하는 앤의 발걸음은 그 어떤 부탁을 받았을 때보다 더 즐거웠다. 라벤더는 정원에 나와 있었다. 앤은 몹시 설레었다. 손이 차가워지고 목소리는 떨렸다.

"라벤더 아주머니, 할 말이 있어요…… 아주 중요한 이야기예요. 뭔지 아시겠어요?"

앤은 라벤더가 짐작도 못하리라 생각했다. 그러나 라벤더는 얼굴이 창백해지더니 평소의 빛깔과 생기가 온데간데없이 사라진 목소리로 조용히 답했다.

"스티븐 어빙이 돌아왔니?"

"어떻게 아셨어요? 벌써 들으셨어요?"

앤은 자신이 전해주려던 놀라운 소식을 들키자 실망한 목소리로 소리쳤다.

"전혀. 그럴 거라고 짐작했어. 네가 말하는 모습을 보고."

"어빙 씨가 아주머니를 만나고 싶어하세요. 여기 오셔도 된다고 전해드려도 될까요?"

라벤더는 심장이 두근거렸다.

"그럼, 당연하지. 못 올 이유가 없지. 그저 여느 옛 친구처럼 오는 건데."

앤은 나름 생각해둔 게 있어서 서둘러 집 안으로 들어가 라벤더의 책상에 앉아 편지를 쓰기 시작했다.

"아, 소설 속에 들어온 것처럼 기뻐. 다 잘될 거야…… 잘되어야지…… 폴은 마음이 맞는 엄마가 생기고 모두 다 행복해질 거야. 그렇지만 어빙 씨가 라벤더 아주머니를 멀리 데려갈 텐데…… 그럼 이 돌집도 어찌 될지 모를 일이고…… 이런 일에도 양면이 있구나. 세상 모든 일이 다 그런 것 같아."

중요한 편지를 쓴 앤은 직접 그 편지를 들고 그래프턴 우체국을 찾아가서 우체부를 불러세운 뒤 에이번리 우체국으로 배달해달라고 부탁했다.

"정말 중요한 편지예요."

앤은 걱정스러운 마음에 단단히 말해두었다. 우체부는 무뚝뚝한 노인으로 큐피드의 전령 역할을 할 얼굴로는 보이지 않았다. 앤은 나이 든 우체부의 기억력을 믿을 수가 없었지만, 우체부는 최선을 다하겠다고 말했고, 앤은 그 말에 만족해야 했다.

샬러타 4세는 그날 오후 돌집에 이상한 기운이 스며들어 있다고 느꼈다…… 자신만 모르는 일이었다. 라벤더는 어딘가에 정신이 팔린 사람처럼 정원을 배회했다. 앤도 뭔가에 홀린 사람처럼 이곳저곳을 왔다갔다, 오르락내리락 해댔다. 샬러타 4세는 참다참다 인내심이 바닥났다. 그러다가 마침 낭만에 취한 앤이 볼일도 없이 세 번째로 부엌에 들어오자 그 앞을 막아섰다.

샬러타 4세가 화가 난 듯 파란 리본을 홱 젖히며 말했다.

"제발요, 셜리 아가씨. 아가씨하고 라벤더 마님한테 비밀이 있다는 거 알아요. 제가 주제넘더라도 용서해주세요, 아가씨, 하지만 그동안 우리 다 친구처럼 지냈는데 나한테만 말해주지 않는 건 너무해요."

"아아, 샬러타, 내 비밀이라면 너한테 전부 다 말했을 거야…… 하지만 이건 라벤더 아주머니의 비밀이잖아. 하지만 이 정도만 말해줄게…… 만일 아무 일 없이 지나간다면, 너도 어느 누구한테든 절대 말해선 안 돼. 오늘 밤에 아주 멋진 왕자님이 오실 거야. 오래전에도 왔었는데, 한순간 어리석게도 멀리 떠나서 방황하다가, 마법의 성으로 돌아오는 마법의 길을 잃어버린 거지. 마법의 성에서는 공주님이 왕자님만 생각하며 슬피 울고 있었어. 그런데 마침내 왕자님 기억이 돌아왔고, 공주님은 지금도 여전히 기다리고 있어…… 공주님을 데려갈 수 있는 사람은 바로 그 왕자님뿐이거든."

샬러타가 얼떨떨한 얼굴로 놀라서 물었다.

"오, 셜리 아가씨, 그게 무슨 소리예요?"

앤이 웃었다.

"풀어서 말하면, 라벤더 아주머니의 옛 친구가 오늘 밤에 오신다는 거야."

샬러타가 캐물었다.

"마님의 옛 연인을 말씀하시는 거예요?"

앤이 진지하게 말했다.

"맞을 거야…… 산문으로 풀자면. 그분은 폴의 아버지인…… 스티븐 어빙 씨야. 어떻게 될지는 아무도 몰라. 하지만 잘되기를 바라자, 샬러타."

샬러타는 모호함이라곤 없는 언어로 명쾌하게 대답했다.

"라벤더 마님이 그분과 결혼했으면 좋겠어요. 어떤 여자들은 처음부터 노처녀가 되고 싶어하잖아요. 저도 그렇게 될 것 같아요, 아가씨. 전 남자들한테 참을성이 별로 없거든요. 하지만 라벤더 마님은 전혀 그렇지 않잖아요. 제가 정말 걱정이 많았거든요. 제가 더 커서 보스턴으로 떠나면 마님은 도대체 어떻게 해야 하나만 생각하면요. 우리 집엔 이제 딸도 더 없고, 모르는 사람이 들어왔다가 마님이 상상하는 것을 비웃고, 물건을 제자리에 두지도 않고, 샬러타 5세라고 불리는 것도 싫어하고, 그러면 어떡하죠? 나처럼 운 없이 접시를 깨진 않을지 몰라도 나보다 더 마님을 사랑하는 사람을 구하긴 힘들 거예요."

충직한 어린 하녀는 코를 킁킁거리며 오븐 앞으로 달려갔다.

그날 메아리 오두막에서는 여느 때처럼 차 마시는 자리를 가졌지만, 조금이라도 뭘 먹는 사람은 아무도 없었다. 그런 다음 라벤더는 자기 방에 들어가 새로 만든 물망초 모슬린 드레스를 입었고, 앤은 라벤더의 머리를 손질해주었다. 둘 다 잔뜩 들떠 있었지만 라벤더는 아무런 동요도 없는 체 딴전을 부렸다.

"내일은 저기 커튼 찢어진 곳을 수선해야겠어."

라벤더는 걱정스레 말하며, 지금 중요한 일은 그것밖에 없다는 듯 커튼을 살펴보았다.

"이 커튼은 내가 치른 값에 비하면 튼튼한 편이야. 저런, 샬러타가 또 계단 난간을 닦지 않았네. 정말 단단히 일러둬야겠어."

앤이 현관 계단에 앉아 있을 때 스티븐 어빙이 오솔길로 들어서더니 정원을 가로질러 왔다.

그리고 기쁜 눈빛으로 주변을 둘러보며 말했다.

"이곳은 시간이 멈춘 곳 같군요. 이 집도 정원도 25년 전하고 달라진 게 없어요. 다시 젊어진 기분이에요."

앤이 진지하게 대답했다.

"마법의 성에선 늘 시간이 멈춰 있잖아요. 왕자님이 와야지만 사건이 시작되니까요."

어빙 씨는 조금 슬픈 미소를 지은 채 젊음과 약속을 간직한 과꽃처럼 희망에 찬 앤의 얼굴을 들여다보았다.

"때로는 왕자가 너무 늦기도 하는군요."

어빙 씨는 앤의 말을 산문으로 쉽게 풀어달라고 부탁하지 않았다. 마음이 통하는 친구처럼, 스티븐 어빙도 앤의 말을 이해했다.

"오, 그렇지 않아요. 진짜 왕자님이 진짜 공주님을 찾아온 거라면요." 앤이 빨강 머리를 단호하게 저으며 응접실 문을 열었다. 어빙 씨가 들어가자 앤은 문을 꼭 닫고 돌아섰다. 그러자 복도에 서서 '고개를 끄덕이고 손짓하고 미소를 짓고 있는' 샬러타 4세가 보였다.

샬러타는 숨죽여 말했다.

"오, 셜리 아가씨, 부엌 창으로 살짝 봤는데…… 진짜 잘생기셨네요…… 라벤더 마님하고 나이도 꼭 맞아요. 그리고 오, 아가씨, 문 앞에서 엿들으면 안 될까요?"

앤이 단호하게 말했다.

"절대 안 돼, 샬러타. 그냥 나랑 같이 유혹이 없는 곳으로 나가자."

샬러타가 한숨을 뒤었다.

"아무 일도 못 하겠어요. 아무것도 안 하고 기다리기만 하는 것도 너무 힘들어요. 저분이 청혼을 하지 않으면 어떻게 하죠, 아가씨? 남자들이란 믿을 수가 없거든요. 큰언니인 샬러타 1세도 언젠가 어떤 남자랑 약혼을 했다고 생각한 적이 있었어요. 그런데 알고 보니 남자는 그렇게 생각을 안 하고 있었던 거예요. 언니는 다시는 남자를 믿지 못하겠다고 했어요. 이런 일도 있었대요. 어떤 남자가 여자한테 폭 빠진 척했는데, 사실은 원래 동생을 좋아했더래요. 남자도 자기 마음을 모르는데, 여자들이 어떻게 남자 마음을 알 수 있죠, 아가씨?"

"부엌에 가서 은수저나 닦자. 은수저를 닦을 때는 별로 생각을 안 해도 되잖아…… 나도 오늘밤엔 생각을 못 하겠거든. 시간도 잘 갈 거야."

한 시간이 지나갔다. 앤이 마지막 숟가락을 반짝반짝 닦고 내려놓는 순간 현관문이 닫히는 소리가 들렸다. 두 사람은 서로의 눈을 보며 위안을 구했다.

샬러타가 숨넘어가는 소리로 말했다.

"오, 셜리 아가씨. 이렇게 일찍 가시는 거면 아무 일도 없는 거잖아요. 앞으로도 아무 일 없을 거고요."

두 사람은 얼른 창가로 달려갔다. 어빙 씨는 가려는 게 아니었다. 그는 라벤더와 함께 돌 벤치로 난 가운데 길을 천천히 걷고 있었다.

샬러타 4세가 기뻐하며 소곤댔다.

"아, 셜리 아가씨, 저분이 마님의 허리를 안았어요. 청혼을 한 게 분명해요. 안 그럼 마님이 저렇게 하고 걷지 않을 거예요."

앤은 샬러타 4세의 통통한 허리를 잡고 둘 다 숨이 찰 때까지 부엌을 돌며 춤을 췄다.

앤이 신이 나서 외쳤다.

"아, 샬러타, 나는 예언자도 아니고 예언자의 딸도 아니지만 예언 하나만 할게. 단풍잎이 빨갛게 물들기 전에 이곳 돌집에서 결혼식이 열릴 거야. 이 말도 쉽게 풀어줄까, 샬러타?"

"아니요. 저도 무슨 뜻인지 알아요. 결혼식은 시가 아니잖아요. 어머나, 셜리 아가씨, 울고 계신 거예요? 왜 울어요?"

앤이 눈을 깜박여 눈물을 흘려보내며 말했다.

"아, 모든 게 너무 아름다워…… 마치 소설같이…… 낭만적이고…… 슬퍼서. 모든 게 완벽하게 사랑스럽지만…… 왠지 조금 슬퍼."

샬러타 4세도 인정했다.

"오, 당연히 누구하고든 결혼하는 건 위험한 일이에요. 하지만 아가씨, 모든 걸 다 따져보면 남편보다 나쁜 것도 많아요."

29장

시와 산문

  다음 한 달 동안 앤은, 에이번리에서 설렘의 소용돌이라 할 만한 시간을 보냈다. 레드먼드에 가려면 앤도 얼마간 준비할 게 있었지만 그런 것들은 순서에서 밀려났다. 라벤더가 결혼 준비를 시작하면서 돌집에선 이것저것 상의하고 계획을 짤 일들이 끝없이 이어졌다. 샬러타 4세는 기쁘고 신기한 마음에 그 옆을 맴돌았다. 의상 재단사가 와서 옷을 고르고 가봉하며 황홀해하기도 하고 씁쓸해하는 때도 있었다. 앤과 다이애나는 하루의 절반을 메아리 오두막에서 보냈고, 앤은 밤이 되어도 라벤더에게 신혼여행 의상으로 군청색이 아닌 갈색을 골라주고 회색 실크를 걸친 공주처럼 보일 거라 조언해준 게 잘 한 일인지 되새김하느라 잠을 설치곤 했다.
  라벤더의 주변 사람들은 모두 다 무척 행복했다. 폴 어빙은 아버지에게서 이야기를 듣자마자 초록 지붕 집으로 달려와 앤에게 소식을 전했다.

폴은 자랑스러운 목소리로 말했다.

"전 아빠가 좋은 새엄마를 골라줄 줄 알고 있었어요. 믿을 수 있는 아빠가 있다는 건 좋은 일이에요, 선생님. 전 라벤더 아주머니가 좋아요. 할머니도 좋아하세요. 아빠가 두 번째 아내로 미국사람을 고르지 않아서 정말 기쁘시대요. 첫 번째 아내도 나중에 보니 괜찮긴 했지만, 그런 우연이 두 번 연속해서 일어나진 않는다고 말이에요. 린드 아주머니도 두 분이 결혼하시는 데 전적으로 찬성하신대요. 라벤더 아주머니가 결혼을 하게 되었으니 이제 별난 생각들은 하지 않고 다른 사람들처럼 살게 될 거래요. 하지만 전 아주머니가 별난 생각을 버리지 않았으면 좋겠어요, 선생님. 전 그런 생각들이 좋거든요. 그리고 아주머니가 다른 사람들처럼 되는 것도 별로예요. 그런 사람들은 주변에 너무 많이 있잖아요, 선생님."

샬러타 4세도 기쁨이 넘쳤다.

"오, 셜리 아가씨, 모든 게 다 잘되었어요. 어빙 나리하고 마님이 신혼여행에서 돌아오면 저도 보스턴으로 가서 같이 살 거예요…… 전 고작 열다섯 살이잖아요. 언니들은 열여섯 살이 되어서야 갔거든요. 어빙 나리는 멋지지 않아요? 그분은 마님이 걸어 다닌 땅에도 절을 하신다니까요. 가끔 그분이 마님을 지켜보는 눈빛을 보면 저도 기분이 이상해져요. 표현할 말이 없다니까요, 아가씨. 두 분이 서로를 무척 아끼셔서 얼마나 감사한지 몰라요. 모든 걸 다 고려하면 그게 제일 좋은 것 같아요. 물론 어떤 사람은 그런 거 없이도 잘 지내겠지만요. 우리 이모는 결혼을 세 번 했는데, 이모 말로는 처음엔 사랑 때문에 했고 다른 두 번은 돈 때문이었대요. 그리고 장례식 때 빼고는 세 번 다 행복했대요. 그렇지만 이모가 모험을 한 거라고 생각해요, 셜리 아가씨."

그날 밤 앤이 마릴라에게 나직이 말했다.

"아, 정말 낭만적이에요. 만일 그날 제가 길을 잘못 들지 않았더라면 우린 킴벌 씨네 가서 라벤더 아주머니를 알게 될 일도 없었을 거예요. 라벤더 아주머니를 만나지 못했다면 폴을 그곳으로 데려갈 일도 없었을 거고…… 어빙 씨가 샌프란시스코로 출발하려던 차에 폴이 라벤더 아주머니 댁에 놀러갔다는 편지를 보낼 일도 없었을 거예요. 어빙 씨는 폴의 편지를 받고 샌프란시스코에는 동료를 대신 보내고 여기로 오기로 마음을 먹었대요. 어빙 씨는 라벤더 아주머니 소식을 15년 동안이나 못 들었대요. 누군가한테 그분이 결혼하게 됐다는 이야기를 듣고, 결혼했으리라 생각해서 한 번도 아무한테도 소식을 묻지 않았다고 하더라고요. 이제 모든 게 바로잡혔어요. 저도 거기 한몫을 한 거고요. 린드 아주머니가 그러시잖아요. 모든 건 미리 정해져 있고, 정해진 일은 어떻게든 일어난다고. 하지만 그렇다 해도 내가 운명의 도구로 사용됐다고 생각하면 기분이 좋아요. 정말로 낭만적이잖아요."

"뭐가 그렇게나 낭만적이란 건지 모르겠구나."

마릴라가 조금 무뚝뚝하게 말했다. 마릴라는 앤이 라벤더의 일에 지나치게 매달려 있다고 생각했다. 대학에 갈 준비를 하려면 할 일이 산더미 같은데 사흘에 이틀 꼴로 메아리 오두막에 드나들면서 라벤더를 돕고 있었던 것이다.

"애초에 바보 같은 두 젊은이가 싸워서 삐졌지. 그래서 스티븐 어빙은 미국으로 가버렸고, 조금 있다가 거기서 결혼도 해서 여러 모로 행복하게 살았어. 그러다가 아내가 죽었고, 시간이 지나니까 고향에 돌아가면 첫사랑이 자기를 받아줄까 생각이 든 거지. 그동안 여자는 혼자 살았어. 아마도 적당한 남자가 나타나질 않아서였겠지. 그렇게 둘이 다시 만나서 결혼하기로 한 거 아니냐. 자, 여기 어디에 낭만이 있다는 거니?"

앤은 찬물이라도 뒤집어쓴 것처럼 숨이 턱 막혔다.

"오, 그렇게 말씀하시면 낭만이 없죠. 산문으로 풀어보면 그렇게 보이나봐요. 하지만 시를 통해 보면 이야기가 아주 달라져요…… 그게 더 나은 것 같아요……"

앤이 마음을 가다듬고 다시 눈을 반짝이며 뺨을 붉혔다.

"시적으로 보는 쪽이요."

마릴라는 환하게 빛나는 젊은 얼굴을 힐끗 보고는 더 비꼬아 말하려다가 참았다. 결국 어쩌면 앤처럼 신이 내려준 상상력을 가지고 사는 게 더 낫다는 깨달음이 온 건지도 모른다. 이 세상이 줄 수도, 앗아갈 수도 없는 천부의 재능을 통해 삶을 좀 더 새로운 시각으로…… 아니면 좀 더 흥미로운 시각으로 볼 수 있기에 모든 것이 천상의 빛을 덮어쓰고, 신선하고 아름다운 색채로 갈아입게 되는 것인지도 몰랐다. 그리고 그러한 세상은 샬러타 4세나 마릴라처럼 산문을 통해서만 세상을 바라보는 사람들은 볼 수 없는 것인지도 몰랐다.

마릴라가 잠시 말을 멈췄다가 물었다.

"결혼식은 언제니?"

"8월 마지막 수요일이에요. 정원의 인동덩굴 아래서 식을 올릴 거예요…… 어빙 씨가 25년 전에 아주머니에게 청혼을 했던 장소래요. 아주머니, 이건 산문으로 봐도 낭만적이에요. 결혼식을 올리는 자리엔 어빙 할머니하고 폴하고 길버트, 다이애나, 저만 참석할 거예요. 라벤더 아주머니의 사촌들하고요. 결혼식을 마치면 두 분은 여섯 시 기차를 타고 태평양 연안으로 여행을 떠나실 거예요. 가을쯤 여행에서 돌아오면 폴하고 샬러타 4세하고 보스턴으로 가서 같이 살 거래요. 하지만 메아리 오두막은 지금 그대로 남겨두기로 했어요…… 물론 닭이랑 소들은 팔고 창은 막아두겠지만요…… 해마다 여름은 이쪽에 와서 지내실 거래요. 정말 잘됐어요. 돌집이 헐린다거나, 버려져서 텅 빈다거나…… 다른 사람들이 들어와 살고 있다고 생각하면, 다음 겨울에 레드먼드에서 지내면서 너무 마음이 아팠을 거예요. 하지만 이젠 늘 보았던 모습 그대로를 생각할 수 있고, 여름이 되어 다시 생기가 돌고 웃음이 피어나기를 기다릴 수 있잖아요."

세상에는 돌집 중년 연인들의 로맨스 말고도 다른 로맨스가 더 있었다. 어느 날 저녁, 앤은 숲속 지름길을 따라 과수원집에 가서 배리 씨네 정원에 들어갔다가 우연히 알게 됐다. 다이애나 배리와 프레드 라이트가 커다란 버드나무 아래 같이 서 있었다. 다이애나는 눈을 내리깐 채 뺨이 발갛게 물들어 잿빛 나무에 기대어 있었다. 프레드는 다이애나의 손을 잡고, 다이애나 쪽으로 고개를 숙인 채 낮고 진실한 말투로 무슨 말인가를 더듬더듬 전했다. 그 마법의 순간, 세상에는 오직 두 사람만이 존재했다. 그래서 두 사람은 앤을 보지 못했다. 앤은 멍하니 두 사람을 쳐다보다가 조용히 돌아서서 얼른 가문비나무 숲으로 빠져나왔고, 쉬지 않고 집으로 돌아와 동쪽 다락방에서 숨을 몰아쉬며 창가에 앉아 흐트러진 머릿속을 정리해보려 애썼다.

"다이애나하고 프레드가 서로 사랑에 빠진 거야. 아, 이제 우린…… 우린 어쩔 수 없이 어른이 된 것 같아."

요사이 앤은 다이애나가 어릴 적 꿈꾸었던 비장하고 낭만적인 이상형을 버렸다는 의심을 거두지 못하고 있었다. 하지만

'백 번 듣느니 한 번 보는 게 낫다'고, 의심이 현실이 되자 충격을 받을 정도로 깜짝 놀랐다. 그러다가 기분이 묘하고 약간 외로운 느낌도 들었다…… 마치 다이애나가 앤만 홀로 남겨두고 새로운 세상으로 들어가버린 것 같기도 했다.

앤은 조금 슬픈 마음이 들었다.

"모든 게 너무 빨리 변해서 겁이 날 정도야. 이 일로 다이애나와 나 사이에 어쩔 수 없는 차이도 생기겠지. 이제부턴 다이애나한테 비밀을 다 털어놓지도 못할 거야…… 프레드한테 말할지도 모르니까. 다이애나는 프레드의 어디가 좋은 걸까? 프레드는 정말 착하고 유쾌한 친구지만…… 그냥 프레드 라이트인데."

정말 풀기 어려운 질문이었다…… 누가 누구를 무엇 때문에 좋아하는 걸까? 하지만 어쩌면 그래서 얼마나 다행인지 모른다. 모든 사람이 좋아하는 게 똑같다면…… '모두가 내 아내를 원한다'는 인디언 속담처럼 되어버릴 테니까. 다이애나는 프레드 라이트에게서 앤은 보지 못하는 무언가를 찾아냈을 것이다. 다음 날 저녁, 다이애나는 초록 지붕 집을 찾아와 생각에 잠긴 수줍은 아가씨의 얼굴을 하고 어둑하고 호젓한 동쪽 다락방에서 앤에게 그간의 일을 모두 털어놓았다. 두 소녀는 울다가 입을 맞추다가 웃음을 터뜨렸다.

"정말 행복하긴 한데, 내가 약혼한다고 생각하니 좀 웃기기도 해."

앤이 궁금해하며 물었다.

"약혼하는 기분이 어떠니?"

다이애나가 먼저 약혼한 사람으로서 아직 약혼하지 않은 사람에게 흔히 갖는 우월감을 풍기며 대답했다.

"글쎄, 그건 누구하고 약혼하느냐에 따라 다르지. 프레드랑 약혼하는 건 더할 나위 없이 행복하지만…… 다른 사람이라면 끔찍할 것 같아."

앤이 웃음을 터뜨렸다.

"그럼 난 가망이 없구나. 세상에 프레드는 단 한 명이잖아."

다이애나가 답답해하며 말했다.

"아, 앤. 넌 이해 못해. 그런 뜻이 아닌데…… 설명하기가 너무 어려워. 걱정 마. 너도 언젠가 때가 되면 이해하게 될 거야."

"이런, 우리 다이애나. 지금도 이해해. 다른 사람의 눈으로 삶을 들여다볼 수 없다면 상상력이 무슨 필요가 있겠어?"

"네가 내 신부 들러리가 되어줘야 해, 앤. 약속해…… 내가 결혼식을 올릴 때 네가 어디 있든지 말이야."

앤이 엄숙히 약속했다.

"지구 반대쪽에 있더라도 네가 부르면 올게."

다이애나가 얼굴을 붉히며 말했다.

"물론 한참 동안은 부를 일이 없을 거야. 적어도 3년은 더 있어야 해…… 난 아직 열여덟 살인데 엄마는 스물한 살이 되기 전에는 절대 안 된대. 게다가 프레드 아버지가 프레드한테 에이브러햄 플레처네 농장을 사주기로 하셨는데, 프레드가 농장 값의 3분의 2를 내야만 자기 앞으로 받을 수가 있다. 그래도 3년이 살림 준비를 하는데 그리 많은 시간은 아니야. 난 아직 뜨개질 하나 해둔 게 없잖아. 하지만 내일부터 코바늘로 접시받침 뜨는 걸 시작할 거야. 마이러 길리스는 접시받침 서른일곱 개를 가지고 결혼했대서 나도 그만큼은 만들기로 마음먹었어."

"살림을 제대로 하려면 접시받침 서른여섯 개로는 턱없이 부족하겠지."

앤은 진지한 얼굴로 대답했지만 눈동자엔 장난기가 가득했다.

다이애나는 기분이 상해 보였다.

다이애나가 원망스런 얼굴로 말했다. "네가 날 놀릴 줄은 몰랐어, 앤."

앤이 미안해하며 외쳤다.

"다이애나, 널 놀린 게 아니야. 그냥 조금 장난친 것뿐이야. 넌 세상에서 제일 사랑스러운 가정주부가 될 거야. 그리고 벌써 네 꿈의 집을 계획하고 있는 것도 더없이 예뻐 보여."

앤은 꿈의 집이라는 말을 뱉자마자 상상에 빠져들어 자기만의 꿈의 집을 지어 올리기 시작했다. 물론 그 집에 사는 사람은 거만하고 우수에 찬 이상형의 남편이었다. 그런데 이상하게도 길버트 블라이드가 나가지 않고 서성대며, 앤을 도와 그림을 걸고 정원을 꾸미고 자질구레한 일들을 처리했다. 거만하고 우수에 찬 남편이라면 자기 품위에 맞지 않는다고 했을 일들이었다. 앤은 꿈의 성 안에서 길버트의 심상을 쫓아내려 애썼지만, 어쩐지 길버트는 그 자리에서 나가려 하지 않았다. 하는 수 없이 앤은 길버트를 내쫓길 포기하고 다이애나가 다시 이야기를 시작하기 전에 서둘러 '꿈의 집'을 짓고 가구를 들여놓으며 상상의 세계를 완성했다.

"앤, 너는 내가 늘 결혼하겠다고 말하던…… 키도 크고 날씬한 모습과는 딴판인 프레드를 이렇게 좋아하는 게 재미있지? 하지만 왠지 난 프레드가 키 크고 날씬한 사람이길 바라지 않아…… 그럼 그 사람은 프레드가 아닐 테니까."

다이애나가 조금 울적한 듯이 덧붙였다.

"우린 오동포동한 부부가 되겠지. 그래도 어쨌든 한 명은 뚱뚱한 땅딸보고 한 명은 홀쭉한 키다리인 거보다 그 편이 더 나아. 모건 슬론 아저씨네 부부가 그렇잖아. 린드 아주머니도 그 두 분을 같이 만날 때마다 계속 키 차이를 생각하게 된대."

그날 밤 앤은 금테 거울 앞에서 머리를 빗으며 혼자 중얼거렸다.

"다이애나가 그렇게 행복하고 만족해하니까 나도 기뻐. 하지만 나는…… 나한테 그런 날이 온다면…… 좀 더 설레는 무언가가 있으면 좋겠어. 하지만 다이애나도 예전엔 그렇게 생각했었지. 너무 평범한 약혼은 절대 하지 않겠다고 수도 없이 말하곤 했으니까…… 자기를 얻을 만큼 멋진 무언가가 있는 남자여야 한다고. 하지만 다이애나는 변했어. 아마 나도 변하겠지. 하지만 난 변하지 않을래…… 절대로 변하지 않을 거야. 아, 친한 친구가 약혼을 한다는 건 이토록 마음이 어지러운 일인가봐."

30장

돌집에서 열린 결혼식

8월의 마지막 주가 시작됐다. 라벤더가 그 주에 결혼을 하고, 2주 후에는 앤과 길버트가 레드먼드 대학으로 떠나기로 되어 있었다. 그다음 주에는 레이철 린드 부인이 초록 지붕 집으로 이사를 들어와 지금까지 손님용 예비 침실이었던 방에 새로운 살림을 꾸릴 예정이었다. 방은 이미 새 주인을 맞을 준비를 마친 상태였다. 린드 부인은 필요치 않은 살림살이들을 경매에 넘겨 처분했고, 지금은 자기 성격대로 앨런 목사 부부가 짐 꾸리는 일을 도와주고 있었다. 앨런 목사는 오는 일요일에 고별 설교를 하기로 되어 있었다. 옛 질서가 바뀌며 새로운 것들에 빠르게 자리를 내주고 있다는 생각에 앤은 살짝 서운한 마음이 들면서도 들뜨고 즐거웠다.

해리슨 씨가 철학자처럼 말했다.

"변화가 전부 다 유쾌한 건 아니어도 대단하긴 해. 2년이나 가만히 고여 있었다면 그거로 됐어. 여기서 더 그대로 머물면 이끼가 끼고 말 거야."

해리슨 씨는 베란다에서 담배를 피우고 있었다. 해리슨 부인은 희생정신을 발휘하여 창문을 열고 창가에 앉아서라면 집 안에서 담배를 피워도 좋다고 양보했다. 아내가 양보하자 해리슨 씨는 이에 보답하고자 날씨가 좋을 때면 집 밖으로 나와 담배를 피웠고, 집 안엔 서로에 대한 배려가 가득했다.

앤이 이곳을 찾은 이유는 해리슨 부인에게 노란 달리아 몇 송이를 얻기 위해서였다. 그날 저녁에는 다이애나와 함께 메아리 오두막으로 건너가, 내일로 다가온 결혼식을 마지막으로 준비하고 있을 라벤더와 샬럿타 4세를 돕기로 했다. 라벤더는 달리아를 키우지 않았다. 달리아를 좋아하지도 않았고, 라벤더의 고풍스러운 정원에도 어울리지 않았을 터였다. 하지만 무슨 꽃이든 그해 여름엔 에이번리나 그 근방 어디에서도 찾기가 힘들었다. 에이브 아저씨가 예언했던 폭풍 때문이었다. 앤과 다이애나는 도넛을 담아두던 크림색 돌 항아리에 노란 달리아를 가득 채워 돌집 계단의 어둑한 모퉁이에 두면 빨간색 벽지를 배경으로 잘 어울릴 것 같다는 생각이 들었다.

해리슨 씨가 말했다.

"대학으로 떠는 게 2주일 뒤였지? 에밀리하고 나하고 둘 다

네가 몹시 보고 싶을 거야. 네가 떠나면 린드 부인이 그 집에 들어갈 테지. 두 부인이 서로한테 대체품이 되는 거군."

해리슨 씨는 듣지 않고서는 따로 설명하기 어려울 정도로 빈정거리는 말투였다. 해리슨 부인은 린드 부인과 친하게 지냈지만, 아내와 새 출발을 한 다음에도 해리슨 씨와 린드 부인의 관계는 기껏해야 나쁘지 않은 정도였다.

"네, 가요. 머리로는 정말 기쁜데…… 마음은 너무 서운해요."

"레드먼드에서도 상이란 상은 네가 다 휩쓸 거야."

앤이 솔직한 심정을 털어놓았다.

"한두 개 정도는 타도록 노력하겠지만 그런 건 별로 상관없어요. 2년 전에도 마찬가지였고요. 대학에 다니면서 제가 정말 얻고 싶은 건 인생을 잘 살아갈 수 있는 지식이랑, 그 지식을 최선을 다해 행동에 옮길 수 있는 방법들이에요. 저는 저 자신과 타인을 이해하고 돕는 법을 배우고 싶어요."

해리슨 씨는 고개를 끄덕였다.

"그렇지. 바로 그거야. 대학이란 그런 걸 가르쳐야 하거든. 교과서 지식이랑 허영심으로 머릿속을 가득 채운 학사들만 자꾸 만들어내지 말고 말이야. 네 말이 맞아. 대학에 가도 넌 그렇게 되지 않을 거야."

다이애나와 앤은 차를 마신 뒤에 집과 이웃의 정원에서 잔뜩 구한 꽃을 가득 안고 메아리 오두막으로 마차를 몰았다. 돌집은 온통 들떠 있었다. 샬러타 4세는 어찌나 기운차게 뛰어다니던지 머리에 매단 파란 리본에 어디에나 존재하는 힘을 가진 것만 같았다. 나바라 왕국의 투구처럼, 샬러타의 파란 리본도 전장의 한복판에서 용맹하게 나부꼈다.

샬러타가 진심으로 반가워하며 말했다.

"이렇게 오시다니 정말 감사해요. 할 일이 산더미거든요…… 케이크에 입힌 설탕 옷도 굳질 않고요…… 은식기들도 하나도 못 닦았어요…… 아직 여행 가방도 못 꾸렸고…… 닭고기 샐러드에 쓸 수탉들은 아직도 닭장 안에서 꼬꼬댁거리고 있다니까요, 셜리 아가씨. 뭐 하나 미더워야 라벤더 마님에게 일을 맡기죠. 조금 전에 어빙 씨가 와서 마님을 모시고 숲으로 산책을 나간 게 다행인 지경이에요. 연애를 해도 그것만 하면 괜찮아요, 셜리 아가씨. 그런데 그러면서 요리에 청소까지 하려고 하니 제대로 되는 게 하나도 없는 거예요. 제 생각은 그래요, 셜리 아가씨."

앤과 다이애나가 정성껏 일을 돕자 10시쯤엔 샬러타 4세도 만족해할 정도가 되었다. 샬러타는 머리를 여러 가닥으로 땋은 뒤 지친 몸을 이끌고 침대로 갔다.

"하지만 전 한숨도 못 잘 것 같아요, 셜리 아가씨. 마지막 순간에 뭔가 잘못될까봐서요…… 크림에 거품이 나지 않는다든지…… 어빙 씨가 뇌졸중을 일으켜 못 온다든지."

"어빙 씨가 습관적으로 뇌졸중을 일으키는 건 아니지?"

되묻는 다이애나 입 끝에 보조개가 팰랑 말랑 했다.

다이애나는 샬러타 4세가 딱히 미인이라고 생각하지는 않았지만 볼 때마다 즐거웠다.

샬러타 4세가 위엄을 보이며 말했다.

"뇌졸중은 습관적으로 생기는 게 아니에요. 그냥 갑자기 생가는 거죠…… 누구나 뇌졸중을 일으킬 수 있어요. 어떻게 일으키는지 배울 필요도 없어요. 어빙 씨는 제 삼촌 한 분을 무척 많이 닮았는데, 그 삼촌이 어느 날 점심을 먹으려고 자리에 앉다가 뇌졸중을 일으켰거든요. 그래도 모든 게 잘되겠죠. 이 세상에선 최고를 기원하면서 최악을 대비해놓고 나머지는 신의 뜻에 따라야 하니까요."

다이애나가 말했다.

"나는 내일 날씨가 좋지 않을까봐 그게 걱정이야. 에이브 아저씨가 주중에 비가 올 거라고 예언했는데, 지난번 폭풍이 지나간 뒤로 에이브 아저씨가 하는 말을 자꾸만 믿게 돼."

에이브 아저씨가 어쩌다 폭풍의 예언자가 되었는지 잘 알고 있던 앤은 날씨 걱정은 별로 하지 않았다. 앤은 피곤한 만큼 푹 자다가, 샬러타 4세가 깨우는 바람에 새벽에 잠에서 깼다.

열쇠구멍을 통해 목 놓아 우는 소리가 넘어왔다.

"셜리 아가씨, 너무 일찍 깨워서 죄송한데요, 아직 할 일이 너무 많아요…… 셜리 아가씨, 비가 올 것 같아서 그러는데, 아가씨가 일어나서 비가 안 올 거라고 말 좀 해주시면 좋겠어요."

앤은 샬러타 4세가 자신을 깨우려고 그냥 하는 말이기를 바라며 불안한 마음으로 얼른 창가로 달려갔다. 하지만 아아! 아침 기운이 불길했다. 창 아래 라벤더의 정원 위로 아침 첫 햇살이 엷은 빛을 찬란하게 드리우고 있어야 했지만 밖은 어둑하고 바람 한 점 없었다. 전나무 숲 위쪽 하늘은 음산한 구름에 덮여 어두웠다.

"너무해!"

다이애나가 말했다.

앤이 단호하게 말했다.

"우리 좋은 쪽으로 바라자. 진짜로 비가 오지만 않으면 이렇게 선선하게 진줏빛으로 흐린 날이 볕이 뜨거운 날보다 훨씬 더 좋을 거야."

"그런데 비가 올 것 같아요."

샬러타가 한숨을 지으며 방 안으로 슬금슬금 들어오는데, 그 모습이 웃음을 자아냈다. 갈래갈래 땋아 끝을 흰 끈으로 묶었던 머리들이 사방팔방으로 뻗쳐 있었다.

"잘 가다가 마지막 순간에 억수로 퍼부을 거예요. 사람들은 죄다 흠뻑 젖고…… 집 안은 흙 묻은 발자국으로 온통 엉망이 될 거고…… 두 분은 인동덩굴 아래서 식을 올리지도 못할 거예요…… 어쨌든, 셜리 아가씨, 신부가 햇빛 한 줄기 보지 못하는 건 너무 불길하다고요. 어쩐지 일이 너무 잘 풀린다 했어요."

샬러타 4세는 확실히 엘리자 앤드루스에게 한 수 배워온 사람 같았다.

비는 오지 않았지만, 비가 올 듯 말 듯한 날씨가 계속됐다. 정오쯤에는 방마다 장식이 끝났고, 식탁도 근사하게 차려졌다. 신부는 위층에서 '치장을 마치고' 신랑을 기다리고 있었다.

앤이 황홀하다는 듯이 말했다.

"정말 예뻐요."

다이애나도 같은 기분이었다.

"아름다워요."

"모든 준비가 끝났어요, 셜리 아가씨. 끔찍한 일도 아직 일어나지 않았고요."

샬러타는 쾌활하게 말하며 자신도 옷을 갈아입으러 곁방으로 들어갔다. 땋았던 머리들을 풀어헤쳐 고불고불해진 머리카락을 다시 두 갈래로 땋은 뒤, 리본 두 개가 아니라 새로 산 새파란 리본 네 개로 묶었다. 위에 묶은 리본 두 개는 어딘지 라파엘의 아기천사들처럼 샬러타의 목에서 날개가 솟아 오른 듯한 인상을 주었다. 하지만 샬러타 4세는 그 모습이 무척 예쁘다고 생각했고, 어찌나 빳빳하게 풀을 먹였는지 혼자서도 서 있을 것 같은 하얀 원피스를 바스락거리며 차려입은 다음 거울을 이리저리 비춰보며 대단히 만족해했다…… 하지만 복도로 나와 손님용 침실을 얼핏 보고는, 매끈하게 몸을 감싸는 드레스 차림으로 부드럽게 물결치는 붉은 머리에 하얀 별 모양 꽃을 단 키 큰 소녀의 모습에 만족감은 금세 시들해졌다.

가엾은 샬러타가 실망에 빠져 생각했다.

"아, 난 절대 셜리 아가씨처럼 될 순 없을 거야. 저런 건 타고나야 하나봐…… 아무리 연습해도 저런 분위기는 나지 않을 것 같아."

한 시가 되자 하객들과 앨런 목사 부부가 도착했다. 앨런 목사는 휴가를 떠난 그래프턴의 목사를 대신해서 주례를 맡기로 했다. 결혼식은 형식에 구애받지 않고 진행됐다. 라벤더가 계단을 내려와 밑에서 기다리던 신랑과 마주했고, 신랑이 신부의 손을 잡자 신부는 커다란 갈색 눈을 들어 신랑을 마주보았다. 그 표정을 옆에서 지켜보던 샬러타 4세는 전에 없이 묘한 기분이 들었다. 신랑과 신부는 밖으로 나가 인동덩굴 그늘 밑으로 갔다. 그곳에선 앨런 목사가 두 사람을 기다리고 있었다. 하객들은 각자 자유롭게 모여 섰다. 앤과 다이애나는 오래된 돌 벤치 옆에 섰다. 가운데 선 샬러타 4세는 떨리는 차가운 손으로 두 사람의 손을 꽉 움켜잡고 있었다.

앨런 목사가 혼례서약서를 펼치고 식을 거행했다. 라벤더와 스티븐 어빙을 부부로 선언하자마자 무언가를 상징하듯 매우 아름다운 일이 일어났다. 잿빛 구름을 밀쳐내며 홀연히 태양이 나타나더니 행복한 신부에게 찬란하고 눈부신 햇살이 쏟아져 내렸다. 한순간에 정원은 일렁이는 그림자와 반짝이는 햇살로 생기를 되찾았다.

"정말 아름다운 징조야."

앤은 그렇게 생각하며 신부에게 입을 맞추러 달려갔다. 그러고 나서 세 소녀는 신랑신부를 둘러싼 채 웃고 있는 하객들을 뒤로하고 얼른 집으로 들어가 피로연 준비에 차질이 없는지 점검했다.

샬러타가 속삭이는 소리로 말했다.

"다행히도 다 끝났어요, 셜리 아가씨. 또 무슨 일이 생길지는 몰라도 두 분이 무사히 결혼식을 마쳤어요. 쌀자루는 식료품 창고에 있고요, 아가씨, 헌 신은 문 뒤에 있어요. 거품 낼 크림은 지하 저장고 계단 위에 놔뒀어요."

두 시 반이 되자 어빙 부부는 신혼여행을 떠났고, 모두들 두 사람이 오후 열차를 타는 모습을 보려고 브라이트 리버 역으로 배웅을 나갔다. 라벤더…… 아니, 어빙 부인이 옛 집 문 밖으로 나서자 길버트와 여자아이들이 쌀을 던졌고 샬러타 4세도 헌 신을 힘껏 던졌는데 어찌나 조준을 잘 했는지 그만 앨런 목사의 머리를 정통으로 치고 말았다. 하지만 가장 귀여운 작별 인사를 한 사람은 폴이었다. 폴은 현관에서 뛰어나오며 식당 벽난로에 장식해두었던 커다란 놋쇠 식사 종을 요란스레 울려댔다. 폴은 종소리로 기쁜 마음을 표현하려는 생각일 뿐이었지만, 쨍그랑거리는 소리가 잦아들며 강 건너 산봉우리와 산모퉁이와 언덕 등에서 맑고 아름다운 '요정의 결혼식 종소리'가 은은하게 울려 퍼졌고 그러다가 점점 더 희미하게 사라져갔다. 마치 라벤더의 사랑을 독차지했던 메아리들이 결혼을 축하하고 작별을 고하는 인사를 전하려 애쓰는 것 같았다. 그렇게 아름다운 축복의 소리를 들으며 라벤더는 꿈과 상상이 충만한 옛 생활을 떠나 저 너머 번잡한 세상의 현실이 가득한 새로운 삶으로 나아갔다.

두 시간 뒤 앤과 샬러타 4세는 다시 오솔길로 들어섰다. 길버트는 부탁받은 볼일이 있어 웨스트그래프턴으로 갔고, 다이애나는 지켜야 할 약속이 있어 집으로 돌아가야 했다. 앤과 샬러타는 뒷정리를 하고 문을 잠그려고 돌집에 돌아왔다. 저물녘의 황금빛 햇살이 넘실거리는 정원 위로 나비들이 날아다니고 벌떼가 윙윙거렸다. 하지만 돌집에는 축제가 지나간 자리가 으레 그렇듯 벌써부터 뭐라 형언하기 힘든 고적함이 감돌았다.

"아, 세상에, 집이 외로워 보이지 않으세요?"

샬러타 4세가 코를 훌쩍이며 말했다. 샬러타는 기차역에서부터 집에 오는 내내 울음을 멈추지 않았다.

"결혼식도 결국 다 끝나고 나면 장례식보다 뭐 그리 즐거운 것도 아닌 것 같아요, 셜리 아가씨."

바쁜 저녁 시간이 이어졌다. 장식들도 치워야 했고 설거지도 해야 했다. 남은 음식들은 집에 있는 샬러타 4세의 남동생들에게 가져다줄 수 있도록 바구니에 채워 넣었다. 앤은 원래대로 모든 정리를 마칠 때까지 조금도 쉬지 않았다. 샬러타가 동생들에게 줄 선물을 들고 집으로 돌아간 뒤 앤은 텅 빈 연회장을 거니는 기분으로 조용한 방들을 돌아다니며 블라인드를 닫았다. 그런 다음 문을 잠그고 은백양나무 아래 앉아 길버트를 기다렸다. 무척 피곤했지만 지칠 줄 모르는 생각들이 꼬리에 꼬리를 물고 이어졌다.

"무슨 생각을 하고 있어, 앤?"

길버트가 말과 마차를 길에 세워두고 걸어오며 물었다.

앤이 꿈을 꾸듯 대답했다.

"라벤더 아주머니하고 어빙 씨 생각. 결국 이렇게 되었다는 게 아름답지 않니? 그 오랜 시간을 서로 오해하며 헤어져 있었지만 다시 함께하게 되었잖아."

길버트가 위를 향한 앤의 얼굴을 가만히 응시하며 말했다.

"그래, 아름다워. 하지만 앤, 헤어짐도 없고 오해도 없었다면…… 더 아름답지 않았을까? 두 사람이 평생 잡은 손을 놓지 않고 함께했다면, 다른 추억 같은 건 없이 오직 두 사람이 함께 했던 추억만 가지고 말이야."

그 순간 앤은 이상하게도 가슴이 두근거렸다. 내려다보는 길버트의 시선에 눈빛이 흔들리며 하얀 얼굴은 장밋빛으로 물들었다. 마치 마음속에 드리워져 있던 베일이 들춰지면서 미처 몰랐던 감정과 현실이 드러난 것 같았다. 결국 로맨스란 말을 달리는 멋진 기사처럼 거창하고 요란하게 삶 속에 들어오는 게 아니라, 오랜 친구처럼 조용히 다가와 옆에 서는 것인지도 몰랐다. 로맨스란 산문처럼 나타났다가, 갑작스레 쏟아져내린 빛 한 줄기에 숨어 있던 리듬과 선율을 드러내버리는 것인지도 몰랐다. 어쩌면…… 어쩌면…… 사랑은 초록빛 꽃망울 속에서 황금의 심장을 지닌 장미가 피어나듯이 아름다운 우정 속에서 자연스럽게 펼쳐지는 것인지도 몰랐다.

베일은 곧 다시 드리워졌지만, 어둑한 오솔길을 걸어 올라가는 앤은 전날 저녁 명랑하게 마차를 몰고 달리던 앤이 아니었다. 보이지 않는 손가락에 소녀 시절의 한 장이 넘어가고, 이제 앤 앞에는 매혹적이고 신비로우며 아픔과 기쁨이 가득한 여인의 장이 펼쳐졌다.

길버트는 현명하게도 더는 아무 말도 하지 않았지만, 붉게 물들었던 앤의 얼굴을 떠올리며 다가올 4년의 시간을 조용히 헤아려보았다. 성실하고 즐겁게 공부하여…… 유용한 지식과 달콤한 사랑을 얻게 될 4년을.

  두 사람 뒤로 정원 한편에는 돌집이 그림자에 싸여 서 있었다. 쓸쓸해 보였지만 버려진 건 아니었다. 그곳에는 아직 끝나지 않은 꿈과 웃음과 삶의 기쁨이 있었다. 돌집에는 숱한 여름이 돌아올 터였다. 그 시간을 기다리면 되었다. 강 저편 보랏빛으로 물든 세상에 잠든 메아리도 그날을 기다리고 있었다.

| 작품 해설 |

무엇이 나올지 모를 길모퉁이를 돌아
우리에게 돌아온, 열일곱 살의 앤

언제까지나 곧게 뻗어 있을 것만 같던 길 위에서, 저 너머에 무엇이 나올지 모를 길모퉁이로 접어들며 독자들에게 작별을 고했던 어린 시절의 앤. 마지막 장에 서서 잔뜩 좁아져든 미래의 지평선을 바라보는 앤은 어떤 마음이었을까?

많은 사람들이 아는 소설《빨강머리 앤》의 결말은 그렇게 한층 성숙한 앤이 원대한 포부를 따르는 대신 가족과 주변에 대한 책임감을 택하며 그 길을 따라 잔잔한 행복의 꽃이 피어나리라는 희망과 긍정을 되새기는 것이었다. 그리하여 앤은 초록 지붕 집에서 성장을 멈춘 채, 외롭고 고된 유년을 씩씩하게 버티며 상상력으로 세상을 아름답게 채색한 긍정의 아이콘으로 오랜 시간 사람들의 기억 속에 머물러 있었다.

그러나 앤의 시계는 거기에서 멈추지 않고 계속 흘러갔다. 독자들의 상상 속에서 그 후로 오래오래 행복하게 살아가는 소녀가 아니라, 이제 막 한 여자의 일생이라는 대서사를 시작한 청년이 되어 돌아왔다.

 앤은 매슈 아저씨가 죽은 뒤 시력을 잃어가던 마릴라 커스버트가 초록 지붕 집을 유지할 수 있도록 레드먼드 대학 진학을 포기하고 에이번리에 남아 학교 선생님으로 일한다. 교사로서 가장 이상적인 모습을 꿈꾸지만 현실은 불완전하며 끊임없는 타협을 요구할 뿐 아니라 원칙과도 같았던 체벌의 문제마저 지키지 못하게 만든다. 그러나 아이들에게 읽기, 쓰기, 더하기를 가르치는 것보다 아이들을 옳은 쪽으로 인도하는 것이 훨씬 더 중요한 일이라는 앤다운 신념으로, 아이들 하나하나를 사랑으로 대하고 가르치는 일에서 행복과 즐거움을 찾으며 곧 제자들의 사랑과 존경도 받게 된다. 한편 앤은 마릴라가 임시로 맡아 키우게 된 먼 친척의 쌍둥이 자녀 데이비와 도라도 함께 돌본다. 어린 시절의 앤은 저리 가라 할 정도로 말썽꾸러기인 데이비와 고지식하고 조숙한 도라를 돌보는 앤에게선 이제 어른스러운 성숙함도 엿보인다. 데이비가 천방지축 사고뭉치 앤의 어린 시절을 연상시키는 캐릭터라면, 앤이 학교에서 만난 제자 폴 어빙은 보통 사람들은 이해 못 할 범상치 않은 상상력을 지닌 앤의 '마음이 통하는 친구'다.

 제목처럼 앤은 이제 단지 초록 지붕 집의 앤이 아니라 에이번리의 앤이 되어 마을 전체와 더 많은 상호작용을 하고 더 큰 영향력을 미치는데, 그만큼 크고 작은 비중을 지닌 더 많은 등장인물이 나온다. 앤은 길버트, 다이애나와 다른 청년들과 함께 마을 개선회를 만들어 에이번리를 아름답고 깨끗한 마을로 만들기 위해 애쓰며, 이 활동을 통해 여러 인물을 만나고 많은 모험을 치른다. 처음에는 비웃거나 무시하던 마을 주민들도 우여곡절 끝에 마음을 돌리고 이들의 활동을 지지하며 앞장서서 참여한다.

교사로서, 마을 개선회 회원으로서, 많은 것을 이룬 앤은 남편을 여읜 레이철 린드 부인이 초록 지붕 집에 들어와 살며 마릴라와 함께 데이비와 도라를 돌보기로 하자, 마릴라의 권유에 따라 다시금 레드먼드 대학으로 진학할 꿈을 펼쳐든다.

열한 살에 에이번리의 프린스에드워드라는 작은 섬마을 초록 지붕 집에 처음 들어왔던 앤 셜리는 소중한 가정을 선물해준 매슈와 마릴라를 위해 그들이 일구었던 터전을 지킬 수 있도록 자신의 꿈을 미뤄두는 희생과 책임감을 보여주었고, 이제 《에이번리의 앤》에서는 마을 학교 교사 생활을 시작하는 열여섯 살부터 대학으로 떠날 준비를 하는 시점까지 2년 동안의 생활을 보여준다.

숙녀가 된 앤은 여전히 상상력 풍부하고 감수성이 예민하며 낭만적이고 이상주의적이다. 어린 시절처럼 시도 때도 없이 공상을 하는 습관은 이제 찾아볼 수 없지만, 여전히 자연이 주는 아름다움에 빠져들고 싶어 하고, 소소한 일상에서 행복을 찾으며, 금방 나쁜 사고를 당하고도 끝이 좋으면 다 좋은 거라는 낙천적인 인생관을 견지한다. 또 개선회에서 가장 힘든 일에 앞장설 만큼 여전히 당차고 열정적이다. 이번에는 머리가 아니라 코를 빨갛게 물들이는 등 실수도 없지 않다. 치통 때문에 온종일 날카로운 날은 학생들 앞에서 자기 기분을 어쩌지 못하는 인간적인 모습도 보인다. 고집불통이 사라진 자리에 이상과 신념이 자리 잡은 앤은 누구에게나 사랑받는 전작의 앤과 견주어도 손색이 없을 만큼 매력적이다.

화를 참지 못하고 앤서니 파이에게 회초리를 든 날, 신념을 지키지 못했다는 자책감에 아파하며 자신의 믿음을 의심하면서도 불완전한 이상을 폐기하거나 자기 잘못에 눈감지 않고 다시 한 번 원칙을 확인하고 다짐하는 앤이기에, 앞으로도 실수를 통해 배워가며 시간을 통해 쌓은 경험만큼 성숙한 어른으로 성장할 것이다. 또 그렇기에 마릴라 역시 전편과 달리 시종일관 사랑과 믿음이 배어나는 말과 행동으로 앤에게 의지하고 때로는 위로하며 든든한 지지자이자 진정한 가족으로서 온기 맴도는 관계에 서게 되었을 것이다.

"앤은 태어나는 순간부터 빛과 같았던 아이였다. 앤이 누군가를 만나 한 줄기 빛을 비추듯 미소 짓고 말 한 마디를 건네면, 그 사람은 잠시나마 희망을 찾고 사랑을 느끼며 삶을 긍정하게 되었다."

남몰래 움트는 마음을 독자들에게만 드러낸 길버트가 생각하듯, 그리고 일찍이 마크 트웨인이 언급했듯이 앤은 성장했지만 주변을 아름답게 만들고 사람들에게 작은 기쁨과 행복을 안겨주는, 소중하고 감동적이며 즐거운 아이다. 《에이번리의 앤》은 앤이 소녀다움과 여성다움을 넘나들며 우정과 사랑을 고민하고 사랑하는 사람들을 책임지며 이상을 지키기 위해 노력하는 청년기의 치열한 여정이다. 그 여정 끝에 다시 한 번 원대한 포부를 펼칠 기회가 열려 있고, 후일 다시 돌아보는 《에이번리의 앤》은 앤이 좁아진 길모퉁이를 돌아 가족과 친구들과 이웃들과 함께 잔잔한 행복의 꽃들을 피우며 건너간 인생의 한 페이지로 읽히게 될 것이다.

박혜원

루시 모드 몽고메리 연보
Lucy Maud Montgomery (1874~1942)

1874년   4월 휴 존 몽고메리와 클라라 울너 맥닐이 집안의 반대를 무릅쓰고 결혼. 11월 30일 프린스에드워드섬 클리프턴(현재의 뉴런던)의 자그마한 2층짜리 오두막집에서 루시 모드 몽고메리가 태어났다.

1876년   생후 21개월만에 어머니 클라라가 폐결핵으로 죽자, 캐번디시에서 우체국을 경영하던 50대의 외조부모(알렉산더 맥닐, 루시 맥닐)에게 맡겨졌다.

1881년   아버지 휴 존이 사업을 위해 서부의 서스캐처원주 프린스앨버트로 떠나버렸다. 외할머니 루시는 외손녀 모드를 교육시키기 위해서 노력했다.

1884년   제임스 톰슨의 〈사계〉에 영감을 받아 시 〈가을〉을 썼다.

1887년   아버지 휴 존이 메리 맥레이와 재혼했다.

1889년   어려서부터 써왔던 일기를 모두 없애고 새롭게 다시 쓰기 시작. 이때부터 1942년 죽을 때까지 쓴 일기가 아직 남아 있다.

1890년   아버지가 불러서 프린스앨버트로 갔지만, 계모와의 불화로 학업도 중단하고 불행한 시간을 보냈다. 샬럿타운 지역신문 《데일리 패트리어트》에 시 〈르폴스 곶에서〉를 발표했다.

1891년   향수병으로 캐번디시로 되돌아왔다.

1893년   샬럿타운에 있는 교사양성학교 '프린스오브웨일스대학'에 5등으로 입학.

1894년   프린스오브웨일스대학을 졸업하고 2급 교원자격증을 취득. 7월에 비더포드 초등학교에 교사로 부임하여 1896년 6월까지 근무했다.

1895년   1급 교원자격증을 취득. 노바스코샤주 핼리팩스에 있는 댈하우지대학에서 1년 동안 영문학을 공부했다.

1896년   프린스에드워드섬 벨몬트 16번지 초등학교에 부임하여 2년간 근무했다.

1898년   외할아버지가 사망하자, 홀로 우체국 일을 하는 외할머니를 돕기 위해 캐번디시로 돌아왔다.

1901년   신문과 잡지에 기고하며 이름을 알렸고 《데일리 에코》의 기자로 일했다.

1907년   여러 출판사의 외면을 받다가 인세 500달러를 받고 L. C. Page 사에서

	《빨강 머리 앤(Anne of Green Gables)》을 출간했다.
1908년	M.A.&W.A.J. 클라우스의 일러스트를 넣어 《빨강 머리 앤》을 미국에서 출간했는데, 낭만적인 소설 내용에 세계적인 베스트셀러가 되었다.
1909년	《빨강 머리 앤》에 대한 독자들의 뜨거운 반응에 후속작 《에이번리의 앤(Anne of Avonlea)》을 발표했다. 《빨강 머리 앤》이 스웨덴에서 처음으로 번역되어 출간되었다.
1911년	외할머니가 사망하자, 우체국 일을 그만두고 장로교 목사 이완 맥도널드와 결혼했다.
1912년	단편집 《에이번리 연대기 1》을 발표했다.
1915년	《레드먼드의 앤(Anne of the Island)》을 발표했다.
1917년	《앤의 꿈의 집(Anne's House of Dreams)》을 발표했다.
1919년	《무지개 골짜기(Rainbow Valley)》를 발표했다. 《빨강 머리 앤》이 미국에서 무성영화로 제작되고 상영되었다.
1920년	단편집 《에이번리 연대기 2》를 발표했다.
1921년	《잉글사이드의 릴라(Rilla of Ingleside)》를 발표했다.
1927년	에밀리 시리즈의 완결판인 《에밀리의 퀴즈 풀이》를 발표했다.
1935년	대영제국 훈장 4등급(OBE)을 받았으며, 캐나다 여성으로서는 최초로 왕립 학회 회원이 되었다.
1936년	《바람 부는 포플러나무 집의 앤(Anne of Windy Poplars)》을 발표했다.
1939년	《잉글사이드의 앤(Anne of Ingleside)》을 발표했다.
1941년	약물에 의존해야 할 정도로 건강이 악화되었다.
1942년	4월 24일 토론토의 저택에서 68세로 세상을 떠났다. 평생 사랑했던 고향 프린스에드워드섬으로 옮겨져 캐번디시 공동묘지에 묻혔다.

옮긴이 박혜원

심리학을 전공하고, 현재는 전문번역가로 활동 중이다. 옮긴 책으로 《빨강 머리 앤》, 《에이번리의 앤》, 《곰돌이 푸》 시리즈, 《소공녀 세라》, 《엄마 찾아 삼만 리》, 《시크릿 가든》, 《퀸 : 불멸의 록밴드 퀸의 40주년 공식 컬렉션》, 《브라이언 메이 레드 스페셜》, 《부케북》 시리즈 등이 있다.

초판본 에이번리의 앤

1판 1쇄 펴낸 날 2020년 2월 10일
1판 3쇄 펴낸 날 2025년 8월 31일

지은이	루시 모드 몽고메리
옮긴이	박혜원
펴낸이	장영재
펴낸곳	(주)미르북컴퍼니
자회사	더스토리
전화	02)3141-4421
팩스	0505-333-4428
등록	2012년 3월 16일(제313-2012-81호)
주소	서울시 마포구 성미산로32길 12, 2층 (우 03983)
E-mail	sanhonjinju@naver.com
카페	cafe.naver.com/mirbookcompany
인스타그램	www.instagram.com/mirbooks

* (주)미르북컴퍼니는 독자 여러분의 의견에 항상 귀 기울이고 있습니다.
* 파본은 책을 구입하신 서점에서 교환해 드립니다.
* 책값은 뒤표지에 있습니다.